Vengeance et plus si affinité

Une affaire d'amour

CAT SCHIELD

Vengeance et plus si affinité

Traduction française de
MARINE SIERRA

Passions

HARLEQUIN

Collection : PASSIONS

Titre original :
REVENGE WITH BENEFITS

HARPERCOLLINS FRANCE
83-85, boulevard Vincent-Auriol, 75646 PARIS CEDEX 13
Service Lectrices — Tél. : 01 45 82 47 47

www.harlequin.fr

ISBN 978-2-2804-3293-1 — ISSN 1950-2761

Prologue

Tandis que l'intervenant principal du salon *Les femmes fortes prennent les choses en main* radotait, Everly Briggs contemplait Zoe Crosby et admit que l'ancienne potiche de Charleston était le point faible de son plan.

Avant le salon, Everly avait fait quelques recherches sur les participantes et avait sélectionné deux femmes récemment trompées par l'homme de leur vie. Cocktail en main, Everly avait papoté avec elles et leur avait raconté l'histoire de sa sœur, trahie par le riche entrepreneur Ryan Dailey. En plus de Zoe Crosby, elle avait encouragé London McCaffrey à s'épancher sur son chagrin, après que Linc Thurston avait rompu leurs fiançailles.

— Nous avons toutes été les victimes d'hommes riches et puissants, dit Everly, ce qui était surtout vrai pour Zoe.

Son ex-mari avait engagé les avocats spécialisés en divorce les plus impitoyables de Charleston et la rumeur disait que l'accord que Zoe avait obtenu allait être englouti dans des frais d'avocat.

— Vous ne pensez pas qu'il est temps que l'on prenne notre revanche ?

— Tenter quoi que ce soit ne fera qu'aggraver notre situation, dit Zoe, dont les hésitations irritaient Everly.

Jusqu'à présent, Zoe Crosby s'était contentée d'écouter et d'acquiescer avec compassion. Avant de la rencontrer, Everly s'était imaginé que, si quelqu'un avait envie de se venger d'un homme puissant, ce serait forcément une épouse trompée et rejetée puis forcée de défendre son honneur devant une cour de justice.

Cependant, Everly commençait à comprendre pourquoi Tristan Crosby avait traité sa femme aussi dédaigneusement. Cette femme était trop douce, trop passive. Elle manquait d'ambition et de but. Everly n'aurait qu'à susciter l'indignation de la mondaine en lui racontant comment elle avait été traitée afin de conduire Zoe à accepter de faire partie de son plan.

— Pas si nous nous occupons chacune des hommes des autres, expliqua Everly, ravie de voir que London McCaffrey comprenait où elle voulait en venir.

Zoe avait toujours l'air inquiet et Everly persévéra dans l'exposition de son idée.

— Pensez-y, dit-elle en tentant de maîtriser l'impatience dans sa voix. Nous sommes des étrangères à la même soirée. Qui penserait à nous associer ? Je m'attaquerai à Linc, London, à Tristan, et toi, Zoe, tu t'en prendras à Ryan.

— Quand tu dis « tu t'en prendras à », dit prudemment Zoe, qu'est-ce que tu entends par là ?

Everly résista à l'envie pressante de lever les yeux au ciel. Dès le départ, elle avait soupçonné que Zoe serait trop timide pour faire une bonne partenaire de vengeance, mais au moins la mondaine pouvait être manipulée pour faire ce qu'Everly désirait.

— En ce qui concerne Ryan, sa sœur est candidate à l'élection sénatoriale, répondit Everly, convaincue qu'elle devait contrôler au maximum ce que devait faire Zoe pour être sûre que Ryan paie très cher le fait d'avoir envoyé sa sœur en prison.

Après tout, il était responsable d'avoir brisé le cœur de Kelly et de l'avoir poussée à agir contre son entreprise en effaçant des dessins d'ingénierie qui valaient des millions de dollars. Everly était convaincue que, s'il n'avait pas laissé tomber sa sœur, Kelly n'aurait jamais craqué comme ça.

Zoe fronça davantage les sourcils lorsqu'elle entendit la suggestion d'Everly de s'en prendre à Ryan indirectement.

— Je croyais que l'on devait s'en prendre aux hommes concernés. Je ne suis pas très à l'aise avec cette idée.

— Puisque Ryan a détruit la vie de ma sœur, expliqua Everly avec une patience infinie à mesure qu'elle sentait son irritation atteindre le point de non-retour, ce n'est que justice de ruiner les chances de sa sœur d'être élue.

La pause fut trop brève pour donner à Zoe l'opportunité de répliquer.

— Atteindre Ryan à travers sa sœur est la meilleure chose à faire. D'accord ?

L'imperceptible signe de tête de Zoe ne rassura pas Everly. Bien, si la jeune divorcée ne pouvait pas faire ce qui devait être fait, Everly n'aurait qu'à s'en occuper elle-même.

- 1 -

Les ongles plantés dans le bras du fauteuil en vinyle bon marché du salon de coiffure, Zoe Crosby – *Alston,* dut-elle se rappeler une fois encore – fixait son image dans le miroir. À compter d'aujourd'hui, c'était officiel. Pour toujours, elle devrait cocher la case « divorcée » sur chaque questionnaire ou formulaire qui demanderait son statut marital. Même si depuis un an elle se répétait que ce n'était pas sa faute, la honte de l'échec lui donnait des bouffées de chaleur, la laissant en sueur et malheureuse.

— Vous êtes vraiment sûre ? demanda la coiffeuse, le visage chiffonné par le doute.

Penny passa les doigts dans la longue chevelure soyeuse de Zoe.

— Vos cheveux sont si beaux, surtout couleur caramel avec les mèches plus claires. Vous êtes sûre que vous ne voulez pas que je coupe deux centimètres et qu'on dise que c'est bon ?

Zoe serra les dents et secoua la tête.

— Non. Je veux que vous rasiez tout.

La coiffeuse eut l'air encore plus triste – si c'était possible.

— Ce ne sont pas mes affaires et vous êtes suffisamment belle pour porter n'importe quelle longueur, mais je ne ferais pas correctement mon travail si je n'essayais pas de vous dissuader de faire quelque chose d'aussi radical.

Tristan était très exigeant au sujet de ses cheveux.

Il voulait qu'ils s'arrêtent exactement à hauteur de poitrine, car c'était pour lui la longueur parfaite. Elle n'avait pas le droit d'avoir de frange ou un dégradé. Juste un rideau de cheveux soyeux se terminant en ovale. Elle n'était pas autorisée à les boucler ni à les relever lorsqu'il était là. C'était grâce à tous ces petits détails qu'il la contrôlait.

Zoe soupira, son courage la quittait petit à petit. Elle s'était rendue au salon de coiffure d'un pas volontaire après avoir décidé de se raser la tête pour faire un doigt d'honneur à son ex. Tristan ne pouvait plus la contrôler à présent et cela lui donnait de la force, mais peut-être que se débarrasser de tous ses cheveux d'un coup était un peu extrême. Cependant, elle avait tout de même besoin de faire quelque chose pour marquer d'une pierre blanche le jour où elle était complètement et joyeusement libérée de Tristan Crosby. Son regard balaya les photos de mannequins aux coupes de cheveux variées accrochées au mur et s'arrêta sur une en particulier.

— Et qu'est-ce que vous pensez de ça ? dit-elle en désignant une petite brune qui arborait une coupe courte hérissée. Seulement, j'aimerais être blond platine.

La coiffeuse eut l'air soulagée.

— Avec l'ossature de votre visage, ce look sera fantastique sur vous.

— Faites-le.

Une heure et demie plus tard, Zoe regarda son reflet dans le miroir et ne se reconnut pas. L'épouse traditionnelle à cardigan et jolie robe à fleurs d'un prospère homme d'affaires de Charleston avait disparu. À la place se tenait une version plus audacieuse d'elle-même dans un T-shirt à motifs et un jean noir déchiré. Zoe frissonna en passant les doigts dans sa nouvelle coupe.

Tristan aurait détesté sa transformation spectaculaire.

La détresse l'envahit soudain. Quand cesserait-elle d'évaluer toutes ses décisions à travers le filtre de ce qui plairait ou non à son ex-mari ? Raison de plus pour changer. Elle avait besoin de penser à ce qui la rendait heureuse, *elle*.

De plus, elle avait une autre raison de modifier son apparence.

Une fois la première étape de sa transformation achevée, Zoe sortit du salon de coiffure et passa rapidement dans un drugstore pour acheter un rouge à lèvres et une palette d'ombre à paupières sombre que la femme de Tristan Crosby n'aurait jamais été autorisée à porter. Dans le parking, elle s'assit au volant de sa voiture et se maquilla.

Reprenant confiance grâce à son nouveau look, Zoe démarra sa voiture et se dirigea vers le quartier général de campagne de Susannah Dailey-Kirby. Elle avait l'intention de devenir bénévole et de se rendre indispensable afin de réunir autant de ragots qu'elle le pourrait pour faire tomber la jumelle de Ryan Dailey.

Cette stratégie lui avait été soufflée par Everly.

Au début, Zoe avait été heureuse de participer. Elle ne savait pas du tout comment se venger. Son mariage avec Tristan avait consisté à survivre à son matraquage psychologique, ce qui lui avait laissé peu d'énergie pour faire des projets ou avoir le cran de les mettre à exécution.

Pourtant, ce n'était pas complètement vrai. Par mesure de précaution, elle avait réussi à détourner des dizaines de milliers de dollars de son budget mensuel. Ayant grandi pas tout à fait pauvre mais dans une famille qui vivait de salaire en salaire, elle aimait l'idée d'indépendance financière que cet accès rapide à une réserve secrète d'argent lui offrait. Elle aurait dû réaliser que Tristan verrait chacune de ses tentatives d'autosuffisance comme une menace à son emprise. Lorsqu'il l'avait découvert, il avait repris sa réserve et avait géré ses dépenses encore plus étroitement. Au lieu de l'intimider, son comportement l'avait rendue encore plus déterminée et moins prête à faire confiance à ses soi-disant amis et alliés.

L'écrasante solitude d'être mariée à Tristan était presque aussi difficile que les abus émotionnels et psychologiques qu'il lui avait fait endurer. Peut-être n'aurait-elle pas dû laisser Tristan la convaincre de quitter l'université après sa première année. Mais elle avait choisi d'organiser un mariage sophistiqué au lieu d'obtenir son diplôme. En remontant l'allée de l'église quelques mois à peine avant son vingt et unième anniversaire, elle avait vraiment imaginé que sa vie serait un véritable conte de fées. En un sens, ce fut le cas. Seulement, elle n'était pas une princesse chanceuse sauvée par un prince charmant. Tristan ressemblait bien plus au méchant roi qui surtaxait ses paysans et punissait ses sujets dès que l'envie l'en prenait.

Elle n'avait pas vraiment d'amis, ce qui fut particulièrement évident au moment de sa séparation avec Tristan et plus tard lors du divorce. Personne n'était intervenu en sa faveur pour la soutenir ou l'aider. Elle était devenue *persona non grata* dans leur cercle restreint lorsque Tristan avait répandu de fausses histoires d'adultère. Cela n'intéressait personne et personne ne l'avait crue lorsqu'elle avait nié les allégations. C'était acceptable qu'un homme s'écarte du droit chemin mais impensable de la part d'une femme du Sud.

Zoe sortit de sa rêverie lorsqu'elle approcha du nord de Charleston. Après avoir garé sa voiture dans le parking du centre commercial, elle s'engagea d'un pas assuré vers la devanture du QG de campagne. Pendant un peu plus d'une semaine, elle était restée assise au fast-food d'en face pour regarder les allées et venues du personnel et trouver le courage de faire le premier pas. Son enthousiasme pour le projet de vengeance avait faibli au fur et à mesure que les semaines s'étaient écoulées.

Mais elle avait fait une promesse, et respecter sa parole

faisait partie de sa personnalité ; et elle ne pouvait pas s'en défaire. Elle ne pouvait pas s'en empêcher, même quand ce trait de caractère l'avait fait rester dans un mauvais mariage, au-delà de tout instinct de préservation. Elle était sincère lorsqu'elle s'était tenue devant sa famille et ses amis et avait juré d'aimer, d'honorer et de chérir Tristan jusqu'à sa mort. Bien qu'il ait fait tout ce qui était en son pouvoir pour la détruire, cela n'avait pas ébranlé la dévotion qu'elle portait à ses vœux. Elle serait sans aucun doute toujours mariée et malheureuse s'il n'avait pas décidé de se débarrasser d'elle. Certains jours, il lui était difficile de savoir si c'était contre Tristan ou elle-même qu'elle était le plus en colère pour l'échec de leur mariage. La part rationnelle de son esprit tenait les attentes irréalistes de Tristan pour responsables, mais ses émotions se retournaient contre elle et ses propres défauts.

En approchant du QG de campagne, Zoe prit une profonde inspiration et retint son souffle tout en chassant ses doutes et ses inquiétudes de son esprit. Elle avait besoin de se concentrer sur sa mission ou tout serait perdu.

Elle avait décidé de rester vague sur son passé, car elle n'avait pas envie de parler de son ex-mari ni du divorce compliqué qu'il lui avait fait endurer. Elle recommençait sa vie en tant que Zoe Alston, et cela lui ouvrait un pan entier de nouvelles possibilités à explorer. Mais tout d'abord elle devait mener à bien sa mission.

Tout en reprenant une grande inspiration pour se donner du courage, Zoe poussa la porte d'entrée. Elle s'était attendue à un bureau en pleine effervescence, même si les élections ne devaient se tenir que l'année prochaine. Mais, au lieu de ça, elle pénétra dans un endroit figé et tendu.

Une clochette avait retenti à son arrivée, mais personne ne l'avait remarquée. Le personnel de campagne fixait un grand écran de télé.

Quatre personnes encerclaient un homme grand et mince aux épais cheveux gris bien peignés. Plusieurs téléphones sonnèrent sur différents bureaux, mais personne ne sembla s'en préoccuper. En vérité, la seule réaction du personnel fut d'augmenter le son de la télévision.

Zoe reporta son attention sur le programme télé qui les occupait. Cela lui prit quelques secondes de réaliser qu'un nouveau candidat s'était déclaré et qu'il s'agissait apparemment d'une très mauvaise nouvelle. Comprenant que ce n'était pas le moment idéal pour approcher l'équipe de campagne, elle commença à pivoter pour rebrousser chemin et heurta quelqu'un.

Comme tous les gens présents, elle avait été tellement happée par la télévision qu'elle n'avait pas entendu la clochette. Cependant, lorsqu'elle sentit le parfum de l'homme, ses sens se mirent en alerte maximale. Alors qu'elle était encore étourdie par l'odeur masculine qui émanait de lui, son épaule droite entra en collision avec un torse solide comme un roc. C'était comme percuter un mur.

Elle tituba et aurait pu tomber s'il ne l'avait pas rattrapée par le bras. Ses doigts étaient puissants. Sa poigne, ferme et stable. Son cœur s'accéléra lorsqu'il l'aida à retrouver son équilibre. Son cerveau eut du mal à se remettre du mouvement de va-et-vient de son corps et à comprendre l'impulsion électrique qu'elle ressentit au moment où il la toucha pour la première fois.

Son regard rencontra des yeux gris pâles d'une incroyable intensité. Pendant un instant, elle fut complètement hypnotisée. C'est alors qu'elle le reconnut et déglutit, paniquée.

Ryan Dailey.

Il s'était écoulé moins de trente secondes depuis qu'elle avait commencé sa mission et elle se cognait déjà à sa cible. C'était une rencontre particulièrement inattendue.

La mâchoire carrée de l'homme, son regard d'aigle, ses

épaules incroyablement larges et son sourire sensuel lui firent l'effet d'un coup de poing à l'estomac. Le picotement qui la parcourut se transforma en une chaleur qui lui brûla la peau, remonta dans sa gorge et explosa sur ses joues.

— Vous allez bien ? demanda Ryan Dailey, sa belle voix grave ronronnant à ses oreilles et réveillant d'étranges sensations dans son estomac.

— Oui.

Ce fut tout ce qu'elle put prononcer.

— Je suis Ryan Dailey, dit-il, laissant son regard errer sur ses cheveux blonds, ses lèvres sombres et son look moderne. Le frère de Susannah.

Tandis qu'il la détaillait, elle remarqua son costume bleu, sa chemise blanche et sa cravate bleu pâle. Même avec les dix centimètres de talons de ses bottes, ce qui lui faisait avoisiner les un mètre quatre-vingts, il la dépassait d'une bonne tête. Cependant, malgré sa stature imposante, elle ne ressentit pas le goût amer de l'anxiété que son ex-mari avait souvent réveillé en elle. Mais cela ne voulait pas dire qu'elle se sentait détendue.

— Je suis Zoe…

Elle s'arrêta avant d'ajouter son nom de famille. Pendant huit ans, elle s'était appelée Zoe Crosby. C'était fini, maintenant.

— Ravi de vous rencontrer, Zoe, dit Ryan pour combler délicatement le silence gênant.

À la façon dont ses yeux se plissèrent d'intérêt, il eut l'air sincère.

— Ravie de vous rencontrer également.

Elle n'arrivait pas à détacher son regard mais eut assez de présence d'esprit pour lever le coude et lui faire comprendre qu'elle n'avait plus besoin qu'il la soutienne.

Sa poigne de fer se détendit et la libéra, mais sa peau la picota juste derrière son manteau de cuir noir comme si elle continuait de réagir à la pression de sa main.

— Vous êtes une nouvelle bénévole de Susannah, dit-il.

— Qu'est-ce qui vous fait croire ça ?

— Si vous étiez déjà venue, je vous aurais remarquée.

Son commentaire raviva l'agitation dans son estomac. L'intérêt qu'elle lisait dans ses yeux était un tout petit peu trop intense et Zoe se glissa donc plus profondément dans son rôle de bénévole qui n'avait rien à cacher.

— J'aimerais vraiment me porter volontaire pour cette campagne, mais il semblerait qu'aujourd'hui ne soit pas le meilleur jour pour commencer.

Elle fit un signe de tête en direction des membres de l'équipe et jeta un coup d'œil vers la porte d'entrée.

— Ils semblent vraiment occupés. Je devrais peut-être revenir plus tard.

— Ne partez pas, dit-il, son sourire enjôleur la faisant frissonner de plaisir. Venez. Je vais vous présenter.

Zoe se surprit à sourire en retour.

— Et pourquoi ne pas plutôt attendre ici, et s'ils ont le temps vous me faites signe ?

Après avoir acquiescé brièvement, il la laissa.

Zoe le fixa, attirée et excitée en retour.

Était-ce vraiment Ryan Dailey ?

Malgré sa promesse de rester, elle s'éclipsa par la porte d'entrée et avala de grandes goulées d'air alors qu'elle échappait à l'atmosphère pesante. Zoe comprenait maintenant pourquoi Everly avait suggéré qu'elle s'intéresse à sa sœur. Faire tomber un homme pareil n'aurait pas été à la portée de Zoe, même si elle n'avait pas été abattue par les machinations sordides de son ex-mari.

Cependant, Ryan Dailey n'était pas Tristan. Il n'avait pas l'air d'être le genre d'homme qui prenait plaisir en étant impitoyable. Cela ne voulait pas dire qu'il n'était pas dangereux, surtout si on tenait compte de ce qui était arrivé à la sœur d'Everly, mais Zoe n'avait pas la sensation d'être en danger.

Du moins pas pour l'instant.

Intéressant, songea Ryan. La bousculer avait réveillé en lui quelque chose qui manquait à sa vie depuis un long moment. Le désir. De quand datait la dernière fois qu'il avait repéré une femme et qu'il avait eu envie de passer du temps avec elle ? De partager son lit, de satisfaire un besoin physique primaire et de se complaire dans toutes sortes de fantasmes ? Alors qu'il se dirigeait vers les bureaux, il continuait d'être attiré par sa présence. Il se massa le torse là où son épaule l'avait frappé. L'endroit semblait encore frémir des suites de ce contact. En vérité, leur collision avait déclenché une réaction en chaîne dans tout son corps.

Mais la légère amélioration du moral de Ryan disparut rapidement à mesure qu'il s'approchait de l'équipe de campagne massée devant la télévision. Le reportage sur le nouveau candidat Lyle Abernathy était fini, mais les réflexions sur la façon de reprendre les choses en main débutaient à peine. Ryan rejoignit le groupe, remarquant l'expression caverneuse de Gil Moore.

— Salut, Gil.

— Salut, Ryan. J'imagine que tu as entendu.

— Pour Abernathy ? Oui.

— Ça va mal se passer, dit le chef de campagne.

— Comment le prend Susannah ?

— Tu connais sa devise. Ne jamais laisser voir que tu as peur.

Ryan accompagna les mots de Gil par un signe de tête.

— Quelqu'un est là pour s'engager. Son nom est…

Ryan se tourna vers l'endroit où il avait laissé Zoe et s'aperçut qu'elle était partie.

— Mince.

Il ne pouvait pas croire qu'il était en train de paniquer. Cela en disait long sur l'effet qu'elle lui avait fait.

Maintenant qu'elle était partie, il ne pouvait pas supporter l'idée qu'il ne la reverrait jamais.

— On dirait qu'elle est partie.

— Elle pensait qu'elle n'était pas arrivée au bon moment.

— Avec un peu de chance, on ne l'a pas effrayée pour de bon, dit Gil. Elle t'a donné un nom ?

— Zoe.

Ce n'était pas grand-chose. Clairement pas assez pour la retrouver.

— Si elle revient, tu peux me le faire savoir ? Elle a des cheveux blond platine très courts et une veste en cuir noir. Un style un peu bohème.

Gil acquiesça.

— On gardera l'œil ouvert.

— Merci.

Ryan était soulagé que le chef de campagne ne pose pas plus de questions.

— Je ferais mieux d'aller voir comment va Susannah.

Il se dirigea vers le bureau de sa sœur jumelle, à l'arrière du bâtiment. En entrant, il la trouva assise à son bureau, l'œil rivé sur son ordinateur, ses longs cheveux noirs faisant comme un rideau soyeux contre son costume bleu nuit. Son beau visage était détendu ; elle n'avait pas du tout l'air inquiet du tour compliqué que prenait sa campagne.

Susannah le regarda en plissant ses yeux gris.

— Qu'est-ce que tu fais là ?

— Je suis venu voir si tu allais bien.

Ryan sut que c'était inutile dès qu'il ouvrit la bouche. Cependant, il ne regrettait pas de s'être précipité auprès d'elle. Cela lui avait permis de rencontrer Zoe.

— Oh, bonté divine ! Maman et toi ! Je viens de raccrocher avec elle à l'instant. Je vais bien.

Elle était sincère. Même lorsqu'ils étaient enfants, il semblait que rien ne puisse décontenancer Susannah. Son imperturbabilité lui servirait bien les prochains mois.

— Lyle n'est rien qu'un léger contretemps.

Ryan jeta un coup d'œil par-dessus son épaule vers l'endroit où son équipe discutait à voix basse.

— Gil n'a pas l'air de partager ton opinion.

— Il aime s'inquiéter.

— Tu ne t'inquiètes pas assez.

— Et quel bien cela me ferait-il ? demanda Susannah en fronçant les sourcils. Lyle change de circonscription parce qu'il ne va pas être réélu pour la quatrième fois et il est trop arrogant pour voir que je suis aussi dangereuse pour lui que l'est Jeb Harrell.

— C'est ta première sénatoriale.

Et tu es une femme. Ryan savait bien qu'il ne devait pas prononcer la seconde partie de sa phrase. Abernathy empêcherait Susannah de gagner à n'importe quel prix, et Ryan était prêt à parier qu'il utiliserait sa féminité contre elle.

— Je suis la meilleure candidate de cette circonscription et tout le monde le sait.

Elle s'arrêta et lui fit un petit sourire en coin avant de reprendre.

— Même Lyle Abernathy.

— Il ne jouera pas franc jeu.

— Je n'ai rien à cacher, lui rappela sa sœur jumelle.

Puis, voyant que Ryan doutait toujours, elle souffla impatiemment.

— Il ne peut rien utiliser contre moi.

— Ça ne l'arrêtera pas. Il inventera des histoires.

— Nous serons prêts.

Ryan ouvrit la bouche pour argumenter mais décida que ce serait perdre son temps. Susannah Dailey-Kirby n'avait pas besoin de son aide.

Ryan se surprit à regarder pour la troisième fois en direction de la porte d'entrée où il avait vu Zoe pour la dernière fois.

Susannah suivit son regard.

— Que cherches-tu ?

— Quelqu'un. Une nouvelle bénévole.

— Je n'ai vu personne.

— Avec tout ce qu'il s'est passé, elle est partie avant d'avoir vu quelqu'un. J'avais espéré qu'elle changerait d'avis et qu'elle reviendrait.

— Eh bien, se moqua sa sœur, ça devait être quelque chose, si elle t'a autant intéressé. Elle était jolie ?

— Oui.

Était-il fou d'être aussi distrait par une femme avec qui il avait parlé moins d'une minute ? Mais il repensa alors au choc qu'avait produit leur bousculade et au fait que toute pensée sur la politique ou Lyle Abernathy avait disparu de son esprit.

— Très jolie ?

— Très jolie. Mais elle est différente des femmes qui m'attirent habituellement.

— Comment ça ?

Pendant une seconde, Ryan se demanda s'il pouvait mettre des mots sur sa réaction inattendue. Il avait rencontré des centaines de femmes en un an. Pourquoi celle-ci en particulier ? Bien que belle, ce n'était pas la femme la plus incroyable qu'il ait jamais vue, et il ne lui avait pas parlé assez longtemps pour déterminer si elle était intelligente ou drôle. Cependant, l'impression qu'elle lui avait faite perdurait.

— Elle avait l'air d'une rockeuse. Jean noir et T-shirt à motifs. Des cheveux blond platine hérissés et un maquillage foncé. Une sorte de femme-enfant avec une pointe de rock'n'roll.

Pourtant, sous ses dehors de fille dure, il avait senti sa vulnérabilité.

Sa sœur ne fit aucun effort pour cacher son amusement.

— Sérieusement ? Tu as raison. Ça ne ressemble pas du tout à ton genre de femme.

Il était fatigué de sortir avec des femmes accomplies et sophistiquées comme sa sœur – femmes qui se faisaient un devoir de botter les fesses du monde entier. Il voulait quelqu'un qu'il pourrait aider. Une femme qui ne serait pas effrayée d'avoir besoin de lui.

— Peut-être que, ce dont j'ai besoin, c'est quelqu'un de totalement différent.

Malgré ses erreurs avec Kelly Briggs, Ryan aimait l'idée d'être le héros de quelqu'un et il assumait l'arrogance d'être convaincu d'avoir raison lorsqu'il agissait dans le meilleur intérêt de quelqu'un d'autre. Bien sûr, peut-être qu'à leur époque une femme ne voulait pas être sauvée ni aidée. Peut-être demandait-elle que la répartition du pouvoir dans la relation soit mesurée et égale. Ryan n'y était pas opposé, mais quel mal y avait-il à baisser sa garde et à laisser un homme utiliser ses muscles une fois de temps en temps ?

Zoe l'intriguait. Il avait remarqué quelque chose dans ses yeux qui avait ravivé ses instincts de protection. Ce qui aurait pu être problématique, étant donné ce qu'il s'était passé lorsqu'il avait tenté d'aider Kelly Briggs. Elle avait cru que son aide avait une autre signification. Lorsqu'il lui avait expliqué que son intérêt pour elle était purement platonique, elle s'était vicieusement vengée sur son entreprise.

— Mais il ne s'agit pas de moi, objecta Ryan. Il s'agit de ta campagne. Tu as besoin de toute l'aide que tu peux avoir. Surtout maintenant que Lyle a rejoint la course.

— Bien sûr, confirma sa sœur en lui lançant un regard moqueur. Continue de te dire ça. J'espère qu'elle reviendra, poursuivit-elle alors que ses yeux brillaient de malice. Pour le bien de la campagne, bien sûr.

Elle s'arrêta un instant puis ajouta :

— Comment as-tu dit qu'elle s'appelait ?

— Zoe. Avec un peu de chance, elle reviendra.

— Si elle revient, nous ferons en sorte qu'elle ait tous les détails. Je ne veux pas qu'elle disparaisse une seconde fois.

Ryan ouvrit la bouche puis finit par soupirer.

— Ça serait super. Je dois y aller. Appelle-moi s'il y a du nouveau.

Avant qu'il ne s'en aille, Susannah l'attrapa par le bras.

— Je t'aime, grand frère. Merci de t'inquiéter pour moi-même si je n'en ai pas vraiment besoin.

Il couvrit sa main de la sienne.

— C'est ce que je fais.

— Je sais et je m'inquiète pour toi aussi, dit-elle à voix basse. J'espère que ta femme mystère reviendra et qu'elle sera super, parce que tu mérites quelqu'un de fabuleux.

— Je vais bien, répondit-il automatiquement.

— Bien sûr, que tu vas bien, ajouta-t-elle. Mais je veux que tu ailles plus que juste bien et je pense qu'une femme merveilleuse pourrait t'y aider.

Susannah avait épousé le premier homme avec qui elle était sortie, et depuis ils vivaient la vie rêvée d'un couple parfait. Jefferson et elle étaient mariés depuis dix ans et avaient deux magnifiques enfants, Violet et Casey, de six et huit ans. En plus d'être une excellente épouse et une super maman, elle était associée dans le meilleur cabinet d'avocats de la ville. Chaque jour, elle essayait de réussir davantage, et elle y parvenait avec grâce et facilité.

— Jeff est un homme chanceux de t'avoir, dit Ryan. J'ai bien peur que tu aies mis la barre trop haut pour ma future femme.

Avec un petit geste de la main, Susannah balaya son compliment.

— Nous formons une chouette équipe. Je ne pourrais pas faire tout ça sans lui.

En se demandant si c'était vrai, Ryan la serra fort dans ses bras avant de prendre congé.

Si sa sœur pensait qu'elle pouvait gérer n'importe quelles rumeurs que Lyle ferait courir sur elle pendant la campagne électorale, Ryan, lui, n'aimait pas ce retournement de situation. Il était temps de rendre une petite visite à son ami. Ainsi, il pourrait avoir une idée de ce à quoi il pouvait s'attendre jusqu'à l'élection.

- 2 -

Le lendemain, Zoe retourna au QG de campagne de Susannah Dailey-Kirby, tout en espérant qu'il y aurait moins d'agitation et que Ryan ne se montrerait pas. Même si l'atmosphère bruissait toujours d'activité et d'impatience, la crise semblait être passée. Elle fut accueillie par une employée dès que la porte se referma derrière elle.

— Bonjour, je suis Tanya.

Une jolie rousse d'environ vingt-cinq ans s'approcha de Zoe.

— Est-ce que je peux faire quelque chose pour vous ?

— Oui, j'étais là hier et…

Tanya l'interrompit.

— Vous êtes Zoe ?

Le fait que l'employée sache son nom donna à Zoe des sueurs froides. Avait-elle déjà été démasquée ? Impossible.

— Oui.

— Magnifique. Nous sommes si contents que vous soyez revenue. Ryan a dit que vous étiez passée mais que vous étiez repartie avant d'avoir pu obtenir des renseignements.

— Vous aviez tous l'air très occupés, dit-elle en croisant les doigts pour que son soulagement ne soit pas trop évident. Je me suis dit qu'il fallait que je revienne plus tard.

— Eh bien, nous sommes très contents que vous l'ayez

fait. Vous êtes-vous déjà engagée dans une campagne électorale ?

Zoe fit non de la tête, et Tanya commença à lui décrire les différentes activités auxquelles pouvaient participer les bénévoles.

— Venez donc vous asseoir à mon bureau et je vous donnerai quelques informations.

S'il fut facile pour Zoe de donner à Tanya son adresse mail et son numéro de téléphone, lorsqu'elles arrivèrent à son adresse postale, elle se sentit piégée.

— Je vis chez une amie en ce moment. Est-ce que je peux vous donner une boîte postale ?

Tanya eut l'air dubitative mais finit par acquiescer.

— J'imagine que oui. Vous êtes en train de chercher un appartement ?

Zoe revit le petit espace qu'elle s'était aménagée à l'arrière de la boutique qu'elle louait depuis un an. C'était avant que les frais d'avocat n'aient complètement englouti ce qu'elle avait reçu du divorce et mis en péril son rêve de gérer une boutique qui aidait les victimes de violences conjugales à se remettre sur pied financièrement.

— Je cherche juste quelque chose d'abordable.

— Bien sûr.

Tanya continua à poser des questions sur le genre de travail que Zoe avait effectué et ce qu'elle se voyait faire pour la campagne électorale.

Tandis que Zoe répondait aux questions de Tanya, son regard fut attiré par le grand bureau vitré situé au fond du bâtiment. De là où elle était, Zoe pouvait voir Susannah travailler sur son ordinateur. Son estomac se serra. Elle redoutait son premier entretien avec Susannah car elle savait qu'elle allait faire tout son possible pour blesser cette femme.

La culpabilité la rongeait. Survivre à son divorce et à sa colère contre tout ce que Tristan lui avait fait subir l'avait tellement obnubilée qu'elle avait à peine pris le temps de réaliser les dommages que son pacte avec London et Everly pourrait causer à une innocente tierce partie. Zoe se secoua mentalement. Elle ne pouvait pas se permettre de penser comme ça, sinon, elle ne serait jamais capable de mettre son plan à exécution. À la place, elle se concentra sur les explications d'Everly comme quoi Ryan méritait de ressentir la peine et la frustration qu'Everly avait ressenties pour ce qu'il avait fait à sa sœur.

Alors qu'elle évitait de s'attarder sur le côté moral de ce qu'elle et ses complices allaient faire, Zoe entendit la porte d'entrée s'ouvrir et réalisa que la tension dans la pièce était montée d'un cran. L'attention de Tanya se déplaça de Zoe à ce qu'il y avait derrière elle, et son expression se détendit en un demi-sourire soulagé. Une alarme résonna dans la tête de Zoe. Avait-elle été démasquée ? Est-ce que quelqu'un allait venir l'arrêter ? Elle posa les mains sur ses cuisses et enfonça ses ongles dans ses paumes pour repousser la panique. Laisser son imagination se débrider n'allait pas rendre son travail plus facile.

— Salut, Ryan, dit Tanya, le sourire éclatant. Comment vas-tu aujourd'hui ?

Savoir que Ryan venait juste d'arriver ne calma pas du tout les nerfs de Zoe. Elle avait déguerpi après leur rencontre, car elle avait été trop secouée par sa vive réaction après leur bref échange pour rester et prétendre qu'elle n'était qu'une simple bénévole.

Sentant que la présence de Ryan lui provoquait des frissons sur tout le corps, Zoe regarda la jeune femme et réalisa que Tanya en pinçait sans doute pour le bel homme d'affaires. Cela lui permit de respirer un peu mieux. Toute l'attention ne serait pas focalisée sur elle pour l'instant.

— Je vais super bien, dit Ryan de sa voix de velours. Comment vas-tu, Tanya ?

La jolie rousse leva exagérément les yeux au ciel.

— Bien mieux qu'hier. La nouvelle sur Lyle nous a tellement choqués. Mais bien sûr Susannah a calmé tout le monde. Elle est tellement géniale.

L'adoration dans les yeux de Tanya aurait bien amusé Zoe si son propre cœur ne battait pas si fort à cause de Ryan Dailey.

— Elle l'est, acquiesça Ryan en entrant dans le champ de vision de Zoe. Vous êtes revenue, dit-il, un sourire chaleureux incurvant ses lèvres ciselées. C'est super.

Le regard de Zoe s'attarda sur son costume gris clair, sa chemise blanche et sa cravate couleur pêche. Elle salivait presque au moment où elle remarqua sa barbe de trois jours qui lui donnait l'air légèrement canaille.

Pour mettre son plan au point, Zoe avait fait d'importantes recherches en ligne. Malgré sa fortune et son succès, Ryan Dailey n'avait pas l'air d'aimer être le centre de l'attention. Elle avait simplement trouvé une photo de lui sur le site Internet de son entreprise. Cette photo ne l'avait pas préparée à son charisme imposant.

En revanche, sa sœur adorait être dans la lumière. Elle était à la tête de plusieurs organisations caritatives qui s'occupaient d'enfants. Elle participait à toutes sortes d'événements avec son mari. Bien que Zoe l'ait vue à maintes reprises au cours des années passées, elles évoluaient dans des cercles complètement différents et ne s'étaient jamais croisées. Zoe ne pouvait pas imaginer ce qu'elle pourrait dire pour intéresser une avocate aussi brillante et accomplie.

Quel que soit ce qui animait Ryan Dailey dans sa vie privée, il la gardait très secrète. Zoe n'avait trouvé aucune trace de sa vie amoureuse dans les médias, mais elle supposait que, comme beaucoup d'hommes riches et puissants, il aimait avoir une belle femme à son bras.

Les femmes belles et désirables étaient faites pour être montrées. Elles accentuaient la virilité d'un homme.

Mais Ryan Dailey n'avait pas besoin d'aide dans ce domaine.

Zoe se maudit lorsqu'elle remarqua qu'elle retenait son souffle.

— Tout le monde semblait tellement occupé hier, expliqua-t-elle.

— Je suis heureux que vous soyez revenue.

Le fait qu'il semblait sincère, combiné à l'intérêt franc qu'elle pouvait lire dans ses yeux gris, la fit frissonner. Au grand désarroi de Zoe, elle reconnut ce qui se cachait derrière son excitation : de l'attirance. On aurait dit de l'électricité qui courait sur sa peau, réveillant au passage une fièvre qu'elle n'avait jamais connue avec son mari. Son mariage n'avait pas été un mariage d'amour. Au début, elle avait été à la fois flattée qu'il la trouve désirable et assez naïve pour croire que l'affection qu'elle éprouvait pour son mari était une base suffisante à un mariage heureux.

Elle ne referait jamais cette erreur.

Zoe n'était pas certaine de ce qu'elle attendait de sa prochaine relation longue, mais elle savait qu'elle ne resterait plus avec quelqu'un qui jouerait avec ses émotions ou égratignerait son estime d'elle-même de quelque façon que ce soit.

— Je suis contente aussi, dit Zoe. Tanya est en train de m'expliquer tout ce que je peux faire pour aider.

— Donc vous voulez être une bénévole régulière ?

— J'aimerais bien, déclara Zoe, en jetant un regard vers Tanya pour échapper à son regard insistant.

Le trouble qui faisait rage en elle à cause du mensonge, de la culpabilité et de la réaction de son corps à la présence de Ryan était un mélange hautement volatil. Zoe colla ses paumes l'une contre l'autre et glissa ses mains entre ses cuisses pour cacher leurs tremblements.

— Et nous sommes ravis de l'avoir, dit Tanya, l'attention fixée sur Ryan.

— Hé, Tanya, est-ce que tu peux venir ici une seconde ? l'appela un homme de l'autre côté de la pièce.

— Excusez-moi, je reviens tout de suite. Ne partez pas.

Cette dernière phrase était adressée à Ryan avec un sourire en coin.

Tanya partie, Zoe s'était attendue à ce que Ryan s'en aille également, mais il se laissa tomber sur la chaise qu'elle avait laissée vacante et jeta un œil au formulaire que Zoe avait rempli. Il leva les yeux et remarqua qu'elle le regardait. Son cœur manqua un battement lorsqu'elle vit son sourire.

— J'ai eu peur de ne jamais plus vous revoir quand vous êtes partie hier, dit-il, son aveu lui faisant battre le cœur plus fort.

— J'ai juste eu l'impression que ce n'était pas le bon moment, murmura-t-elle, à peine capable de s'entendre elle-même à cause de toutes les alarmes qui hurlaient dans sa tête.

— Est-ce que vous voulez boire un café, quand vous aurez fini ?

Sa première réaction, instinctive, fut de jubiler et de le fixer avec les yeux ronds d'une amoureuse transie. Ryan était un homme incroyablement sexy, et toute femme saine d'esprit aurait été ravie qu'il désire passer du temps avec elle.

Mais pouvait-elle réellement lui plaire ? Pas Zoe Crosby la riche mondaine, mais la fade Zoe Alston avec ses cheveux hérissés et ses vêtements bon marché. Habillée comme ça, elle reconnut qu'ils ne jouaient pas dans la même cour, et il devait bien l'avoir remarqué. Qu'attendait-il donc et comment pouvait-elle le découvrir sans dévoiler son propre jeu ? Everly l'avait prévenue que Ryan serait sans doute méfiant si Zoe se montrait trop entreprenante. Elle lui avait plutôt conseillé de se rapprocher de Susannah. Elle n'aurait jamais imaginé que Ryan puisse être intéressé par elle, et cet étrange retournement de situation la laissa sans voix tandis qu'elle repensait sa stratégie.

— N'ayez pas l'air si alarmée, dit-il en interprétant mal son hésitation. Je suis inoffensif. Demandez à n'importe qui ici.

— Je ne suis pas sûre qu'inoffensif soit la meilleure description, en ce qui vous concerne, dit-elle.

— Non ? Dans ce cas, que suis-je, d'après vous ?

Charmant. Sexy. Irrésistible.

Ou, si Everly avait raison, c'était un prédateur, un manipulateur et un homme cruel.

Zoe n'arrivait pas à l'imaginer comme ça.

— Vous avez l'air plutôt gentil.

Il rit.

— On dirait presque une insulte, dit comme ça.

— Ça n'en est pas une. J'aime bien les gens gentils.

Il sourit de toutes ses dents, ce qui lui provoqua une bouffée de chaleur, et elle se surprit à avancer vers lui. Un éclat métallique brilla dans ses yeux gris, l'hypnotisant complètement.

— Bien, murmura-t-il. Parce que j'ai envie que vous m'appréciiez.

Cela la troubla de constater qu'elle avait très envie de passer du temps avec lui et que ses motivations n'avaient rien à voir avec le plan de vengeance dans lequel elle s'était empêtrée. Zoe sut que son intérêt pour Ryan était purement personnel et conduit par un instinct primal. Elle toucha ses cheveux courts et tenta de lutter contre son charisme.

— Je ne sais pas pour combien de temps j'en ai, lâcha-t-elle, en regardant en direction de Tanya.

La jeune femme regardait Zoe et Ryan avec intérêt.

— Je vais attendre, répondit-il, ses yeux gris fixés sur elle.

Leur immobilité fit trembler Zoe.

— Je suis sûre que vous avez mieux à faire que de rester ici et de m'attendre, dit-elle. Vous n'avez pas une entreprise à gérer ?

Il détourna sa question d'un sourire paresseux.

— L'avantage d'être le chef, c'est que je fais mon propre planning.

Son excès de confiance en lui l'excitait. Zoe s'agita sur sa chaise. Ça n'allait pas marcher. Elle avait trop à perdre pour être distraite par une bouffée de désir.

— Ou si vous préférez, continua-t-il, sa voix grave réduisant sa volonté à néant, nous pouvons dîner ensemble.

Zoe se força à détourner le regard de la lueur déterminée dans ses yeux, mais le mal était fait. Son regard inébranlable l'avait touchée, elle qui avait été si seule durant son mariage.

— Bien sûr.

La réponse était sortie dans un souffle avant même que ses pensées n'aient pu interpréter ses émotions.

— Je veux dire…

Un grand sourire éclaira le visage de Ryan.

— Trop tard, dit-il, en la coupant. Ce soir à 19 heures ?

— Je suis prise ce soir, prétendit-elle en se souvenant qu'elle ne devait pas paraître trop pressée.

— Demain ?

— Vous êtes incroyablement déterminé, n'est-ce pas ?

Elle essaya de faire comme si elle n'était pas flattée par son insistance, alors qu'une excitation perfide naissait en elle, faisant vibrer ses nerfs et tordant son estomac.

— J'ai l'habitude d'arriver à mes fins.

En effet. C'est pourquoi elle avait raison de garder ses esprits et de maintenir ses défenses en état d'alerte. Son but en rejoignant la campagne était de le blesser en empêchant sa sœur de gagner. Œil pour œil, avait dit Everly.

Zoe n'avait pas mesuré à quel point il serait difficile de se venger de quelqu'un qu'elle trouvait agréable. Elle devait se souvenir que Ryan était le méchant de l'histoire, comme son ex-mari. Se concentrer là-dessus rendrait la tâche plus facile.

Au lieu de cela, elle se surprit à rêvasser à son beau visage et à son superbe corps. Mais, plus inquiétant encore que sa libido qui la prenait de court, son humour ironique la faisait sourire et sa confiance en lui la paralysait. Si on ajoutait à ça le dévouement dont il faisait preuve envers sa sœur, il avait l'air presque parfait.

Une question demeurait. S'il était aussi merveilleux, pourquoi était-il toujours célibataire ? Pour Everly, il lui manquait une conscience. Il n'avait aucun problème à utiliser des femmes puis à les rejeter. C'était certainement ce qu'il avait fait à Kelly Briggs.

D'après le portrait qu'Everly faisait de lui, Zoe comprenait facilement qu'il méritait la monnaie de sa pièce.

Mais comment pouvait-elle concilier cette version de Ryan avec l'homme qu'elle venait de rencontrer ? La différence inquiétait Zoe et lui faisait remettre en question la sagesse de son plan de rejoindre la campagne de Susannah.

— Où est-ce que je peux passer vous prendre ? demanda-t-il en interrompant ses pensées.

Elle secoua la tête. Il s'attendait à ce qu'elle loue un appartement ou une maison. Son domicile n'était pas conventionnel, et il poserait beaucoup trop de questions auxquelles elle n'aurait pas envie de répondre.

— Pourquoi ne pas se retrouver au restaurant ? suggéra-t-elle.

Il plissa les yeux et la regarda.

— Comment puis-je être sûr que vous viendrez ?

— Pourquoi ne viendrais-je pas ?

— C'est une question intéressante.

Il s'avança et sa présence puissante s'imposa à elle.

— Il y a quelque chose à votre sujet sur lequel je n'arrive pas à mettre le doigt, vous m'intriguez.

Cela donna à Zoe la chair de poule, et ce n'était pas forcément une bonne nouvelle. Elle étouffa un rire et secoua la tête.

— Moi ? C'est drôle. Je ne suis pas particulièrement intéressante.

— Laissez-moi en être juge. J'ai hâte de vous connaître mieux. Que diriez-vous de se retrouver au Charleston Grill à 19 heures ?

La dernière chose que Zoe voulait était de manger près du centre-ville de Charleston, où elle pourrait croiser quelqu'un qu'elle connaissait.

— C'est un peu trop chic pour moi, dit-elle en réfléchissant vite. Et pourquoi pas Bertha's Kitchen à 18 heures ?

Ce restaurant iconique de la cuisine du Sud des États-Unis, situé au nord de Charleston, n'était pas exactement l'endroit où elle s'attendait à voir dîner un riche entrepreneur comme Ryan.

À sa grande surprise, il accepta sans hésitation.

— Rendez-vous à 18 heures.

Il sortit une carte de sa poche et la lui tendit.

— Voici mon numéro, pour le cas où il y aurait quoi que ce soit.

Lorsqu'elle la prit, Ryan refusa de la lâcher.

— Mais vous savez que je serai dévasté si vous me faites faux bond.

Elle doutait qu'il puisse être dévasté par quoi que ce soit, mais elle se dépêcha de le rassurer.

— Je serai là.

Il se leva en lui lançant rapidement un petit sourire dévastateur.

— À demain, Zoe Alston.

— À demain. Ryan Dailey, répéta-t-elle, son corps entier vibrant d'excitation.

Ravi lui aussi, Ryan se dirigea vers le bureau de sa sœur. Lorsqu'il entra, Susannah se renfonça dans son fauteuil et le cuir craqua sous son poids.

— Merci de m'avoir appelé pour me dire que Zoe était revenue, dit-il en se glissant sur l'une des chaises libres.

— Je suis toujours heureuse d'aider mon grand frère.

Susannah était plus jeune que Ryan de cinq minutes, mais sa nature sérieuse l'avait toujours fait paraître beaucoup plus âgée.

— Tu l'as invitée à sortir ?

— Je l'ai invitée à dîner.

Susannah haussa un sourcil.

— Mais elle a accepté ?

— À ton avis ?

Il ne fit aucun effort pour cacher son sourire narquois.

— Elle n'est pas exactement ton genre.

Ryan savait que sa sœur faisait référence au fait que toutes les femmes avec qui il était sorti venaient de leur propre milieu. En épousant l'une d'entre elles, il serait tombé dans un schéma prévisible. Il voulait une femme capable de le bouleverser et de le remettre en question constamment.

— J'admets que son style n'est pas celui auquel je suis habitué, mais j'aime à penser que je ne suis pas si superficiel.

Le sourire de Ryan était désarmant.

— Elle est mystérieuse et il y a quelque chose de tragique dans ses yeux.

— Et au plus profond de toi tu souffres du complexe du chevalier servant qui se met toujours dans le pétrin.

Susannah parlait évidemment de Kelly Briggs.

— Ce n'est pas parce que tu n'as plus besoin de moi depuis l'école primaire que d'autres n'apprécient pas un peu d'aide de temps en temps, dit-il. Et tu peux parler, personne n'aime plus aider que toi.

— Aider, dit-elle. Pas sauver.

— Zoe ne me fait pas l'effet d'une femme qui a besoin d'être sauvée.

— Et pourtant tu viens juste de dire qu'il y avait quelque chose de tragique à son sujet. Je suis inquiète, après ce qui s'est passé avec Kelly.

Cela énervait toujours Ryan d'avoir si mal géré la situation avec Kelly Briggs. Mais peut-être que « mal géré » n'était pas la meilleure description pour définir ce qui s'était passé. Il avait échoué à voir ses vraies motivations sous la surface. Au début, Kelly était prometteuse, le membre le plus intelligent et talentueux de son équipe. Elle était aussi très belle et, si elle n'avait pas été son employée, il aurait pu sortir avec elle. Ils avaient établi une excellente relation, professionnellement aussi bien que personnellement. Plusieurs fois, il fut tenté de franchir la ligne, mais il ne l'avait jamais fait.

Cela ne voulait pas dire que la situation n'avait pas été floue de temps à autre. Particulièrement après qu'il avait découvert que Kelly avait des problèmes avec un ex-petit ami qui avait refusé d'admettre que leur histoire était finie. Ryan n'avait pas pensé aux éventuelles répercussions lorsqu'il était venu à son secours un soir sur le parking de l'entreprise. Ni qu'il avait pu envoyer les mauvais signaux quand il avait offert de l'aider si le type revenait.

— Ce qui s'est passé avec Kelly était une erreur de jugement. Et Zoe est différente. Elle est méfiante et susceptible. Je pense qu'elle a vécu quelque chose de difficile et qu'elle n'est pas complètement guérie.

Il avait du mal à imaginer que Zoe puisse tomber amoureuse de lui juste parce qu'il était gentil avec elle. Non, s'il voulait Zoe, il allait devoir se battre pour l'avoir.

— Tu crois que c'est une bonne idée de t'impliquer avec quelqu'un comme ça ? Tu ne peux pas trouver quelqu'un de simple avec qui sortir ?

— Simple, c'est ennuyeux.

— En tant que vieille épouse qui adore son mari et ses deux formidables enfants, je peux te dire que, simple, c'est parfaitement merveilleux.

— C'est tellement parfait que tu as décidé de te présenter aux sénatoriales ? Si tu étais aussi heureuse que tu le dis, tu serais satisfaite de ta brillante carrière d'avocate et de ta parfaite vie de famille.

Elle fronça les sourcils.

— C'est injuste. Être satisfaite ne veut pas dire que tu ne veux pas plus. Me remettre en cause et grandir en tant que personne me rend heureuse. Tout comme me présenter aux élections.

Quelqu'un frappa à la porte et Ryan se retourna pour voir Gil qui se tenait dans l'embrasure. Susannah l'invita à entrer et il prit une chaise à côté de Ryan.

— Que se passe-t-il, Gil ? demanda Susannah.

— Qu'est-ce que tu sais de la femme avec qui tu parlais ? demanda Gil à Ryan.

Ryan jeta un coup d'œil à sa sœur pour voir sa réaction et vit qu'elle était également interloquée.

— Zoe ? Je ne sais rien d'elle. Pourquoi ?

— J'ai parlé à Tanya et elle m'a dit qu'elle avait un mauvais pressentiment à son sujet.

— Quel genre de mauvais pressentiment ? demanda Susannah en devançant Ryan.

— Elle a été très évasive sur son passé et les raisons

pour lesquelles elle voulait travailler pour nous, dit Gil en fixant Susannah. Elle s'est présentée le jour où Abernathy a annoncé sa candidature. Je me suis dit que le timing était suspect.

Ryan n'aimait pas ce que le chef de campagne était en train d'insinuer.

— Comment ça, suspect ?

— Et si Lyle l'avait envoyée ici pour nous espionner ?

— Sérieusement ? s'énerva Ryan. Est-ce qu'elle a l'air d'une espionne ?

— Bien sûr que non. C'est ce qui la rend parfaite. Tanya a dit qu'elle utilisait une boîte postale en guise d'adresse et elle a posé beaucoup de questions sur les gens qui travaillent ici. Je pense qu'il faudrait faire plus de recherches sur elle avant de lui dévoiler notre stratégie.

— Tu n'es pas sérieux.

Même s'il continuait à la défendre, Ryan remarqua un changement dans sa propre attitude. Les inquiétudes de sa sœur à cause de son intérêt pour Zoe se rappelèrent à lui. Était-elle à nouveau un mauvais choix ? Ryan détestait remettre encore en question son instinct.

— Susannah, tu adhères à cette théorie du complot ?

Une autre de leurs différences était leur façon d'aborder les situations. Là où Ryan agissait d'abord et gérait les conséquences ensuite, Susannah attendait, calculait toutes les options avant de faire un pas. Il aimait penser qu'ils s'équilibraient tous les deux. Elle l'encourageait à ralentir. Il la persuadait de suivre son instinct.

— Tu dînes avec elle, n'est-ce pas ? lui demanda-t-elle. Je suis d'accord avec Gil, nous avons besoin d'en savoir un peu plus sur elle.

Consterné, Ryan remarqua qu'il doutait un peu plus qu'avant. Cette campagne voulait dire beaucoup pour Susannah. Elle sacrifiait sa place d'associée dans son cabinet d'avocats et elle prenait du temps loin de sa famille pour réaliser son rêve d'être sénatrice. Si de la confiance mal placée dans un bénévole créait des problèmes et la faisait perdre face à Abernathy, elle serait dévastée.

— J'aime bien cette femme, protesta-t-il, sachant qu'il ferait tout ce qui était en son pouvoir pour protéger sa sœur. Je ne vais pas la traiter en ennemi.

— Tu n'as pas besoin de faire un interrogatoire complet, dit Susannah avec un sourire moqueur. Tu n'auras qu'à utiliser ce charme spécial Ryan Dailey et apprendre à mieux la connaître, déclara-t-elle en ponctuant ses propos d'un haussement de sourcil.

— D'accord, je ferai mon devoir pour la campagne et j'apprendrai chaque minuscule détail de sa vie.

Il s'interrompit et remarqua que Gil n'avait pas l'air particulièrement heureux de cet échange.

— Si tu me donnais une copie de son formulaire d'inscription, et je verrai ce que Paul peut trouver sur elle ?

Paul Watts, propriétaire de la Watts Cyber Security, avait aidé Ryan à découvrir qui avait saboté sa compagnie et à monter un dossier contre Kelly Briggs.

Plus important encore, il était le meilleur ami de Ryan depuis le jardin d'enfants. Leur fascination pour la technologie avait achevé de souder les deux garçons, et ce, jusqu'à l'âge adulte. En plus d'avoir grandi dans le même quartier, ils s'étaient rendus dans les mêmes écoles jusqu'à l'université.

Malgré leurs ressemblances, ils avaient chacun choisi une carrière très différente. Ryan avait ouvert sa propre entreprise d'ingénierie tandis que Paul avait tourné le dos à la compagnie d'import-export familiale, préférant plutôt une carrière dans la loi.

Comme il ne savait pas où se trouvait son ami en ce moment, Ryan envoya à Paul un court SMS lui demandant de le retrouver autour d'un verre. Paul se disait lui-même accro au travail. Cela lui arrivait souvent de s'y perdre et d'oublier de manger et de dormir. Il répondit rapidement à Ryan.

Je suis à la maison. Passe.

Ryan récupéra les informations sur Zoe et se dirigea vers sa voiture. Il la chercha du regard tandis qu'il déambulait dans le QG, mais elle était déjà partie.

Après quelques rapides arrêts, Ryan se gara devant chez Paul, armé de bières fraîches et d'une pizza de chez Alessandro. Paul, pieds nus, sortait à peine de la douche lorsqu'il ouvrit la porte. Il avait des cernes foncés sous ses yeux vert mousse.

— Mince, commença Ryan, choqué par la pâleur de son ami. Est-ce que tu as dormi ?

— J'ai travaillé toute la nuit, murmura Paul alors qu'il prenait la pizza et le conduisait jusqu'à la cuisine.

— Tu sais, il est 5 heures de l'après-midi.

Paul posa la boîte, passa les doigts dans ses épais cheveux blond sable et jeta un coup d'œil à l'horloge du micro-ondes.

— C'est vrai ?

— Je ne te demande même pas si tu as mangé.

Ryan décapsula l'une des bières et la lui tendit.

— Ma visite n'est pas tout à fait altruiste.

Il sortit la copie du formulaire rempli par Zoe et la fit glisser le long de l'îlot de cuisine en marbre en face de son ami.

— J'ai besoin que tu trouves des informations sur cette personne.

— Qui est-ce ?

— Quelqu'un qui a récemment rejoint le parti de Susannah ; Gil la trouve suspecte. Il pense qu'elle espionne peut-être pour Lyle Abernathy.

— En quoi est-ce important ?

— Est-ce que tu es sorti de ta bulle ces derniers jours ? demanda Ryan, partagé entre amusement et l'irritation.

Abernathy a changé de circonscription et il est entré dans la course contre Susannah.

— Je crois que j'en ai entendu parler, mais je n'ai pas fait le rapprochement.

Paul attrapa une part de pizza et mordit dedans tout en parcourant les documents contenant les informations sur Zoe.

— Et toi, qu'est-ce que tu crois qu'il se passe avec Zoe Alston ?

— Je réserve mon jugement pour le moment.

Paul étudia longuement le visage de son ami.

— Elle te plaît ?

— Oui.

— Donc est-ce que c'est vraiment à propos de la campagne de ta sœur ou est-ce que tu me fais chercher des informations sur elle à cause de Kelly Briggs ?

— Peut-être un peu des deux, admit Ryan. Écoute, il n'y a rien de mal à prendre des précautions. Et je ne suis pas celui qui a déclenché l'alerte.

Même si cela était vrai, il était aussi vrai qu'il ne s'était pas pressé pour défendre Zoe. La paranoïa de Gil avait éveillé les soupçons de Ryan, et ils ne disparaîtraient pas s'il n'avait pas la preuve concrète qu'elle n'était pas une menace pour Susannah.

— Je vérifierai, dit Paul. Promets-moi simplement de tout arrêter si je trouve des éléments compromettants.

Ryan se souvint de son excitation provoquée par l'odeur délicieuse de Zoe, ses jolies courbes et ses lèvres pleines. Quelque chose chez elle déclenchait toutes les alarmes en lui, et il supposait qu'il aurait du mal à s'en défaire sans la mettre dans son lit d'abord.

— J'y penserai, dit-il, sachant qu'il n'en ferait rien.

- 3 -

Tout en passant la porte des Trésors de la Seconde Chance, Zoe se faisait du souci pour son dîner avec Ryan Dailey. Un an auparavant, elle avait ouvert cette boutique qui vendait de l'art et des objets faits main par des femmes victimes de violences domestiques. Le concept de la boutique lui avait été inspiré par le sentiment d'abandon qu'elle avait éprouvé tout en étant mariée à Tristan. Normalement, le magasin lui donnait un sentiment de fierté et d'accomplissement, mais récemment elle était accablée par le poids des échéances que la banque lui demandait.

De sa conception à son ouverture, ce projet avait été la passion de Zoe durant trois ans. Depuis, elle avait été capable d'aider une centaine de femmes qui avaient des problèmes financiers après avoir mis un terme à un mariage compliqué. Mois après mois, son stock et ses clients n'avaient cessé de s'accroître. Malheureusement, arrivée à ce stade, elle avait mis tout ce qu'elle possédait dans le magasin pour s'apercevoir que ce n'était pas assez.

Elle était en retard sur le loyer et était sur le point de décevoir chacune des personnes qui avaient désespérément besoin d'elle pour s'en sortir. La pression financière de plus en plus forte était l'une des raisons qui l'avaient poussée à passer ce pacte avec Everly et London. La possibilité que London puisse trouver un indice qui aiguillerait Zoe sur l'endroit où Tristan avait caché de l'argent, combinée à l'idée de voir son ex-mari souffrir pour ce qu'il lui avait fait endurer, était ce qui avait achevé de la convaincre.

À 15 heures, Jessica, son employée à mi-temps, sortit pour retrouver ses enfants à l'arrêt de bus, laissant Zoe seule. Par chance, le flot continu de clients qui entraient dans le magasin empêcha Zoe de penser davantage à ses problèmes. Mais, alors que l'horloge sonnait 17 heures et qu'elle fermait la porte de la boutique, l'anxiété revint en force.

La carte professionnelle que lui avait donnée Ryan était sur le bureau de l'arrière-boutique. Zoe aurait pu annuler son dîner avec lui, mais l'homme était très distrayant et, que cela lui plaise ou non, elle trouvait tout ça excitant.

Zoe lutta fortement contre le charme de Ryan et se souvint que son vrai but en sortant avec lui était de récupérer autant d'informations qu'elle le pourrait à propos de sa sœur et de sa campagne. Laissant de côté un élégant tailleur dans sa nuance de bleu préférée, Zoe choisit une robe droite à rayures blanches et noires, des baskets blanches et un cardigan *oversize* noir. Cela ressemblait à une tenue qu'elle aurait pu porter à l'université. Confortable et terre-à-terre, sans logo de designer. Pas sûr que cela ferait se retourner un homme sur son passage.

Se faire oublier était important si elle devait obtenir des informations sur la campagne de Susannah sans se faire repérer. Si Ryan persistait à vouloir la séduire, Zoe deviendrait un sujet de conversation parmi les membres du personnel. Hier, après que Ryan était allé parler à sa sœur, Tanya avait été particulièrement claire sur le fait que Zoe devait maintenir ses distances vis-à-vis du frère jumeau de la candidate. Le raisonnement de Tanya n'avait pas été très clair, contrairement à son irritation.

Zoe avait tenu à préciser qu'elle n'était pas intéressée par Ryan, mais Tanya ne l'avait visiblement pas crue. Elle sous-entendait qu'aucune femme saine d'esprit ne pouvait lui résister. Cette affirmation ne cessait de harceler Zoe tandis qu'elle garait sa voiture et épiait Ryan, qui attendait près de la porte d'entrée du restaurant.

Tout en avançant vers lui, elle se donna quelques secondes pour admirer son corps élancé et musclé, moulé dans un jean et une chemise noire aux manches relevées qui montrait ses puissants avant-bras. Il avait l'air parfaitement à l'aise dans cet environnement modeste.

— Salut, dit-elle lorsqu'elle fut à portée de voix. Désolée, je suis en retard. Le trafic était pire que je ne le pensais.

— Pas d'inquiétude, dit-il avec un demi-sourire. Pour vous, cela vaut le coup d'attendre.

Ne trouvant pas de répartie intelligente, Zoe le regarda en silence. Elle était habituée à une certaine dose de flatterie. Pourtant, elle se tenait là dans ses vêtements simples et Ryan se comportait comme si elle était la femme la mieux habillée de la planète. Une décharge électrique courut le long de sa colonne vertébrale, la rendant très attentive au fait que sa peau sentait particulièrement bon le savon et que son shampooing la faisait penser à une journée ensoleillée.

— Vous avez faim ? demanda-t-elle en s'emparant du premier sujet sûr qui lui passa par la tête afin de garder la conversation fluide. La nourriture ici est fantastique. Même si ce n'est probablement pas ce à quoi vous êtes habitué.

— Au contraire, je viens ici assez souvent, dit-il en lui faisant signe de le précéder dans le restaurant. Encore plus maintenant que le QG de campagne de Susannah est tout près.

Sa piteuse tentative de mettre en avant leur milieu différent et de démontrer qu'elle n'était pas le genre de femme auquel il était habitué avait échoué misérablement. Zoe réévalua son impression de Ryan tandis qu'il souriait et flirtait avec les serveuses. Il était parfaitement évident qu'il était effectivement un client régulier car il appelait certains des serveurs et des membres du personnel par leur prénom et tous le connaissaient.

Lorsqu'ils posèrent leurs plats et leurs thés sucrés à leur table, Zoe se sentit vaincue.

— Parle-moi de toi, dit Ryan en délaissant la conversation d'usage sur la météo. Je veux tout savoir.

Elle s'était attendue à ce qu'il ressemble à tous les hommes d'affaires de sa connaissance, uniquement intéressés par eux-mêmes. Bien qu'elle ait préparé une histoire ennuyeuse qui lui ferait rapidement perdre tout intérêt, quelque chose dans son regard franc lui fit comprendre qu'il vallait mieux qu'elle fasse très attention à ce qu'elle allait dire.

— Je suis tout à fait banale, commença-t-elle en déballant son histoire d'un ton monocorde et avec une désinvolture étudiée.

La concentration nécessaire pour garder une apparence blasée tandis que son cœur battait la chamade mit en évidence la puissante attraction que Ryan exerçait sur elle.

— C'est vous, la personne intéressante, ici. Vous dirigez une entreprise d'ingénierie qui fonctionne et vous avez des projets partout dans le monde.

Malheureusement, Ryan ne fut pas distrait par sa tentative de diversion.

— Où avez-vous grandi ?

— À Greenville.

Si Ryan était décidé à creuser dans son passé, Zoe avait bien l'intention de lui offrir des réponses brèves et vagues.

— Qu'est-ce qui vous a amenée à Charleston ?

— Je suis venue ici après l'université.

Elle laissa de côté la partie sur la jeune mariée qu'elle

avait été, bouillonnante d'optimisme sur sa nouvelle vie aux côtés de son beau et riche mari.

— À quelle université êtes-vous allée ?

— À celle de Caroline du Sud.

— Vous avez étudié quelle matière ?

— Je n'ai jamais eu mon diplôme.

Il pencha la tête lorsqu'il entendit qu'elle était sur la défensive.

— Vous dites ça comme si vous vous attendiez à ce que je vous juge.

— Vous êtes un ingénieur brillant et un homme d'affaires qui a réussi, dit-elle. Votre sœur est une avocate qui participe à une élection sénatoriale. Vous êtes trop bien pour moi.

— Et, parce que vous n'avez pas fini l'université, vous seriez quelqu'un de moindre valeur ? Ou êtes-vous en train de me juger en pensant que je me crois meilleur que tout le monde ? ajouta-t-il après une courte pause. C'est pour ça que vous vouliez venir ici ? Pour me faire comprendre que vous êtes quelqu'un d'ici alors que moi je ne suis forcément qu'un crétin ?

— Non.

Mais n'était-ce pas au fond la raison pour laquelle elle avait choisi Bertha's Kitchen ?

— Alors pourquoi attacher autant d'importance à ma réussite ? demanda-t-il comme s'il voulait vraiment mieux la connaître, comme s'il voulait découvrir tous ses secrets.

Sa respiration s'accéléra face aux dangers que cela représentait.

— Je suppose que je suis habituée à être jugée pour mes choix.

— Vous êtes contente de ce que vous avez fait ?

— L'est-on jamais vraiment ?

La liste de ses erreurs de jugement dépassait largement les réussites dont elle était fière.

— Si vous pouviez revenir en arrière, que changeriez-vous ?

Ces dernières années, Zoe avait longuement réfléchi à cette question. Tout n'était pas à jeter dans son mariage avec Tristan. Il pouvait se montrer gentil, drôle et généreux. Du moins, cela avait été le cas au début.

— Il est difficile de répondre à cette question. Les décisions que j'ai prises m'ont aidée à devenir la personne que je suis aujourd'hui. J'aime cette personne. D'autres choix auraient pu me faire devenir quelqu'un d'autre.

— Vous auriez aimé avoir votre diplôme ?

— Évidemment, que cela m'aurait plu.

Pourtant, était-ce bien vrai ? Elle n'aimait pas la matière qu'elle avait choisie et avait eu des difficultés à suivre les cours. Lorsque Tristan avait insisté pour l'épouser, elle avait interrompu sans regret sa deuxième année d'études. C'est seulement lorsqu'elle avait déménagé à Charleston qu'elle avait réalisé son erreur.

Le cercle social dans lequel évoluait Tristan était rempli de jeunes et jolies anciennes débutantes qui adoraient parler de leurs études. Zoe s'était toujours sentie un peu bête de ne pas avoir achevé les siennes.

— Je suis allée à l'université parce que c'était ce que l'on attendait de moi. Je ne savais pas vraiment ce que je voulais faire.

— Si c'était à refaire, vous feriez quoi ?

— De la sociologie ou assistante sociale. J'aime aider les autres.

— Je parie que vous êtes douée pour ça.

Elle voulut lui faire remarquer qu'il ne la connaissait pas assez pour être aussi affirmatif, mais la lueur convaincue qui animait ses yeux gris la fit se demander s'il ne voyait pas plus profondément en elle qu'elle ne le soupçonnait.

Cette pensée la troubla, et en même temps elle fut flattée qu'il fasse l'effort de regarder sous la surface.

Aucun doute là-dessus. Ryan Dailey était un homme complexe, ce qui le rendait dangereux.

— Peut-on parler d'autre chose ? demanda-t-elle. Je ne suis vraiment pas si intéressante que ça.

— Vous n'avez pas assez confiance en vous, la taquina-t-il malgré le sombre pressentiment qui s'installait en lui.

Sa première impression sur le fait que l'apparence nerveuse de Zoe cachait une nature plus délicate s'était révélée juste. Son insistance à lui prouver qu'il n'y avait rien d'intéressant chez elle l'intriguait. Au lieu d'être convaincu qu'elle était quelconque, il était de plus en plus curieux de savoir ce qu'elle cachait. Et pourquoi.

— Une dernière question, insista-t-il, tout en ignorant son soupir las. Qu'est-ce que vous faites lorsque vous n'êtes pas bénévole pour la campagne de ma sœur ?

— Je travaille dans une boutique du centre-ville de Charleston, les Trésors de la Seconde Chance.

Sa réponse directe le surprit, tout comme le fait qu'elle se redresse et qu'elle relève le menton. Elle s'illumina tout entière. Elle arrêta de fuir son regard et le fixa droit dans les yeux. La beauté de ses yeux marron clair le frappa avec force. Son esprit se vida durant quelques longues secondes avant de se libérer de son emprise.

— Qu'est-ce que vous vendez là-bas ?

— Nous sommes spécialisés en art et objets faits main par des femmes qui ont subi des violences conjugales. Chaque vente les aide sur le chemin de l'indépendance financière, dit Zoe avec de la fierté dans la voix.

Depuis le début, il l'avait trouvée belle, mais à présent, tandis qu'elle parlait du magasin, son sourire éclatant et sa satisfaction farouche le captivaient.

— On dirait que c'est moins un travail qu'une vocation, pour vous.

Comme si elle réalisait qu'elle en avait trop dit, elle se renferma. Avec un haussement d'épaules désinvolte, elle murmura :

— Cela fait du bien de se sentir utile.

Il acquiesça mais sentit qu'elle n'accepterait aucune de ses propositions.

— Je suis sûre que ma sœur aimerait faire quelque chose pour vous aider. Vous lui avez parlé du magasin ?

Zoe secoua la tête.

— Elle est occupée avec les élections. Je ne voudrais pas l'embêter.

— Vous ne l'embêterez pas, insista-t-il, en se disant que le sujet des violences conjugales était un élément que pouvait utiliser Susannah dans son programme électoral. En fait, organiser un événement au magasin pourrait être une bonne publicité pour vous deux. Ça vaudrait le coup de demander aux propriétaires.

— Je suppose que je pourrais faire ça.

Cette réponse vague amena Ryan à se demander si elle allait réellement le faire. De toute façon, il avait décidé de suggérer à Susannah de jeter un œil à la boutique. Même s'il n'était pas possible d'organiser un événement, Ryan savait que sa jumelle ferait tout ce qui était en son pouvoir pour aider.

— Vous avez l'air d'être la personne idéale pour rejoindre l'équipe de campagne de Susannah, dit Ryan, afin de passer à la lourde tâche de déterminer si Zoe était d'une façon ou d'une autre liée au parti d'Abernathy. Vous avez cette sorte de passion pour le changement social qui a conduit ma sœur à vouloir des fonctions officielles. Vous avez déjà été bénévole lors d'autres élections ?

— Non.

La brève réponse de Zoe fit regretter à Ryan d'avoir été trop direct. Tant qu'à faire autant y aller franchement et lui demander si elle espionnait pour le compte d'Abernathy !

— Pourquoi maintenant, alors ?

Elle se concentra soudain sur les haricots qu'elle n'avait pas fini de manger en les alignant dans son assiette.

— Je suppose que j'ai pris conscience que rien n'allait changer sauf si des gens prenaient les choses en main.

— Des gens ? demanda-t-il pour la contraindre à clarifier sa réponse.

Un sourire forcé passa rapidement sur ses lèvres.

— Sauf si je prenais les choses en main.

— Je crois que beaucoup de gens ont ce sentiment, convint Ryan. Susannah dit que la liste de leurs bénévoles a doublé depuis qu'Abernathy a annoncé sa candidature.

— Ça n'est pas surprenant. C'est un horrible politicien.

— Vous avez l'air de le connaître.

Elle secoua la tête.

— Pas du tout, c'est juste ce que j'ai entendu dire.

Même si ses dénégations sonnaient faux, il était assez évident que son dégoût était authentique. Peut-être un peu trop évident ? Partager une opinion défavorable sur Lyle Abernathy ne l'empêchait pas tout à fait de travailler pour lui. Elle ne pouvait tout de même pas venir et chanter les louanges du type tout en étant bénévole pour Susannah. Ryan aurait aimé que son instinct ne le mette pas en garde contre le fait que son explication ne sonne pas vrai. Laver Zoe de tout soupçon lui aurait ouvert la voie de la séduction. Le fait d'envisager que Gil et sa sœur aient raison de la suspecter brûlait l'estomac de Ryan à l'acide. Il avait espéré qu'elle calmerait son esprit durant le dîner. Au lieu de cela, elle l'amenait à se poser davantage de questions.

Clairement, il allait devoir poursuivre ses recherches.

— Merci pour le dîner, dit-elle lorsqu'ils sortirent du restaurant et se dirigèrent vers le parking.

— De rien, dit Ryan en marchant au même rythme

qu'elle. Peut-être que la prochaine fois vous me laisserez choisir le restaurant.

Zoe rejoignit sa voiture et se retourna pour faire face à Ryan.

— Écoutez, commença-t-elle, visiblement pressée de se débarrasser de lui. Vous êtes vraiment un type sympa, mais ça ne va pas fonctionner.

Ryan mit les mains sur ses hanches et se demanda si elle était aussi insensible qu'elle en avait l'air.

— Parce que ?

— Nous sommes bien trop différents.

Elle désigna l'espace entre eux d'un mouvement de la main comme si cela prouvait ce qu'elle voulait démontrer.

— Être différent est justement ce qui apporte un peu de piment, la contredit-il en faisant un pas dans sa direction.

Elle écarquilla les yeux à mesure qu'il envahissait son espace.

— Être différent c'est ce qui amène des problèmes. Vous aimez le champagne. J'aime la bière.

— Vous aimez la bière ? répéta-t-il, surpris, incapable de l'imaginer une bouteille à la main.

— En fait, non, admit-elle. D'habitude, je bois plutôt de la vodka, mais vous voyez ce que je veux dire. Vous habitez sur la rive sud, et moi…

Elle s'interrompit, son adresse actuelle lui faisant défaut.

— Où vivez-vous ?

— Je suis chez une amie en ce moment, dit-elle très évasivement. Vous voyez, c'est ça dont je parle. Vous êtes riche et moi je n'ai pas les moyens de louer un appartement. Ça ne marchera jamais.

— Je ne suis pas d'accord et franchement je me sens un peu insulté d'être jugé sur ma situation financière.

— Vous vous sentez insulté ?

Elle croisa les bras sur sa poitrine et redressa le menton.

— Oui. Et je crois que vous mentez sur la raison de ne plus me voir.

— Je ne mens pas.

Il ignora ses dénégations et insista.

— Je crois que vous êtes fière de votre indépendance au point que vous refusez l'aide de quiconque, peu importe la gravité de votre situation.

À la façon dont ses yeux s'agrandirent, Ryan sut qu'il avait fait mouche.

— De quoi avez-vous peur ?

— Je n'ai pas peur, rétorqua-t-elle. Mais vous avez raison au sujet de ma fierté. C'est important pour moi de faire les choses par moi-même.

Son air farouche l'excita énormément, ce qui l'obligea à glisser les mains dans ses poches pour s'empêcher de l'attraper et de poser ses lèvres sur les siennes.

Tour à tour désinvolte et sûre d'elle, cette femme était un mystère qu'il voulait résoudre. Restait à savoir s'il devait ou non le faire.

— Un seul rendez-vous de plus, déclara-t-il. Nous dînerons ensemble ce week-end où vous voulez.

Elle secoua la tête.

— Non n'est pas une option, n'est-ce pas ?

— Je vous aime bien. Beaucoup. Je crois que vous m'aimez bien aussi.

Il fit une pause pour lui offrir la possibilité de le contredire. Comme elle ne saisit pas l'opportunité, il eut sa réponse.

— Bien, samedi soir à 18 heures. On se tient au courant pour les détails.

— Vous perdez votre temps, déclara Zoe, mais sa voix manquait de conviction. Bonne nuit, Ryan Dailey.

— Faites de beaux rêves, Zoe Alston.

Tandis qu'elle se glissait derrière le volant de sa Subaru grise, Ryan se dirigea vers son propre véhicule. Cela l'ennuyait toujours qu'elle ait donné une boîte postale en guise d'adresse et qu'elle dise habiter chez une amie. Pourquoi rester si vague sur cette question ? Quel secret essayait-elle de dissimuler ?

Ryan était déterminé à le découvrir et, alors qu'elle sortait du parking, il lui laissa un temps d'avance au moment de s'insérer dans le trafic derrière elle. Il doutait que sa sœur approuve sa filature de Zoe, mais il n'arriverait pas à se détendre à moins de savoir qu'elle disait la vérité sur l'endroit où elle vivait. Depuis le restaurant où ils avaient dîné, le trajet était direct jusqu'au centre-ville de Charleston. Tout en suivant Zoe, Ryan se demanda s'il aurait agi de la même façon avant tous ces problèmes avec Kelly Briggs. Il ne s'était jamais considéré comme quelqu'un de naïf lorsqu'il s'agissait des femmes mais, après sa mauvaise interprétation des attentes de Kelly, le premier réflexe de Ryan était de s'attendre au pire. Il n'était pas fier de son tout nouveau cynisme ni du fait que cela entrait en conflit avec son profond désir d'accorder aux gens le bénéfice du doute. Devenir méfiant l'avait diminué d'une certaine manière.

Lorsque la voie rapide 52 se transforma en King Street et que la voiture de Zoe poursuivit sa route, Ryan se dit qu'elle ne rentrait pas chez elle mais qu'elle allait plutôt dans un des bars du centre-ville. C'était là que les choses se corsaient. Il devait la suivre pour voir ce qu'elle allait faire, tout en restant hors de vue.

Cependant, alors que Ryan réfléchissait à la façon d'y parvenir, Zoe s'engagea dans une impasse et se gara derrière un commerce. Ryan continua de rouler mais ralentit pour lire le nom peint sur les fenêtres sombres du magasin. Les Trésors de la Seconde Chance. La boutique où Zoe avait dit qu'elle travaillait.

Que pouvait-elle bien faire là si tard ?

Ryan fit le tour du pâté de maisons et trouva une place

au bout de la rue d'où il pouvait observer le parking et regarder qui entrait ou sortait. Au bout d'une heure, tout était calme et la curiosité de Ryan se mua en frustration. Il n'y avait pas de fenêtre à l'arrière du bâtiment, ce qui n'offrait aucun indice sur ce qu'il pouvait se passer à l'intérieur. De plus, la voiture de Zoe était la seule sur le parking. À moins que quelqu'un ne soit venu à pied avant son arrivée, Ryan devait supposer qu'elle était seule.

Frustré par le manque d'action, il redémarra sa voiture et passa une nouvelle fois devant la vitrine. Tapotant le volant du bout des doigts, il prit la direction de sa maison de style Queen Anne au nord du centre-ville.

Il l'avait achetée deux ans auparavant après d'importants travaux de rénovation pour remplacer la plomberie et l'électricité vétustes. La demeure était beaucoup trop grande pour lui, mais il adorait la cour et les deux studios séparés au fond du jardin que les anciens propriétaires louaient. Ryan n'avait pas besoin de locataires compliqués ni d'un revenu complémentaire, mais il appréciait l'espace supplémentaire, séparé du corps principal de la maison, où il pouvait loger des invités au besoin.

Après avoir mis sa voiture au garage, Ryan se dirigea vers la porte arrière de la maison et entra dans la cuisine ultra-moderne et immaculée. La plupart des gens qui aimaient les demeures historiques auraient été ennuyés de constater que l'architecture d'origine n'avait pas été conservée à l'intérieur. Ryan appréciait le plan de travail en marbre, l'équipement professionnel et l'aménagement contemporain. La cheminée peinte en blanc qui s'étalait le long d'un mur était le seul témoin de l'âge de la maison. Pour le reste de la décoration, Ryan avait choisi des murs blancs pour attirer l'attention sur le plancher en bois et les meubles aux lignes droites et aux tons neutres couplés à de grands tableaux abstraits.

En entrant dans la maison pour la première fois, les

visiteurs étaient frappés par le contraste qui s'opérait entre l'extérieur historique et l'intérieur minimaliste et moderne. Tout le monde n'approuvait pas, mais Ryan n'était pas arrivé là où il était en se laissant influencer par l'avis des autres.

Il se servit à boire et se laissa tomber dans le fauteuil de son salon, la télécommande de la télévision dans une main et un verre en cristal de bourbon dans l'autre. Il zappa et s'arrêta lorsqu'il vit des photos de sa sœur et de Lyle Abernathy.

Combien de temps faudrait-il à Abernathy pour causer des problèmes ? Ses électeurs en avaient eu assez de ses idioties et il se retrouvait face à une élection dans sa circonscription d'origine qu'il était sûr de perdre. C'était pour ça qu'il avait changé pour celle de Susannah. Le fait qu'il amène avec lui ses mauvaises pratiques politiques faisait grincer Ryan des dents.

Il éteignit la télévision en entendant sonner son téléphone.

— Au départ, je n'ai rien trouvé sur Zoe Alston, dit Paul à l'autre bout du fil sans s'embarrasser d'un préambule.

— Qu'est-ce que ça veut dire ? demanda Ryan, ses soupçons s'intensifiant au même rythme que sa déception. Il avait espéré que Zoe soit aussi ordinaire qu'elle le prétendait.

— Qu'elle n'a aucune présence sur les réseaux sociaux et ne laisse pas de traces informatiques évidentes.

— Donc quoi, elle n'existe pas ? Ça veut dire qu'elle nous a donné une fausse identité ?

— Pas une fausse identité, le corrigea Paul. Elle a récemment divorcé et elle réutilise son nom de jeune fille.

— À quel point c'est récent ?

— À peine quelques jours. L'encre a à peine eu le temps de sécher.

Un soulagement puissant submergea Ryan, le laissant légèrement étourdi. L'agitation de Zoe était bien plus compréhensible, tout comme sa réticence à sortir avec lui. Elle n'était pas une espionne, juste une femme au cœur brisé. Évidemment, qu'elle n'était pas prête à se livrer à un inconnu.

— À qui était-elle mariée ? demanda Ryan.

— Tristan Crosby.

— Ça me dit quelque chose.

Le nom ne lui était pas inconnu, mais Ryan n'arrivait pas à se souvenir où il l'avait déjà entendu.

— Il dirige Crosby Automobile. Sa famille possède aussi Crosby Motosport. L'écurie de course automobile.

Une petite lumière s'alluma chez Ryan.

— Harrison Crosby roule pour cette équipe.

— C'est son frère cadet.

Donc le passé de Zoe était bien plus intéressant qu'elle ne voulait bien l'admettre. Toutes ses excuses selon lesquelles ils venaient de mondes très différents n'étaient qu'un tissu d'absurdités. Pourquoi ne pas juste lui dire qu'elle n'était pas prête à sortir avec quelqu'un et en rester là ? Pourquoi toutes ces inventions ?

Ces questions renouvelèrent la méfiance de Ryan.

— Est-ce que tu peux faire des recherches sur le propriétaire du magasin Les Trésors de la Seconde Chance ? dit Ryan en donnant l'adresse à Paul. Et, tant qu'à faire, sur le propriétaire du bâtiment aussi.

— Dois-je supposer que tout ça est lié à ton intérêt pour Zoe Alston ?

— Oui. Je ne peux pas t'expliquer pourquoi, mais il y a un truc pas clair chez elle et j'ai bien intention de trouver ce que c'est.

— Je vais voir ce que je peux trouver, dit Paul avant de s'interrompre un instant. Tu sais, toutes les femmes n'ont pas de mauvaises intentions.

C'était vrai. Mais il n'allait pas baisser la garde sans être sûr qu'il ne risquait rien. Si rester trop méfiant lui permettait de garder son entreprise, sa famille et ses amis en sécurité, c'était comme ça qu'il fallait agir.

— Je… sens quelque chose à son sujet, dit-il, la confession sortant de nulle part. Je veux être sûre qu'elle ne ment pas.

— J'ai compris.

La réponse sérieuse de Paul faisait écho à l'humeur de Ryan.

— Donne-moi deux jours pour voir ce que je peux trouver.

Mû par son impatience, Ryan se leva. Il n'allait pas attendre deux jours pour avoir des réponses. Il n'avait aucune raison de ne pas mener ses propres investigations. Il attrapa ses clés et se dirigea vers sa voiture. Trop de questions se bousculaient dans sa tête à propos de Zoe Alston. Il n'avait aucune chance de se détendre tant qu'il ne l'aurait pas confrontée sur ce qu'elle ne lui avait pas dit ce soir.

Ryan remarqua que son moral allait un peu mieux tandis qu'il se glissait au volant de sa voiture et il sut à quoi cela était dû. Il avait hâte de la revoir.

En jurant, Ryan se demanda si sa sœur n'avait pas eu raison de le mettre en garde. Visiblement, Zoe Alston attirait les ennuis, peut-être pas pour la campagne de Susannah mais certainement pour sa tranquillité d'esprit.

- 4 -

Après son dîner avec Ryan, Zoe avait du mal à se concentrer sur le tableur qu'elle avait créé pour suivre ses recettes et dépenses. Elle devait décider quelles factures payer et lesquelles elle devrait repousser de quelques semaines ou d'un mois. Tout en haut de sa liste des priorités se trouvaient les commissions qu'elle devait aux femmes qui lui fournissaient sa marchandise. Elles comptaient sur cet argent pour nourrir et loger leurs enfants.

Zoe frotta ses yeux secs et ravala la bile qui lui remontait dans la gorge. Elle détestait cette vague de désespoir qui la submergeait. Où pourrait-elle trouver plus d'argent ? La suggestion de Ryan de parler à sa sœur était la réponse la plus évidente. Il avait raison de penser qu'une soirée caritative organisée au magasin profiterait à Susannah et mettrait en avant Les Trésors de la Seconde Chance. Elle aurait aimé savoir comment surmonter ses réticences à demander de l'aide. Évidemment, elle avait été blessée par le passé lorsqu'elle avait tendu la main, mais Susannah n'était pas du tout comme les femmes de son ancien cercle d'amis. Elle n'arrivait pas à imaginer Susannah lui sourire tout en la poignardant dans le dos.

Lorsqu'elle prit la tasse de thé à la menthe posée à côté de son ordinateur, Zoe remarqua la trace noire de maquillage sur le dos de sa main et se dirigea vers la salle de bains pour se nettoyer le visage. Alors qu'elle tapotait sa peau sèche, elle observa ses traits dans le miroir et se dit que, sans le maquillage foncé, elle paraissait plus jeune que ses vingt-neuf ans, jusqu'à ce qu'elle croise son regard et qu'elle voie le poids de l'expérience qui marquait ses yeux.

Un coup frappé à la porte de l'arrière-boutique qui menait au parking fit bondir le cœur de Zoe. Un rapide coup d'œil à sa montre lui apprit qu'il était presque 22 heures. Qui pouvait bien passer si tard ?

La plupart des femmes qui travaillaient avec Zoe connaissaient son histoire et le fait qu'elle dormait au magasin pour économiser de l'argent. Confier ses problèmes n'avait pas été facile pour Zoe. Elle avait passé quasiment tout son mariage à prétendre que sa vie était parfaite. Mais être honnête envers ces femmes était aussi important pour elles que pour Zoe.

En retour, Zoe apprenait à être courageuse là où auparavant elle aurait eu peur. Ce qu'elle percevait comme de la faiblesse et un échec n'avait pas à la définir.

Ses pensées lui donnant des ailes, Zoe alla à la porte et l'ouvrit. La personne qui se tenait à l'extérieur n'était pas du tout celle à laquelle elle s'était attendue.

— Qu'est-ce que vous faites là ? demanda Zoe, en espérant qu'il ne voie pas combien elle était paniquée.

— Je pense que nous devons parler.

Son regard la détailla de bas en haut, faisant réaliser à Zoe que son survêtement à fleurs et ses pantoufles duveteuses roses ne collaient pas avec son personnage de rebelle.

— Donc vous vous êtes juste pointé ici ? demanda-t-elle, la colère lui donnant la force de l'affronter et de lui jeter un regard mauvais alors que son instinct lui criait de battre en retraite. Et comment saviez-vous où me trouver ?

— Je vous ai suivie.

— Vous m'avez suivie…

Elle se retrouva écrasée par une angoisse fulgurante.

Pourtant, alors qu'elle faisait un pas en arrière et qu'elle commençait à refermer la porte, elle prit conscience qu'à cause de ses soupçons cet homme ne lui ferait pas confiance, à moins qu'elle ne lui donne une chance de dissiper ses doutes. Refoulant son angoisse, elle recula et le laissa entrer. Ryan pénétra dans l'arrière-boutique en regardant tout autour de lui. Des boîtes remplies de marchandises occupaient presque un tiers de la vaste pièce. Un rideau séparait le reste de l'espace en une pièce de repos pour le personnel, le bureau de Zoe et son espace privé. Pendant les heures d'ouverture de la boutique, Zoe gardait le rideau tiré, mais lorsqu'elle était seule elle l'attachait. En ce moment, son lit de camp était visible.

— Vous dormez ici ? demanda-t-il, son regard dur revenant sur elle.

La honte de sa situation actuelle fut cuisante. Elle aurait aimé plus que tout vivre comme une personne normale dans une maison avec une vraie cuisine et une vraie salle de bains.

Au lieu de répondre, elle croisa les bras sur sa poitrine.

— J'ai du travail. Pouvez-vous me dire rapidement ce que vous voulez, que je puisse y retourner.

— Bien, dit-il sèchement en fronçant les sourcils. Pourquoi ne m'avez-vous pas dit qui vous étiez ?

— Je vous ai dit qui j…

— Zoe Alston.

Elle acquiesça.

— Pourquoi n'avoir pas dit qu'avant vous étiez Zoe Crosby ?

Zoe se figea à mesure que l'horreur s'engouffrait en elle. Il avait fait des recherches sur elle. Les implications que cela engendrait ricochèrent dans sa tête tellement vite qu'elle n'arrivait pas à trouver une seule raison de ne pas paniquer. Est-ce qu'il savait ce qu'Everly, London et elle prévoyaient de faire ? Se pouvait-il qu'il fût là pour la menacer ? Il n'avait pas hésité à envoyer Kelly Briggs en prison. Que lui ferait-il s'il apprenait qu'elle avait l'intention de s'en prendre à sa sœur ?

— Soit, j'étais mariée, murmura-t-elle en détestant se sentir vulnérable à ce point. Ça n'a pas marché.

Admettre cet échec rendait les choses de plus en plus faciles. Elle y trouvait de la force.

— Quel est le problème ?

— Le problème, c'est que vous vous comportez bizarrement.

— Pas du tout.

Ou du moins elle avait essayé de ne pas se comporter ainsi. Il la rendait nerveuse avec son esprit aiguisé et son évident sex-appeal.

— Et vous avez menti.

Mensonges par omission et par intention. Malgré tout, elle refusait de s'excuser ou de se défendre. À la place, elle laissa son visage de marbre s'exprimer pour elle.

Lorsque le silence s'éternisa, Ryan continua.

— Vous avez dit à Tanya que vous viviez chez une amie.

— Étant donné tout ce qui m'est arrivé cette année, vous m'excuserez si je n'avais pas envie d'étaler ma vie devant une inconnue.

— Vous pensez sérieusement qu'on en aurait eu quelque chose à faire de votre divorce ?

— D'expérience, je sais que les gens sont prompts à juger. Tout ce que je voulais faire, c'est donner un coup de main à quelqu'un que j'admire. Maintenant, à cause de vous, je ne peux plus.

Courageux discours. Elle devrait peut-être mettre ses menaces à exécution et quitter la campagne pour prouver que son indignation n'était pas feinte. Comment arriverait-elle à faire échouer l'élection de Susannah, dans ce cas ? Bien sûr, il y avait toujours la possibilité que Lyle Abernathy réussisse là où Zoe aurait échoué et elle pourrait être débarrassée de cette tâche sans avoir de sang sur les mains.

— C'est pour ça que vous m'avez invitée à dîner ? demanda-t-elle, déçue. Pour pouvoir me cuisiner ?

— Non, je vous ai invitée parce que je suis attiré par vous.

Le plaisir paralysa le rythme régulier de son souffle, mais elle se demanda s'il avait toujours les mêmes sentiments pour elle maintenant qu'il l'avait vue sans maquillage ni vêtements à la mode.

— Je ne suis pas votre genre, dit-elle, reprenant le même argument qu'elle avait déjà utilisé sur le parking.

— Comment pouvez-vous en être sûre ? demanda-t-il, son regard s'étrécissant à mesure qu'il l'étudiait.

— Nous ne nous sommes peut-être jamais croisés à une soirée de Charleston, dit-elle, en terrain connu maintenant qu'ils parlaient de lui, mais je vous ai vu.

Considérant les rumeurs qui couraient sur la vie amoureuse du célibataire le plus en vue de la ville, elle lui adressa un sourire amusé.

— Je crois me rappeler que vous avez une préférence pour les brunes à longues jambes et aux yeux bleus.

Elle ne savait pas du tout si c'était vrai, mais elle savoura une pointe de satisfaction lorsqu'elle le vit hausser les sourcils de surprise.

— Je ne sais pas si c'est tout à fait le cas.

Mais apparemment cela ne devait pas être loin de la vérité. Pour mettre l'accent sur son argument, Zoe toucha ses courts cheveux hérissés en un petit salut moqueur.

— Je ne suis ni brune ni à longues jambes, et mes yeux ne sont même pas bleus.

— Non, c'est vrai. Ils me font penser aux couleurs de l'automne.

À son grand désarroi, il avança nonchalamment vers elle, baissa les yeux et la contempla de haut avec un regard de prédateur. Son pouls s'accéléra lorsque le regard de Ryan s'attarda sur ses lèvres, et elle eut du mal à combattre l'envie de se mordre la lèvre inférieure. La tension dans la pièce sembla soudainement chargée d'une force érotique et les seins de Zoe se tendirent d'anticipation.

— Vous ne m'intéressez pas, dit-elle en levant la paume de sa main devant lui en guise de mise en garde, même si elle sentait que rien de ce qu'elle pourrait dire ou faire n'empêcherait leur inévitable attraction sensuelle.

— Alors pourquoi avez-vous accepté de dîner avec moi ?

La lutte contre son magnétisme était perdue d'avance, aussi elle répondit :

— Mon budget pour les dîners à l'extérieur est particulièrement restreint.

— C'est pour ça que vous vivez ici ?

Sans la quitter des yeux, Ryan fit un mouvement de la tête pour désigner son lit de camp.

Elle fut assaillie par des images d'eux dans son lit étroit, sa bouche sur la sienne, ses mains naviguant sous ses vêtements, mettant le feu à sa peau. Comme son sang battait fort à ses oreilles, elle faillit ne pas entendre la dernière question de Ryan.

— C'est parce que vous êtes à court d'argent ?

— Ce ne sont pas vos affaires, commença-t-elle, irritée d'être atteinte par ses propos. Mais, entre mon divorce et l'ouverture de la boutique, je suis fauchée.

— Vous disiez que vous travailliez ici ? lui rappela-t-il. Mais c'est vous la patronne ?

Elle acquiesça.

— C'est pour ça que vous aviez l'air aussi passionnée au dîner.

Elle acquiesça de nouveau.

— J'ai mis tout ce que j'avais dans Les Trésors de

la Seconde Chance, et on commence à faire un peu de profits mais pas encore suffisamment.

Il haussa un sourcil sombre, mais quelque chose qui ressemblait à de l'approbation passa rapidement dans ses yeux gris lorsqu'il posa une autre question.

— Cela fait combien de temps que vous vivez ici ?

— Presque six mois. Comme mon divorce s'est éternisé, j'ai dû laisser tomber mon appartement pour pouvoir payer le loyer ici.

Zoe ne savait pas pourquoi elle expliquait ses problèmes à Ryan, mais cela la soulageait un peu de parler à quelqu'un.

— Vous attendez un accord ?

Zoe secoua la tête.

— J'ai à peine reçu de quoi payer mes avocats.

— C'est parce que vous aviez signé un contrat de mariage ?

— Pour ça et parce que, selon les dossiers financiers de Tristan, il a lourdement hypothéqué toutes ses propriétés. Il conserve un train de vie luxueux, dit-elle sur un ton plus amer. Conserver son écurie privée de poneys de polo heureuse et en bonne santé coûte très cher.

— Mais…

Zoe l'interrompit.

— Croyez-moi, j'ai engagé les meilleurs avocats que je pouvais m'offrir et nous avons regardé partout.

Ou du moins aux endroits qu'ils connaissaient. S'ils se basaient sur les dépenses de Tristan, il devait cacher de l'argent quelque part. Pourtant, remonter la piste s'était avéré impossible. Zoe repensa au salon *Les Femmes fortes prennent les choses en main* et aux recherches que London faisait pour elle. Une toute petite part d'elle-même gardait l'espoir que l'organisatrice d'événements parvienne à trouver quelque chose que Zoe puisse utiliser contre Tristan.

— On dirait que votre marchandise vaut pas mal d'argent.

Ryan pointait du doigt les tas de cartons avant de se diriger vers la porte qui menait au magasin.

— Je travaille surtout sur la base de la consignation.

Elle suivit Ryan, laissant ses doigts glisser le long du mur jusqu'à ce qu'ils rencontrent l'interrupteur. Elle alluma la lumière et la pièce fut baignée d'une lueur douce.

— J'achète directement à certaines de mes artistes parce que je veux une exclusivité sur leur travail, mais la plupart du temps je prends 15 % de commission sur ce que je vends.

— Cela ne serait pas mieux de posséder complètement le stock ? demanda-t-il.

— Probablement. Mais au départ je n'avais pas les moyens de tout acheter et les artistes se font plus d'argent avec le système de consignation. Ai-je répondu à toutes vos questions, maintenant ?

— À toutes sauf une.

— Faites feu.

— Avez-vous rejoint l'équipe de campagne de Susannah à cause de quelqu'un qui serait lié à Lyle Abernathy ?

— Quoi ?

La surprise et le soulagement se succédèrent rapidement dans son esprit.

— Non, bien sûr que non. Pourquoi travaillerais-je pour Lyle Abernathy ? demanda-t-elle, même si elle devinait aisément la réponse. Je ne le connais pas, ni lui ni aucun de ses proches.

Le doute pouvait se lire sur le visage de Ryan.

— Écoutez, je vois bien que vous ne me croyez pas, dit-elle. Et j'admets volontiers ne pas avoir été entièrement honnête avec vous sur mon passé. Mais, si je suis coupable d'avoir caché quelque chose, c'est qui je suis. La fin de mon mariage avec Tristan a rompu tous les liens sociaux que j'entretenais. Pour les femmes que j'appelais mes amies, je suis une paria. Aucune n'a essayé de me contacter depuis ma séparation.

La souffrance faisait trembler sa voix. Elle ne tenta pas de la maîtriser. Apparaître vulnérable détournerait les soupçons de Ryan. Pourtant, réaliser que tout ça l'atteignait contraria Zoe. Ces femmes n'avaient jamais vraiment été ses amies et elle aurait dû être heureuse d'être débarrassée de leur mesquinerie.

— Je voulais un nouveau départ auprès de gens qui ne me jugeraient pas en se basant sur des idées préconçues de la personne que je suis. Je me suis fait couper les cheveux, j'ai acheté de nouveaux vêtements et j'ai rejoint l'équipe de campagne de votre sœur parce que je suis sûre qu'elle fera une excellente sénatrice.

— Tout au long de sa tirade, Ryan était resté silencieux, une expression indéchiffrable sur le visage.

— Je ne m'excuserai pas de vous avoir suivie ici. Ces sénatoriales sont vraiment très importantes pour ma sœur et je ne laisserai personne tout gâcher. Si certains événements qui se sont produits l'année dernière m'ont amené à me méfier des gens…

— Des gens ? répliqua-t-elle en l'interrompant. Ou des femmes ?

Un muscle tressaillit sur sa joue.

— Écoutez, je me suis fait avoir parce que je n'ai pas su voir certains signes, admit-il, mais sa franchise s'évanouit en un battement de cils. Et je refuse que cela se reproduise.

— Je peux vous dire exactement quoi faire pour éviter les ennuis avec moi.

Face à son grognement de mécontentement, elle posa une main sur sa hanche et lui désigna la porte de l'autre.

— Vous pouvez franchir cette porte et ne plus jamais m'importuner.

Après le coup de fil de Paul plus tôt dans la soirée, Ryan avait cherché sur Internet tout ce qu'il pouvait trouver sur Zoe Crosby. Il y avait moins d'informations qu'il l'espérait, mais les quelques photos qu'il avait trouvées montraient une femme élancée aux longs cheveux raides couleur caramel et au sourire de Mona Lisa. Calme et immédiatement oubliable en dépit de sa beauté, elle ne ressemblait en rien à la jeune femme en colère qui se tenait devant lui en pyjama à fleurs pastel et chaussons duveteux.

Il fut frappé de constater qu'il n'avait pas envie d'éviter tout le remue-ménage qu'elle allait provoquer dans sa vie. Il avait envie d'affronter le danger et d'envoyer les conséquences au diable juste pour pouvoir éprouver encore ces puissantes émotions qui bouillonnaient en lui. Il ne lui faisait pas confiance. Il était convaincu que la plupart des choses qu'elle lui avait racontées étaient en partie vraies mais qu'elle ne lui avait pas tout dit.

Le fait que son instinct continuait de le harceler mettait Ryan en garde afin qu'il fasse ce qu'elle lui avait demandé et qu'il ne la revoie plus jamais. Mais son sang bouillonnait dans ses veines et enflammait tout son corps. Il la désirait depuis leur première rencontre. Maintenant qu'il la connaissait mieux, le besoin de passer ses doigts sur sa peau nue était presque aussi intensément douloureux.

Ryan serra les dents tandis que son esprit tentait de contrôler son corps. Céder à son désir pour elle était de la folie. Même si elle n'était pas une marionnette d'Abernathy infiltrée dans l'équipe de campagne de sa sœur, il était évident que ce qu'elle avait traversé l'année passée – et peut-être même pendant tout son mariage – avait laissé des plaies ouvertes qui était loin d'être cicatrisées.

Il fallait juste qu'il s'en aille, et il fit plusieurs pas dans l'intention de quitter le magasin sans se retourner. Mais lorsqu'il passa devant elle son parfum envoûtant lui chatouilla le nez, lui rappelant leur première rencontre. Avec un soupçon de framboise pour le côté sucré, quelque chose d'un peu poivré pour la chaleur et en dessous de tout ça une couche sensuelle de vanille, son odeur le suppliait de se rapprocher et d'explorer chaque centimètre carré de sa peau.

— Vous avez raison. Ce serait mieux si je partais et que je ne revenais jamais, dit-il, maudissant le martèlement incessant de désir qui le faisait se pencher vers elle. Mais ça ne m'empêche pas de vouloir faire ça.

Il prit son visage dans ses mains, lui fit pencher la tête et surprit un éclair de curiosité dans ses yeux couleur d'automne avant d'effleurer son front de ses lèvres. Son corps s'immobilisa complètement et il était presque sûr qu'elle avait arrêté de respirer. Sa propre respiration se fit haletante lorsque les mains de Zoe s'élevèrent pour agripper ses épaules. Son besoin intense de l'embrasser lui embrouilla l'esprit. Quel pouvoir possédait-elle pour que le simple fait de la prendre dans ses bras l'excite à ce point ? Il posa plein de petits baisers sur ses joues, son nez et sa mâchoire pour tester sa propre volonté. La tension fit vibrer ses muscles mais elle ne fit aucun geste pour se dégager. Ryan resserra un peu plus fort les bras autour d'elle, amenant ses courbes minces plus étroitement en contact avec son corps ferme, et pour son plus grand plaisir ses lèvres s'entrouvrirent en un doux gémissement. C'était le signe qu'il attendait, et il pencha la tête, scellant ses lèvres aux siennes.

Le temps ne se contenta pas de ralentir, il s'arrêta, ou peut-être que son cœur avait oublié que sa tâche principale était de le maintenir en vie. Étourdi, il se perdit dans la douceur de ses lèvres avant de passer la langue sur un peu de dentifrice à la menthe poivrée qu'elle avait oublié de bien rincer au coin de sa bouche. Posant sa paume sur son dos, il poussa vers lui le bas de son corps pour lui faire sentir les contours durs de son érection grandissante.

Ses lèvres s'ouvrirent en un soupir voluptueux, lui donnant accès à sa bouche sucrée tandis que son corps se moulait contre le sien. Ryan aventura sa langue dans sa bouche, franchissant la barrière de ses lèvres et prenant le temps de mémoriser chaque courbe, chaque goût. Malgré la tension qui croissait entre eux, il se concentrait sur chacune de ses nouvelles découvertes. Aller trop vite pour ce premier baiser aurait été un crime. Au lieu de cela, il avait l'intention d'en savourer chaque longue et sensuelle seconde, pour prêter attention à chaque frisson qui secouait son corps élancé et apprendre ce qu'elle aimait.

Tout en passant les doigts dans ses cheveux, elle répondait à chaque pression de sa langue comme une femme qui n'avait pas été embrassée depuis longtemps, privée de tendresse et de romantisme.

Ryan passa la main sur sa hanche et plus bas, sur sa cuisse, pour explorer ses muscles et leur fermeté. Ses formes minces l'avaient induit à penser qu'elle était douce et délicate. Sous la surface se cachait une vraie force. Cette découverte l'excita et lui fit réaliser qu'une fois de plus il n'avait pas tout compris à son sujet.

Elle enroula ses bras autour de son cou et se mit sur la pointe des pieds. Le mouvement plaqua ses seins contre le torse de Ryan et il eut l'impression d'être transpercé. Ryan émit un ronronnement, ce son charnel incitant Zoe à mordiller sa lèvre inférieure avec un râle impatient.

Il n'avait pas besoin de davantage d'encouragements. Toutes ses résolutions d'y aller lentement s'évanouirent. Il était évident qu'elle ressentait la même pression urgente. Laissant courir ses doigts dans ses cheveux courts, il prit sa tête dans ses mains et approfondit encore son baiser. Le désir faisait rage dans son corps à mesure que le baiser devenait plus profond et intense. Elle chancela et poussa un petit gémissement. Il resserra son emprise sur elle, l'enlaçant plus fermement, l'attirant plus étroitement dans le jeu sensuel de leurs lèvres, leurs dents et leurs langues.

Une vibration et le bruit signalant qu'il avait reçu un message résonnèrent au loin. L'attention de Ryan se dirigea brusquement vers le son, lui faisant prendre conscience à la fois de ce qui l'entourait, du danger inhérent à sa perte de contrôle ainsi que de la joie sincère qu'il éprouvait de s'être laissé aller.

Il ôta ses lèvres de sa bouche, émerveillé par sa difficulté à faire un geste aussi simple. Il garda les paupières baissées en écoutant sa respiration irrégulière et se demanda à quel point l'avoir embrassée était une erreur. Finalement, il regarda Zoe, ravi de constater qu'elle avait, elle aussi, le souffle court.

— Tu n'aurais pas dû faire ça.

Malgré ses mots et la tristesse de sa voix, elle ne fit aucune tentative pour se libérer de son étreinte.

Il devinait un peu la raison pour laquelle être avec elle était une mauvaise idée mais il était curieux d'avoir son avis sur la question.

— Pourquoi ça ?

Sa question la fit réagir.

Elle ôta les mains de Ryan de son corps et les maintint entre eux. Ses doigts s'accrochèrent aux siens avec une force surprenante.

— Tu as oublié pourquoi tu es venu ici ce soir ? rétorqua-t-elle.

— Pour t'accuser de mentir.

Même si le désir continuait de faire rage en lui, Ryan apprécia que ses paroles lui permettent de se calmer.

— Et de faire partie de l'équipe de Lyle Abernathy.

— Notre histoire a eu un début compliqué, se moqua-t-il.

— Notre histoire ? dit-elle en le relâchant et en faisant

un pas en arrière pour être hors d'atteinte. Ne t'emballe pas. Mon divorce vient juste d'être signé et avoir un nouvel homme dans ma vie est la dernière de mes envies.

Malgré ce qu'il avait appris sur elle ce soir, son désir demeurait fort. Aussi longtemps qu'il resterait concentré sur l'alchimie physique qui existait entre eux, il pourrait trouver son intérêt à mieux la connaître intimement. Ses lèvres s'étirèrent en un demi-sourire.

— Tu as déjà entendu parler de relation de passage, histoire de te remettre en selle ?

— Qu'est-ce qui te fait dire que je n'ai pas déjà eu une histoire de ce type ? Cela fait presque un an que je suis séparée de mon mari.

Ryan la regarda pendant un long moment.

— Je ne crois pas, non.

— Et pourquoi pas ?

Elle fronça les sourcils en posant la question, mais de la curiosité passa rapidement dans son regard.

— Parce que tu es à la fois trop tendue et trop frustrée.

Il s'approcha et effleura sa joue des jointures de la main. Pour son plus grand plaisir, elle inclina la tête pour chercher sa caresse. Constatant une diminution de sa résistance, il tenta sa chance encore une fois.

— Je peux t'aider pour tout ça.

Ses yeux brillèrent d'une lueur rêveuse, mais sa voix fut tranchante lorsqu'elle demanda :

— Donc c'est juste pour du sexe ?

— Pas juste du sexe. Du super sexe. Laisse-moi être le pont entre ton passé et ton futur.

— Mon « prince maintenant » ? murmura-t-elle sèchement.

Il sourit d'un air suffisant.

— Ton « prince quand tu veux » – comme tu veux.

Mince, si elle lui donnait le feu vert, il la porterait

jusqu'au lit de camp à l'arrière et lui ferait perdre la tête en cassant probablement pas mal de choses au passage.

Elle scruta longtemps son expression pour tenter de la déchiffrer.

— Est-ce que je peux toujours participer à la campagne électorale de ta sœur ?

Son brusque changement de sujet le prit par surprise.

— Ah…

— Tu ne me fais pas confiance.

Comme il ne répondit pas immédiatement, elle secoua la tête.

— Je n'arrive pas à savoir si tu essayes de me distraire avec du sexe ou si tu es juste excité et que tu cherches un coup d'un soir, ajouta-t-elle en le dévisageant de longues secondes. Ou peut-être est-ce les deux. Tu pensais sérieusement que je serais tellement submergée par mon désir pour toi que j'enverrais balader tout ce qui est important pour moi ?

Ryan fit attention à ce qu'aucune trace d'ironie ne fût visible lorsqu'il sourit d'un air confiant.

— C'est déjà arrivé par le passé.

— Je n'en doute pas.

Pour sa défense, elle ne semblait pas du tout vexée. Elle expira d'un coup tout l'air de ses poumons. Cela sembla renforcer sa résolution déjà solide.

— Je trouve ça super, tout ce que tu es prêt à faire pour ta sœur, mais je ne suis pas certaine qu'elle apprécierait ce que tu tentes ici.

— Tu penses que je suis juste venu parce que je m'inquiète pour Susannah ?

En vérité, utiliser comme excuse son inquiétude au sujet de l'élection de sa sœur pour confronter Zoe était tout à fait transparent.

— Tu me plais, et ce, depuis le moment où l'on s'est rencontrés, bien avant que quiconque ne remette en cause tes motivations à devenir bénévole. Est-ce que ça m'embête que tu ne m'aies pas dit toute la vérité ? Oui. Est-ce que je te fais confiance ? Non. Mais ce n'est pas suffisant pour que je reste loin de toi.

Ses yeux s'écarquillèrent mais Ryan ne savait pas si c'était simplement à cause de son aveu ou à cause de l'intensité de celui-ci. Il vit le doute passer sur ses traits et voulut désespérément lui montrer encore une fois la puissante attraction qui existait entre eux.

— Dis-moi que tu ne sens pas la tension sexuelle qu'il y a entre nous, continua-t-il. Que, si nous nous étions rencontrés dans des circonstances différentes, nous ne serions pas déjà en train de nous arracher mutuellement nos vêtements et de nous rouler sur le sol.

Elle baissa les yeux vers le parquet et fronça les sourcils.

— Écoute…

— Sois honnête, l'interrompit-il.

— D'accord, grommela-t-elle. On se plaît.

Grâce à son aveu, quelque chose sembla se débloquer dans sa poitrine. Ryan reconnut qu'étant donné ses problèmes de confiance il avait choisi la pire femme après laquelle courir, mais sur le moment cela ne lui avait pas paru aussi important que cela aurait dû.

— Mais si je couche à droite à gauche avec tous les beaux célibataires de Charleston, continua Zoe, ma réputation sera pire qu'elle ne l'est actuellement.

— Pourquoi tu tiens tant à ta réputation ?

Ses yeux bruns se voilèrent.

— C'est tout ce qu'il me reste.

— Comment peux-tu dire ça avec tout ce que t'a fait subir Tristan pendant le divorce ?

Il venait juste de dévoiler ce qu'il savait sur elle mais cela ne sembla pas du tout la surprendre.

— Maintenant, je sais pourquoi c'est ta sœur et pas toi qui fait de la politique.

Elle se tourna et se dirigea vers la porte qui menait au parking.

— Merci pour ta visite. J'espère que tu vas passer une très bonne fin de soirée.

Un sourire, non pas poli mais mielleux, sur le visage, elle ouvrit la porte, et l'air nocturne et frais de Charleston s'engouffra dans la pièce, apportant avec lui l'écho lointain d'une cloche d'église. Elle s'attendait visiblement à ce qu'il se comporte en gentleman qui se laisse montrer la sortie sans protester, mais ce qu'il se passait en Ryan à chaque fois qu'il s'approchait d'elle n'avait rien à voir avec les manières du Sud. Au lieu de cela, il s'avança vers elle et attrapa son poignet d'un geste délicat mais ferme. Avant qu'elle ne puisse deviner ses intentions, il leva sa main et déposa un baiser passionné dans sa paume.

— Ryan, murmura-t-elle sans qu'il sache si c'était une protestation ou de l'abandon.

Elle plia les doigts sur sa peau et laissa s'échapper un doux gémissement.

Son regard se leva vers le sien et l'atmosphère autour d'eux se tendit, créant une bulle où personne d'autre qu'eux n'existait. Ryan n'aurait su dire combien de temps ils restèrent perdus dans les yeux l'un de l'autre avant que le bruit d'une alarme de voiture plusieurs rues plus loin ne les ramène à la réalité.

À regret, il lui rendit sa main. Au moment où elle la récupérera, elle posa les doigts sur ses lèvres et détourna le regard.

— Fais de beaux rêves, ma belle.

Et, sur ce, il fit un pas dans la nuit.

- 5 -

À cause de la colère et de la frustration qu'elle ressentait en permanence, Everly Briggs avait du mal à profiter d'un dîner avec des amis ou de la lecture du dernier best-seller à la mode.

Comment pouvait-elle s'amuser alors que sa sœur croupissait en prison injustement ?

Dans les mois qui suivirent la condamnation de sa sœur, Ryan Dailey était devenu son obsession. Everly avait passé chaque instant disponible à comploter et à fouiller dans sa vie privée et dans celle de sa famille et de ses amis. Elle passait aussi de longues heures à le suivre partout où il allait pour connaître son emploi du temps tout en rêvant à toutes les façons possibles de lui gâcher la vie.

Presque immédiatement, une évidence s'imposa. Même si elle détestait l'admettre, Ryan Dailey ne lui avait pas donné grand-chose qu'elle puisse utiliser. Il semblait impossible d'entrer dans sa vie. Son meilleur ami était un spécialiste en cybersécurité qui avait des relations dans la police de Charleston, et elle n'osait pas s'en prendre à lui directement.

Entre l'arrestation de Kelly et sa condamnation, Ryan avait aperçu Everly, venue soutenir sa sœur en salle d'audience. Tout ce qu'Everly pouvait tenter pour leur causer du tort, à sa sœur ou à lui, lui reviendrait dans la figure. C'est comme ça que lui était venue l'idée de trouver des femmes dans la même situation qu'elle qui l'aideraient.

En ce moment, Everly était assise dans sa voiture près des Trésors de la Seconde Chance, garée là où elle pouvait voir la porte que Ryan avait empruntée. Pourquoi venait-il voir Zoe à cette heure-là ? Elle s'était méfiée lorsqu'elle les avait vus dîner ensemble un peu plus tôt mais, d'après le langage corporel tendu de Zoe lorsqu'ils s'étaient dit au revoir, il semblait clair que la jeune femme n'était pas à l'aise avec l'intérêt qu'il lui portait.

Lorsqu'il s'était présenté, ce soir, il avait l'air d'avoir un autre but. Son envie de séduire avait laissé la place à de la colère. Everly se demandait ce qui avait causé ce changement. Zoe avait-elle d'une façon ou d'une autre laissé filer quelque chose sur leur plan ? Si c'était le cas, Everly devrait en trouver un de secours.

Cela faisait plusieurs jours qu'elle suivait les nouvelles politiques, en raison de l'entrée de Lyle Abernathy dans les élections sénatoriales. Abernathy était une vipère, c'était bien connu. Il était capable de n'importe quoi pour faire tomber un adversaire. Everly avait envoyé Zoe fouiller dans le linge sale de Susannah. Et si la jolie mondaine n'y arrivait pas ? Peut-être qu'Everly y parviendrait sans elle, au final.

Everly se réjouissait du nombre d'options qui s'offraient à elle lorsque la porte arrière des Trésors de la Seconde Chance s'ouvrit, laissant apercevoir la silhouette du couple. Cela éclaira un tableau inquiétant. Everly reconnut l'alchimie qui les électrisait.

La rage brouilla sa vision le temps de quelques battements de cœur. Non. Non. *Non !* Ryan Dailey ne devait pas pouvoir séduire Zoe.

Zoe devait sa loyauté à Everly et London. Everly avait gâché la vie amoureuse de Linc pour London, qui était à deux doigts de trouver les informations financières de

Tristan dont Zoe avait besoin. Maintenant, c'était à elle de remplir sa part du marché.

Il était impératif que Ryan Dailey soit puni.

Lorsqu'elle entendit frapper à la porte arrière du magasin, moins de cinq minutes après le départ de Ryan, Zoe faillit ne pas répondre. Après son baiser et les profondes émotions qu'il avait fait surgir en elle, elle se sentait fébrile et à vif. L'idée qu'il puisse venir pour une deuxième tournée de baisers dévastateurs remplissait Zoe d'espoir et d'effroi.

Depuis l'instant où elle avait bousculé Ryan au QG de campagne de Susannah, Zoe admettait que quelque chose chez lui l'attirait. Que ce soit son sourire ravageur, son physique puissant ou ce soupçon de méfiance lorsqu'il la regardait, elle ne pouvait nier le désir impérieux d'ôter ses vêtements et de se coller contre son corps ferme qui s'emparait d'elle.

Le coup à la porte se transformant en un martèlement vigoureux, elle alla répondre en soupirant, réticente. Une expression qui signifiait « quoi, encore ? » fermement ancrée sur le visage, elle ouvrit la porte en grand. Mais, à sa grande surprise, son visiteur n'était pas Ryan. C'était bien pire.

— As-tu perdu la tête ? demanda Zoe à Everly Briggs en entraînant la femme à l'intérieur du magasin.

Après avoir fermé la porte, elle se tourna vers elle.

— Tu n'as rien à faire ici. Nous n'étions même pas censées communiquer les unes avec les autres. Ce n'était pas le but de l'idée des « étrangères qu'on ne peut pas relier » ?

— Pourquoi Ryan Dailey était ici ? Est-ce que tu couches avec lui ?

À ses yeux plissés et son ton suspicieux, il était clair

qu'Everly croyait déjà que c'était le cas. Le fait qu'elle pense avoir le droit de demander une réponse attisa la colère de Zoe. Après tout ce qu'elle avait vécu ce soir, c'était la cerise sur le gâteau.

— Est-ce que je couche avec lui ? Mais de quoi tu parles, bon sang ?

— Vous aviez l'air bien intimes, à l'instant.

— Mais qu'est-ce que… ?

L'agacement et l'inquiétude rivalisaient dans son esprit à mesure qu'elle regardait Everly. Une fois de plus, elle se demanda dans quel guêpier elle s'était fourrée. Zoe avait compris lors de leur conversation au salon *Les Femmes fortes prennent les choses en main* qu'Everly avait été bouleversée par ce qui était arrivé à sa sœur. Mais elles avaient toutes eu à pâtir de leur situation. Découvrir qu'Everly la suivait provoqua chez Zoe une vive émotion. Elle mit les mains sur ses hanches et lança à Everly un regard dégoûté.

— Tu m'espionnes ? Parce que je n'ai vraiment pas besoin de gérer ça en plus en ce moment.

— Non, admit Everly. J'ai suivi Ryan jusqu'ici.

À cause de ces quelques mots, Zoe comprit qu'Everly avait des problèmes qui dépassaient largement sa tristesse et sa colère.

— Pourquoi fais-tu une chose pareille ? Ce n'est pas ton problème, c'est le mien. J'ai à peine commencé à travailler au QG de campagne. Ta présence ici met tout en danger. Qu'est-ce qui ne va pas chez toi ?

Ce qu'elles étaient en train de faire était délicat et risqué. Elles avaient concocté un plan et, pour qu'il fonctionne, chacune d'entre elles devait suivre le protocole à la lettre. Ce qui signifiait : aucun contact.

— Je suis ici parce que j'ai besoin de savoir ce qu'il se passe, expliqua Everly.

— C'est peut-être ce que tu veux, rétorqua Zoe sans

avoir la patience d'écouter les excuses d'Everly, mais ce n'est pas ce dont tu as besoin. Ce dont tu as besoin, c'est que je remplisse ma part du marché. Peu importe ce que cela me coûte. Si cela veut dire intégrer l'équipe de Susannah ou faire ami-ami avec Ryan, alors c'est ce que je ferai, ajouta-t-elle en respirant plus fort à mesure que sa colère enflait. Maintenant,voilà ce dont moi j'ai besoin. J'ai besoin que tu t'en ailles et que tu ne reviennes pas.

Bien qu'Everly ne la quitte pas des yeux, il était évident qu'elle n'était pas concentrée sur la réprimande de Zoe.

— Pourquoi a-t-il embrassé ta main ?

— Est-ce que tu as écouté ce que je viens de te dire ? Tu dois quitter mon magasin. Maintenant.

— Pourquoi tu tiens tant à te débarrasser de moi ? demanda Everly. Il va revenir ?

— Tu n'as rien compris à ce que je t'ai dit ?

— Je comprends que tu veux que je parte, dit Everly.

La lueur fiévreuse qui brillait dans ses yeux acheva de convaincre Zoe que son interlocutrice n'était pas tout à fait équilibrée.

— Mais je ne m'en irai pas tant que je ne serai pas satisfaite par tes réponses.

— Je ne te dois aucune explication, répondit Zoe, même si elle pouvait voir que ses paroles tombaient dans l'oreille d'une sourde.

— C'est là que tu te trompes. Tu me dois quelque chose et tu dois aussi quelque chose à London. Nous sommes toutes impliquées.

— Everly, je ne suis pas intervenue dans ce que tu as fait à Linc ni dans ce que London a fait à Tristan. Tu dois me lâcher et me laisser gérer ça.

— Est-ce que tu couches avec lui ?

— Non.

— Non, jamais, ou non, pas encore ?

Everly ne lâchait pas le morceau.

— Écoute, dit Zoe, qui perdait patience. Je le manipule comme je peux. Maintenant, j'ai vraiment besoin que tu partes.

Elle avança jusqu'à la porte et l'ouvrit.

Comme Everly ne bougeait pas, Zoe se demanda si elle allait avoir besoin d'en venir aux mains.

— D'accord, grogna Everly. Mais je vais garder un œil sur vous deux. Si je crois un instant que tu es en train de me trahir, tu me le paieras.

— Bien. Maintenant, rentre chez toi et dors un peu.

Zoe indiqua la porte à sa complice et, à son grand soulagement, la jeune femme se dirigea vers le parking.

— Je m'occupe de tout.

Sans lui répondre, Everly gagna le fond du parking.

Zoe soupira en fermant la porte à double tour.

Ryan se tint à distance de Zoe pendant trois jours, le temps de réfléchir à tout ce qu'il avait appris sur son passé. Il évitait le bureau de campagne de sa sœur lorsqu'il savait qu'elle y était et résista à la tentation de s'arrêter aux Trésors de la Seconde Chance pour lui dire bonjour.

Mais il ne pouvait pas empêcher ses pensées de s'attarder sur le souvenir de leur baiser ou de s'appesantir sur l'envie folle d'en savoir plus sur son enfance ou sur le genre de musique qu'elle aimait.

Il lui avait envoyé un message la veille pour lui rappeler le rendez-vous de samedi soir. Elle avait tenté de le convaincre de la laisser le rejoindre au restaurant où ils devaient dîner mais, à présent qu'il savait où elle vivait, il avait bien l'intention de passer la chercher. S'il lui disait qu'ils dînaient chez lui, il ne pensait pas qu'elle viendrait. Et elle aurait raison de résister. Il avait l'intention de l'éblouir avec un vin très cher et un délicieux repas avant de l'encourager à dévoiler tous ses secrets.

Ryan se gara près de la porte arrière du magasin de Zoe et jeta un coup d'œil à sa montre. Il avait cinq minutes d'avance. Une certaine nervosité s'empara de lui lorsqu'il sortit de la voiture. De quand datait la dernière fois où aller à un rendez-vous avec une femme l'avait rendu nerveux ? La réponse le perturba autant que l'agitation au creux de son estomac. Cela n'était jamais arrivé. Sa réaction face à Zoe n'avait pas d'équivalent dans sa vie.

Ryan savait qu'une part de son inquiétude était due à une décision qu'il avait prise plus tôt dans la journée. Une résolution complètement dénuée de sagesse, mais il commençait à réaliser que son comportement, lorsqu'il s'agissait de Zoe, défiait toute logique.

Elle ouvrit la porte, vêtue de façon décontractée d'un pull gris et d'un jean moulant. Zoe le détailla des pieds à la tête. Son jean et sa chemise blanche déboutonnée au col était tout aussi décontractés. Elle fronça les sourcils.

— Tu es ravissante, lui dit-il, ravi d'avoir enfoui ses mains dans ses poches avant qu'elle apparaisse.

Après avoir été éloigné d'elle ces derniers jours, le besoin de l'embrasser se faisait de plus en plus fort.

— Où allons-nous ?

— C'est une surprise.

— Je n'aime pas les surprises.

— Pas même les bonnes ?

Elle se mura dans le silence et le laissa la conduire jusqu'à sa voiture.

Il fallait moins de dix minutes pour rouler jusque chez lui. Elle avait l'air calme et détendu lorsqu'il engagea sa voiture dans King Street mais, à la seconde où il tourna dans une avenue visiblement résidentielle, elle se redressa sur son siège.

— Où allons-nous ?

— Dîner.

— Oui, mais où ?

— Chez moi.

Il jeta un œil dans sa direction tout en ralentissant pour se garer le long du trottoir.

— Une de mes amies nous a préparé un super repas rien que pour nous.

— C'est ta maison ? dit-elle en fixant la demeure. C'est drôle, je n'aurais jamais cru que tu serais du genre Queen Anne.

— L'intérieur est plus moderne.

Il était soudain très pressé de lui montrer. Elle eut l'air inquiet.

— Pas trop moderne, j'espère.

— Tu verras.

Le tour complet de la maison leur prit près de trente minutes. Ryan prêta une grande attention à chacune de ses expressions tandis qu'elle déambulait de pièce en pièce. Elle haussa les sourcils en constatant le style minimaliste qu'il avait choisi.

— Viens dehors voir la piscine, tenta-t-il de l'amadouer en la tirant vers la porte arrière de la maison.

Il la guida le long du porche jusqu'au premier de ses appartements d'invités.

— Les anciens propriétaires ont créé deux petits studios ici, qu'ils louaient. Je m'en sers lorsque de la famille ou des amis viennent en ville.

Il ouvrit la première porte et la fit entrer.

— C'est sympa, dit Zoe, son regard balayant la cuisine ouverte, le sofa bleu foncé confortable et le haut plafond. J'imagine que tes invités apprécient cet espace indépendant.

— C'est à toi aussi longtemps que tu en as besoin.

— Quoi ? glapit-elle avant de le regarder bouche bée.

— La plupart du temps, l'appartement est vide. J'aimerais que tu restes jusqu'à ce que tu retombes sur tes pieds.

Elle fit une série de grimaces en réfléchissant à sa proposition, mais il était évident qu'elle était tentée. Elle finit par soupirer.

— Je ne peux pas.

— Et pourquoi ?

— Peu importe combien tu en demandes, je n'en ai pas les moyens.

— Je ne t'en demande rien.

— Mais tu ne me connais pas, et dois-je te rappeler qu'il y a quelques jours tu m'as accusée de travailler pour l'opposition ?

— J'ai parlé à Susannah et je lui ai dit que je pensais qu'on peut te faire confiance.

Le lendemain matin qui avait suivi leur dîner à Bertha's Kitchen, il était allé trouver sa sœur et Gil pour passer en revue tout ce qu'il avait appris. Susannah avait été satisfaite, mais Gil n'était pas prêt à abandonner aussi facilement. Plusieurs querelles avec Abernathy au cours des années passées l'avaient rendu très méfiant.

— Et que va-t-il se passer si je m'installe trop confortablement et que je ne veux plus partir ? poursuivit Zoe en cherchant des arguments de plus en plus désespérés.

— Je doute que tu en arrives là.

— Tu ne me connais pas, répéta-t-elle, avec moins de vigueur, cette fois.

— Eh bien, allons dîner et tu pourras me parler de toi.

Ryan ne savait pas si elle prenait au sérieux sa proposition tandis qu'ils s'installaient dans le salon. Sa table était assez large pour accueillir dix convives, mais Ryan voulait un repas intime et avait fait installer deux couverts à un bout de la table.

Son chandelier moderne projetait une lumière romantique qui imitait les flammes de bougies vacillantes. L'atmosphère était intime et détendue.

— C'est très agréable, commenta vaguement Zoe,

une expression indéchiffrable sur le visage tandis qu'elle sirotait son verre de vin blanc bien frais et qu'elle regardait tout autour d'elle.

— Est-ce que je te rends nerveuse ? demanda-t-il lorsqu'il sentit que l'ambiance qu'il avait créée n'avait pas l'effet escompté.

— Oui.

Bien qu'il ait très envie de tout savoir, Ryan resta silencieux en espérant qu'elle remplisse le vide par des explications.

— Tout ça, c'est un peu trop, tu ne crois pas ?

Il secoua la tête.

— Je ne suis pas sûr de comprendre ce que tu veux dire.

— Ton offre de me laisser emménager chez toi. Ce dîner romantique.

Elle se renfonça dans son siège et le regarda.

— Tu as besoin d'un endroit où loger. J'en ai un. J'aime aider les gens.

— Ta sœur l'a dit il y a quelques jours, répondit Zoe en hochant la tête. Elle a dit que tu avais essayé d'aider quelqu'un l'année dernière et que ça avait causé des problèmes à ton entreprise.

L'estomac de Ryan se noua et il fit un petit signe de tête.

— Kelly Briggs était une jeune femme perturbée.

— Elle t'a coûté des millions.

— Oui.

— Et pourtant tu ne me connais pas et tu es quand même prêt à m'aider. Et si la même chose se reproduisait ?

Son regard le transperça à la recherche d'une réponse.

— Ce sera le cas ?

Avant qu'elle ne puisse reprendre la parole, ils furent interrompus par l'arrivée des mises en bouche servies par la cousine de Paul. La rouquine sourit en déposant les plats et commença sa présentation.

— Pour démarrer, je vous propose un toast de saumon fumé sur lit de roquette et de concombres. Bon appétit.

— Ça a l'air délicieux, murmura Zoe.

Elle prit un petit morceau et ses yeux s'écarquillèrent de plaisir. En la regardant savourer une bouchée à la fois, Ryan réalisa combien il voulait la rendre heureuse. Elle avait visiblement vécu une année difficile, mais au lieu de pleurnicher elle s'était accrochée et essayait d'améliorer sa situation. Sa famille appréciait quelqu'un qui travaillait dur.

— Tu as dit tout à l'heure que tu voulais en savoir plus sur moi, dit Zoe, son air maussade lui donnant l'apparence d'un suspect dans une salle d'interrogatoire. Par quoi veux-tu que je commence ?

— Par ce que tu veux.

Zoe attendit que Dallas remplace les mises en bouche par une salade de betteraves et de pistaches avant de lui dire :

— Tristan m'a accusée d'infidélité pour demander le divorce.

Le choc pétrifia Ryan.

— Tu as trompé ton mari ?

Ses lèvres se retroussèrent d'amusement face à sa vivre réaction.

— Non, mais Tristan s'est arrangé pour faire croire que c'était le cas.

— Comment a-t-il fait ?

— Il a payé quelqu'un pour falsifier des documents d'hôtel et des photos médicales. Tu peux faire croire n'importe quoi si tu as assez d'argent.

Ryan fut frappé de voir à quel point elle était cynique. Et abîmée. Son ex-mari l'avait vraiment humiliée. Des drapeaux rouges s'agitèrent dans son esprit et il décida de demander à Paul ce qu'il savait sur Tristan Crosby.

— Mais dans ton cas la vérité a été établie, dit Ryan.

Les yeux de Zoe se voilèrent d'une tristesse profonde lorsqu'elle répondit.

— Bien sûr, mais cette ville ne vit que pour les apparences et le doute reste longtemps après que la vérité est connue.

Elle n'avait pas tort, et cela irritait Ryan de constater à quel point les rumeurs étaient souvent trompeuses. Ses parents avaient toujours insisté sur le fait que le fair-play mènerait les jumeaux plus loin que les raccourcis pris en trichant. Parce que tout le monde ne partageait pas ces nobles valeurs, parfois faire ce qui était juste ne donnait pas gain de cause.

— La semaine prochaine, il y a un dîner de levée de fonds pour la campagne de Susannah à la plantation Whitney, dit Ryan. J'ai accepté d'y aller, mais je n'ai personne pour m'accompagner.

— Tu as besoin d'être accompagné ?

Ryan se demanda si elle était délibérément obtuse. Elle n'avait donc pas compris qu'il avait lancé le sujet simplement parce qu'il avait envie d'y aller avec elle ?

— Ça devient pénible, d'être toujours la troisième roue du carrosse entre ma sœur et son mari, dit Ryan. C'est un couple parfait.

— Ça doit être terrible pour toi d'être tout le temps le célibataire le plus en vue.

— Tu n'imagines même pas, lui répondit Ryan. Est-ce que tu veux m'accompagner à la soirée ?

Elle se mordit à la lèvre inférieure en réfléchissant.

— Je ne vais plus à aucune soirée où je peux tomber sur… quelqu'un de mon ancienne vie, murmura-t-elle en reprenant une gorgée de vin.

— Ça serait une super opportunité pour faire la promotion de ton magasin, dit-il en espérant que cela serait suffisant pour la tenter. Et je serai là pour veiller sur toi.

— Il semblerait que je doive dire oui, alors, répondit-elle avec un petit sourire.

— Bien.

Pendant le reste du repas, ils n'abordèrent plus que des sujets faciles, comme les attractions touristiques autour de Charleston qu'ils n'avaient jamais vues et leurs plages favorites. Ryan parla de ce que cela faisait de grandir avec une sœur jumelle et découvrit que Zoe avait trois sœurs aînées qui vivaient un peu partout dans le pays.

Il était en train de finir sa dernière cuillère de mousse chocolat noisettes lorsque Zoe poussa un profond soupir. Perplexe, il lui jeta un rapide coup d'œil. À sa grande surprise, les yeux de la jeune femme étaient remplis de larmes.

— Je suis vraiment fatiguée de dormir dans l'arrière-boutique, lui dit-elle d'une voix tremblotante.

— J'imagine bien, dit-il, son cœur battant contre sa cage thoracique quand il la vit s'essuyer le coin de l'œil avec sa serviette. Finis ton vin et on ira chercher tes affaires.

Les maigres possessions de Zoe furent en grande partie ramenées à la maison. Ryan examina les deux valises qu'elle roulait vers la porte arrière du magasin.

— Tout est là ? demanda-t-il sans faire d'efforts pour cacher sa surprise.

Elle pendit à son épaule un grand sac de toile et acquiesça.

— Je n'ai pas pris grand-chose quand Tristan m'a chassée de notre maison de Daniel Island. Si j'avais été moins sous le choc, j'aurais pris un peu plus que quelques essentiels, dit-elle, son visage exprimant tour à tour de l'embarras et du regret. Tout était à son nom : la voiture, la maison, mes cartes de crédit. J'ai quitté la maison comme je suis arrivée, sans rien sauf ce qu'il m'avait donné.

Elle s'arrêta un instant avant de poursuivre.

— Et, ce qu'il avait donné, il pouvait aussi le reprendre.

En la voyant se confier à lui, Ryan avait bon espoir qu'elle se sente de plus en plus à l'aise avec lui. Entendre la tristesse dans sa voix l'aidait à comprendre pourquoi elle avait été aussi évasive sur son passé.

L'installer dans l'un des studios prit moins de dix minutes. Comprenant qu'elle avait encore besoin de temps pour se faire à sa nouvelle situation et à son nouvel environnement, il la laissa à l'exploration de son appartement et retourna à la maison principale.

En montant à l'étage, Ryan constata que Paul avait tenté de le joindre quand ils étaient au magasin et le rappela.

— Hey, dit-il lorsque son ami décrocha. Quoi de neuf ?

— Désolé de ne pas t'avoir rappelé avant au sujet du magasin sur lequel tu voulais que je me renseigne, mais un des dossiers sur lesquels je travaille s'est un peu enflammé ces derniers jours.

— Pas de problème, dit Ryan, imaginant déjà ce que Paul avait appris. Tu as pu trouver des éléments intéressants ?

— Zoe Alston est la propriétaire des Trésors de la Seconde Chance, dit Paul, confirmant ce qu'elle avait déjà admis. Le bâtiment appartient à Dillworth Immobilier.

— Dillworth Immobilier, répéta Ryan.

Le nom n'était qu'un souvenir nébuleux dans sa mémoire. Quelque chose à son propos le mit mal à l'aise mais il n'arrivait pas à savoir quoi.

— Pourquoi ça me semble familier ?

— Parce qu'il appartient à George Dillworth.

Ryan jura.

— Le meilleur et plus vieil ami de Lyle Abernathy.

— C'est ça. J'ai fait quelques petites recherches. Elle a

trois mois de retard sur son loyer, mais jusqu'ici ils n'ont fait aucun geste pour l'expulser.

Elle avait parlé de ses difficultés financières mais, trois mois, c'était long.

— Elle doit combien ? demanda Ryan.

— Quinze mille dollars.

Il se massa les tempes là où un mal de tête commençait à poindre.

— Ça peut être assez pour qu'elle soit aux abois. Ça ne me surprendrait pas qu'Abernathy ait tiré profit de la situation.

— Je pensais la même chose.

Tous deux se turent pendant un long moment, ce qui donna à Ryan l'opportunité de réfléchir à la façon de gérer cette nouvelle révélation. Paul finit par reprendre la parole.

— Qu'est-ce que tu vas faire ?

— Je ne peux pas la confronter à ce sujet. Elle n'apprécierait pas de savoir que je fais toujours des recherches sur elle.

— Donc que reste-t-il comme options ?

Ryan hésita un instant.

— J'ai déjà décidé que le meilleur moyen de garder un œil sur elle était de la garder aussi près de moi que possible.

— Et près de toi comment ? demanda Paul, à la fois amusé et curieux.

— Je l'ai installée dans l'un des studios.

— C'est terriblement près. Tu es sûr que c'est une bonne idée ?

— Probablement pas, mais elle dormait dans son arrière-boutique parce qu'elle n'a pas d'argent.

Et Ryan tablait sur le fait que leur proximité mettrait le feu à l'étincelle qui existait entre eux.

— Tu sais, si Abernathy utilise ses problèmes financiers pour faire pression sur elle afin qu'elle trouve des charges contre Susannah, alors peut-être que je peux lui couper l'herbe sous le pied, ajouta Ryan.

— Et comment prévois-tu de faire ça ?

— En faisant un versement anonyme à Dillworth Immobilier pour son magasin.

— Tu sais que tout ça n'est que de la spéculation et qu'il ne se passe peut-être rien, fit remarquer Paul, le ton de sa voix ne laissant planer aucun doute sur son avis. Tu pourrais gâcher de l'argent sans aucune raison valable.

Ryan étudia tout ça un instant mais, peu importait à quoi était mêlée Zoe, il était persuadé qu'en ce qui concernait les femmes qu'elle aidait ses intentions étaient pures.

— J'offre de l'argent à des associations caritatives tout le temps, fit remarquer Ryan. Ce n'est pas différent.

Sauf que cette cause-là était tout à fait personnelle.

— Et, ajouta-t-il, nous ne savons toujours pas si elle est vraiment connectée à Abernathy.

— Tu veux que je continue de creuser ?

— Merci pour l'offre, mais je pense que tu as passé suffisamment de temps à nourrir ma paranoïa.

Ryan raccrocha et réfléchit à ce qu'il venait d'apprendre. Bien que la nouvelle réveille en lui les démons de la méfiance, il réalisa que, même s'il mettait toujours en doute ses motivations, ses soupçons, aussi forts soient-ils, n'étaient pas suffisants pour l'empêcher de la désirer.

Une voix dans sa tête lui rappela qu'il connaissait Zoe depuis moins d'une semaine, mais le désir et l'envie lancinants étaient plus persuasifs. Il sentait un lien avec elle qui dépassait tout ce qu'il avait jamais vécu auparavant. Il ne pouvait simplement pas la laisser partir avant qu'elle ne soit complètement sortie de sa tête. Quoi qu'il en coûte.

- 6 -

Cela faisait une semaine que Zoe s'était installée dans l'un des studios de Ryan. Chaque matin, elle se réveillait dans le lit *king size* et déambulait dans la cuisine ouverte, le salon et la salle à manger au haut plafond et au délicat parquet. Les difficultés de l'année passée s'estompaient petit à petit. Ce n'était pas seulement son nouvel environnement qui améliorait son moral mais aussi tout le temps passé avec son beau propriétaire qui avait regonflé son optimisme.

Le lendemain soir de son emménagement, il apparut à sa porte à 18 heures.

— Tu as faim ? demanda-t-il.

Elle était sortie peu de temps auparavant et avait rempli son réfrigérateur mais n'avait pas encore décidé ce qu'elle allait faire à dîner.

— Je suppose.

— J'allais faire griller quelques trucs au barbecue.

Ce dîner fut le premier d'une longue série. Tous les soirs, Ryan s'arrêtait à sa porte avec une invitation. Elle disait oui à chaque fois parce qu'être avec lui était très agréable. Avec Ryan, elle riait, elle discutait et elle se sentait tout à fait normale.

Il était exactement ce dont elle avait besoin pour faire disparaître le monde extérieur. Ou tout du moins lui permettre de tout oublier l'espace d'un instant. Son sourire faisait naître une lumière au creux de sa poitrine. Le rapide contact avec son corps lorsqu'ils travaillaient côte à côte la laissait étourdie et haletante. Ses doigts titillaient sa peau quand il caressait sa joue ou tenait sa main et, lorsque ses lèvres se refermaient sur les siennes, à la fin de la soirée, lui dérobant des soupirs et faisant bouillir son sang, elle ne pouvait pas s'imaginer plus heureuse.

Le dîner de ce soir sortait de l'ordinaire car il l'emmenait à un double rendez-vous avec Susannah et Jefferson. Tout en elle se rebellait à l'idée d'être encore plus impliquée auprès des jumeaux Dailey, car plus elle passait de temps avec eux, plus il allait lui être difficile de leur faire du mal, et elle commençait à se demander s'il y avait quoi que ce soit à déterrer concernant Susannah ou sa campagne.

Que se passerait-il s'il était impossible de trouver quelque chose ? Cela ne plairait sûrement pas à Everly, et son comportement incohérent la nuit où Ryan était venu au magasin avait achevé de convaincre Zoe qu'elle pourrait commettre un acte terrible.

Mettant de côté la question de l'intervention non désirée d'Everly pour l'instant, Zoe concentra son attention sur un autre problème. Elle prit l'enveloppe qui était arrivée au courrier du jour. Depuis plusieurs semaines maintenant, elle s'attendait à une lettre de l'agence immobilière lui demandant de quitter les lieux. Elle avait trois mois de retard sur son loyer et ce n'était qu'une question de temps pour qu'ils la jettent dehors.

Avec un profond soupir, Zoe ouvrit l'enveloppe et sortit l'avis d'échéance de Dillworth Immobilier. Elle lissa la feuille et se prépara mentalement à regarder le montant au bas de la page.

Le chiffre était à zéro. Comment était-ce possible ? Elle devait quinze mille dollars.

Zoe sortit son téléphone et composa le numéro de l'agence.

— Tom, c'est Zoe Alston, dit-elle, la voix vibrant

d'anxiété. Je viens de recevoir ma quittance et apparemment il y a eu une erreur.

— Oh ?

Tom avait cinquante-cinq ans et quelque chose de calme et de méthodique se dégageait de lui.

— Il est marqué que je ne vous dois plus rien alors que je suis sûre d'avoir trois mois de retard.

— Eh bien, dit-il en gloussant, je suis quasiment certain de ne jamais avoir eu de locataires qui se sont plaints de ne pas nous devoir d'argent.

Zoe se mordit la lèvre ; elle ne trouvait pas la situation drôle du tout.

— Je ne comprends pas ce qu'il se passe. Je sais que je ne vous ai pas envoyé d'argent.

Le son des touches de clavier d'ordinateur lui parvint à l'autre bout du fil.

— Eh bien quelqu'un l'a fait, dit-il. Je vois que nous avons reçu un paiement au bureau il y a deux jours.

— Vous êtes sûre que c'était pour mon magasin ?

— J'ai une copie du reçu dans votre dossier. Il est écrit Les Trésors de la Seconde Chance dessus.

Zoe se sentait tout étourdie. Qui avait bien pu faire une chose pareille ?

— Je n'arrive pas y croire.

Zoe raccrocha et serra ses mains tremblantes l'une contre l'autre. Elle ne savait pas si elle devait rire ou pleurer. D'un côté, cet incroyable geste la soulageait d'un poids énorme et lui donnait l'impression que quelqu'un dans ce monde s'inquiétait de son bien-être. Cela voulait aussi dire qu'elle pouvait aller de l'avant avec une ardoise nette. Elle pourrait continuer son combat pour aider les victimes de violences conjugales. D'un autre côté, le fait qu'elle avait eu besoin d'être tirée d'affaire la remplissait de honte et de colère. L'origine mystère du paiement l'ennuyait également. Qui savait exactement combien elle devait ? La réponse la frappa une seconde plus tard. Elle avait dit à Ryan qu'elle avait trois mois de loyer en retard, non pas pour qu'il l'aide mais parce qu'elle était devenue suffisamment à l'aise avec lui pour commencer à partager ses inquiétudes aussi bien que ses espoirs.

Ryan avait-il fait le paiement anonyme ? Il avait déjà prouvé sa serviabilité en lui donnant un endroit où vivre sans payer de loyer. Mais prêter un appartement était très différent de sortir de l'argent de sa poche. Et pourquoi n'avait-il pas été direct et ne lui avait-il pas proposé un emprunt ? Parce qu'il savait qu'elle n'aurait pas accepté l'argent ?

Au lieu de ça, il avait agi dans son dos.

Et fait quelque chose d'incroyablement gentil.

Et pendant ce temps Zoe complotait contre sa sœur.

Comment pouvait-elle accepter son aide sans sourciller tout en cherchant activement à lui faire du mal ?

Ryan lui avait envoyé un message pour la prévenir qu'il serait un peu en retard, ce qui donnait du temps à Zoe pour se faire du mauvais sang à l'idée de le confronter. À mesure que l'après-midi passait, elle avait changé une douzaine fois d'idée sur la façon d'aborder le sujet. L'outrage et la reconnaissance allaient main dans la main tandis qu'elle repensait à son budget pour trouver des moyens d'économiser pour le rembourser.

Toutes ces bonnes résolutions s'évanouirent lorsqu'elle ouvrit la porte d'entrée et l'aperçut qui attendait sous le porche latéral, à la fois confiant et autoritaire dans son blazer bleu, son pantalon gris et sa chemise blanche. Il avait l'air détendu, élégant et heureux de la voir.

Le cœur de Zoe se serra, des larmes de frustration lui montèrent aux yeux.

— Bon sang, Ryan, protesta-t-elle, désirant désespérément savoir ce qu'elle éprouvait face à lui.

Colère. Joie. Haine. Amour. Désir. Dégoût.

Les émotions se bousculaient en elle en une tornade dévastatrice, tournoyant trop vite pour qu'elle puisse arriver à n'en saisir qu'une.

— Qu'est-ce qui se passe ? dit-il en fronçant les sourcils, confus. Je t'ai écrit pour te dire que je serais en retard.

— Ce n'est pas le problème, marmonna-t-elle en sortant la quittance qu'elle avait reçue de Dillworth Immobilier, C'est ça, le problème. C'est toi qui a fait ça ?

Il lui prit la feuille des mains et l'examina.

— Il semblerait que ton loyer soit réglé. Félicitations.

— C'est réglé parce que quelqu'un a payé mon loyer pour moi. Est-ce que c'est toi ?

Pendant un court laps de temps, il donna l'impression d'être tenté de ne pas dire la vérité, mais il avait dû réaliser qu'elle avait déjà décidé de le tenir pour responsable et qu'elle n'abandonnerait pas le sujet.

— Je sais à quel point tu étais inquiète de perdre ton contrat de location et de devoir fermer la boutique.

Même si elle s'attendait à un aveu, elle était abasourdie. À quoi pensait-il ? Quelques jours auparavant, il la regardait avec méfiance. À présent, il tirait son magasin d'affaire ?

Elle ne lui demanda pas pourquoi il l'avait fait. Son expression compatissante éclairait ses motivations. Comment pouvait-elle accepter de l'argent de sa part quand son but était de leur causer du tort, à sa sœur et lui ? Cette grande contradiction déchirait Zoe, elle avait du mal à respirer.

— Je vais te rendre chaque centime, dit-elle en luttant pour que sa voix s'élève au-dessus du murmure. Ça va me prendre du temps, mais le magasin fonctionne un peu mieux chaque mois.

— Tu n'as pas à me rembourser, répondit-il en lui rendant la quittance. Considère ça comme un don fait à ta cause.

Zoe serra les poings. Admettre qu'elle ne pouvait pas

faire assez de profit pour réaliser son rêve la remplissait de honte. Durant leur mariage, à chaque fois que Tristan lui avait donné de l'argent, elle avait abandonné un peu plus son indépendance et abîmé son estime d'elle-même.

— Les Trésors de la Seconde Chance ne sont pas une association caritative, répliqua-t-elle, sa fierté revenant en force. Et moi non plus.

Il prit sa main et la serra pour la rassurer.

— Ce n'est pas du tout ce que je pense. J'ai juste voulu aider une amie.

Zoe combattit le calme qui s'emparait d'elle lorsqu'il était là. Elle ne pouvait tout simplement pas le laisser dissiper ses inquiétudes.

— Mais tu l'as fait de façon anonyme.

— Pour que tu n'aies pas à t'inquiéter de me rembourser.

— Je ne peux pas simplement accepter ton argent, riposta-t-elle, admettant cette horrible vérité : bien qu'elle veuille s'en sortir seule, elle aurait fini à la rue sans son aide.

— Tu vas vraiment être aussi têtue ? Si un de tes amis t'avait donné l'argent sans intention de le récupérer, tu te serais entêtée à refuser ?

Quels amis ? La question sardonique lui brûlait la langue, mais elle la retint.

— S'il te plaît, essaye de comprendre qu'y parvenir par moi-même est très important pour moi, dit-elle doucement. J'apprécie ton aide, mais j'aurais préféré que tu me proposes un prêt ou que tu me dises ce que tu allais faire.

— J'ai peut-être agi maladroitement. Susannah me dit souvent que j'y vais avec de gros sabots quand je veux aider quelqu'un.

Il l'attira à lui et passa ses bras autour d'elle.

— Qu'est-ce que je peux faire pour me faire pardonner ? Si tu veux, j'appelle Dillworth Immobilier et je reprends mon argent.

En entendant son ton moqueur, Zoe lui donna un coup

de poing dans les côtes, suffisamment fort pour le faire grimacer.

— J'ai passé pas mal de temps sur mes livres de comptes aujourd'hui et je pense pouvoir te rembourser dans les six mois.

Ryan recula et prit son visage dans ses mains. Il se pencha vers elle et l'embrassa énergiquement, ce qui lui coupa le souffle et lui fit tourner la tête. Le désir surgit et elle se laissa aller même si Ryan recula avant que les choses ne s'échauffent trop vite. Une fois de plus, sa maîtrise de soi réveilla les angoisses de Zoe. Il ne voulait pas coucher avec elle ? Alors même que la question surgissait dans sa tête, Zoe grimaça. Non seulement ils ne se connaissaient que depuis une semaine, mais il y avait aussi cette petite histoire du rôle qu'elle avait à jouer dans le marché qu'elle avait passé avec Everly et London. Cependant, chaque moment passé en sa compagnie amenait sa libido dangereusement près de la zone rouge. Elle brûlait d'envie de sentir ses mains sur elle et elle profitait de chaque opportunité de faire entrer son corps en contact avec le sien. Malgré tout, bien qu'elle puisse voir qu'il avait deviné ses signaux peu subtils, il n'avait pas encore agi. Elle lui était reconnaissante de se contenir même si elle soupirait à ses côtés, si elle abandonnait sa bouche à la pression maîtresse de ses lèvres et à la douceur de sa langue. Poursuivre plus avant son intimité avec Ryan ne ferait qu'intensifier son combat intérieur déjà compliqué, entre ce qu'elle voulait et ce qu'elle avait promis de faire.

Inconscient des doutes intimes de Zoe, Ryan l'embrassa sur la joue et lui murmura à l'oreille.

— Mets un an si tu en as besoin.

Sa phrase s'acheva dans un grognement quand les poings de Zoe lui frappèrent les côtes une seconde fois.

— D'accord. D'accord. Six mois, c'est parfait, corrigea-t-il, taquin. Et je crois que 10 % d'intérêts s'imposent.

Il attrapa sa main avant qu'elle ne frappe de nouveau et déposa un rapide baiser sur ses articulations.

— Tu sais que je plaisante, pour les intérêts, n'est-ce pas ?

Elle acquiesça, la gorge nouée par une gratitude débordante liée à l'allégement de ses problèmes financiers.

— Bien, dit-il en souriant. Maintenant, nous allons être en retard pour notre réservation si nous ne partons pas.

— Assez d'histoires sur ma jeunesse perdue, râla affectueusement Ryan en interrompant sa sœur et Zoe, qui riaient à ses dépens. Parle plutôt à Susannah de ton magasin et de toutes les femmes que tu aides.

Avec un petit regard dans sa direction, Susannah se calma.

— Ryan m'a dit que tu avais une boutique dans le centre-ville de Charleston qui fait un excellent travail auprès des victimes de violences conjugales. Il a dit qu'elles fabriquaient des objets que tu vends.

Les yeux de Zoe brillèrent lorsqu'elle commença à raconter son histoire. Voir son amitié avec sa sœur grandir était exactement ce que Ryan avait espéré de cette soirée. Susannah tenait une place importante dans sa vie et son approbation était plus que majeure. C'était impératif.

Son point de vue avait changé durant cette semaine, à mesure qu'il connaissait Zoe de mieux en mieux. Il appréciait de la savoir à proximité. Plus ils passaient de temps ensemble, plus elle s'ouvrait à lui, et il découvrait qu'ils étaient bien assortis.

À présent que Zoe et Susannah étaient absorbées dans leur discussion sur Les Trésors de la Seconde Chance, Ryan jeta un œil à son beau-frère et le trouva en train d'écrire un texto.

— Alors, Jefferson, comment ça va pour toi ?

L'innocente question surprit son beau-frère, qui posa brusquement son téléphone face cachée sur la table et attrapa son verre. Une rougeur gagna son cou lorsqu'il répondit.

— Tu sais, le travail, ça va, la famille aussi.

Ryan dévisagea Jefferson et se demanda pourquoi il était si nerveux.

— Comment ça se passe avec la campagne de Susannah ? Je suppose que tu es plus occupé que jamais.

— Ça, c'est sûr.

Une vibration se fit sentir, et Jefferson jeta un rapide coup d'œil à son téléphone.

— Entre les cours de danse de Violet et le football de Casey, on a l'impression de courir tout le temps.

Une nouvelle vibration. Un muscle sur la mâchoire de Jefferson se tendit.

— J'ai l'impression que quelqu'un cherche vraiment à te joindre, commenta Ryan. Vas-y, réponds, si tu veux.

Une troisième vibration se fit entendre.

— Ah, peut-être que je vais juste sortir un instant pour voir ce qui se passe…

Sans achever sa phrase, il attrapa son téléphone et se leva.

— Je reviens dans deux minutes.

Ryan le regarda s'éloigner, de plus en plus mal à l'aise avant que son regard ne soit attiré par la conversation des deux femmes de l'autre côté de la table.

— Je parlerai à Gil pour être sûre que l'on puisse mettre ça dans l'emploi du temps, mais je pense que ce serait une super idée, dit Susannah.

— Qu'est-ce qui serait une super idée ? intervint Ryan.

— Susannah va venir parler à l'une de nos réunions du mercredi soir à la boutique.

— Tu vois, dit Ryan à Zoe, je savais que ma sœur voudrait t'aider.

— Nous nous aidons mutuellement, corrigea sa sœur en

jetant un regard vers la chaise vide de Jefferson. Quelqu'un veut la dernière crevette ? Sinon, je vais la manger.

Après le dîner, les deux couples se séparèrent quand Susannah insista pour qu'ils rentrent à la maison libérer la baby-sitter. Ryan était content d'abréger cette soirée. Il voulait passer un peu de temps seul avec Zoe.

— C'était plus drôle que je ne le pensais, dit-elle sur le chemin du retour. Ta sœur est très différente lorsqu'elle n'est pas en campagne.

— Susannah a deux personnalités. La publique et la privée. Ça s'est accentué depuis qu'elle a décidé de devenir sénatrice. Ce soir, tu as eu un aperçu de la fauteuse de troubles avec qui j'ai grandi. Elle pouvait être assez infernale à la maison.

— J'ai aimé entendre des histoires sur votre enfance.

— Je t'assure que seulement 10 % de ce qu'elle t'a dit est vrai.

— Juste 10 % ? dit-elle d'un ton incrédule. J'aurais plutôt dit 50 ou 60 %.

— Tu remarqueras que je ne lui ai pas rendu la pareille, grommela Ryan en entrant dans son garage. J'ai des histoires sur ma sœur qui te feraient changer d'avis sur elle.

— Tu as fait preuve d'une grande retenue, répliqua Zoe.

— Tu veux rentrer un instant ? dit Ryan en se penchant et en passant légèrement ses doigts sur ses genoux. Il est trop tôt pour appeler ça la nuit.

Sa voix manquait un peu de souffle lorsqu'elle répondit.

— Bien sûr.

Tandis qu'ils marchaient main dans la main le long de la galerie couverte, l'impatience de Ryan devient fiévreuse. Il parvint à peine à refermer la porte arrière de la maison avant de la plaquer contre le mur de la cuisine.

— Je ne peux plus attendre, murmura-t-il en plaçant son bras à côté de sa tête afin de trouver un appui. Il faut que je t'embrasse.

— Juste m'embrasser ? souffla-t-elle en le regardant par-dessous ses longs cils.

Lorsque la surprise le rendit long à répondre, elle rougit violemment.

— Tu en veux plus ? demanda-t-il, la voix rendue sombre et caverneuse par la faim.

Ses mains caressaient ses hanches et remontèrent dans son dos.

— Ça fait des jours que je l'espère.

— Tu veux quoi de plus ?

Elle se mit sur la pointe des pieds et pressa ses lèvres contre son oreille.

— Je veux être nue contre toi, déclara-t-elle, son souffle glissant sur sa peau.

Il émit un son rauque.

— Chérie, tu n'as pas idée à quel point c'est bon de t'entendre dire ça.

Elle hoqueta de surprise lorsqu'il la souleva de terre et qu'il la porta jusqu'au salon. Il la déposa sur le canapé avant de faire peser son poids sur elle. Elle s'étira sous lui et eut un petit murmure sexy qui embrasa son corps.

Il colla sa main contre sa joue et effleura sa voluptueuse lèvre inférieure du bout du pouce. Il voulait que ce qui allait arriver lui plaise. Cela voulait dire y aller lentement et être sûr que leurs ébats leur offriraient une combustion mutuelle.

— Zoe, murmura-t-il, le cœur battant plus vite lorsqu'elle s'agrippa à ses épaules.

— Oui, Ryan ?

— Je vais faire en sorte que ça soit super pour toi.

Son sourire lui fit l'effet de l'aube qui pointait au-dessus du port de Charleston.

— Tu sais que tu n'as pas à t'inquiéter pour moi.

Il cligna des yeux. Venait-elle vraiment de dire ça ?

— Chérie, tu ne pourras pas m'empêcher de faire passer tes besoins en premier.

En entendant ces mots, elle regarda ailleurs, mais pas avant qu'il ait pu apercevoir des larmes dans ses yeux.

— Merci.

Sa poitrine se serra. Un mot simple, mais sa voix était poignante de surprise et de soulagement. L'envie soudaine de retrouver son ex-mari et de le frapper jusqu'à ce que mort s'ensuive lui brûlait les tripes.

Ryan expira profondément et lentement et repoussa toute pensée violente de son esprit.

Les doigts de Zoe caressèrent ses cheveux, il baissa la tête et approcha ses lèvres des siennes. Il voulait commencer doucement et laisser la passion s'attiser peu à peu, mais ses mains glissèrent sur ses épaules et ses côtes, ses doigts s'enfoncèrent dans sa peau lorsqu'elle entrouvrit les lèvres et qu'un gémissement affamé jaillit de sa gorge. Soudain, se contenir devint impossible. Son envie d'elle n'avait cessé de croître depuis le moment où ils s'étaient bousculés dans le bureau de campagne de Susannah.

Ryan caressa la langue de Zoe avec la sienne, approfondit le baiser, appréciant la faim tenace avec laquelle elle l'embrassa en retour. À cet instant, il sut qu'il ne pourrait jamais en avoir assez d'elle. De sa passion. De son goût. De la façon dont ses ongles s'enfonçaient dans la peau de son dos et de ses dents qui mordillaient sa lèvre inférieure. Il fut surpris pendant quelques secondes par sa voracité. Sa façon de parler et de bouger avait toujours quelque chose de si réservé et de maîtrisé. Qui aurait pu deviner que toute cette ferveur brûlait derrière ses yeux attentifs et ses expressions délicates ?

— Dis-moi ce que tu aimes, murmura-t-elle.

— Et si je te montrais, plutôt ?

- 7 -

Les mots de Ryan provoquèrent une explosion de joie chez Zoe. Cela faisait des jours qu'elle rêvait de ce moment, mais rien de ce qu'elle avait imaginé n'égalait la sensation exquise du corps ferme de Ryan qui la plaquait contre les coussins du canapé. Elle plia les genoux et le tissu de son pantalon frotta contre la peau sensible de l'intérieur de ses cuisses. Chaque parcelle de son corps suppliait que sa peau touche la sienne.

Elle portait ses sous-vêtements les plus aguichants et une robe portefeuille qui s'enlevait très facilement. Elle n'avait pas voulu que des boutons ou des fermetures Éclair empêchent ses mains de trouver sa peau nue. Malheureusement, avec le poids de son corps qui pesait sur elle, elle ne pouvait pas enlever ses vêtements. Elle grogna, frustrée.

— Tu sens délicieusement bon, murmura-t-il en déposant de petits baisers le long de son cou. C'est la seconde chose que j'ai remarquée à ton sujet.

— Quelle était la première ? demanda-t-elle.

— Tes yeux, lui dit-il. Ils sont de la couleur la plus incroyable que j'aie jamais vue.

— J'ai remarqué que tes mains étaient puissantes et douces. Je me suis demandé ce que cela ferait de les avoir partout sur mon corps.

Plaçant un pied sur le canapé, elle changea de position jusqu'à ce que Ryan soit placé à l'intérieur du V que formaient ses cuisses. Il était à présent bien mieux installé pour la soulager du désir qui pulsait entre ses jambes. Elle colla ses hanches contre les siennes, frottant de la partie la plus sensible de son anatomie la bosse dure qui tendait son pantalon. Ce mouvement provoqua chez lui un grognement rauque. Il glissa une main sous les fesses de Zoe pour la presser plus fort contre lui.

— Refais-le, ordonna-t-il, le bout de ses doigts effleurant sa culotte en soie.

Cette fois, lorsqu'elle répéta le mouvement, elle tourna légèrement les hanches et ses doigts passèrent tellemment près de l'endroit où elle désirait tellement fort qu'il la touche qu'elle gémit.

Elle passa les doigts dans les cheveux de Ryan et pensa à toutes les choses sensuelles et friponnes qu'elle allait lui faire. Faire l'amour avec Tristan n'était pas toujours romantique ni même passionné. Parfois, elle se sentait même anonyme sous lui. Dans ces moments-là, elle aurait pu être n'importe qui pour lui. Ça ne lui était pas venu à l'esprit au début. Elle était vierge le jour de sa nuit de noces car elle n'avait jamais fréquenté de garçon de son âge. Ce qui voulait dire qu'un homme de onze ans plus âgé qu'elle avec bien plus d'expérience pouvait facilement la convaincre que tout ce qu'il lui disait était la vérité.

L'une des choses qu'il lui avait apprises était comment satisfaire un homme, ce dont elle allait faire la démonstration à Ryan. Sans doute pour la première fois de sa vie, elle avait envie de donner du plaisir, et Ryan était la cible de toutes ces envies tenaces.

— Embrasse-moi, supplia-t-elle, appréciant qu'il sache exactement ce qu'elle aimait.

Doux et puissant à la fois. Tendre et passionné. Entre ses bras, ses sens revivaient et elle en savourait chaque seconde.

— Avec plaisir.

Lorsque sa bouche se posa sur elle, elle pressa ses lèvres contre les siennes. Cet homme l'excitait et elle voulait qu'il le sache. Il posa ses doigts sur sa hanche et remonta de ses côtes jusqu'à sa poitrine. Lorsqu'il la couvrit de sa paume, elle gémit de plaisir.

— Tu es si belle, murmura-t-il dans le creux de son cou, ses dents mordillant sa gorge. Je ne peux pas me lasser de toi.

Zoe attrapa les cheveux de Ryan et poussa un cri lorsqu'il caressa sa poitrine à travers ses vêtements. Elle vit son sourire en coin lorsqu'il se pencha vers elle. Le sang battait tellement fort à ses oreilles qu'elle faillit louper son ronronnement appréciateur lorsqu'il sentit ses seins se tendre sous sa langue. Une exclamation lui échappa. La sensation de sa bouche sur ses seins était affaiblie par le tissu qui les séparait.

— Ça ne fonctionne pas, protesta-t-elle.

Il releva la tête, un petit sourire coquin aux lèvres.

— Je n'aurais jamais cru.

— On a tous les deux beaucoup trop de vêtements.

— Je sais, dit-il sans avoir l'air extrêmement pressé de lui arracher sa robe.

Sa bouche parcourut sa poitrine jusqu'à son autre sein et ses pensées furent réduites complètement à néant lorsqu'un éclair de désir foudroyant la transperça. Il attrapa son col et tira à la fois sur sa robe et sur son soutien-gorge afin de pouvoir passer la langue sur son autre mamelon.

— Oh oui, murmura-t-elle, un cri se logeant dans sa gorge lorsque le désir l'embrasa. C'est tellement bon.

Elle le tint contre elle tandis qu'il la taquinait de ses lèvres, de ses dents et de sa langue. Pendant ce temps, l'insistant lancinement du désir devenait de plus en plus intense et rapide. Elle se consumait, et gigoter sous lui sur le canapé ne lui apportait pas la satisfaction qu'elle attendait.

— Emmène-moi à l'étage, demanda-t-elle, en poussant ses hanches vers ses mains tandis qu'il se frayait un chemin le long de son corps jusqu'à ce que ses épaules se soient glissées entre les cuisses de Zoe pour les ouvrir en grand.

Il passa un doigt sur sa culotte et jura.

— Tu es tellement prête.

Zoe couina quelque chose d'incohérent tandis qu'il embrassait son intimité. Elle eut l'impression de brûler de l'intérieur, ce qui la laissa haletante et tremblante.

— Tu es tellement belle, continua Ryan. J'adore ton odeur et j'ai hâte de savoir quel goût tu as.

C'était presque aussi excitant que la sensation de sa poigne ferme sur son sous-vêtement. D'un mouvement sec, il le fit glisser de ses hanches et le long de ses jambes. Le tissu humide ne cachait pas grand-chose de son intimité, mais lorsqu'il ôta la culotte en soie sa soudaine nudité fit trembler Zoe. Comme il n'y avait plus de barrière entre eux, Ryan s'installa entre ses cuisses et passa un doigt le long de son intimité, qui menait au cœur de son être. Son corps vibrait d'une attente contenue, et Ryan sembla ravi de ralentir le rythme et de prendre son temps.

Zoe ferma les yeux lorsqu'il effleura des doigts les plis de son anatomie qui lui cachaient l'accès à son sexe. Elle se cambra contre ses mains lorsqu'il pénétra délicatement sa douce source de chaleur.

— Je t'en prie, supplia-t-elle de façon presque incohérente tandis qu'il poursuivait sa douce exploration. J'en veux plus.

— Ma langue ?

Il la comprenait, à présent.

— Oui, souffla-t-elle, étourdie par le soulagement. J'ai besoin de ta bouche sur moi. Maintenant !

Il passa la langue sur son intimité tendue et le son qui jaillit d'elle ressemblait à un cri de jouissance.

Le plaisir était trop intense et parfait.

— Oh oui ! Comme ça.

Son rire profond résonna dans son corps, ce qui intensifia le sentiment d'impatience qui la parcourait. Il eut l'air tellement satisfait de sa réponse que, malgré la tension qui bloquait ses muscles, elle ressentit une vague de joie déferler en elle. À cet instant, elle comprit que cela allait être bon. Meilleur que ce qu'elle avait jamais connu. Ryan allait prendre soin d'elle.

La gratitude lui serra le cœur, mais elle eut à peine le temps de reconnaître ce sentiment que, quelques secondes plus tard, un désir brûlant s'empara d'elle lorsque Ryan écarta davantage ses jambes et glissa sa langue en elle.

Elle succomba immédiatement. À l'homme. À ses besoins. À leur désir tandis qu'elle ondulait des hanches et qu'il prononçait son nom d'une voix rauque. Elle entendit son prénom au loin ainsi que de délicieux murmures érotiques qui s'échappaient des lèvres de Ryan.

Avec lui, elle se sentait désirable. Se laisser aller pendant l'amour signifiait avoir assez confiance en son partenaire pour être vulnérable, et la plupart du temps Zoe n'avait jamais su à quoi s'attendre avec son mari. C'était une tout autre histoire avec Ryan, et son corps réagissait en conséquence. Le plaisir montait en elle de plus en plus vite, si vite qu'elle eut à peine conscience de ce qui se passait avant de se sentir partir.

— Ryan. Oh, Ryan.

Lorsque des millions d'étoiles explosèrent derrière ses paupières closes, tout ce qu'elle fit fut une série de petits bruits incohérents. Des vagues de plaisir déferlèrent en elle, chacune d'elles brisant ses barrières, la laissant tremblante et comblée. Trop bon, trop parfait. Juste trop. Des larmes coulèrent sur ses joues et elle posa le bras sur ses yeux pour les cacher.

— C'était incroyable, lui dit-elle, l'accroc dans sa voix trahissant son émotion.

Ryan se redressa et déposa une série de baisers le long de son cou.

— J'allais le dire. Je n'ai jamais vu quelqu'un qui jouit comme tu le fais. Je vais t'emmener à l'étage et te mettre nue. Ensuite, tu vas recommencer ça. Encore. Et encore.

Zoe ôta le bras de son visage et regarda Ryan. L'éclat sincère dans ses yeux gris lui fit manquer un battement de cœur.

— Ça te dit ? dit-il.

Elle acquiesça.

— Et comment !

Les rires et leurs essoufflements rebondirent sur les murs du large escalier lorsqu'ils se dépêchèrent d'atteindre sa chambre double, au deuxième étage. Normalement, Ryan aurait dû avoir l'avantage avec ses plus longues jambes mais, comme ils enlevaient leurs vêtements tout en grimpant les escaliers, la robe et le soutien-gorge de Zoe semblaient glisser sans aucun effort tandis que Ryan se débattait avec les siens. Il fut aussi ralenti par la vision sublime de sa nudité lorsqu'elle l'attira à sa suite d'un mouvement du doigt. Il prit une grande inspiration, tourna à l'angle et entra dans sa chambre.

Ryan s'arrêta net lorsqu'il vit Zoe debout devant la fenêtre qui donnait sur le jardin. Elle s'était enveloppée dans le rideau et la lueur de défi dans ses yeux lui fit comprendre qu'elle s'attendait à être déballée d'une façon spectaculaire. Affichant un air moqueur, il s'avança vers elle.

— Tu as dit que tu voulais me déshabiller, lui rappela-t-elle en s'accrochant au rideau. J'ai fait la moitié du travail.

Avec une petite grimace, Ryan le lui retira des mains.

— Je t'en remercie, dit-il. Mais maintenant je veux te voir en entier.

Il la prit par la main et la fit tournoyer. Zoe était tout en muscles, longs et fermes, aux courbes athlétiques. Sa poitrine était menue mais sa forme ronde était parfaite et il avait hâte de pouvoir de nouveau l'embrasser.

— Tu es magnifique, déclara-t-il en la soulevant et en la portant jusqu'au lit.

— Toi aussi, murmura-t-elle, les doigts dans ses cheveux.

Il la suivit sur le matelas, prit un sein dans sa bouche et caressa le téton rosé jusqu'à ce qu'il durcisse. Le gémissement rauque de Zoe remplit ses oreilles, ce qui le fit sourire lorsqu'il répéta le mouvement sur l'autre sein. Il continua d'effleurer son visage de ses doigts, puis son torse, ses cuisses, désirant reproduire cet état de pure excitation qu'il l'avait amenée un peu plus tôt à un orgasme explosif.

Il l'embrassa le long des épaules et des seins une dernière fois. Enroulant ses doigts à l'arrière de la tête de Zoe, il posa sa bouche contre la sienne et l'embrassa tandis que des sons agréables s'échappaient de sa gorge, le pressant davantage.

Elle écarta les jambes et passa ses mains sur les hanches de Ryan pour qu'il puisse se placer entre ses cuisses plus rapidement. Il attrapa l'arrière de ses genoux et les souleva vers sa taille, la laissant offerte à sa vue. Le mouvement lui permit de plaquer son érection contre son intimité. Il gémit lorsque la pression augmenta violemment son désir, puis il s'appuya contre elle et Zoe ondula frénétiquement en gémissant et en cambrant le dos.

Des pensées confuses remplirent la tête de Ryan lorsque sa bouche tomba sur la gorge de Zoe et que ses dents mordillèrent sa peau. Les hanches de Zoe ruèrent à cause d'un petit coup de dents. Il accompagna le mouvement d'une poussée profonde.

— Je m'étais promis d'y aller lentement, gémit-il en lui faisant comprendre qu'il était à deux doigts de perdre le contrôle. Mais j'ai juste hâte d'être en toi.

— J'en ai besoin aussi.

— Ça va être génial. Je te le promets…

Ses mains plongèrent sous l'élastique de son caleçon et elle enfonça ses ongles dans les muscles de ses fesses au moment où il poussa de nouveau contre elle. À sa grande surprise, elle accompagna sa poussée fiévreuse d'un désir âpre qui propulsa une décharge de plaisir le long de sa colonne vertébrale. Cela lui prit une seconde pour réaliser qu'elle avait baissé son caleçon mais, lorsque le tissu s'accrocha à son érection et qu'elle commença à tirer frénétiquement, il revint à lui et éloigna doucement ses mains avant qu'elle ne lui fasse vraiment mal.

— Attends, murmura-t-il. J'ai besoin de mettre un préservatif.

— Dépêche-toi.

Si chaque fibre de son corps n'était pas concentrée sur ce qui allait suivre, il aurait pu sourire de son enthousiasme. Au lieu de ça, il concentra toute son énergie sur le paquet encore emballé dans la table de nuit, l'ouvrit rapidement et déroula le préservatif sur son érection d'une main tremblante.

Puis, alors qu'il se tenait debout à côté du lit, son érection dressée directement vers elle, elle se redressa sur ses coudes. Tout en lui offrant un petit sourire satisfait, elle ouvrit les jambes et le laissa se délecter de la délicieuse perfection rosée qui l'attendait entre ses cuisses. Ryan se pencha sur elle, le souffle court, et la caressa du bout de son érection. Elle rejeta la tête en arrière et gémit, affamée. Ce son magnifique le fit sourire. Il s'introduisit légèrement en elle, et la chaleur humide de ses cuisses le fit trembler de plaisir.

— C'est ça, gémit-elle, son corps entier vibrant lorsqu'il la pénétra plus profondément.

Les doigts de Zoe se crispèrent sur son dos et elle y enfonça ses ongles. Une douleur vive rebondit le long des nerfs déjà sensibles de Ryan lorsqu'il se retira avant de plonger de nouveau en elle. Elle ronronna, les yeux clos.

— C'est juste le début, lui promit-il. Ne te retiens pas.

— Jamais.

Elle cria à chaque coup de reins, s'abandonnant à lui. C'était beau à voir, à mesure que son tempérament sauvage laissait la place à une demande féroce. Elle prenait en main son désir, profitant de son plaisir sans réserve. Il éprouvait à la fois de l'émerveillement et de la fierté en contemplant la concentration exquise de ses traits.

Ryan posa la main sur sa hanche, la pénétra plus fort, et elle gémit son nom.

— J'ai besoin de jouir quand tu es en moi, dit-elle, sa voix rauque l'excitant agréablement. Fais-moi jouir, Ryan.

Son ordre faisait écho à ses propres envies. Et, même s'il lui avait déjà donné un orgasme cette nuit, en partager un second avec elle devint sa priorité, mais il était déjà bien plus proche de la fin qu'il ne le souhaitait. Être en elle paralysait sa volonté. Il était trop proche du plaisir ultime et il avait besoin qu'elle l'atteigne en même temps que lui.

Il pivota les hanches et s'enfonça en elle sous un angle différent. Elle le serra fort, et les sons qu'elle faisait se transformaient en quelque chose de pressé et de frénétique. Cela devenait de plus en plus dur de se retenir. Il serra les dents sans savoir combien de temps il pourrait contenir son propre orgasme.

Le besoin de se sentir connecté à elle le submergeait. Il ouvrit les yeux et les baissa vers elle. Le désir le transperça lorsqu'il réalisa qu'elle le regardait. Leurs yeux se trouvèrent et restèrent accrochés. Quelque chose se dénoua dans la poitrine de Ryan lorsqu'il comprit qu'il était exactement là où il voulait être. Pas seulement enfoncé profondément en Zoe mais avec elle, à cet instant, pour la regarder lentement jouir sous lui.

Une émotion vive et dangereuse passa le long de sa colonne vertébrale et lui serra le ventre, puis il ne sentit plus qu'une chaleur torride, un cœur battant fort et un désir infini.

— Jouis avec moi, ma chérie, la pressa-t-il tandis que son esprit s'emplissait d'étoiles. S'il te plaît, jouis avec moi.

Mais elle n'avait pas besoin d'encouragements. Elle gémit son nom, le choc visible sur son visage. Un tremblement secoua le haut de son corps lorsque son souffle se fit haletant. Ils succombèrent au plaisir ensemble et, pendant ce qui sembla plusieurs minutes, Ryan trembla de plaisir quand son orgasme le ravagea encore et encore.

Ses muscles le trahirent et Ryan se laissa tomber sur les coudes, réussissant sans trop savoir comment à épargner à Zoe le poids de son corps tombant sur elle à la dernière seconde.

Une exclamation traversa ses pensées confuses. Que venait-il de se passer, au juste ?

— C'était absolument fantastique, dit-elle d'une voix mal assurée, ses doigts voletant sur ses épaules. Tu es merveilleux.

Il était merveilleux ? Avait-elle la plus petite idée de ce qu'elle venait juste de lui faire ?

Ryan les fit rouler sur le matelas jusqu'à ce qu'elle repose langoureusement sur lui. Entortillant ses doigts dans ses cheveux, il tira doucement jusqu'à ce qu'elle croise son regard.

— Tu es magnifique.

Au moment même où il ouvrit la bouche, l'adjectif lui

parut insuffisant après ce qui venait de se passer entre eux, et il fut surpris lorsqu'elle balaya le compliment, gênée.

— Je n'ai jamais connu…, commença-t-elle sans achever sa phrase. Je ne savais pas.

— Tu ne savais pas quoi ?

Elle dessinait de petites spirales du bout des doigts sur son épaule humide de sueur. Il regardait son visage pour essayer de déchiffrer son expression et de deviner ses pensées. Apparemment, il ne la connaissait pas encore aussi bien qu'il l'espérait, car il n'avait aucune idée de ce qui la rendait si songeuse.

— Je n'avais connu qu'un homme jusqu'à présent.

Cet homme étant son ex-mari. Ryan ne répondit pas et regarda le plafond afin de lui laisser le temps de partager ce qu'elle avait en tête.

— Je suppose qu'aujourd'hui ça fait très vieux jeu, continua-t-elle tristement.

Une fois de plus, elle faisait des suppositions sur ce qu'il pensait. Pourquoi croyait-elle toujours que ses choix étaient mauvais ?

Ryan effleura sa colonne du bout des doigts.

— Pas forcément. Tu étais jeune quand tu t'es mariée.

— Pas si jeune que ça. J'avais vingt ans. Beaucoup de filles couchent dès le lycée.

— Tout le monde n'est pas prêt à franchir cette étape si tôt.

— Je ne sais pas si j'étais prête ou non. Les garçons ne me remarquaient pas. J'étais trop discrète. Absolument oubliable.

— Alors, *ça*, je ne le crois pas.

— C'est vrai. J'étais à l'écart, socialement. Je le suis toujours. En tant qu'épouse de Tristan, j'ai appris à bien me comporter en public, à dire tout ce qu'il fallait, à rejoindre les bons groupes, à me faire les bons amis, dit-elle, l'amertume donnant à sa voix quelque chose de cassant. J'ai perdu de vue qui j'étais.

— Je pense que la plupart des gens portent un masque en public, dit-il. On veut rentrer dans le moule et être aimé.

— Tu ne fais pas ça.

Sa voix était ferme lorsqu'il dit :

— Nous le faisons tous.

— Jusqu'à ce que je te rencontre, j'avais oublié à quel point c'était bien de dire ce que l'on pense sans craindre les conséquences.

Les conséquences ? Ryan fronça les sourcils. Quel genre de conséquences avait-elle dû endurer pour avoir juste proféré une opinion ? Sa poitrine se serra sous le coup de l'émotion. Ryan prit Zoe dans ses bras et enfouit son visage dans son cou.

Jouer le rôle du chevalier servant pourrait le mener sur un chemin dangereux. La dernière fois qu'il avait tenté de sauver une demoiselle en détresse, cela lui était spectaculairement revenu à la figure. Pourtant, aujourd'hui, il avait embarqué pour une autre aventure. Un premier pas pour retrouver la confiance, et Ryan ne pouvait se forcer à ralentir.

- 8 -

Zoe se surprit à chantonner en faisant ses comptes dans son bureau, dans l'arrière-salle des Trésors de la Seconde Chance. Pour la première fois depuis qu'elle avait signé le bail, elle entrevoyait la lumière au bout du tunnel, et elle sut qu'elle allait s'en sortir. Grâce au soulagement, elle se sentait plus légère que l'air. Ou peut-être que sa vision positive des choses était due à Ryan.

Après avoir été mariée à Tristan pendant huit ans, elle était assez cynique pour attribuer son teint radieux à toute la fantastique gymnastique nocturne dont elle profitait avec Ryan, mais au fond d'elle-même elle savait qu'il y avait plus que ça. Elle aimait parler et passer du temps avec lui, et il l'écoutait vraiment lorsqu'elle rabâchait encore et encore ses espoirs pour le magasin et le défi que représentait l'aide aux victimes de violences conjugales. Il ne se dérobait pas quand elle avait besoin de se confier, et elle tenait autant à ça qu'à ses incroyables baisers.

— Voici le courrier, dit Jessica en posant un tas d'enveloppes sur le bureau, ce qui sortit Zoe de sa rêverie. Ça te va, si je pars déjeuner dans dix minutes ?

— Bien sûr. Je vais juste jeter rapidement un coup d'œil au courrier et je viens à l'avant.

— Ne te presse pas. La vague du matin est presque passée et Eva a maîtrisé la caisse enregistreuse très vite.

Comme les gros problèmes financiers du magasin s'étaient quelque peu tassés, Zoe avait engagé Eva.

Au vu de l'augmentation de la fréquentation du magasin ces deux dernières semaines, la boutique se portait de mieux en mieux. Elle serait peut-être capable d'engager plus de monde. Zoe voyait bien l'ironie dans tout ça. Rien n'aurait été possible sans le soutien de Ryan et de Susannah. Zoe avait fait son trou dans l'entourage de la candidate afin de trouver de quoi la salir. Au final, Susannah l'avait aidée à développer son réseau pour attirer sur les Trésors de la Seconde Chance l'attention d'autres personnalités bienfaisantes. Le bouche-à-oreille avait attiré des femmes, mais c'était surtout la qualité de sa marchandise qui les avait incitées à ouvrir leur portefeuille. Il était clair que, depuis qu'elle avait posé le pied dans le QG de campagne de Susannah, sa situation financière et son moral avait pris un tour positif grâce aux jumeaux Dailey. Et comment payait-elle leur gentillesse ? Avec des mensonges et une trahison.

Cent fois par jour, elle cherchait un moyen d'échapper à sa promesse de faire du mal à Susannah, même si elle savait qu'Everly ne voudrait rien entendre.

L'anxiété lui donnait mal au ventre et elle se dépêcha de trier son courrier. Elle posa la facture de téléphone sur la pile des factures à payer et prit la dernière enveloppe. Elle était grande et toute simple, avec seulement son nom et celui du magasin imprimés dessus. Zoe l'ouvrit et en sortit le contenu. Au début, elle eut du mal à comprendre ce qu'elle avait entre les mains. Rapidement, cependant, un malaise s'installa en elle à mesure qu'elle prenait conscience des très nombreuses pages de documents légaux et de relevés bancaires appartenant à une série de sociétés à responsabilité limitée. Il y avait cinq compagnies, chacune appartenant à une SARL différente. Le sens exact de ce qu'elle était en train de regarder lui échappait jusqu'à ce qu'elle examine le bas du document et la dernière entreprise et qu'elle voie le nom de son ex-mari.

Elle reçut une décharge électrique. Elle fit concorder les documents légaux et les relevés bancaires. Voilà où se cachait l'argent que Tristan ne voulait pas qu'elle trouve. Il avait créé une série de sociétés offshore pour dissimuler des fonds, mais les banques qu'il employait étaient toutes situées aux États-Unis. Comment pouvait-il faire quelque chose comme ça et s'en sortir ?

Elle remit les papiers dans l'enveloppe et la glissa dans le tiroir du bureau. Avec le sentiment qu'on venait de lui remettre une bombe prête à exploser, Zoe entra dans le magasin.

Malgré un flux constant de clients, Zoe n'arrivait pas à oublier ce qu'impliquaient les papiers en sa possession. Une fois le choc passé, il lui apparut qu'ils venaient très certainement de London. Comment elle avait réussi un exploit pareil, Zoe n'en savait rien, mais cela lui rappelait une vérité pénible.

Everly et London avaient accompli leur part du marché. Maintenant, c'était à Zoe de trouver ou de fabriquer quelque chose qui entacherait la campagne de Susannah. L'idée de faire du mal à Ryan ou à sa sœur la rendait malade, mais elle ne pouvait pas faire machine arrière. Everly s'était trop investie dans sa vengeance pour laisser Zoe s'en tirer comme ça.

Ryan se laissa tomber sur le dos, sa poitrine se soulevait et s'abaissait au rythme de sa respiration. Sur le tapis du salon, Zoe était tout aussi essoufflée. Haletant à l'unisson, il se surprit à sourire. Une fois de plus, ils n'avaient pas réussi à atteindre sa chambre à l'étage. Ils n'avaient même pas été capables de se déshabiller complètement avant que le désir ne prenne le contrôle d'eux.

Depuis qu'il savait que Zoe était sous pilule et qu'ils s'étaient mis d'accord sur l'inutilité de préservatifs, chaque pièce du rez-de-chaussée avait assisté à plus ou moins d'action. Ryan ne pouvait apparemment pas s'empêcher de la toucher, et Zoe était une partenaire fervente et volontaire.

— Mince, murmura-t-il, reconnaissant. On l'a encore fait.

— Trois fois cette semaine, acquiesça Zoe, plutôt amusée. Je n'étais pas comme ça, avant.

Ryan tourna la tête et fixa son profil.

— Comme quoi ?

— Excitée tout le temps, dit-elle en poussant un profond soupir. C'est vraiment perturbant. Et gênant. Je ne suis pas aussi productive que d'habitude.

— J'aime bien ce nouveau côté chez toi.

En vérité, il aimait tous les aspects de sa personnalité.

Sans bouger la tête, elle déplaça son regard du plafond vers lui.

— Quel nouveau côté chez moi ?

— Celui où tu es beaucoup plus à l'aise.

— À quoi vois-tu que je suis plus à l'aise ?

— La première fois que je t'ai rencontrée, tu étais un livre fermé. Maintenant, tu dis ce que tu penses.

— Ce n'est pas toujours poli de le faire.

— Peut-être pas, dit Ryan. Mais c'est réel, ajouta-t-il en passant ses lèvres partout sur son épaule, lui provocant un frisson le long du bras. Je peux m'accommoder du réel.

— Qu'est-ce que cela veut dire ?

Zoe s'assit et commença à se rhabiller pour lui signifier la fin de leur partie de plaisir. Elle était souvent nerveuse après qu'ils avaient fait l'amour, comme si elle regrettait de s'être laissée aller. Le fait qu'elle soit sur la défensive laissait Ryan perplexe sur ce qui s'était passé pendant son mariage. Jusque-là, il n'avait pas cherché à être indiscret, mais sa curiosité commençait à le ronger.

Il était déjà arrivé à la conclusion qu'elle était une

survivante. Non pas qu'elle lui ait confié quoi que ce soit sur le sujet, mais son combat passionné contre les violences conjugales indiquait qu'elle en avait elle-même été victime.

— J'espère que tu as compris que c'était devenu bien plus qu'une passade pour moi, dit Ryan, bien décidé à jouer cartes sur table en signe de bonne foi. Je veux que tu puisses me faire confiance.

— Je te fais confiance.

Il ne fut pas satisfait par sa réponse rapide.

— Parfois, j'ai l'impression d'avoir à peine effleuré la surface.

Elle ramena ses genoux contre sa poitrine et lui fit face.

— J'ai passé de nombreuses années à dissimuler mes sentiments.

— Tu n'as pas à le faire avec moi.

— Me dévoiler me fait peur, dit-elle en posant le menton sur ses genoux pour éviter son regard. Je me sens vulnérable et nue.

— Que crois-tu que je vais dire ou faire pour te blesser ?

— Rien.

Pourtant, son expression et son langage corporel fermé disaient le contraire.

— Je ne crois pas que tu sois le genre de personne qui pourrait me juger ou me ridiculiser.

Cela signifiait que d'autres avant lui l'avaient fait.

— Est-ce que ton ex-mari faisait ce genre de choses ?

— Je ne veux pas revivre mon mariage.

— Je prends ça pour un oui.

Elle lui jeta un regard noir.

— Tu es tellement embêtant.

— Tu l'as déjà dit.

Il lui fit une grimace, préférant les insultes aux affirmations soigneusement formulées qui cachaient ses véritables sentiments.

— Tu sais que je finirai par savoir la vérité, donc pourquoi ne pas vider ton sac maintenant ?

Zoe se remit debout et déambula jusqu'à la table du salon où ils avaient abandonné des gâteaux au chocolat dont ils s'étaient servis pour se nourrir mutuellement. Elle revint avec l'un des desserts plein de crème et se laissa tomber à côté de lui.

— Pourquoi est-ce que tu veux que je te parle de ma relation avec Tristan ?

— Parce que je veux en savoir plus sur toi et je crois que tu gardes pour toi beaucoup de peine et d'anxiété à propos de ton mariage.

— Il aimait tout contrôler et était très critique sur mon apparence.

En parlant, elle lui tendit une fourchette pleine de gâteau.

— Tu es une femme incroyablement belle, lui dit-il en faisant un petit mouvement de la langue pour attraper un bout de chocolat sur sa lèvre. Qu'y a-t-il à critiquer ?

— Il voulait que j'aie une certaine apparence. Je devais être mince mais sans que l'on devine la forme des muscles. Il me demandait de porter mes cheveux à une certaine longueur et d'une couleur bien particulière. Il préférait quand je portais des couleurs pastel, rose, pêche ou bleu et il détestait toutes les nuances de jaune et de vert. Pas de couleurs vives, pas de noir.

Ses mains tremblaient lorsqu'elle se resservit du gâteau.

— J'ai appris très tôt à ne pas donner mon avis ni faire des suggestions.

— Pourquoi l'as-tu épousé ?

Il avait posé la question de façon beaucoup plus directe qu'il ne le voulait, mais il n'arrivait pas à imaginer la Zoe qu'il avait appris à connaître dans la femme qu'elle lui décrivait et il avait besoin de comprendre.

— J'étais jeune et naïve et je ne savais pas vraiment ce que je voulais faire de ma vie.

Tout en parlant, Zoe dévora ce qu'il restait du gâteau comme si le dessert sucré l'aidait à apaiser son sentiment de gêne.

— Donc ton nouveau style… Est-ce que c'est un rejet total de ce que ton mari voulait que tu sois ou la vraie toi ?

Un sourire fugace passa sur les lèvres de Zoe.

— Ça ne fait aucun doute, je suis en pleine rébellion. La première fois que je me suis fait couper les cheveux, je me suis sentie puissante et révolutionnaire.

— Et maintenant ?

Elle haussa les épaules.

— Je suis en construction, répondit-elle, son regard s'accrochant au sien. Est-ce que cela t'ennuie ?

— Pourquoi cela m'ennuierait ? dit-il sans intention de la juger. J'aime bien penser que nous évoluons tous.

— Même toi ?

Il lui avait demandé de parler d'elle, il était plutôt normal de partager à son tour un peu de ses questionnements intimes.

— Après Kelly Briggs, j'ai eu beaucoup de mal à faire confiance aux gens que je ne connaissais pas bien.

— Des gens comme moi ?

— Oui.

Il se demanda s'il devait être honnête avec elle sur les soupçons qu'il nourrissait à son égard.

— Quand tu t'es proposée la première fois pour la campagne de Susannah, on pensait tous que tu travaillais pour Lyle Abernathy.

— Et maintenant tu penses autrement.

Ryan resta silencieux un instant avant de répondre.

— La raison pour laquelle j'ai payé ton loyer, c'est que ton propriétaire est un ami d'Abernathy et je me demandais s'ils n'utilisaient pas tes problèmes financiers pour te faire espionner pour leur compte.

Zoe écarquilla les yeux.

— Mais c'était il y a un peu plus d'une semaine. Tu pensais toujours que je pouvais travailler pour Abernathy quand nous…

Elle secoua la tête.

— Et maintenant ?

— Maintenant, je…

— Attends, dit-elle en l'interrompant. Je comprends que tu ne me fasses pas encore confiance. Je n'ai pas vraiment été franche. Et, après ce qui est arrivé à ton entreprise, tu as toutes les raisons d'être méfiant.

Lui prenant le plateau vide des mains, Ryan le posa sur le côté, passa ses doigts sur son cou et l'attira pour l'embrasser.

— Mais je ne veux pas être méfiant, lui dit-il, ses lèvres voletant sur les siennes. Je pense que quelque chose de merveilleux nous arrive et je ne veux pas que nos expériences passées détruisent ce qui se passe maintenant ou ce qui pourrait arriver dans le futur.

Lorsqu'il eut fini de parler, il vit que Zoe ne bougeait plus. Il jeta un œil vers elle et remarqua qu'elle fronçait les sourcils. Allait-il trop vite ? Elle venait à peine de finaliser un divorce amer et difficile. Elle n'était peut-être pas prête à penser au futur avec lui.

Au moment où Ryan se demandait s'il devait faire marche arrière, Zoe se glissa près de lui et posa une main sur son genou.

— C'est exactement ce que je ressens.

Tandis qu'elle pressait fort ses lèvres contre les siennes, ravivant cette alchimie explosive entre eux une fois de plus, le soupçon demeurait dans sa déclaration. Cependant, avant qu'il puisse se pencher davantage sur les questions qui s'insinuaient dans ses pensées, elles furent réduites en cendres par un feu brûlant de passion.

*
* *

Le soir de la collecte de fonds de Susannah, Zoe contemplait son reflet tandis qu'une angoisse familière lui tordait l'estomac. Tout en appliquant son maquillage et en se glissant dans une robe sans bretelle bleu marine à sequins, elle imaginait le choc et la désapprobation de ses anciennes connaissances lorsqu'elles remarqueraient ses courts cheveux blonds et sa robe aérienne.

Zoe était frustrée de voir qu'elle se préoccupait encore de ce que les gens de son ancienne vie pourraient penser. Peut-être que la force qu'elle avait gagnée grâce à son divorce se révélait plus fragile qu'elle ne l'avait espéré.

Serait-ce une erreur de participer à une soirée où elle risquait de croiser le chemin de gens qui appartenaient à son passé ? Seul le temps le dirait. Au moins, elle n'aurait pas à leur faire face seule. Elle serait au bras de Ryan et c'était un regain de confiance en soi.

Quelqu'un frappa à sa porte d'entrée, ce qui la fit sortir de sa rêverie. La bouche sèche, les paumes moites, elle se précipita en espérant voir les yeux de Ryan s'illuminer lorsqu'il la verrait. En ouvrant la porte, elle regarda fixement l'homme qui se tenait devant elle. Ses épaules larges lui donnaient l'air encore plus impressionnant dans sa veste de costume impeccablement coupée.

— Ouah, murmura-t-elle, en s'adossant contre la porte tout en le laissant entrer. Tu es superbe.

Le sourire qui monta lentement à ses lèvres provoqua chez elle une bouffée de chaleur.

— Tu n'es pas mal non plus. Laisse-moi mieux te regarder, dit-il en la prenant par la main et en la faisant lentement tourner sur elle-même. Magnifique.

L'approbation qui brillait dans ses yeux gris dénoua l'inquiétude dans son ventre. Si elle pensait ne plus avoir besoin des louanges d'un homme, elle avait absolument tort. Mais Ryan était différent car il aurait apprécié tout ce qu'elle aurait choisi de porter. Pas une seule fois il n'avait émis un jugement sur son apparence.

— Je vais être l'homme le plus chanceux à cette soirée, avec toi à mon bras.

— Et je suis la fille la plus chanceuse, murmura-t-elle en savourant son regard admiratif.

Ils restèrent là quelques secondes à se sourire, puis Ryan attrapa sa main.

— Allons-y. Plus tôt nous y serons, plus tôt nous pourrons rentrer à la maison pour que je puisse t'enlever cette robe.

— Et moi qui pensais que tu l'aimais bien, se moqua Zoe en refermant la porte derrière elle.

Il mit son bras autour de sa taille et approcha ses lèvres de son oreille.

— Je l'adore. C'est juste que je préfère largement ta magnifique peau douce.

Elle eut la chair de poule en entendant ces mots. Il avait un don pour l'exciter d'un regard ou d'un compliment. Elle prit conscience du lancinement entre ses cuisses. Elle anticipait ses mains parcourant son corps pour lui retirer sa robe et la laisser nue, offerte à son regard et à ses mains. Un ronronnement monta dans sa poitrine à mesure que le désir y naissait, mais elle le retint et se délecta de la pression de l'envie qui se déversait dans ses veines.

Être proche de Ryan la rendait plus heureuse que jamais. Cette prise de conscience s'accompagna d'un retour brutal à la réalité : la raison de leur rencontre et celle pour laquelle elle avait emménagé dans le studio libre et cultivé son amitié. Tout ça pour lui faire du mal.

Le désespoir la heurta, affectant son moral. Son sourire s'évanouit à mesure qu'ils approchaient de la voiture de Ryan. Il remarqua ce changement soudain et la prit dans ses bras avant d'ouvrir la porte de la voiture.

Il caressa sa joue du bout du pouce.

— Qu'est-ce qui ne va pas ?

— Rien.

Le mensonge lui vint naturellement. Tout comme le sourire rassurant.

Elle avait passé tellement de temps à prétendre être quelqu'un qu'elle n'était pas. Récemment, elle s'était sentie suffisamment en sécurité pour montrer ses vrais sentiments. Ryan était un roc sur lequel elle pouvait lancer des sarcasmes, de la colère ou des larmes. Rien de ce qu'elle disait ou faisait ne semblait le décontenancer. Il encaissait tout et ne donnait en retour que de la compréhension et de l'acceptation.

— Tu as peur de revoir ton ex ?

— Pas juste lui. Tous ceux que je connaissais seront là ce soir. Ils vont tous me juger.

— Tu n'as pas à laisser leurs opinions avoir de l'importance, lui rappela-t-il. Ils ne peuvent pas te faire du mal sauf si tu les laisses faire.

— Tu as raison, dit-elle en poussant un profond soupir. C'est juste vraiment difficile de ne pas prendre en compte leur désapprobation.

Elle ne l'avait jamais avoué à quelqu'un avant Ryan. Elle savait qu'il ne balayerait pas ses inquiétudes. D'une certaine façon, il comprenait sa détermination à affronter les défis qu'elle avait évités autrefois.

— Tu vas y arriver, ajouta-t-il en embrassant le haut de son crâne. En attendant, tu peux compter sur moi pour jouer les chiens de garde pour toi. Je montrerai les crocs à tous ceux qui te mettront mal à l'aise.

Elle sourit, comme il espérait la voir faire. Cela lui permit de relâcher la pression. Elle prit son visage entre ses paumes et l'embrassa fermement sur la bouche.

— Merci, dit-elle en sentant son cœur se gonfler en le regardant.

— Je suis sérieux.

— Je sais, répondit-elle en le relâchant avant de reculer d'un pas. Et tu es un magnifique chevalier servant.

Je ne te mérite pas.

Cette pensée continua de résonner dans sa tête tandis que Ryan les conduisait à la soirée puis lorsqu'il prit sa main pour la poser au creux de son bras et qu'il la guida jusqu'au bâtiment. Son agitation grandissait à chaque pas qu'elle faisait. Qui allait-elle rencontrer à cette soirée de levée de fonds où chaque plat coûtait une centaine de dollars ?

— Zoe Crosby, dit une très belle brune en se mettant en travers de sa route. J'ai failli ne pas te reconnaître. Tu t'es fait couper les cheveux.

Avant que Zoe ne puisse mettre Polly Matson au courant de son nom de jeune fille, les yeux bleus de la jeune femme se déplacèrent en direction de Ryan et s'y attardèrent.

— Apparemment, le divorce te va bien, ajouta-t-elle en tendant une main fine aux ongles manucurés rose poudré. Vous êtes le frère de Susannah, n'est-ce pas ? Je suis Polly Matson.

— Ryan Dailey.

Il lui serra la main et lui fit un sourire poli.

— Vous devez être si fier d'elle, débita Polly, l'attention complètement fixée sur Ryan.

— Bien sûr, acquiesça Ryan. Si vous voulez bien nous excuser, nous allions justement la voir.

— Ne me laissez pas vous retenir, dit Polly tandis que Ryan éloignait Zoe.

— Je crois comprendre que ce n'est pas une de tes amies, dit Ryan.

— Je n'ai pas vraiment d'amis.

Cela semblait tellement tragique qu'elle clarifia rapidement.

— Pas de véritables amis. Pas du genre de ceux en qui tu peux avoir confiance pour garder tes secrets les plus noirs ou tes plus grandes peurs.

— Tu en as beaucoup ? Des secrets et des peurs, je veux dire.

— N'est-ce pas le cas de tout le monde ?

Ryan la regarda un moment, l'air sombre, et Zoe poussa un profond soupir.

— Désolée. Cela faisait longtemps que je ne m'étais pas sentie si vulnérable.

— Je comprends.

Elle savait qu'il comprenait. Il s'était montré plus sensible aux nuances que n'importe quel homme qu'elle avait connu. Était-ce parce qu'il avait une sœur jumelle ? Peu importe la raison, il savait écouter.

— Et si nous allions trouver Susannah ? suggéra-t-elle en prenant son bras.

Les muscles durs sous son élégante veste de costume lui rappelèrent qu'il avait proposé d'être son chevalier servant ce soir et elle se détendit un peu. Malheureusement, sa sérénité ne dura que le temps de quelques pas car elle aperçut son ex-mari de l'autre côté de la pièce.

Tristan était plongé dans une conversation avec une brune élancée. Malgré le fait qu'elle ne voulait pas leur accorder plus d'attention, quelque chose au sujet de la femme l'interpella. Son identité insaisissable ne cessait de la piquer tandis que Ryan s'arrêtait pour bavarder avec un ami. Ce ne fut que lorsque cette dernière jeta un œil par-dessus son épaule et qu'elle la regarda droit dans les yeux que Zoe réalisa que la brunette n'était autre qu'Everly déguisée.

Mais qu'est-ce que c'était que cette histoire ?

Son anxiété grimpa en flèche et elle fut submergée de questions. Que faisait Everly à la levée de fonds de Susannah ? Pourquoi Everly parlait-elle à Tristan ? Qu'est-ce qui était en train de se passer ? La panique s'empara de Zoe lorsqu'elle constata à quel point ils avaient l'air à l'aise tous les deux. Pas une fois Everly n'avait évoqué le fait qu'elle connaissait Tristan. Est-ce que leur relation était récente ? Si oui, est-ce que c'était elle qui l'avait cherchée ? Zoe ne pouvait pas laisser passer ça. Elle la maudissait d'avoir de nouveau franchi la ligne.

Zoe ne pouvait détacher son attention du couple et, lorsqu'elle vit qu'ils se séparaient, elle s'excusa auprès de Ryan et se dirigea vers Everly. Puisqu'elle avait clairement démontré qu'elle n'avait aucune intention de s'en tenir à leur plan d'origine de ne pas interférer dans les affaires des autres, Zoe décida que cela lui donnait une raison de rompre le marché. Ce n'était pas comme si elle avait fait quoi que ce soit avec les documents sur les affaires financières de Tristan que London lui avait envoyés. Si Zoe n'utilisait pas les documents sur les comptes offshore, techniquement, elle n'aurait jamais sa vengeance.

L'espoir revint. Peut-être y aurait-il un moyen pour Ryan et elle d'être ensemble. Mais tout d'abord elle avait l'intention d'obtenir quelques réponses.

Elle rattrapa Everly près du bar et la conduisit loin des autres invités, dans un coin tranquille de l'autre côté de la fête. Une fois qu'elles furent isolées, elle donna libre cours à sa colère.

— Mais qu'est-ce que tu fiches ici, et de quoi vous parliez, Tristan et toi ?

— Je disais juste bonjour.

— Tu lui disais bonjour ? répéta Zoe, incrédule, stupéfaite de la désinvolture avec laquelle elle avait approché Tristan. Je ne te crois pas.

— Bien, dit Everly en quittant ses manières légères. Je suis venue pour te rappeler de rester concentrée.

— Et qu'est-ce que cela veut dire ?

— Ça veut dire que tu as oublié pourquoi tu étais

censée approcher Ryan en premier lieu. On a passé un marché, toi, London et moi. Nous avons fait notre part. Maintenant, c'est ton tour.

— Je n'ai pas besoin que tu me harcèles sans arrêt. Et maintenant je te vois parler à Tristan. Les choses vont beaucoup trop loin.

Les mains de Zoe tremblaient et elle agrippa son sac pour empêcher que cela se voie.

— En fait, tout ça me met très mal à l'aise, ajouta Zoe en entrevoyant soudain une lumière au bout du tunnel, un moyen de se sortir de cette pagaille. J'arrête.

Son soulagement vertigineux ne dura que quelques secondes.

Everly pinça les lèvres et lorsqu'elle parla, ses mots furent à peine audibles.

— Excuse-moi ? Tu ne peux pas simplement arrêter.

Zoe sentit son estomac se retourner quand la fureur explosa dans les yeux verts d'Everly.

— Je peux, et c'est ce que je fais. Parce qu'il y a un problème. Je ne te fais pas confiance.

Puisque le dîner était fini, Ryan n'avait pas envie de s'attarder. Pendant que trois des amies de sa sœur posaient des questions à Zoe sur son magasin, il partit à la recherche de Susannah pour lui dire au revoir. En voyant qu'elle était en pleine conversation avec l'un de ses plus grands donateurs, il décida de ne pas l'interrompre et allait retrouver Zoe lorsqu'un homme parla dans son dos.

— Vous devriez faire attention à vous, avec Zoe.

Ryan se retourna pour faire face à Tristan Crosby, la colère se répandant en lui lorsqu'il entendit les mises en garde.

— Je ne crois pas que cela soit vos affaires.

— Tout ce qu'elle va faire, c'est vous causer des

problèmes, continua Crosby, mielleux, comme si Ryan n'avait pas parlé.

— J'ai plutôt l'impression que c'est vous qui causez des problèmes, répondit durement et froidement Ryan. Pourquoi ne vous occupez-vous pas de vos propres affaires et ne laissez-vous pas Zoe vivre sa vie ?

— Vous savez, mon ex-femme est experte en histoires larmoyantes, dit Tristan, sans être perturbé par les menaces de Ryan. La dernière chose à faire est de croire tout ce qu'elle vous raconte.

Ryan regrettait de lui avoir répondu, mais il s'était promis de défendre Zoe.

— Je n'ai aucune raison de mettre sa parole en doute.

Pourtant, à un moment, n'était-ce pas exactement ce qu'il avait fait ? Bien sûr, c'était avant qu'ils commencent à coucher ensemble.

Comme si l'ex de Zoe pouvait lire dans son esprit, un sourire cruel se forma sur ses lèvres.

— Elle est douée pour garder des secrets, mais je pense que vous le découvrirez très bientôt.

Comme Ryan refusait de répondre, Crosby lui offrit un salut moqueur avant de s'éloigner. L'échange avait été à la fois bref et déplaisant, et pourtant un arrière-goût troublant demeurait dans l'esprit de Ryan. Apparemment, Crosby n'était pas encore satisfait par tous les dégâts qu'il avait causés à Zoe durant le divorce. Il n'avait pas l'intention de laisser tomber sa rancune.

— Pourquoi tu parlais à Tristan ? demanda Zoe lorsqu'elle s'approcha de lui.

Ryan fut perturbé par son expression effrayée.

— Il essayait juste de créer des problèmes entre nous.

Zoe fronça les sourcils.

— Qu'est-ce qu'il a dit ?

Ryan maudit la méfiance que Tristan Crosby avait réveillée en lui.

— Il a fait quelques vagues mises en garde en disant que tu n'attirais que des ennuis, répondit Ryan d'un ton méprisant.

Lorsqu'il vit l'horreur sur son visage, il ajouta :

— Je l'ai remis à sa place et puis je lui ai dit de te laisser tranquille.

— Merci de m'avoir défendue. Elle tendit la main et prit la sienne fermement. Je n'y suis pas habituée.

Quand il entendit ses remerciements, Ryan se sentit coupable d'avoir douté d'elle un peu plus tôt. Soudain il se souvint de ce qui s'était passé avec Kelly Briggs.

Ryan reconnaissait qu'il avait fait une grave erreur. En avait-il commis une autre avec Zoe ? Est-ce que ses actions lui reviendraient encore en pleine figure ?

La vitesse à laquelle les choses avaient évolué entre eux, couplée aux mises en garde de Crosby, fit comprendre à Ryan à quel point il avait Zoe dans la peau. Devait-il ralentir ? La situation financière de la jeune femme n'était pas des meilleures. Est-ce que sa fortune le rendait plus attirant ? Elle ne lui avait pas demandé d'aide, et pourtant elle avait été claire sur le fait que sa situation était désespérée.

Ryan pensait avoir résolu la question concernant l'adhésion de Zoe à la campagne de Susannah. Il avait été assez berné par leur profonde connexion pour l'inviter dans son cercle intime. À présent, les menaces ambiguës de Crosby lui rappelaient que, par bien des côtés, elle lui restait largement inconnue. Si leur relation balbutiante se délitait, agirait-elle comme Kelly ? Au-devant de quelles répercussions allait-il ?

Les doigts de Zoe se resserrèrent autour des siens.

— À quoi penses-tu ? demanda-t-elle en le regardant, inquiète, ce qui le fit se demander si ses interrogations étaient visibles sur son visage.

— Sortons d'ici, dit-il. Je crois avoir assez soutenu ma sœur pour ce soir.

— Bien sûr, répondit-elle en lui offrant un sourire qui aurait pu paraître naturel s'il avait atteint ses yeux. J'ai désespérément hâte d'être seule avec toi.

Sa réponse était parfaite. Trop parfaite ? Dégoûté de lui-même, Ryan la conduisit vers la sortie.

— Tu veux prendre un verre quelque part ou rentrer directement à la maison ?

— Allons chez toi, dit-elle en s'appuyant sur lui. J'ai envie d'être nue avec toi.

Ses murmures firent grimper son désir en flèche, mais Ryan ne pouvait s'empêcher de se demander si elle lui disait ça parce qu'elle savait ce qu'il voulait entendre ou si elle avait vraiment une partie de plaisir à l'esprit. Ce serait tellement facile de prendre tout ça pour argent comptant. Il pourrait simplement se sentir chanceux d'être avec une femme dont la passion concorderait avec la sienne.

— Continue comme ça et je vais être arrêté pour excès de vitesse, se moqua-t-il, laissant de côté ses doutes pour le reste de la soirée.

Everly était assise dans sa voiture devant le quartier général de la campagne de Susannah Dailey-Kirby, rejouant dans sa tête sa dernière conversation avec Devon Connor et se demandant combien de temps son entreprise survivrait si elle perdait son dernier gros client. Le magnat du golf était loin d'être satisfait par son idée concernant la promotion de la nouvelle propriété qu'il venait d'acheter et il lui avait donné une semaine pour trouver un nouveau concept.

C'est pourquoi elle aurait dû être en train de réfléchir dans son bureau au lieu de regarder les employés partir l'un après l'autre jusqu'à ce qu'il ne reste que l'adjointe de campagne. Dans le passé, lorsque Everly passait devant les bureaux à cette heure du soir, elle avait remarqué que Patty Joyce travaillait ridiculeusement tard pour s'assurer que tout roulait bien.

Everly poussa un soupir exaspéré. Rester assise ici alors que rien ne se passait n'était qu'une énorme perte de temps mais, puisque Zoe avait décidé de revenir sur sa part du marché, ce n'était pas comme si Everly avait le choix. Depuis le début, il était évident que Zoe ne savait pas s'engager. La colère d'Everly envers l'ancienne mondaine n'avait fait que grandir depuis la soirée de levée de fonds et elle avait ajouté Zoe à sa liste grandissante des choses à faire. Dès qu'Everly aurait porté le coup fatal à la campagne de Susannah, elle s'assurerait que Zoe paye pour avoir tourné le dos à ses plans méticuleux.

Décidant que la surveillance de ce soir était inutile, elle s'empara des clés sur le contact, mais avant de pouvoir démarrer sa voiture elle vit un homme s'approcher de Patty Joyce. L'heure tardive et les vitrines éteintes devant lesquelles il passa l'empêchèrent de distinguer ses traits, mais elle supposa qu'il s'agissait de Gil Moore, le chef de campagne. Rien de nouveau là-dedans. Moore travaillait aussi dur que sa patronne.

Seulement, lorsqu'elle vit l'homme s'approcher de Patty Joyce, Everly réalisa qu'elle s'était trompée. Exultant de plaisir, elle leva son téléphone et zooma sur Jefferson Kirby lorsqu'il prit la directrice adjointe de la campagne de sa femme dans ses bras et qu'il l'embrassa.

En quelques secondes, Everly avait capturé des douzaines d'images de l'étreinte passionnée du couple. Tout en attendant leur départ, Everly étudiait les photos un peu floues en espérant que les visages soient plus clairs.

Quelques instants plus tard, les lumières s'éteignirent et Everly suivit le couple qui se dirigeait vers la voiture de Patty Joyce. Déçue de ne pas avoir fait un meilleur travail sur les preuves de l'infidélité de Jefferson Kirby, Everly démarra sa voiture et la lança à la suite du couple.

Leur destination s'avéra être un motel à dix minutes de voiture à peine des bureaux de campagne, avec accès à la chambre depuis le parking. Sans couloir à traverser, il y avait moins de risques d'être vu. Seulement, c'était compter sans Everly.

Trop préoccupés, ils ne remarquèrent pas qu'elle s'était garée suffisamment près pour capturer entièrement la scène sordide lorsqu'ils s'embrassèrent en franchissant la porte. Le spectacle n'avait duré que quelques secondes, mais Everly en avait enregistré chaque instant.

Elle avait espéré trouver de quoi salir Susannah Dailey-Kirby mais, comme son frère, la candidate était irréprochable. Everly n'aurait jamais espéré que la preuve de l'infidélité de Jefferson Kirby lui tombe comme un cadeau du ciel mais, maintenant qu'elle l'avait, elle avait besoin de réfléchir au meilleur moyen de capitaliser sur ce qu'elle venait de découvrir.

- 9 -

Zoe était allée chercher le repas de midi pour Eva et Jessica au café d'en bas de la rue quand son téléphone sonna, indiquant l'arrivée d'un mail.

Comme tout allait beaucoup mieux pour elle, Zoe aurait dû se sentir légère mais elle ne pouvait pas s'empêcher de regarder par-dessus son épaule de temps en temps, s'attendant à voir Everly roder à chaque coin de rue. Que l'autre femme n'ait pas été en contact avec elle ne la soulageait pas. La détermination fanatique d'Everly à obtenir sa revanche sur Ryan n'allait pas simplement disparaître parce que Zoe ne participait plus à son projet et cela l'inquiétait de faire à présent partie des cibles de la vindicte d'Everly. Zoe jeta un œil au mail qui venait d'arriver dans sa boîte, remarqua l'adresse qui ne lui était pas familière avant que l'objet du mail ne capte toute son attention. Elle relut le mot unique plusieurs fois tandis que son rythme cardiaque s'accélérait.

Grillés

Qu'est-ce que cela voulait dire ? L'appréhension déferla en elle. La seule façon pour elle d'être sûre était d'ouvrir le mail.

Un fichier vidéo attendait sous le message :

Regarde ça. E

Que pouvait bien manigancer Everly, maintenant ? Tout en se préparant mentalement, Zoe cliqua sur la pièce jointe et regarda avec horreur Jefferson Kirby entrer dans une chambre d'hôtel avec Patty Joyce.

C'était exactement le genre de scandale qui pouvait ruiner une campagne. Pire, cela détruirait probablement deux mariages et briserait la vie de deux familles. Des innocents allaient souffrir des années, peut-être même des décennies, si cela venait à se savoir.

Elle s'était engagée dans la campagne dans l'espoir de trouver quelque chose d'aussi scandaleux. Qu'Everly ait découvert la liaison à sa place n'était pas surprenant. La capacité de nuisance de cette femme était sans limites. À la fin de la courte vidéo, Zoe posa les mains contre son estomac barbouillé tout en réfléchissant aux dégâts que cela causerait si cela se savait. La campagne de Susanna pourrait survivre à ce coup dur, mais qu'en était-il des enfants du couple ? Ils ne méritaient pas d'être blessés par les vicieuses rumeurs que la révélation apporterait.

Les doigts de Zoe effleurèrent le bouton « effacer ». Elle n'aurait pas souhaité une situation aussi difficile à son pire ennemi, encore moins à quelqu'un qu'elle admirait. Mais, même si elle désirait ardemment effacer le mail et oublier qu'elle avait vu la vidéo, cela n'empêcherait pas Everly de l'utiliser pour faire du mal à Susannah. Tout ce qu'Everly avait à faire était de faire fuiter la vidéo aux médias ou à Lyle Abernathy. Il s'en servirait avec plaisir et remuerait joyeusement le couteau dans le cœur brisé de Susannah. Il se moquerait du fait que la liaison de son mari n'ait rien à voir avec les problèmes ou la capacité de Susannah à représenter les gens de sa circonscription. À la place, il s'assurerait que personne ne puisse se focaliser sur le fait que Susannah soit une meilleure candidate.

Une vague familière de désespoir balaya Zoe, suivie rapidement par des regrets intenses. Elle n'aurait jamais dû faire équipe avec Everly et London. Le plan complètement fou qu'elles avaient concocté était allé beaucoup plus loin que tout ce que Zoe aurait pu imaginer, et les résultats ne lui avaient pas apporté la satisfaction ou la paix qu'elle avait prévue. Tout le contraire. La culpabilité et des remords incessants la broyaient, perturbant son sommeil et gâchant son appétit. Elle se heurtait à la façon dont elle pourrait se désengager du plan de vengeance et comment se débarrasser d'Everly. Le mail d'aujourd'hui lui démontrait combien cela était impossible.

Quinze minutes plus tard, Zoe sortit de la boutique avec la commande du déjeuner et retourna sur ses pas jusqu'au magasin. Comme elle était absorbée par ses pensées, elle n'avait pas remarqué l'homme qui s'approcha d'elle jusqu'à ce qu'il parle.

— Zoe Alston ?

Son attention se focalisa rapidement sur ce qui l'entourait et elle prit conscience de l'homme chauve dans son costume mal coupé. S'agissait-il d'un autre tour d'Everly ou de l'époux abusif d'une de ses créatrices ?

— Est-ce que je peux vous aider ?

— C'est pour vous.

Il lui tendit une enveloppe.

Zoe la prit automatiquement et l'homme s'en alla sans un mot. Assiégée par la peur, elle entra dans le magasin et déposa le déjeuner sur le comptoir.

— Bianca a apporté ça il y a un petit moment. Ne sont-ils pas incroyables ?

Jessica lui indiqua un tas d'aquarelles qu'elle était en train d'enregistrer dans l'ordinateur. Puis elle remarqua le visage de Zoe.

— Est-ce que tout va bien ?

— Je n'en sais rien. Un homme vient juste de me donner cette enveloppe, dit Zoe en la levant, ne voyant aucune marque. J'ai juste un mauvais pressentiment.

— Tu ne seras pas fixée tant que tu ne l'auras pas ouverte, dit Jessica, faisant profiter Zoe de sa nature pragmatique, qui l'avait justement poussée à l'engager.

Avec un petit signe de la tête, Zoe déchira le rabat de l'enveloppe et en sortit une lettre. L'anxiété fit place à de la peine lorsqu'elle vit le nom de l'avocat inscrit sur la feuille avant de parcourir l'ensemble du message.

— Il semblerait que l'immeuble soit vendu et que nous ayons trente jours pour partir.

Zoe était surprise de pouvoir maintenir une expression calme quand tout à l'intérieur d'elle hurlait de protestation.

— C'est terrible. Qui pourrait faire une chose pareille ?

Zoe relut la lettre en faisant davantage attention aux détails. Cette fois-ci, le nom du nouveau propriétaire lui sauta aux yeux. TA Charleston Holdings, LLC. *TA* comme dans Tristan Anthony ? Zoe attrapa son sac, à la recherche des documents financiers qui appartenaient aux compagnies fictives de Tristan. Elle avait passé de nombreuses heures à étudier les documents légaux dans le but de comprendre à quoi il jouait. Elle sortit la feuille contenant ses notes. Là, vers le milieu de la liste de noms, se trouvait celui auquel la lettre faisait référence.

Tristan avait acheté le bâtiment dans le seul but de la faire partir.

Le sol se déroba sous les pieds de Zoe quand elle comprit les implications de ce que cela voulait dire et elle s'agrippa au comptoir pour se stabiliser.

Elle avait naïvement pensé qu'il ne pouvait plus rien lui prendre. Elle n'avait plus d'argent. Pas plus que de place dans leur communauté. À présent, elle allait perdre son magasin.

— Zoe ? Tu vas bien ?

— C'est mon ex, dit-elle en brandissant la lettre. C'est lui qui est derrière tout ça.

Jessica connaissait tous les détails du terrible divorce

de Zoe et fit le tour du comptoir pour serrer Zoe dans ses bras.

— On va s'en sortir, murmura-t-elle, ça va aller.

Bien que Zoe acquiesce, dans sa tête elle était déjà prête à emballer sa marchandise. Elle n'avait ni l'argent ni la force de recommencer une seconde fois.

— J'ai besoin de me vider la tête, dit Zoe en lui offrant un sourire triste. Est-ce qu'Eva et toi pouvez gérer la boutique un moment ?

— On s'en charge, dit Jessica. Ne t'inquiète de rien.

Sans savoir où elle allait, Zoe sortit et monta dans sa voiture. Elle avait instinctivement pensé à appeler Ryan pour lui apprendre la nouvelle, mais elle se souvint de la vidéo qu'elle avait reçue au café et elle sut qu'elle ne pourrait pas lui parler de ses problèmes avec la menace de la vidéo qui pesait sur eux deux.

Non, c'était quelque chose qu'elle devait gérer elle-même. Lorsqu'elle arriva à Crosby Automobile, elle se gara dans l'espace vide pour visiteurs avant d'entrer dans le hall. Prétendant être aveugle et sourde aux salutations du réceptionniste, Zoe fonça à travers le hall et se dirigea vers une série de couloirs familiers.

Tristan avait un grand bureau d'angle à l'arrière du bâtiment. Lorsqu'elle s'approcha du bureau de son assistant, elle remarqua que la porte était fermée.

— Vous ne pouvez pas rentrer là, cria Ginny Anderson lorsque Zoe passa devant elle et attrapa la poignée de la porte du bureau de Tristan. Il est en rendez-vous.

Zoe l'ignora et ouvrit la porte. Tristan était au téléphone. Ses yeux s'écarquillèrent lorsqu'elle entra et referma la porte derrière elle.

Tout en raccrochant, il se leva et fit le tour du bureau.

— Mais qu'est-ce que tu crois faire en m'interrompant comme ça ?

Autrefois, sa colère l'aurait intimidée, mais elle n'était

plus la femme qu'il contrôlait. Elle fixa son ex-mari lorsqu'il s'approcha, refusant de s'écarter lorsqu'il la surplomba de toute sa hauteur.

Elle brandit la lettre.

— Tu as acheté mon immeuble pour pouvoir m'expulser ? C'est petit, même pour toi.

Il plissa les yeux.

— Comment sais-tu que c'est moi ?

Elle comprit immédiatement son erreur. Sans le document qu'elle avait reçu sur ses compagnies fictives, elle n'aurait eu aucune idée de qui se cachait derrière son expulsion. Zoe remit la bandoulière de son sac plus haut sur son épaule, les secrets de Tristan pesant comme un fardeau qu'elle aurait dû laisser dans la voiture.

— Qui d'autre ça pouvait être ? rétorqua-t-elle, bluffant comme si sa vie en dépendait. Tu as fait tout ce que tu as pu pour me briser. C'est juste le dernier de la longue liste de tes sales tours.

— Tu sembles plutôt sûre que c'était moi, répondit-il de façon mielleuse. Tu dois avoir des preuves.

Sa confiance absolue suggérait qu'il savait exactement ce qui lui avait été envoyé. Se maudissant intérieurement de ne pas avoir mieux préparé son accusation, elle dit :

— Je ne sais pas de quoi tu parles.

— Je sais ce que tu manigances.

Il se pencha vers elle, se faisant de plus en plus menaçant.

— Je ne manigance rien.

Zoe resserra sa poigne sur son sac.

— Tu es une menteuse.

Sans prévenir, Tristan projeta sa main en avant, attrapa son sac et l'arracha de son épaule.

— Est-ce que tu l'as avec toi ?

— Arrête ça ! hurla Zoe en attrapant fermement la bandoulière. Lâche ça ! Qu'est-ce que tu fais ?

D'un mouvement vif, Tristan lui arracha le sac des mains. Elle perdit l'équilibre, trébucha et faillit tomber.

Au moment où elle se redressa, Tristan avait sorti l'enveloppe. Il jeta le sac à ses pieds. Refoulant des larmes d'impuissance, Zoe le ramassa et le tint serré contre sa poitrine.

— Tu n'as pas le droit, cria-t-elle, en se demandant pourquoi elle avait pensé qu'elle sortirait victorieuse de cette rencontre, alors qu'elle ne l'avait jamais été auparavant.

— J'ai tous les droits.

Il passa en revue le contenu de l'enveloppe, sa bouche se serrant au fur et à mesure de ce qu'il trouvait.

— Tu étais stupide d'apporter ça avec toi aujourd'hui, dit-il alors que Zoe le regardait, désespérée et impuissante.

Tristan jeta l'enveloppe sur son bureau et redressa sa cravate.

— Mais tu n'as jamais été maligne.

Zoe nota à peine l'insulte. Sa gorge se serra tandis qu'elle refoulait un profond désarroi. À cause de son impulsivité, elle avait perdu le seul moyen de pression qu'elle avait contre lui.

— Ton petit copain ne sait rien de toi, continua Tristan, plus détendu maintenant qu'il avait regagné la main. Ou de ce que tu manigances.

— Mais de quoi est-ce que tu parles ? demanda-t-elle, en maudissant son impulsivité.

Son estomac se noua de peur lorsqu'un sourire sournois apparut sur son visage. Il était clair qu'il connaissait chaque détail sordide de ce qu'elle avait fait.

— Tu sais, dit-il, le petit pacte de vengeance que tu as fait pour apprendre des choses sur moi en échange de trouver un scandale sur la sœur de Dailey. Je ne savais pas que tu en étais capable.

— Comment… ?

Seules trois personnes étaient au courant de ça. London n'aurait jamais risqué sa réputation en le racontant à quelqu'un et, à moins d'avoir parlé dans son sommeil, Zoe n'avait pas craché le morceau non plus.

— Ton amie Everly m'a tout raconté, dit Tristan, confirmant les conclusions de Zoe.

— Qui ? demanda-t-elle, le souffle coupé en entendant le mensonge dans sa voix.

— Everly Briggs, ricana Tristan. J'ai l'impression que ce n'est pas une aussi bonne amie que tu le pensais.

— Ce n'est pas mon amie. C'est à peine une connaissance.

Au moins, ça, c'était vrai.

— Ne te fatigue pas à nier, répliqua-t-il. Elle m'a dit que quelqu'un avait volé des informations pour toi dans mon ordinateur.

Zoe était sûre qu'Everly n'avait pas envoyé les documents. Alors, comment était-il au courant ?

— Ça a l'air d'être une sacrée histoire.

— Ce n'est pas une histoire. C'est la vérité.

— Comme lorsque tu m'as accusée d'avoir une liaison ? Ces mensonges n'ont pas fonctionné et ils ne fonctionneront pas plus maintenant.

Zoe se félicita pour son sarcasme.

— Vraiment ? ricana-t-il. Dans combien de temps crois-tu que Dailey te laissera tomber lorsqu'il aura découvert que tu as rejoint la campagne de sa sœur pour déterrer un scandale sur elle ?

— Ne t'approche pas de Ryan.

— Ou sinon ?

Oui, ou sinon ? Tristan avait récupéré la preuve de ses activités illégales.

— C'est ta parole contre la mienne, fanfaronna-t-elle. Et il sait déjà qu'il ne faut pas te faire confiance.

— Peut-être, mais il a déjà été échaudé, dit Tristan en

montrant à quel point Everly avait minutieusement trahi leur pacte. Je parie qu'il ne fera pas la même erreur deux fois. Et cela veut dire que tout ce que j'ai à faire est de passer un petit coup de fil, et c'est fini pour vous deux.

Malgré une tristesse insoutenable, Zoe pivota sur ses talons et sortit du bureau de Tristan. Bien qu'elle ait fermé les yeux sur l'inévitable, elle savait que sa relation avec Ryan finirait sans aucun doute par un cœur brisé.

Mais qu'elle soit maudite si Everly ou Tristan portaient le coup fatal. Si ça devait finir entre elle et Ryan, Zoe voulait être celle qui mettrait fin à leur liaison.

Suspectant que Tristan attendrait pour passer le coup de fil à Ryan pour la tourmenter le plus longtemps possible, Zoe sortit son téléphone et composa le numéro de Ryan.

— Quelque chose vient d'arriver, dit-elle après qu'il avait décroché. Nous devons parler…

Après le « nous devons parler » pressant de Zoe et sa réticence à dire quoi que ce soit de plus au téléphone, Ryan passa de longues minutes à se demander s'il contemplait la fin abrupte de leur relation et était très perturbé à l'idée de la perdre. Heureusement, le reste de sa journée fut pris par une série de réunions qui le laissa trop occupé pour réfléchir à ce qu'elle avait en tête.

Alors qu'il était dans sa cuisine, se demandant ce qu'il allait faire à dîner, Ryan réalisa à quel point il s'était rapidement habitué à avoir Zoe près de lui tout le temps. Ils mangeaient ensemble la plupart des soirs, soit chez lui soit dans l'un des nombreux restaurants du centre-ville. Ces dîners étaient souvent suivis d'ébats passionnés et il avait perdu le compte du nombre de fois où elle avait passé la nuit avec lui. Se réveiller avec elle au petit matin était devenu sa façon préférée de commencer la journée.

Lorsque l'on frappa à la porte de la maison, son cœur

fit un bond joyeux dans sa poitrine. Plusieurs jours avaient passé depuis qu'il avait abandonné l'idée de dire qu'il n'était pas émotionnellement engagé. Au début, il se disait à lui-même que de telles réactions étaient une réponse chimique prévisible pour quelqu'un qu'il désirait. Après tout, il n'avait jamais connu d'ébats aussi passionnés qu'avec elle.

Mais ce n'était pas juste physique. Il avait fait des efforts pour apprendre à la connaître. Pour comprendre ses peurs. Pour apprendre ses rêves de futur. Pour découvrir qu'ils partageaient une passion pour aider les gens ainsi qu'une faille qui les empêchait de déceler les problèmes avant qu'il ne soit trop tard, et il avait partagé des morceaux de lui avec elle que seulement sa jumelle avait vus.

Il alla répondre à la porte et son moral dégringola lorsqu'il vit l'expression sombre de son visage.

— Qu'est-ce qui ne va pas ? demanda-t-il lorsqu'elle passa devant lui.

— Tout est fichu, répondit-elle en laissant tomber son sac sur le comptoir de la cuisine.

Elle se dirigea droit vers la commode du salon où il gardait ses alcools. Tandis qu'elle se servait un grand shot de vodka dans un verre en cristal, Ryan détailla son apparence et remarqua sa pâleur et son maquillage qui avait coulé. On aurait dit qu'elle avait pleuré. Que lui était-il arrivé pour la contrarier à ce point entre sa gaieté de ce matin et maintenant ?

— Tu as envie d'en parler ? répliqua-t-il.

— C'est pour ça que je suis venue. J'ai besoin de te dire certaines choses.

Elle finit son verre et s'en servit un second. Cette fois-ci, au lieu de boire, elle fit rouler le verre entre ses paumes et regarda le liquide tournoyer.

— Des choses que tu ne vas pas être ravi d'entendre.

Ces mots de mauvais augure réveillèrent les doutes qu'il avait mis de côté après sa rencontre avec son ex-mari.

— D'accord.

Mais, avant que cela arrive, il avait besoin de se sentir proche d'elle. Ryan lui ôta le verre des mains. Avant qu'elle ne puisse protester, il la prit dans ses bras et l'embrassa ardemment. Elle se fondit immédiatement dans son étreinte. Toute la tension de ses muscles se dénoua tandis qu'elle enroulait ses bras autour de son cou et pressait son corps contre le sien. Le baiser devint aussi affamé que frénétique, et des sons passionnés s'échappèrent de sa gorge.

Ryan passa le bout de ses doigts sous l'ourlet de sa robe en laine, avide de sentir la chaleur soyeuse de sa peau et la douceur alléchante de son excitation. Elle gémit, prit la lèvre inférieure de Ryan dans sa bouche et posa ses dents contre la chair tendre tandis qu'il glissait un doigt le long de l'humidité entre ses cuisses.

Elle poussa un cri de surprise lorsqu'il libéra sa bouche pour pouvoir passer sa langue le long de son cou et mordiller l'espace sensible de sa gorge.

— J'ai besoin de te goûter, grogna-t-il, en faisant glisser son string le long de ses cuisses.

Ils se laissèrent tomber tous les deux sur le sol. Elle s'allongea sur le dos et Ryan releva sa robe. Posant les mains sur ses genoux, il les écarta, la laissant à sa merci.

Les bruits qu'elle fit lorsqu'il posa la langue le long de la partie la plus sensible de son anatomie transformèrent son désir en une douleur ardente. Il ignora la douleur aiguë sous sa ceinture et se concentra pour accroître toujours plus le plaisir de Zoe. À présent, il savait à la fois comment la rendre folle lentement et rapidement.

— Je veux jouir quand tu es en moi, haleta-t-elle en lui tirant les cheveux lorsque son orgasme se rapprocha. S'il te plaît, Ryan.

Il n'avait aucune raison de ne pas lui faire ce plaisir et il se débarrassa rapidement de ses vêtements. Elle fit de même, balança sa robe par-dessus sa tête et se dandina pour enlever le débardeur qu'elle portait en dessous. Il prit une seconde pour admirer son corps bronzé et souple lorsqu'elle posa la main sur la fermeture Éclair de ses bottes préférées.

Avec un petit sourire, Ryan secoua la tête.

— Garde-les.

Il fut récompensé par le premier sourire qu'elle faisait de la soirée. Elle tendit les bras et il bougea entre ses cuisses. Leurs regards ne se lâchèrent pas lorsqu'il la pénétra.

— Je t'aime, murmura-t-elle, si doucement qu'il crut avoir mal entendu.

Son cœur cogna douloureusement dans sa poitrine. Un instant plus tard, elle ferma les yeux et commença à onduler des hanches comme elle savait qu'il adorait. Ryan commença à bouger en réponse, et l'amour affamé et frénétique qui s'ensuivit le laissa étourdi. Ils jouirent en même temps, Ryan s'assurant que Zoe jouisse fort avant de se laisser aller à son propre plaisir.

Ensuite, il resta allongé près d'elle sur le tapis. Complètement épuisé, Ryan tourna la tête dans sa direction. Elle resta là avec son bras posé sur les yeux, les lèvres ouvertes tandis que sa poitrine s'élevait et se baissait, la respiration laborieuse. Une pellicule de sueur brillait sur sa peau et invitait à la caresse, mais elle parla avant qu'il puisse se résoudre à trouver la force de bouger.

— J'ai besoin de te dire quelque chose, annonça-t-elle, le ton grave.

— Je t'écoute.

— Quelque chose d'affreux va arriver à ta sœur.

Sa léthargie s'évanouit lorsqu'un électrochoc d'adrénaline se déversa dans ses muscles. Ryan se redressa et attrapa son poignet pour éloigner son bras de son visage afin de voir son expression.

— Quelle sorte de chose ?

Il entendit la suspicion refroidir le ton de sa voix et il ne fut pas surpris lorsqu'elle frissonna.

Elle s'assit et se libéra de son étreinte, frottant son poignet avant de remonter ses genoux contre sa poitrine et d'enrouler ses bras autour de ses jambes. Sa position auto-protectrice augmenta son irritation. Elle n'avait aucune raison d'avoir peur de lui.

La tristesse envahit les yeux de Zoe.

— Jefferson a une liaison avec Patty.

Pendant une seconde, il n'arriva pas à comprendre ce qu'elle disait. De tout ce que Ryan s'était préparé à l'entendre dire, apprendre que son beau-frère trompait sa sœur n'était même pas sur la liste.

Ryan secoua la tête, incapable de croire à l'histoire de Zoe.

— L'adjointe de campagne de Susannah ? Je ne te crois pas.

Jefferson ne tromperait jamais Susannah. Il l'adorait. Il aimait leur vie et il ne ferait jamais ça à ses enfants.

— C'est vrai, insista-t-elle. Et il y a des preuves.

— Quel genre de preuves ? demanda-t-il, particulièrement sceptique.

— Il y a une vidéo.

Nom de Dieu.

— Une vidéo de quoi exactement ? la défia-t-il en espérant comme un fou qu'elle ne l'avait pas.

C'était juste un très mauvais mensonge pour créer des ennuis. Pourtant, que pouvait-elle espérer accomplir en racontant une telle histoire ?

— C'est une vidéo d'eux deux qui entrent dans une chambre d'hôtel.

À cette époque de haute technologie, on pouvait facilement falsifier tout ce qu'on voulait, et cela ressemblait exactement à au genre de chose qu'aurait pu faire Lyle Abernathy. Ryan serra les dents.

— Tu l'as vue ?

Il ne pouvait simplement pas accepter ce qu'elle disait. À moins de la voir de ses propres yeux, il n'accepterait jamais l'idée que Jeff pourrait trahir Susannah.

Elle acquiesça.

— Comment ? Où ?

Zoe se leva et attrapa son téléphone. Elle tapota le clavier pendant quelques secondes puis lui tendit.

La vidéo était prise de nuit et à distance, mais il ne faisait aucun doute qu'il s'agissait de Jefferson Kirby et de Patty Joyce et qu'ils étaient visiblement engagés dans une relation. La vidéo ne durait pas plus de vingt secondes, mais c'était plus qu'assez pour comprendre les actions de Jeff. Ryan avait envie de frapper bien avant que la porte de la chambre d'hôtel ne se soit refermée derrière le couple.

— Est-ce que tu les as suivis ?

Il jeta un coup d'œil dans la direction de Zoe et découvrit qu'elle en avait profité pour remettre ses vêtements.

Une part de lui regrettait qu'elle ait recouvert sa peau magnifique, mais il reconnut que la dernière chose dont il avait besoin en ce moment était d'être distrait par sa nudité.

— Non, dit Zoe en se repliant sur l'une des chaises de son salon. Quelqu'un m'a envoyé la vidéo.

— Quelqu'un ? dit-il, frustré par son manque de précision. Tu veux dire Abernathy ?

Bouleversé par sa rage envers la trahison de Zoe, Ryan se maudissait lui-même pour toutes les fois où il avait laissé le désir prendre le pas sur le sens commun lorsqu'il s'agissait d'elle. Depuis le départ, il s'était douté que quelque chose n'allait pas avec Zoe, mais son envie d'elle le contrôlait et l'empêchait de se questionner sur sa participation soudaine à la campagne de Susannah.

— Non, dit Zoe en secouant la tête. Pas Abernathy. Il n'a rien à voir avec ça.

Pas encore.

Les non-dits restaient suspendus dans ses pensées comme un virus mortel. Il ne faisait aucun doute que cette vidéo finirait tôt ou tard entre les mains d'Abernathy. Peu importe combien de garanties faisait Zoe, le fait qu'elle existe voulait dire qu'elle allait fuiter tôt ou tard.

— Qui d'autre est au courant ?

Son regard le suppliait d'avoir pitié d'elle.

— Je ne sais pas.

— Aide-moi à comprendre ce qui se passe, dit Ryan. Pourquoi une vidéo pareille t'est-elle arrivée ?

— À cause de ce que je suis venue faire, murmura-t-elle, ce qui força Ryan à se pencher pour l'entendre.

— Et qu'est-ce que c'est exactement ?

Elle passa les bras autour de sa taille. Si sa position avachie et son expression triste était censée lui provoquer de la sympathie, cela ne fonctionnait pas. Son sang se glaça dans ses veines tandis qu'il attendait qu'elle parle.

— Briser la carrière de ta sœur pour tirer vengeance de toi.

- 10 -

Ryan se figea en entendant ces mots, mais Zoe n'éprouva aucune des habituelles paniques qui lui tordaient l'estomac et qui l'assaillaient lorsqu'elle faisait quoi que ce soit qui énervait Tristan. Peu importe sa colère contre elle, Zoe faisait confiance à Ryan pour être correct.

— Une vengeance ?

Un son rauque remplit sa voix grave.

— Contre moi ? Pourquoi ? Qu'est-ce que je t'ai fait ?

— Rien. Ce n'est pas moi qui veux me venger, expliqua-t-elle. C'est Everly Briggs. À cause de ce qui est arrivé à sa sœur Kelly.

— Mais pourquoi est-ce que tu serais impliquée ? Qui est Everly pour toi ?

Ryan se releva, remit ses vêtements et vint se tenir devant elle, les mains posées sur ses hanches étroites, l'irritation lui faisant froncer les sourcils.

Même si elle avait mal au cœur, elle ne pleurait pas encore. Son histoire serait beaucoup plus dure à raconter si elle marmonnait de façon incohérente.

— Plus tôt cet automne, je suis allée à un salon et j'ai rencontré deux femmes. Everly Briggs et London McCaffrey. C'était juste après mon divorce et je me sentais amère et désespérée. Je n'avais plus d'argent, les avocats de Tristan m'avaient fait passer un sale quart d'heure et je n'avais plus toute ma tête. Nous étions toutes dans un état similaire. London était en colère d'avoir été abandonnée par Linc Thurston et Everly était dévastée parce que Kelly était en prison. On se sentait dupées, seules et vindicatives.

Elle fixa ses mains, pour éviter la colère sourde qui brillait dans les yeux gris de Ryan.

— Et donc vous avez décidé de nous le faire payer ? demanda Ryan.

Zoe acquiesça.

— On a commencé par se dire combien ce serait chouette si on pouvait vous rendre la monnaie de votre pièce mais on savait que, quoi qu'on fasse, ça nous reviendrait en pleine figure.

L'expression de Ryan reflétait une stupéfaction horrifiée.

— Donc qu'est-ce que vous avez fait ?

— Nous avons décidé de nous attaquer chacune à l'un d'entre vous. Nous n'étions que des étrangères à une soirée. L'idée était que, peu importe ce qui pouvait se passer, ça ne remonterait pas jusqu'à celle qui en avait après vous. Everly s'est arrangée pour que Linc et sa gouvernante rompent pour London. London a récupéré certains documents de Tristan qui prouvent qu'il a caché de l'argent sur des comptes offshore.

— Et tu étais supposée t'en prendre à moi pour Everly, dit Ryan. Seulement, tu ne l'as pas fait. Tu t'en es pris à Susannah.

Zoe voulait lui rappeler qu'elle n'avait en réalité rien fait pour faire du mal à sa sœur, mais elle reconnut que c'était inutile de se défendre.

— Everly a suggéré que puisque tu avais blessé sa sœur, dit Zoe, je devrais m'en prendre à la tienne.

Ryan la fixa en silence pendant si longtemps que Zoe se demanda s'il avait l'intention de reparler un jour. Ses yeux n'étaient plus que des morceaux de glace, reflétant son état d'esprit, et lorsqu'il parla de nouveau son ton la gela jusqu'aux os.

— Qu'est-ce que tu as l'intention de faire avec la vidéo ?

Zoe secoua vigoureusement la tête.

— Rien. Tu ne comprends pas ? Je n'ai pas pris cette vidéo. Je ne pourrai jamais faire quoi que ce soit pour te blesser ou pour laisser Susannah. Je t'ai…

Elle se mordit la lèvre lorsque Ryan leva la main pour l'empêcher de finir.

— Non, cria-t-elle, je vais le dire. Je t'aime et je suis désolée pour tout. Mon implication dans tout ça n'a cessé de me ronger.

— Tu m'aimes ? demanda-t-il, sa voix montant dans les aigus par la colère. Je suis censé te croire quand tu m'as menti pendant tout ce temps ?

— Seulement à propos de pour quoi je me suis engagée dans la campagne de Susannah. Tu dois me croire.

Zoe posa la main sur son bras et sursauta lorsqu'il se recula violemment.

— Pour tout le reste, je n'étais qu'honnête.

— Honnête, répliqua-t-il en crachant le mot. Pourquoi tu me dis tout ça ? Tu aurais juste pu te taire et je n'aurais jamais su que tu étais impliquée.

— Everly a dit la vérité à Tristan, admit Zoe, sachant que c'était ce qui ruinerait toute chance de sauver leur relation. Si elle lui avait dit la vérité avant que les circonstances ne lui forcent la main, elle aurait pu être en mesure de lui faire comprendre. Au lieu de ça, elle plaidait sa loyauté pour la mauvaise cause.

— Il a menacé de tout te dire.

Ryan se passa la main sur le visage.

— C'est ce qu'il a voulu dire à la levée de fonds.

— J'ai essayé de m'en aller, dit Zoe, doutant qu'il la croie. Une fois que je vous connaissais mieux, Susannah et toi, je ne pouvais pas faire ce que nous avions prévu. Mais Everly était déterminée à te faire payer et elle ne voulait pas entendre raison.

— Est-ce que tu sais ce que cette histoire va faire à ma sœur ? dit-il, la voix emplie de tristesse. Oublie sa campagne pour le Sénat, cette vidéo va briser son mariage. Est-ce que tu as pensé une seule seconde aux dommages potentiels que tu pourrais causer à sa famille quand tu as commencé ton petit jeu ?

— Je suis désolée, souffla-t-elle, reconnaissant que de simples mots ne pourraient pas réduire ses erreurs.

Ryan jura.

— Je dois prévenir Susannah.

Il fit plusieurs pas en direction du couloir avant de s'arrêter. Sans se retourner, il prononça sa dernière phrase.

— Tu dois être partie avant que je revienne.

Ryan attrapa ses clés et se dirigea vers le garage. Un mélange explosif d'émotions bouillonnait en lui, de la fureur envers la trahison de son beau-frère jusqu'au désespoir de savoir que cette nouvelle allait dévaster sa sœur.

« Je t'aime. »

Qu'elle aille se faire voir.

Son cœur se serra lorsque sa déclaration se répéta dans sa tête. La peine et le désir se battaient pour la première place. Comment était-il possible que seulement une heure auparavant il n'ait que leur lien physique époustouflant en tête et qu'il se soit inquiété qu'elle puisse vouloir en finir ? Ryan mit sous clé toutes les émotions concernant Zoe. Elle était une distraction qu'il ne pouvait pas se permettre. Il avait besoin de concentrer son énergie sur Susannah et la soutenir lorsqu'elle apprendrait ce que son mari avait fait.

Avant de rejoindre le quartier de campagne de sa sœur, Ryan envoya une copie de la vidéo à Paul. Il se l'était envoyée depuis le téléphone de Zoe une fois qu'il avait eu fini de la regarder. À présent, tandis qu'il démarrait la voiture et commençait à sortir du garage, son téléphone sonna.

— Mais qu'est-ce que c'est que cette vidéo que tu m'as envoyée ? demanda Paul, sa férocité nourrissant la colère de Ryan. Est-ce que Susannah l'a vue ?

— Pas encore. Je suis en chemin pour lui raconter tout ça maintenant.

Paul jura dans le téléphone.

— D'où est-ce que ça vient ?

— Zoe me l'a montrée, dit Ryan en serrant les doigts sur son volant jusqu'à ce qu'ils lui fassent mal, mais ce n'était pas assez pour outrepasser la douleur dans sa poitrine. Ça a été pris par Everly Briggs.

Paul semblait aussi confus que Ryan l'avait été quelques instants plus tôt.

— La sœur de Kelly ? Pourquoi ? Qu'est-ce qui se passe ?

— C'est une longue histoire.

Ryan répéta ce que lui avait dit Zoe, tout en restant concentré sur les faits même lorsque la voix de son ami devint plus sympathique et compatissante.

— Oh, merde, dit Paul. Susannah ne mérite pas ça.

— Je sais. J'aimerais juste qu'il y ait quelque chose que l'on puisse faire pour atténuer les répercussions mais, même si nous arrivions, je ne sais pas comment, à empêcher la vidéo de sortir, je ne crois pas que cela empêchera Everly Briggs de commettre d'autres actes malveillants dans le futur.

— Légalement, elle n'a rien fait de mal, contredit Paul. Où en es-tu avec Zoe ?

Ryan fut surpris que son ami ait besoin de demander.

— Évidemment, c'est fini. Je lui ai dit de déménager.

— Bien sûr, c'est logique.

Mais le ton de sa voix indiquait le contraire.

— Elle m'a menti tout ce temps, rappela Ryan à son ami. Depuis le jour où nous nous sommes rencontrés.

— Eh bien, pour être honnête, tu avais des soupçons sur ses motivations à rejoindre la campagne. Il s'est avéré que tu avais raison. Seulement, les joueurs étaient différents.

— Et donc ça rend les faits acceptables ? fulmina Ryan.

— Non, mais qu'a-t-elle fait exactement de si horrible à part ne pas t'avoir dit dans quoi elle était impliquée ? demanda Paul. Je te l'accorde, au début, elle conspirait contre toi, mais elle n'a rien fait. Et elle t'a apporté la vidéo avant qu'elle ne fuite.

— Je ne peux pas croire que tu sois de son côté.

— Écoute, dit gentiment Paul, je comprends que tu sois blessé parce qu'elle n'a pas été complètement honnête avec toi, mais j'ai plutôt l'impression que ça l'a complètement dépassée. Il est assez évident qu'Everly Briggs a profité d'elle et, d'après ce que j'entends, London McCaffrey aussi. Je vous ai vus tous les deux, et ce que vous ressentez l'un pour l'autre est assez évident. Ne laisse pas une erreur briser ce que vous pourriez avoir tous les deux.

« Je t'aime. »

— Je ne comprends pas…

D'autres protestations se coincèrent dans sa gorge. Elle l'aimait ? Comment était-ce possible alors qu'elle lui avait menti et l'avait trahi ?

La vidéo de Jefferson et de Patty Joyce se rejoua dans sa tête. Sa propre peine n'était rien comparée à ce que Susannah était sur le point d'éprouver.

— Ryan ?

Il réalisa que Paul avait continué de parler.

— Quoi ?

— Je te demandais si ça t'allait si j'appelais Zoe au sujet des documents qu'elle a eus par London McCaffrey.

— Bien sûr, pas de problème.

Si Paul était intéressé, est-ce que cela voulait dire que quelque chose d'illégal avait eu lieu ? Est-ce que Ryan serait responsable d'avoir envoyé deux femmes de plus en prison ? L'idée de Zoe derrière les barreaux lui glaça le sang.

— Paul, attends une minute, dit Ryan. Je ne veux pas qu'il arrive quoi que ce soit à ces femmes à cause de moi.

— Pas même après qu'elles ont conspiré pour se venger de toi ?

Ryan ignora le ton amusé de son ami.

— Simplement, occupe-toi de ça en tant qu'ami, d'accord ? Pas comme ancien policier ni spécialiste en cybersécurité.

— Comme tu veux. Appelle-moi après avoir parlé à Susannah.

— Je le ferai.

Dix minutes après avoir raccroché avec Paul, Ryan se gara devant le QG de campagne et entra. Plus de la moitié des bureaux étaient pleins de bénévoles et de membres de la campagne, la plupart d'entre eux au téléphone. Ryan s'avança vers le bureau de Susannah et ne fut pas surpris de la trouver en train de parler avec Gil.

— J'ai besoin de parler à ma sœur en privé, dit Ryan après avoir échangé de brèves salutations avec le chef de campagne.

— Bien sûr.

Ryan referma la porte après son départ et baissa les volets pour être sûr d'avoir une intimité complète. Susannah le regarda en silence en haussant un sourcil.

— Eh bien, c'est dramatique, dit-elle lorsqu'il s'assit en face d'elle. Qu'est-ce qui se passe ?

— J'ai trouvé quelque chose au sujet de Zoe aujourd'hui

qui prouve que j'avais raison sur ses motivations pour venir travailler dans la campagne.

L'expression amusée de Susannah s'évanouit.

— Ryan, je suis désolée. Je sais combien tu tiens à elle.

Que la première réaction de sa sœur à cette nouvelle soit de l'inquiétude pour lui était un rappel poignant des raisons pour lesquelles il l'aimait tant.

— C'est terrible, Soussou, dit-il en sortant son téléphone et en recherchant la vidéo. Elle travaillait avec Everly Briggs pour briser ta campagne. Aujourd'hui, elle m'a montré ça.

Il démarra la vidéo et tendit son téléphone à Susannah.

L'expression de Susannah passa de la confusion au choc et finalement à l'horreur lorsqu'elle regarda son mari se diriger vers une chambre d'hôtel avec son adjointe de campagne.

— Zoe a filmé ça ?

Le ton neutre de Susannah était en complet décalage avec son apparence secouée.

— Non. C'était Everly. Je crois que l'on peut s'attendre à ce que cela sorte dans la presse ou que cela soit envoyé à Abernathy dans un futur proche.

— Peux-tu envoyer ça à Gil ? demanda-t-elle, les mains tremblantes lorsqu'elle rendit le téléphone à Ryan. Il va vouloir réfléchir à comment contrôler les dommages aussi vite que possible.

Avant d'avoir fini de parler, elle se leva et sortit son sac du tiroir.

— Dis-lui que, s'il a besoin de me joindre plus tard, je serai à la maison en train de discuter de la situation avec Jefferson.

— Est-ce que je peux faire quoi que ce soit pour t'aider ? demanda Ryan. Est-ce que tu veux que je vienne avec toi, et peut-être que je peux emmener les enfants à l'extérieur manger une glace pour que tu puisses avoir une conversation en privé ?

— Merci pour l'offre, mais Candi sera là, dit Susannah, faisant référence à sa femme de ménage. Je lui dirai de les emmener.

L'air calme de sa sœur ne trompait pas Ryan. Elle était éprise de justice et il savait de source sûre ce qu'elle était capable d'infliger lorsqu'elle était énervée.

— Ne t'inquiète pas pour le bureau, lui dit-il en croisant le regard de Gil et en lui faisant signe de venir. Gil et moi allons tout prendre en main.

- 11 -

Cela avait pris à Zoe moins d'une heure pour emballer ses affaires et quitter le studio de Ryan. Il avait installé des verrous électroniques, donc elle n'avait aucune clé à déposer. En un rien de temps, elle était de nouveau installée dans sa réserve, presque comme si son séjour chez Ryan n'avait été qu'un merveilleux rêve dont elle venait à peine de se réveiller. À cause de sa journée mouvementée, Zoe était trop bouleversée pour digérer tout ce qu'elle avait appris. Rien que d'y repenser, sa poitrine se serrait et cela provoquait des petits points noirs devant ses yeux. Elle aurait bien aimé pouvoir se confier, mais elle ne s'imaginait pas embêter quelqu'un qui ne connaissait pas déjà son histoire. Elle ne pouvait pas contacter London…

Et pourtant pourquoi pas ?

Everly avait brisé leur pacte en racontant à Tristan que Zoe avait ses documents. Peut-être avait-elle aussi divulgué que London avait été la personne chargée de récupérer ces informations. Dans tous les cas, elle avait besoin d'être au courant.

Zoe chercha l'adresse de la société de London, ExcelEvent. À sa grande surprise, les bureaux n'étaient qu'à trois pâtés de maisons des Trésors de la Seconde Chance. Elle composa son numéro de téléphone de façon impulsive. Comme il était presque 20 heures, elle ne s'attendait pas vraiment à ce que quelqu'un réponde.

— ExcelEvent, London McCaffrey en ligne.

Pendant quelques battements de cœur, Zoe fut trop abasourdie pour parler. Elle ne s'était pas attendue à ce qu'avoir London soit aussi facile et n'avait pas prévu quoi lui dire.

London avait l'air inquiet.

— Allô ? Il y a quelqu'un ?

— C'est Zoe.

Les mots s'échappèrent de ses lèvres dans un murmure rauque.

— Zoe, oh, mon Dieu. Tu m'as fait peur. Je pensais que c'était Everly. Tu vas bien ?

Un soulagement parcourut Zoe lorsqu'elle réalisa qu'elle n'était pas la seule à avoir peur d'Everly.

— Le plan s'effondre. Je crois que nous devrions nous voir et parler.

— Je suis à mon bureau. Est-ce que tu peux venir maintenant ? Je ne crois pas que nous devrions être vues en public ensemble.

— Je suis à ma boutique. Il se trouve que nous sommes juste à quelques pâtés de maisons l'une de l'autre, répondit-elle, l'air un peu hystérique à donner tous ces détails. Je serai là dans dix minutes.

La marche aida Zoe à se calmer et, le temps qu'elle arrive à ExcelEvent, elle était prête à avoir une conversation normale.

London devait l'attendre car, avant que Zoe ne frappe à la porte, celle-ci s'ouvrit et la très jolie blonde lui fit signe d'entrer. Bien que les deux femmes n'aient pas été en contact depuis le salon *Les Femmes fortes prennent les choses en main*, elles se saluèrent comme de vieilles amies.

— J'adore ton nouveau look, lui dit London lorsqu'elle se séparèrent. Cette coupe met vraiment en avant la structure de ton visage.

— J'avais besoin de changement, murmura Zoe en ne

se sentant pas moins intimidée par la businesswoman à succès que lors de leur dernière rencontre.

— Viens dans mon bureau. Je crois que nous avons beaucoup de choses à nous dire, toutes les deux, dit London lorsque les deux femmes se furent installées sur le sofa.

— Tout d'abord, laisse-moi te remercier pour avoir récupéré les documents financiers de Tristan.

— Ce n'était pas moi, admit London. Je n'ai pas pu. Harrison les a eus pour moi.

— Harrison ?

Même si elle appréciait son ancien beau-frère, ils n'avaient jamais été proches et elle ne pouvait pas imaginer pourquoi il prenait un aussi grand risque pour l'aider.

— Pourquoi ? Comment ?

— Je lui ai dit la vérité. Toute la vérité. Il sait par quoi tu es passée et il a décidé de t'aider.

C'était là que London se trompait. Il avait agi pour aider London. Elle savait que London et Harrison avaient été vus ensemble. Jusqu'à maintenant, elle n'avait pas réalisé qu'ils se fréquentaient sérieusement.

— Mais cela veut dire qu'il a pris parti contre son frère, dit Zoe. Tristan ne va pas apprécier.

La fierté brilla dans les yeux de London.

— Harrison s'en moque.

— Tu es amoureuse de lui.

Elle éprouva soudain de la sympathie. Elle savait de source sûre combien il était difficile de tomber amoureux de quelqu'un contre qui on œuvrait.

— Je suis folle de lui.

— Et que ressent-il pour toi ?

— La même chose.

L'envie perça le cœur de Zoe. Elle voulait être heureuse comme London, pardonnée, aimée, et regarder avec empressement le futur. Au lieu de ça, l'homme qu'elle aimait la méprisait. Il fallait ajouter à ça sa culpabilité pour les dommages qu'elle avait causés à Ryan et à sa famille, ses problèmes financiers et la perte de son magasin. Elle n'avait plus la volonté de se battre. Elle ferait tout aussi bien de tout abandonner et de retourner à Greenville.

— Je suis heureuse pour vous deux, dit Zoe. Harrison est un gars super et il mérite d'être avec quelqu'un de génial.

— Je ne sais pas si je corresponds à la description, répondit London, pleine de remords. Nous avons fait des choses terribles.

— Je sais, admit Zoe. Je regrette vraiment d'avoir rencontré Everly et d'avoir accepté de m'en prendre à Ryan.

La voix de London prit un ton inquiétant.

— Moi aussi. Je crois qu'elle est folle.

Zoe acquiesça.

— Et dangereuse. Elle a dit à Tristan ce que l'on manigançait.

London eut l'air plus ennuyé que surpris.

— Elle a envoyé à Harrison un enregistrement de moi disant que je l'avais utilisé afin de m'approcher de Tristan et qu'Harrison ne signifiait rien pour moi. J'essayais de cacher à Everly que j'étais tombée amoureuse de lui et il a pris l'enregistrement pour argent comptant.

La vidéo de Jefferson et de Patty Joyce refit surface dans l'esprit de Zoe.

— Et que s'est-il passé ?

— Je lui ai tout raconté, et miraculeusement nous sommes toujours ensemble.

— Je suis contente, dit Zoe, se souvenant de sa propre douleur lorsqu'elle avait dit la vérité à Ryan.

— J'ai vraiment eu de la chance qu'il me croie. Lorsque la confiance est perdue, dans un couple, c'est difficile à retrouver.

— Et parfois on ne peut pas y arriver.

Le désespoir s'empara de Zoe sans prévenir. Le chagrin la heurta vite et fort et la fit se plier en deux. Elle enfouit sa tête dans ses mains lorsque des larmes brûlantes remplirent ses yeux. Une main délicate lui caressa le dos pour la réconforter.

— Ça va aller, murmura London. Peu importe ce dont tu as besoin, Harrison et moi, nous t'aiderons.

— Personne ne peut. Everly…

Elle remplit ses poumons d'air, tremblant sous l'effort de respirer.

— Laisse-moi te faire du thé, et ensuite tu me raconteras tout.

London posa une boîte de mouchoirs en papier sur la table basse à portée de Zoe et sortit de la pièce. Comme sa poussée d'hystérie se calmait, Zoe essuya ses yeux et se moucha.

— Et voilà, dit London en posant sur la table un plateau contenant deux tasses fumantes en porcelaine de Chine, du sucre blanc, un pot de crème ainsi que des serviettes.

Tandis que Zoe ajoutait un soupçon de crème dans sa tasse, London sortit et revint une minute plus tard avec un plateau de cookies et des fraises.

Le repas impromptu fit sourire Zoe.

— Il est clair que tu sais comment préparer une fête, murmura-t-elle en mâchouillant un cookie.

— C'est ce que je fais pour vivre, après tout, souligna London. Tu te sens mieux ?

— Bien mieux. Le thé et le sucre, ça aide, dit Zoe. Merci.

À son grand désarroi, une nouvelle vague de larmes remplit ses yeux.

— Oh, mince, dit-elle en se tamponnant les yeux avec un mouchoir. Je ne suis pas comme ça, d'habitude, mais j'ai eu une terrible journée.

— Tout à l'heure, tu as dit que c'était bien pire que je ne le craignais, dit London. Que s'est-il passé ?

Zoe lui raconta tout en détail.

— Susannah est tellement merveilleuse, conclut Zoe.

Je n'ai pas pu me résoudre à faire quoi que ce soit à elle ou à sa campagne, mais au final ça n'a servi à rien. Everly a pris les choses en main.

— Je sais que ça a l'air terrible, dit London, mais je n'arrive pas à croire que la révélation de cette liaison affectera la campagne de Susannah au point de causer des dommages définitifs. Ce n'est pas comme si c'était elle qui avait été surprise en train de le tromper. En fait, les gens pourraient se sentir désolés pour elle.

— J'espère que ça sera le cas, mais elle va quand même être dévastée.

— Je suis d'accord, mais ce n'est pas à cause de quoi que ce soit que tu aies fait. Ni même Everly. C'est son mari, celui qui l'a trahie.

— Je ne suis pas sûre que Susannah ou Ryan voient les faits de cette façon. Il me blâme entièrement pour tout ce bazar.

— C'est ridicule.

Peu importe ce que London allait dire, elle fut interrompue par un appel sur le téléphone de Zoe. Elle fronça les sourcils en voyant le numéro inconnu.

— Tu vas répondre ? demanda London.

— Et si c'était Everly ?

Zoe laissa l'appel passer sur la boîte vocale puis écouta le message sur haut-parleur.

« Zoe, c'est Paul Watts. Ryan m'a mis au courant de ce qui se passe et j'aimerais te parler au sujet des documents que tu as reçus via London McCaffrey. »

Les deux femmes levèrent les yeux du téléphone au même moment, et Zoe vit dans le regard de London la même anxiété qui lui broyait la poitrine.

— Qui est Paul Watts et pourquoi demande-t-il après les documents ?

— Il tient une entreprise spécialisée dans la cybersécurité et c'est le meilleur ami de Ryan.

Un juron très peu féminin s'échappa des lèvres de London, mais son expression devint de plus en plus résolue.

— Rappelle-le. Vois s'il peut venir ici ce soir.

— Tu es sûre ?

— Je crois que nous avons besoin toutes les deux d'affronter ce que nous avons fait et, si nous pouvons faire tomber Everly avec nous, tant mieux.

Cela faisait trois jours que Ryan avait appris l'infidélité de son mari à sa sœur, et depuis Susannah était au centre d'une tempête médiatique. Gil et elle avaient décidé de prendre les devants concernant la liaison de Jefferson avant que la vidéo ne puisse fuiter et atteindre l'opinion en sa défaveur.

La campagne de Susannah avait gagné une douzaine de bénévoles supplémentaires et les donations s'envolaient. Zoe et ses amies avaient en fait aidé sa sœur dans sa course pour le Sénat. Personnellement, cependant, Susannah devait surmonter une épreuve très difficile.

Ryan gravit les marches qui menaient à la maison de sa sœur et remarqua l'obscurité derrière les portes à la française qui ouvraient sur la terrasse. Cette impression de vide était inhabituelle pour une maison qui en général brillait de mille feux. Avec un malaise grandissant, il sonna à la porte et entendit à peine la sonnette par-dessus la cacophonie que faisaient les insectes. De l'autre côté de la porte en verre, une silhouette s'avança vers lui depuis les ténèbres. Ryan reconnut la gouvernante de Susannah à sa petite taille.

Candi ouvrit la porte et fronça les sourcils.

— Il est tard.

Ryan ignora la rebuffade.

— Comment va-t-elle ?

— Comment croyez-vous qu'elle aille ?

Candi travaillait pour la famille Kirby depuis que Susannah et Jeff s'étaient mariés. Elle était l'ensemble du personnel de maison à elle toute seule et particulièrement loyale à Susannah.

— Est-ce que je peux entrer ?

Avec un reniflement dégoûté, Candi recula et lui fit signe à l'intérieur.

— Elle est sur le ponton.

Cela prit Ryan par surprise. Il s'était attendu à trouver sa sœur là où elle était le plus à l'aise : dans son bureau.

— Qu'est-ce qu'elle fait là-bas ?

— C'est une femme adulte et pas une enfant que je dois surveiller.

Levant les mains en signe de reddition, Ryan traversa la cuisine à la recherche d'une bière avant de sortir. Pas après pas, le cœur de Ryan battait de plus en plus fort tout en réfléchissant à l'état dans lequel était sa sœur.

Bien qu'elle ait dû entendre ses pas sur le ponton de bois, elle ne cessa pas de fixer l'eau argentée tandis qu'il se glissait sur une chaise en bois à côté d'elle. Une bouteille de bourbon à moitié vide était posée à ses pieds et elle faisait tournoyer le liquide ambré dans un verre en cristal.

Ryan sirota sa bière et remplit ses poumons de l'air nocturne en attendant que Susannah ait envie de se confier.

— Jeff est parti, dit-elle enfin. Il a juste fait un sac et a laissé derrière lui dix ans de mariage.

— Ah, mince, Soussou, je suis désolé.

— Tu devrais, dit-elle mollement. Tout est ta faute.

L'accusation ne le surprit pas, mais son ton défait, si. Cela ne ressemblait pas à sa sœur d'abandonner comme ça.

— Sans toi, ma campagne ne serait pas soumise à des attaques.

Bien que Zoe et ses amies aient été responsables de la situation présente, Ryan reconnaissait que ses actions avaient créé des problèmes.

— Je suis désolé, dit-il, si je n'avais pas essayé d'aider Kelly Briggs…

Susannah ne semblait pas s'apercevoir des larmes qui coulaient et mouillaient ses joues.

— Qu'est-ce que je vais faire sans lui ?

L'immense désespoir dans la voix de sa jumelle ravagea le cœur de Ryan. Il n'avait jamais entendu quelque chose de pareil chez Susannah. C'était elle la plus stable, la plus forte. À présent, à l'entendre si abattue, c'était comme si une partie fondamentale d'elle avait été déchirée sans pouvoir jamais être réparée. Ryan chercha sa main et entrelaça ses doigts aux siens.

— Tu peux faire tout ce que tu as décidé de faire, lui dit-il en serrant doucement. Réparer ton mariage. Continuer sans Jeff. Tu es le plus grand succès de notre famille.

Susannah passa le dos de sa main libre sur sa joue. Son souffle s'échappa dans un sifflement irrégulier. Elle n'avait pas l'air moins abattue, mais ses doigts battaient faiblement dans la poigne de Ryan.

— Mon mari m'a trompée. Et, même si Abernathy n'a pas divulgué la vidéo, il va l'utiliser pour attaquer ma crédibilité en tant que candidate au Sénat. Je crois que la plupart des gens me montreront du doigt comme le parfait exemple de ce qu'il ne faut pas faire.

Elle prit son verre et avala ce qui restait d'une seule traite. Pendant un long moment, elle fixa un point au-delà de l'eau.

— Peut-être que j'ai pris trop de choses pour acquises. Mon mariage. Ma carrière. C'était toujours ce que moi je voulais. Ce qui était bon pour moi.

— Ne commence pas à te reprocher quoi que ce soit. C'est Jefferson qui avait une liaison.

— Bien sûr, mais est-ce que c'est moi qui l'y ait poussé ?

— Poussé ? répéta Ryan avec une lourde dose de scepticisme. Pourquoi ? Parce que tu étais concentrée sur ta carrière et ta famille ? Parce qu'il n'était pas ta première priorité ? Ne sois pas ridicule.

— Rien d'aussi grave ne m'était jamais arrivé avant, dit-elle en tournant son regard vers lui. Je n'ai pas été assez là pour toi durant l'incident avec Kelly Briggs, ajouta-t-elle, ses doigts se resserrant fortement autour des siens. Je suis désolée.

— Ne le sois pas, répondit Ryan, qui détestait voir sa sœur comme ça. Qu'est-ce que je peux faire pour t'aider ? Dis-le. Tout me va. Je peux m'attaquer à Jefferson si ça peut te faire te sentir mieux. Tu as juste un mot à dire.

— Je crois qu'il y a déjà eu assez de vengeance comme ça, tu ne crois pas ? soupira Susannah. Tu as parlé à Zoe ?

— Non. Pourquoi je le ferais ?

— Pour voir comment elle gère les choses.

— Tu es vraiment inquiète pour elle, après ce qu'elle t'a fait ?

— Elle ne m'a rien fait, répliqua Susannah en fronçant les sourcils. Ce n'était pas sa faute. Jefferson m'a trompée. Tes actions ont amené Everly Briggs dans notre vie.

— Zoe nous a menti.

— Pas au sujet de qui elle est ou de combien elle tient à toi.

Ryan secoua la tête en niant vigoureusement les déclarations de Susannah.

— Elle m'a utilisé pour t'atteindre. C'est tout ce qu'il y a à dire.

— Oh ! ne dis pas ça. Je ne veux pas que nous perdions tous les deux les gens que nous aimons à cause de ça.

— Je ne l'aime pas.

— Vraiment ? Parce que tu as agi comme si tu l'aimais.

Avant qu'il puisse dire le contraire, elle poursuivit.

— Je ne t'avais jamais vu aussi misérable après une rupture. Elle t'a fait du mal et tu es trop occupé à te flageller en te demandant comment tu ne l'as pas vu venir.

— Peu importe.

Ryan détestait savoir que Susannah le connaissait aussi bien.

— Le fait est qu'elle m'a menti et que je ne peux plus lui faire confiance.

— Les gens font des erreurs tout le temps, dit sa sœur. La clé est d'apprendre de ses erreurs. Je crois que c'est ce que Zoe a fait. Elle doit se sentir tellement mal pour ce qu'elle t'a fait. Pardonne-lui.

— Est-ce que tu vas pardonner à Jefferson ? contrecarra Ryan. Est-ce que tu peux lui faire de nouveau confiance ?

— Je ne sais pas encore, mais je n'abandonnerai pas sans essayer et tu ne devrais pas non plus.

Zoe avait passé une partie de la journée à contacter ses artistes pour leur apprendre la terrible nouvelle de la fermeture des Trésors de la Seconde Chance dans moins d'un mois. Elle avait reçu des réponses de tristesse et de sympathie mâtinées de colère. Zoe avait les nerfs à vif en sachant qu'elle avait laissé tomber ces femmes qui comptaient sur l'argent qu'elles gagnaient en vendant des objets dans son magasin.

Sa longue journée l'avait épuisée et, avec ses émotions en berne, Zoe était ravie, peu après 9 heures, de s'approcher de la porte d'entrée pour fermer le loquet.

En atteignant la porte en verre, une silhouette s'avança dans la lumière qui se déversait sur le trottoir. Le cœur de Zoe battit la chamade lorsqu'elle reconnut la sœur de Ryan, mais la crainte de ce que Susannah avait à dire n'empêcha pas Zoe de la faire entrer à l'intérieur.

— Est-ce qu'on peut parler ? demanda Susannah en ne montrant pas l'hostilité que Zoe s'était attendue à voir.

— Parler ? répliqua-t-elle en fermant la porte et en les emprisonnant à l'intérieur comme deux combattantes dans une cage. Ou est-ce que tu es là pour me hurler dessus pour tout ce qu'il s'est passé ?

— Je ne hurle pas, répondit Susannah aigrement.

— Non, tu mets juste les gens en pièces avec ta rhétorique.

Le coin de la bouche de Susannah s'étira.

— Bien que cela soit plus juste, je ne suis pas là pour t'accuser de quoi que ce soit. Je veux comprendre.

Et Zoe voulait expliquer.

— Viens à l'arrière, dit Zoe.

Elle éteignit la lumière de la porte d'entrée du magasin et fit signe à Susannah de la suivre.

Le regard aigu de Susannah balaya le lit de camp et les boîtes qui composaient le reste de sa marchandise.

— Tu vis ici ?

— Pour encore quelques semaines, et ensuite je ferme le magasin et je rentre à Greenville.

Zoe ne donna pas plus d'explications et Susannah ne posa pas les questions qui suivaient logiquement.

— Est-ce que tu veux du thé ?

— Est-ce que tu as quelque chose de plus fort ?

Zoe jeta un œil à la sœur de Ryan pour savoir si elle était sérieuse.

— Il y a de la vodka au citron dans le frigo pour les urgences.

— Parfait, acquiesça Susannah. Ouvre-la. C'est clairement une urgence.

Pas tout à fait sûre de ce que voulait dire l'autre femme, Zoe servit néanmoins deux shots de vodka sur des glaçons et désigna la petite table que le personnel utilisait pour les pauses. Puisque Susannah avait été celle qui avait initié la rencontre, Zoe décida de la laisser parler la première.

— Parle-moi de ta relation avec Everly Briggs.

Zoe grimaça.

— Relation n'est pas le bon mot. Tout a commencé à une rencontre banale à un salon de networking.

Elle raconta ensuite leurs conversations et comment elles étaient arrivées à concocter un plan pour faire tomber les trois hommes qui les avaient blessées. Susannah écouta en silence, sans poser de questions, mais son regard brillait d'un intérêt sincère.

— Il semblerait qu'elle vous ait manipulées, London et toi, pour obtenir ce qu'elle voulait, remarqua Susannah une heure plus tard lorsque Zoe eut fini de raconter son histoire.

— Tu as probablement raison. Nous étions stupides de nous acoquiner avec elle, mais pour notre défense nous étions toutes les deux dans un sale état émotionnel et psychologique.

Durant son récit, Zoe n'avait pas pris une gorgée de sa boisson, mais à présent elle avala la moitié du shot et ferma les yeux lorsque la liqueur lui brûla la gorge et réchauffa suffisamment sa poitrine pour que la douleur s'apaise un peu.

Peu importe si Susannah restait en colère ou non, se confesser avait apporté à Zoe un peu de paix. Elle se raccrochait depuis si longtemps à la peur, au malheur, à la colère et au remords. Être remplie de tant d'émotions négatives l'avait empêchée d'embrasser les sentiments plus légers et rayonnants que lui procuraient les bons moments de sa vie. Ouvrir le magasin lui avait apporté une sensation d'accomplissement et lui avait offert une communauté de femmes en qui elle pouvait avoir confiance. Rencontrer Ryan lui avait redonné espoir et une sexualité épanouie qu'elle n'avait jamais connue auparavant. Pourtant, le bonheur total lui échappait parce qu'elle restait accrochée au pacte de vengeance qu'elle et London avaient passé avec Everly.

— Je suis vraiment désolée pour tout ce qui s'est passé entre ton mari et toi. Je n'avais pas le droit de m'en prendre à toi pour faire du mal à Ryan. Je n'ai aucun moyen de me racheter envers vous.

— J'ai passé pas mal de temps à penser à toi, ces derniers jours, dit Susannah, ses yeux gris qui ressemblaient tellement à ceux de son frère fixant Zoe avec résolution. Et aussi à réfléchir à mon mariage et aux choix que j'ai faits.

Zoe résistait à l'envie de se tortiller tandis qu'elle attendait quel enfer Susannah avait décidé de déchaîner sur elle, sachant qu'elle méritait tout ce que l'avocate avait à dire.

— Si tu n'étais pas apparue dans ma vie, Jefferson serait toujours en train de me tromper. Il ne fait aucun doute qu'Abernathy et ses manœuvres misérables auraient fait éclater le scandale pour m'évincer de la course au Sénat.

— Ce n'est pas nécessairement vrai, dit Zoe, sans vraiment le croire.

Susannah haussa les épaules.

— Peu importe, Everly Briggs s'en serait prise à Ryan via ma campagne même si tu n'avais jamais été dans le tableau. De ce que tu m'as dit, elle est intervenue entre London et Harrison Crosby de la même façon qu'elle l'a fait en disant à ton ex-mari ce que tu manigançais.

— Je suppose que tu as raison.

Zoe ne savait pas si elle devait se sentir soulagée que Susannah ait pitié d'elle. Depuis qu'elle avait appris à connaître Susannah, Zoe était de plus en plus gênée de s'être comportée comme plusieurs des femmes de son ancien cercle social en ayant trahi la sœur de Ryan.

— Si je te demandais de rester loin de mon frère, le ferais-tu ?

La question abrupte de Susannah n'était pas de celle à laquelle Zoe s'était attendue, mais elle aurait dû.

Le poids dans la poitrine de Zoe rendait sa respiration difficile et les mots sortirent dans un souffle précipité.

— Tu n'as pas besoin de demander. Il m'a bien fait comprendre qu'il ne voulait plus avoir affaire à moi.

— Il est blessé.

Une boule se format dans la gorge de Zoe.

— Je l'ai blessé.

Susannah fit bouger son verre, faisant tinter les cubes de glace.

— Je crois que j'ai besoin d'un nouveau verre.

Zoe alla chercher la bouteille, plus de glace et posa le tout sur la table, à portée de main de Susannah.

— Tu n'as pas répondu à ma question, dit Susannah. Est-ce que tu resterais loin de mon frère ?

La demande de Susannah n'était pas particulièrement difficile à accepter, étant donné la dernière conversation de Zoe avec Ryan.

— Oui.

— Parce que je te l'ai demandé ou parce que tu ne l'aimes pas ?

— Je ne vois pas en quoi c'est important. Ton frère a été très clair dans ses sentiments pour moi.

— C'est important parce que j'essaye de décider si oui ou non je dois me battre pour mon mariage, et en ce moment j'ai vraiment besoin de croire que l'amour peut tout reconquérir.

— L'amour..., répondit Zoe, songeuse. Avant que Ryan n'arrive dans ma vie, je n'y avais jamais cru. Je crois que tu sais que mon propre mariage n'était pas basé sur quoi que ce soit de romantique ou fondé sur le respect et la confiance.

— Et maintenant ?

— J'aime Ryan de tout mon cœur. C'est pour ça que je n'ai pas pu mener à bien le plan pour faire du mal à ta campagne. Tu es tellement importante pour lui qu'en te faisant du mal je lui faisais du mal à lui aussi, dit Zoe en soufflant un grand coup. J'aurais juste aimé avoir confiance avant. Peut-être que j'aurais pu nous épargner à tous beaucoup de peine.

— Pas pour moi, dit Susannah, son sourire sec était autant empreint de tristesse que de force. Je suis responsable de mes propres malheurs.

Le silence envahit la pièce pendant quelques minutes tandis que Susannah fixait le vide, donnant à Zoe le temps de réfléchir à tout ce qui avait été dit. Est-ce que Susannah voulait que Zoe reste loin de Ryan ? Pourquoi ne pas simplement lui dire ça au lieu de lui poser la question ?

Est-ce que Susannah serait d'accord pour que Ryan et Zoe soient ensemble ? Plus important, était-il possible que Ryan puisse un jour lui pardonner ? Et était-elle assez forte pour se battre pour son amour ?

— Pourquoi fermes-tu les Trésors de la Seconde Chance ? demanda Susannah en interrompant les pensées de Zoe. Ryan m'a dit que tes problèmes financiers étaient enfin derrière toi et que le magasin faisait des progrès.

— Mon ex-mari a acheté le bâtiment pour pouvoir m'expulser.

— Tu pourrais déménager ailleurs et recommencer.

La douleur s'empara de Zoe et elle refoula plusieurs larmes.

— Je n'ai pas assez d'argent. Et, même si c'était le cas, je n'ai pas assez de force en moi pour recoller les morceaux.

— Donc qu'est-ce que tu vas faire à la place ?

— Rentrer à Greenville et trouver un travail.

— Et qu'en est-il de toutes les femmes que tu aides avec le magasin ? Si tu n'es pas capable de te battre pour toi-même, comment le pourrais-tu pour elles ?

Le cœur de Zoe lui fit mal lorsqu'elle entendit la question de Susannah mais elle redressa le menton et fit un geste pour montrer la pièce autour d'elle.

— C'est tout ce que j'ai. Une fois que je l'aurai perdu…

— Laisse-moi t'aider.

Même lorsque Zoe secoua la tête, elle réalisa qu'elle avait sous-estimé la force de la volonté de Susannah.

— Tu peux et tu vas le faire, dit Susannah, le regard brûlant d'une intensité fiévreuse. Maintenant, pourquoi ne sors-tu pas les documents de Tristan que London a réussi à récupérer et voyons ce que l'on peut faire pour t'obtenir un meilleur arrangement.

— J'ai tout redonné à Tristan.

Pendant plusieurs secondes, Susannah la regarda, surprise.

— Est-ce que tu peux poursuivre l'entreprise qui a acheté le bâtiment ? Tristan est bien le propriétaire, c'est ça ?

Zoe s'illumina. Voilà une question à laquelle elle pouvait répondre.

— TA Charleston Holding LLC. Mais ça ne servira à rien. C'est une compagnie offshore qui n'est pas sujette aux lois américaines.

Elle avait fait quelques recherches.

— Ne sois pas si pessimiste. Je connais quelques très bons avocats qui sont assez familiers des tenants et des aboutissants des paradis fiscaux.

— Je ne sais pas si ça vaut le coup de poursuivre, plaida Zoe.

Bien que l'idée d'attaquer Tristan là où ça faisait mal l'intéressait, son instinct la mettait en garde contre le fait d'essayer.

— Tu ne sais pas comment est Tristan.

— Tu as peur de lui.

Zoe acquiesça.

— Il me fait bien plus peur qu'Everly.

— Eh bien, aucun des deux ne m'effraie, déclara Susannah, et Zoe espéra que ce n'était pas la vodka qui parlait. Tu mérites d'être traitée dignement et je suis prête à ne pas la jouer fair-play pour que cela arrive.

- 12 -

— Qu'est-ce qui t'amène ? demanda Ryan, en faisant signe à sa sœur d'entrer.

— Je voudrais te parler de Zoe.

Le premier réflexe de Ryan fut de dire à sa sœur de s'occuper de ses propres affaires, mais il ne le fit pas. L'expression inquiète de Susannah lui dit qu'elle essayait d'aider.

— Quoi, Zoe ?

— Je suis allée à son magasin pour la voir.

Comme le silence se faisait de plus en plus pesant dans la pièce, il poussa un profond soupir.

— Pourquoi as-tu fais ça ?

Susannah s'assit sur le canapé, imperturbable face à son attitude grincheuse.

— Je voulais entendre sa version sur ce qui s'était passé avec Everly Briggs.

— Et maintenant ?

— Elle regrette d'avoir rencontré cette femme et aimerait pouvoir changer toutes les décisions qu'elle a prises.

Ryan se laissa tomber sur le canapé et posa la tête contre l'appuie-tête à côté de sa sœur.

— Comme nous tous. As-tu parlé à Jefferson ?

— Bien sûr.

Susannah semblait surprise par sa question.

— Et ?

— Et quoi ?

— Vous allez divorcer ?

— C'est trop tôt pour prendre une décision pareille. Il a mis fin à sa liaison avec Patty.

Le ton placide Susannah ne lui permit pas de savoir ce qu'elle en pensait.

Ryan avait mal pour sa sœur.

— Je suppose que c'est un début ? Et donc ensuite ?

Une légère ride apparut entre les sourcils de Susannah.

— J'aimerais garder ma famille intacte. On a décidé de prendre un conseiller conjugal.

Avec un sourire chaleureux, Susannah attrapa sa main et la serra.

— Mais ce dont j'ai vraiment envie de parler ce soir, c'est toi et Zoe.

— Il n'y a pas de moi et Zoe.

— Elle a prévu de quitter Charleston, dit Susannah.

Cette nouvelle porta un coup à Ryan qu'il n'avait pas anticipé. Il n'était pas prêt à recevoir une nouvelle pareille.

— Quand ?

— Dès qu'elle aura tout réglé avec le magasin. Elle est expulsée.

— Pourquoi ?

— Il semblerait que son ex-mari ait acheté son immeuble afin de pouvoir continuer à lui pourrir l'existence.

De la sympathie brilla dans l'œil de Susannah et la nouvelle excita l'instinct protecteur de Ryan.

— Pourquoi ne m'a-t-elle rien dit ?

— Elle l'a appris le même jour où elle a reçu la vidéo, expliqua sa sœur. Peut-être qu'elle pensait que mon problème était plus important que le sien.

Ryan ferma les yeux à cause de la douleur aiguë qu'il ressentait dans la poitrine.

— Tu ne peux pas prendre son parti, toi aussi.

Susannah balaya d'un mouvement de la main ses accusations.

— Je ne prends pas parti. Qu'est-ce que tu veux dire par « aussi » ?

— Paul pense que je suis fou de la laisser partir.

— J'ai toujours aimé Paul. Il est très sensible.

— Tu l'aimes bien simplement quand il est d'accord avec toi.

— Ce n'est pas vrai, dit Susannah en grimaçant. Il me plaisait énormément au lycée. On est même sortis ensemble pendant un mois.

Ryan ne pouvait pas croire ce qu'il entendait.

— Vous avez quoi ? Quand ?

Les yeux de Susannah pétillèrent. Pétillèrent vraiment.

— Au printemps de la terminale. Nous avions pensé que tu n'apprécierais pas, donc nous t'avions caché notre relation.

Tandis que Ryan essayait d'imaginer sa sœur et son meilleur ami ensemble, Susannah poursuivit.

— Est-ce que tu me détestes ? Ou Paul ? Est-ce que tu as moins confiance en nous parce que nous t'avons caché quelque chose toutes ces années ?

Ryan vit immédiatement où elle voulait en venir.

— Bien sûr que non, rétorqua-t-il, mais il ne pouvait pas ignorer le petit malaise qui s'installait.

La sensation s'évanouit rapidement, mais il ne pouvait pas nier que l'idée qu'il se faisait de Susannah et de Paul avait un tout petit peu changé.

— Et ce qu'a fait Zoe était bien pire.

— Vraiment ? Elle n'a pas fait ce qu'elle avait prévu de faire. Au lycée, Paul et moi avons passé un mois complet à te mentir et nous t'avons gardé dans le noir depuis tout ce temps.

Susannah fit une pause pour lui laisser le temps d'absorber son argument.

— Ta relation avec Zoe progressait plus vite et plus loin qu'aucune autre avant elle. Tu t'es probablement senti un peu exposé et fragile, mais utiliser son erreur comme excuse pour la larguer afin d'éviter d'être blessé ? C'est minable, frangin.

Susannah secoua la tête.

— J'ai besoin de réfléchir à tout ça.

— Ne réfléchis pas trop longtemps. Elle a besoin d'un chevalier pour la sauver de son horrible ex-mari.

— Et comment je suis censé faire ça ?

— Paul et moi avons quelques idées à ce sujet, répliqua Susannah, une expression diabolique sur le visage. Et pour mettre fin à la vengeance d'Everly une bonne fois pour toutes.

Zoe se figea quand elle entendit que l'on cognait à la porte arrière du magasin. Aucune de ses artistes n'était censée s'arrêter pour récupérer sa marchandise, et la seule personne qui lui vint à l'esprit fut Everly. Bien qu'elle tentait d'ignorer la sommation, la curiosité la piqua et elle alla ouvrir la porte.

Elle eut le souffle coupé en le regardant, rongée par le désir et le regret.

— Ryan ? Qu'est-ce que tu fais là ?

— Susannah m'a dit que tu fermais le magasin et que tu quittais Charleston.

Une boule se forma dans sa gorge et l'empêcha de parler, elle fit donc un signe de la tête. Il avait l'air si beau debout devant elle avec ses cheveux noirs bouclés et ses yeux gris sombres et inquiets. Elle serra les poings pour s'empêcher de se jeter contre son torse large, de mettre ses bras autour de son cou et de déverser toute sa misère sur ses larges épaules.

— Est-ce que tu veux rentrer ?

— Merci.

Au moment où il franchit le seuil, elle sut qu'elle avait fait une erreur. Une émotion forte la submergea et lui mit les larmes aux yeux.

— Je suis tellement désolée, murmura-t-elle en se tournant.

Elle essuya l'humidité de ses joues, mais elle fut immédiatement remplacée par des nouvelles larmes.

— Zoe.

C'était juste son prénom, mais l'émotion dans la voix de Ryan ne fit qu'augmenter son angoisse. Tout au long de l'année écoulée, elle avait passé beaucoup trop de temps à réfléchir à tous ses mauvais choix. Pourtant, sa liste entière de regrets n'arrivait pas à égaler son remords sur ce qu'elle avait fait pour perdre la confiance de Ryan. Lorsque ses mains se refermèrent sur ses avant-bras, elle couvrit son visage et faillit s'effondrer alors qu'une peine profonde naissait dans sa poitrine. Elle aurait aimé qu'il ne soit pas aussi gentil. Elle aurait pu faire face à sa colère sans craquer mais sa compassion la mettait complètement sens dessus dessous.

Il attira son dos contre son torse et enroula ses bras autour d'elle.

— Ah, mon cœur, ne pleure pas. Je suis désolé.

Son excuse la fit rire.

— Pourquoi ?

Ryan la fit tournoyer sur elle-même et balaya ses larmes de son pouce.

— Parce que je n'ai pas bien réagi quand tu m'as dit ce que tu avais fait.

Elle respira plusieurs fois de façon saccadée avant de pouvoir parler.

— Tu n'as pas mal réagi.

— Personne n'est d'accord avec toi.

Il la reprit dans ses bras et posa sa joue contre le haut de sa tête.

Zoe résista à son étreinte chaleureuse. Elle n'arrivait pas à faire coïncider l'homme en colère qu'il avait été lors de leur dernière rencontre avec cet homme aimant et qui lui pardonnait. Qu'est-ce qui l'avait fait changer d'avis depuis qu'elle lui avait montré la vidéo ? La jumelle de Ryan s'était gentiment rapprochée de Zoe et lui avait pardonné. Comment pouvait-elle penser que Ryan en ferait autrement ?

Peut-être parce que l'idée qu'elle se faisait de Ryan avait été empoisonnée par la description d'Everly, qui le dépeignait comme un homme vindicatif lorsqu'il était blessé.

— Je suis tellement désolée, répéta-t-elle encore.

S'abandonnant aux désirs de son cœur, Zoe passa ses bras autour de la taille de Ryan et le serra fort.

— Arrêtons-nous là avec toutes ces excuses. Je te pardonne. Si tu peux me pardonner, nous pouvons oublier tout ça et reprendre le cours de notre vie.

Elle n'était pas surprise qu'il veuille mettre fin à leur relation. Il n'était pas le genre d'homme à laisser les choses inachevées.

— D'accord.

Le soulagement se mélangea à la déception lorsque Zoe pressa sa joue contre son cœur battant. S'ils n'étaient pas faits pour être ensemble, au moins, elle pourrait trouver du réconfort dans une séparation chaleureuse, libérée de la culpabilité et capable de se rappeler du temps qu'ils avaient passé ensemble sans aucun regret.

Ryan la serra rapidement avant de la relâcher.

— Bien. Maintenant, j'ai quelque chose pour toi.

Tandis que Zoe effaçait les dernières traces de larmes, Ryan sortit une enveloppe de la poche de sa veste.

— Qu'est-ce que c'est ?

— Ouvre et tu verras.

Sans trop savoir comment interpréter son expression excitée, Zoe ouvrit le rabat et jeta un coup d'œil à l'intérieur. Elle aperçut quelques documents légaux et fronça les sourcils.

— Tu me fais un procès ?

Ryan écarquilla les yeux en grand et pendant un long moment il eut l'air trop choqué pour parler. Puis il poussa un soupir et secoua la tête.

— Mince, tu en as vraiment vu de toutes les couleurs, n'est-ce pas ?

Il lui reprit l'enveloppe des mains, en sortit les pages et les lui montra afin qu'elle puisse lire ce qui était écrit.

— Tu es maintenant la fière propriétaire de cet immeuble.

Incapable d'intégrer ce qu'elle était en train d'entendre, Zoe fixa les documents.

— Mais Tristan possède ce bâtiment.

— Plus maintenant. Il te l'a vendu pour la somme de dix dollars.

La nouvelle l'électrisa, lui rendant espoir.

— Pourquoi aurait-il fait ça ?

— Disons juste que Paul, Susannah et moi pouvons être très persuasifs quand nous combinons nos talents.

Zoe leva son regard vers Ryan.

— Tu as fait ça ? Pourquoi est-ce que tu m'aides après tout… ?

— J'avais besoin d'un moyen pour te garder près de moi.

Il rangea les papiers dans l'enveloppe et la laissa tomber sur un carton tout proche avant de prendre ses mains dans les siennes.

Le cœur de Zoe commençait à battre la chamade en voyant l'expression sur son visage.

— C'est vrai ? Mais tu as dit que nous devrions reprendre le cours de notre vie.

Il laissa tomber son menton sur sa poitrine et secoua la tête.

— Mince Zoe. Je voulais dire ensemble.

Un son étrange remplit les oreilles de Zoe lorsqu'elle plongea dans les yeux gris de Ryan et qu'elle vit avec quelle affection il la regardait. Elle avait du mal à accepter ce qu'elle était en train de voir. Pouvait-il vraiment vouloir être avec elle après tout ce qu'elle avait fait ?

— Oh.

— Oh ? répéta-t-il, le ton sec. C'est un oui ?

Oui. Oui. Oui ! Les mots fusèrent dans sa tête mais elle

avait vécu beaucoup trop de choses ces derniers temps. Cela semblait impossible que tout finisse par s'arranger à la perfection pour elle.

— Tu es sûr ? demanda-t-elle en espérant désespérément qu'il la rassure, mais aussi terrifiée qu'il puisse changer d'idée après avoir mieux réfléchi.

Il haussa les sourcils.

— Tu m'aimes toujours ?

— Bien sûr, riposta-t-elle immédiatement, un sourire tremblant sur ses lèvres lorsque sa gorge se noua. Pour toujours et à jamais.

— C'est exactement ce que je ressens pour toi. Je t'aime tellement. Tu es la meilleure chose qui me soit arrivée et je veux passer le reste de ma vie avec toi.

Ce moment parfait semblait trop fragile pour durer. Zoe avait besoin de quelques secondes pour conserver ce bonheur et la déclaration de Ryan. Tandis que son regard dévorait son beau visage, elle laissa s'évanouir ses blessures et ses échecs passés. Tout cela n'avait désormais plus de pouvoir sur la Zoe Alston qui se reflétait dans les yeux de Ryan. Il la voyait comme quelqu'un de bien, de fort et qui en valait la peine. Sous le coup de son admiration, elle se sentait belle intérieurement et extérieurement.

— C'est ce que je veux aussi, murmura-t-elle, pleine de confiance en elle.

Cet homme l'avait vue dans ses pires moments et avait trouvé un moyen de l'aimer malgré tous ses défauts. Il avait accepté le fait qu'elle ne soit pas parfaite et n'avait jamais requis d'elle d'être autre chose que ce qu'elle était. Il avait balayé ses erreurs et elle était sûre que leur amour les aiderait à se relever de n'importe quelle crise.

C'était plus qu'il n'en fallait pour construire un futur et Zoe avait hâte de le commencer.

Épilogue

Peu après 15 h 30, Everly entra dans Connor Immobilier et s'approcha du bureau du réceptionniste.

— Everly Briggs pour Devon Connor.

La jolie brunette sourit et dit :

— Prenez un siège. Je vais faire savoir à Gregg que vous êtes arrivée.

Dix minutes plus tard, un homme mince dans le milieu de la vingtaine entra dans le bureau et se dirigea vers elle. Le sourire de Gregg était glacial lorsqu'il s'approcha.

— Bonjour, Everly. Quel plaisir de voir que vous êtes en avance.

L'assistant de Devon faisait sans aucun doute référence à un rendez-vous une quinzaine de jours plus tôt où elle avait fait faux bond à son patron.

— Je vais vous conduire à la salle de conférences afin que vous puissiez vous installer.

— Merci, dit-elle en fronçant les sourcils dans le dos de Gregg lorsqu'elle le suivit dans le hall.

Elle était venue à Connor Immobilier plusieurs fois depuis qu'elle avait présenté à Devon ses méthodes de marketing, trois ans auparavant. Depuis, il avait doublé le nombre d'hôtels qu'il possédait et ce client avait évolué au point de valoir les deux tiers du chiffre d'affaires de l'entreprise d'Everly.

— C'est juste là, dit Gregg en la faisant entrer dans la

salle de conférences. Puis-je vous offrir quelque chose ? Une tasse de café ? Une bouteille d'eau ?

— C'est bon, merci.

Après lui avoir montré comment connecter son ordinateur portable au projecteur, Gregg avait laissé Everly préparer sa présentation. En plus d'un nouveau design pour le site Internet, elle avait préparé quelques brochures et du matériel promotionnel. Everly espérait que Devon aimerait cette nouvelle version. Il avait été très déçu par les deux derniers concepts qu'elle lui avait présentés et, si cette réunion ne se passait pas comme elle le voulait, elle risquait de perdre leur partenariat.

La porte de la salle de conférences s'ouvrit et Everly leva la tête. Un ravissement la parcourut lorsque Devon Connor entra dans la pièce. C'était non seulement un homme d'affaires brillant mais également l'un des célibataires les plus en vue de Charleston, et Everly avait longtemps espéré que leur relation s'étende au-delà du professionnel. Cependant, son cœur s'arrêta de battre une seconde plus tard lorsqu'elle aperçut le couple qui entrait dans la pièce derrière lui.

— Bonjour, Everly, dit Devon.

D'habitude, sa voix grave lui provoquait des papillons dans le ventre, mais aujourd'hui tout ce qu'elle ressentit fut une vague de nausée.

Bien qu'elle le saluait, ses yeux étaient fixés sur ses compagnons.

— Bonjour, Devon. Que se passe-t-il ?

Il haussa un sourcil sombre.

— Ces deux personnes voulaient vous parler avant notre rendez-vous. Ce n'est pas un problème, n'est-ce pas ?

— Non, bien sûr que non.

Elle avala sa salive et se força à sourire.

— Splendide. Je reviens dans quinze minutes.

Sur ce, il sortit de la pièce, abandonnant Everly à son destin.

— Mais qu'est-ce que vous faites ici ?

London haussa les sourcils en entendant le ton d'Everly.

— Être prise par surprise n'est pas très drôle, n'est-ce pas ?

— Nous regrettons d'avoir participé au complot contre Linc, Tristan et Ryan, rajouta Zoe. C'était une mauvaise idée.

— Des gens ont été blessés, dit London. Nous inclues, et nous voudrions que tu t'arrêtes.

Everly jeta un regard mauvais à London et Zoe.

— M'arrêter ? Pourquoi ferais-je ça ? Vous m'avez toutes les deux trahie. Vous méritez toutes les deux tout ce qui vous arrive et bien plus encore.

— Tu dois t'arrêter, s'exclama Zoe en cherchant le soutien de London.

— Je n'ai aucune obligation. Et tu oublies que j'ai un allié dans ce petit jeu que nous avons toutes joué. As-tu oublié ce que tu as essayé de faire à Tristan ?

— Ce qu'elle a essayé de faire ? contre-attaqua London. Tu as relevé que Zoe le visait. Il s'en est pris à son magasin.

Everly n'était pas au courant. Elle sourit de satisfaction.

— Bien.

— Non, répliqua Zoe. Ça ne va pas. Toute cette vengeance doit s'arrêter.

— Nous allons t'empêcher de nuire.

En aucune façon Everly n'allait laisser ces deux femmes lui dire ce qu'elle devait faire.

— Et comment allez-vous vous y prendre ?

Au moment où elle prononça ces mots, la porte de la salle de conférences s'ouvrit de nouveau. Everly composa son expression car elle s'attendait à voir Devon Connor, mais les quatre personnes qui pénétrèrent dans la pièce la figèrent sur place.

Susannah Dailey-Kirby entra la première. Son beau visage s'illumina de satisfaction en voyant la surprise d'Everly. Elle était suivie par son frère, qui s'arrêta derrière Zoe. D'après leur langage corporel, Everly devina que les rumeurs de séparation étaient fausses. Harrison Crosby était là lui aussi pour apporter son soutien à London.

Paul Watts, le meilleur ami de Ryan, complétait le quatuor. Everly n'était pas sûre de qui lui ou de Susannah présentait le plus grand danger mais soudainement elle ne se sentait plus aussi solide.

— Je ne sais pas ce que vous pensez tous faire ici, déclara-t-elle en décidant de passer à l'attaque. Mais je ne serai pas intimidée.

— Oh ! je crois que si, répondit mielleusement Susannah Dailey-Kirby.

— Ton petit plan de vengeance s'arrête ici et maintenant, rajouta son frère, les traits de son visage aussi durs que du granite.

Everly croisa les bras sur sa poitrine.

— Ou sinon ?

Ryan Dailey se renfrogna.

— Ou nous te briserons.

Il y avait une raison pour laquelle ils avaient choisi de la confronter à Connor Immobilier. La rencontrer ici délivrait un message fort. Si elle n'acceptait pas leurs conditions, ils s'en prendraient à son entreprise. Elle ne pouvait pas lutter contre ça.

— Je vous ferai tous tomber avec moi.

— Et qui penses-tu que le monde va croire ? demanda Zoe faisant preuve de plus de cran qu'elle n'en avait jamais eu auparavant. Nous tous ou toi ?

— De plus, j'ai un témoignage du hacker que tu as

engagé pour pénétrer dans l'ordinateur de Tristan Crosby, dit Paul Watts.

— Mais je n'ai pas utilisé le disque dur, protesta Everly en désignant London. C'est toi qui l'as fait.

L'organisatrice d'événements secoua la tête.

— Encore faux.

Everly n'aimait pas ce qui était en train de se passer. Elle n'avait pas réussi à obtenir justice ou vengeance pour Kelly. Ni Linc ni Ryan n'avaient été punis. Et London était tombée amoureuse de Harrison. Rien ne s'était passé selon son plan et elle semblait être la seule personne à en payer le prix.

— Donc tu vas arrêter et nous laisser tranquilles ? demanda Zoe, sa voix s'adoucissant.

La sympathie dans son regard était plus qu'Everly ne pouvait en supporter.

— Je vous hais tous, grogna-t-elle.

— Mais tu vas nous laisser tranquilles, insista London.

— Nous ne voulons pas te faire du mal, dit Zoe. Nous voulons juste que cela s'arrête.

Une coalition de six personnes déterminées la fixait en attendant sa réponse. Everly était à court de joker et de mauvais tours. Malgré ce que Zoe avait dit, Everly savait que, si elle insistait, ils feraient n'importe quoi pour le lui faire payer.

Cependant, voir London et Zoe si heureuses tandis que sa sœur moisissait en prison, la rendait encore plus résolue que jamais à se battre. Du moins, c'était son plan jusqu'à ce que la porte s'ouvre et que Devon Connor apparaisse. Son attention se fixa immédiatement sur elle et quelque chose dans son regard perçant lui fit comprendre qu'il en savait plus qu'il ne l'avait laissé paraître.

— Est-ce que tout est en ordre ? demanda-t-il.

— Pas tout à fait, dit Susannah. Mais je crois qu'Everly était sur le point d'accepter nos conditions.

La rage enfla en elle. Elle ne voulait pas abandonner ni craquer, mais avec le regard bleu affûté de Devon qui l'observait intensément, Everly reconnut qu'elle devait arrêter sa vendetta ou prendre le risque de perdre son entreprise.

— D'accord, aboya-t-elle, sans savoir qui elle détestait le plus, elle-même pour avoir failli ou les six autres. Les négociations sont finies. Vous avez gagné.

— Wow, souffla Zoe lorsqu'ils sortirent de Connor Immobilier, étourdie d'être enfin libérée d'Everly et de son stupide plan de vengeance. C'était intense.

Le soleil de cette fin de novembre chauffait son visage et une légère brise apportait avec elle le tintement distant d'une cloche d'église. Elle prit le bras de London et savoura leur camaraderie.

— Tu sais, dit London, je me sens presque désolée pour elle.

— N'y songe même pas, la morigéna Susannah, en attrapant l'autre bras de Zoe. Elle est responsable de tant de malheurs. Franchement, je crois que nous sommes partis trop vite.

Ces derniers jours, la vie de Zoe avait changé à un point qu'elle n'aurait jamais osé imaginer. Non seulement Ryan et elle se rapprochaient l'un de l'autre mais elle avait aussi un groupe d'amis en qui elle pouvait avoir confiance. À partir d'aujourd'hui, elle pourrait arrêter d'avoir peur de ce que Tristan ou Everly pourraient comploter et commencer à se concentrer sur toutes les merveilleuses possibilités que son futur lui réservait.

— Où allons-nous pour fêter ça ? demanda Harrison lorsque le petit groupe atteignit le parking.

Paul fut le premier à secouer la tête.

— J'ai des vérifications à faire. Je suis au milieu de plusieurs enquêtes.

Ryan leva les yeux au ciel.

— Quand ne l'es-tu pas ?

D'un haussement d'épaules et avec un petit salut, Paul se dirigea vers sa Land Rover.

Zoe le regarda s'en aller avant de se tourner vers Susannah.

— Et toi ?

Elle serra fort et brièvement Zoe dans ses bras.

— Jefferson et moi avons rendez-vous dans une heure pour une séance de thérapie de couple. J'aimerais passer vite fait au bureau pour apprendre à Gil ce qu'il s'est passé aujourd'hui. Amusez-vous bien tous les quatre.

Zoe suggéra la terrasse du bar Vendue et quinze minutes plus tard ils étaient installés à une table avec une vue superbe. Ils finissaient de passer commande quand Zoe remarqua le gros diamant qui brillait à la main gauche de London.

— Vous vous êtes fiancés ? demanda Zoe en attrapant la main de son amie et en inspectant la bague de fiançailles.

— Cela peut sembler rapide, dit London en adressant un grand sourire à Harrison.

— Je suis coureur automobile, répliqua Harrison. Être rapide, c'est ce que je sais faire de mieux.

— Et vous deux ? répliqua malicieusement London. Ryan grimaça.

— Je ne lui ai pas encore demandé.

Encore ?

L'encre de son divorce était à peine sèche. C'était trop tôt pour penser à se remarier. N'est-ce pas ? Le cœur de Zoe manqua un battement à cause de la façon dont Ryan la regardait.

— Cela fait moins d'un mois, protesta Zoe, mais son objection manquait de conviction.

— Et bien, qu'attendez-vous ? demanda Harrison.

Ryan sortit quelque chose de sa poche.

Il jeta un regard noir à ses amis.

— Je voulais que toute cette histoire de vengeance soit derrière nous. Et un peu d'intimité. Mais après tout ce que nous avons vécu ensemble, peut-être est-ce bien que vous soyez là tous les deux.

— Mais de quoi tu parles ?

Zoe plaqua les mains contre sa bouche lorsque Ryan glissa de sa chaise et s'agenouilla devant elle.

— Ryan…

Son nom lui échappa dans un gémissement bas.

— Zoe Alston, la femme que j'aime. Veux-tu m'épouser ?

Il s'arrêta pour lui sourire et puis dans un geste dramatique il ouvrit la boîte qu'il tenait entre ses mains.

Le regard de Zoe resta fixé sur le visage de Ryan lorsqu'elle acquiesça. Son cœur battait si vite qu'elle crut qu'il allait s'échapper de sa poitrine. Elle n'avait jamais imaginé qu'il était possible d'être aussi heureux.

— Oui. Oh oui.

Elle s'élança en avant et se pendit à son cou. Ils s'embrassèrent et Ryan glissa l'anneau à son doigt tandis que London et Harrison les félicitaient chaleureusement. Une bouteille de champagne apparut à leur table avec quatre verres pour qu'ils puissent porter un toast à l'amour, aux engagements et au futur.

Tandis que les hommes parlaient football et courses de voitures, Zoe tenait la main de Ryan et remarqua que les doigts de London étaient aussi entremêlés à ceux de Harrison. La chance, le destin ou un petit miracle avait transformé un début chaotique en fin heureuse.

En croisant son regard, London s'avança et surprit Zoe en murmurant.

— Je n'avais jamais imaginé pouvoir être aussi heureuse.

La gorge de Zoe se serra lorsqu'elle entendit la voix de London et elle acquiesça.

— C'est absolument incroyable à quel point je me sens merveilleusement bien aussi.

Tout en parlant, Zoe prit la main de London tandis que le ciel s'assombrissait au-dessus des toits du Charleston historique.

ROCHELLE ALERS

Une affaire d'amour

Traduction française de
ROSELINE AULIAC

Passions

HARLEQUIN

Titre original :
DEALMAKER, HEARTBREAKER

Prologue

— Depuis combien de temps les Wolfe possèdent-ils cette propriété ?

Troublée malgré elle par l'homme grand et blond qui marchait un peu trop près d'elle, Viviana Remington marqua un temps avant de répondre. Quand elle et son frère avaient décidé de vendre trois des cinq hectares sur lesquels était bâtie leur demeure ancestrale, Giles Wainwright avait déclaré que cette transaction pourrait intéresser son cousin, promoteur immobilier.

Cependant, quand Noah Wainwright avait franchi la porte de Falls House et qu'il l'avait observée avec insistance de son regard bleu-vert, elle avait eu la curieuse impression d'être un spécimen rare étudié au microscope. Et il avait continué de la dévisager pendant la collation qu'ils avaient prise avec son frère, sa belle-sœur et Giles.

Viviana acançait avec précaution sur ce sentier abrupt menant à la vallée. Il avait beaucoup plu la nuit dernière, et la terre était détrempée. Alors qu'elle jetait un coup d'œil furtif à Noah, elle glissa et serait tombée s'il ne l'avait pas rattrapée par le bras. Elle frissonna, non pas parce qu'elle avait failli tomber mais à cause de la chaleur de sa main et de la fragrance sensuelle de son eau de toilette. Après l'échec cuisant de sa dernière relation amoureuse, elle n'avait aucune envie qu'un homme la touche, la regarde ou même lui sourie. Oh ! oui, elle était à ce point rebutée par le sexe opposé. Pourtant, contre toute attente, quelque chose chez Noah la fascinait, alors même qu'elle avait une préférence marquée pour les hommes bruns.

Cette fois, Viviana le regarda droit dans les yeux. Elle n'avait pas l'habitude de cataloguer les gens, mais Noah ne ressemblait pas du tout à l'idée qu'elle se faisait d'un promoteur. Il avait plutôt l'air d'un surfeur californien, avec ses cheveux longs décolorés par le soleil et son visage bronzé.

Elle sentit son cœur cogner dans sa poitrine quand il se rapprocha d'elle.

— Merci, murmura-t-elle dans un souffle.

Noah lui relâcha le bras.

— Je vous en prie. Mais vous n'avez pas répondu à ma question.

Mince ! Dans son trouble, elle l'avait oubliée.

— Elle est dans notre famille depuis cent cinquante-cinq ans.

Noah siffla doucement.

— Et vous voulez vendre trois hectares de votre patrimoine ?

— Oui.

— Pourquoi ?

— J'ai besoin d'argent pour faire des réparations dans la maison principale et les deux pavillons avant de transformer la pension de famille en bed and breakfast.

La main en visière pour se protéger de l'ardent soleil d'août, Noah s'arrêta pour contempler le paysage verdoyant ponctué de grands arbres et de fleurs sauvages. C'était son deuxième séjour à Wickham Falls, petite ville de quatre mille habitants. Il trouvait l'endroit charmant mais trop rural et isolé à son goût.

— Je suppose que c'est un prétexte comme un autre pour vendre du terrain.

— Ce n'est pas un prétexte mais une raison valable, riposta Viviana.

Abaissant la main, il croisa son regard. Viviana Remington avait un côté si incroyablement sensuel qu'il en avait le souffle coupé. Il savait que c'était impoli de dévisager quelqu'un mais, quand il avait pris place en face d'elle à table, il avait été incapable de détacher son regard de sa chevelure noire et bouclée cascadant dans son dos et encadrant un visage délicat à la carnation ambrée sans défaut, de grands yeux couleur noisette et une bouche pulpeuse.

Un soupçon de sourire étira les lèvres de Noah.

— Seriez-vous disposée à me vendre un hectare de plus ?

— Non, je regrette. Falls House est bâtie sur un hectare, et les pavillons, sur un demi-hectare. Or, j'ai besoin du terrain restant pour le cas où un client voudrait organiser une réception en plein air.

Noah songea à la suggestion de la belle-sœur de Viviana, à savoir construire huit maisons pour des familles à revenus moyens sur des lots de cinq mille mètres carrés ou seize maisons pour des familles à faibles revenus sur des lots de deux mille cinq cents mètres carrés.

— Ce terrain me convient, mais il me faudra un peu de temps pour décider quel type d'habitations concevoir.

Depuis qu'il avait rejoint l'entreprise familiale Wainwright Developers Group (WDG), il était responsable des ventes au niveau national.

— C'est vous qui allez concevoir les maisons ?

Il la contempla, surpris.

— Oui. Pourquoi ?

— Je croyais… que vous étiez promoteur.

— Je suis architecte *et* promoteur. Dès mon retour à New York, je vous enverrai une copie de mon diplôme.

— Vous vous moquez de moi ?

— Non, Viviana. Je veux simplement vous prouver que je ne suis pas un escroc.

— Ai-je dit que vous en étiez un ?

Noah n'avait aucune envie de discuter de ses références professionnelles avec Viviana. Tout ce qu'il voulait, c'était se mettre d'accord sur le prix du terrain avant de se rendre à Washington, DC, où il devait superviser un nouveau chantier de construction.

— Combien demandez-vous pour ce terrain ? éluda-t-il.

Viviana croisa les bras sous sa poitrine.

— Vous devrez discuter du prix avec Leland. Il s'occupe des finances tandis que je gère la pension de famille.

— Alors je propose que nous retournions à la maison.

Viviana acquiesça et fit demi-tour en direction de la demeure construite avant la guerre de Sécession et qui montrait des signes évidents de délabrement. Noah marchait à quelques pas derrière Viviana, ce qui lui donnait l'occasion d'admirer le léger balancement de ses hanches moulées dans un pantalon d'été. De taille moyenne, elle était mince sans être maigre et merveilleusement proportionnée.

Quand il avait demandé à son père, directeur général de WDG, l'autorisation d'acheter ce terrain, Edward Wainwright avait hésité à construire dans une petite ville rurale de Virginie-Occidentale, jusqu'à ce que Noah lui rappelle que son neveu Giles y habitait. Vingt-quatre heures plus tard, Edward lui donnait son accord.

Noah s'essuya les pieds sur le paillasson épais et pénétra dans la demeure historique abritant dix suites pour discuter des termes de la vente avec Leland Remington.

- 1 -

Trois mois plus tard

Noah ralentit pour emprunter la petite route menant à Wickham Falls Bed and Breakfast. Il avait terminé les plans des maisons qu'il envisageait de construire dans la vallée. Il projetait de conserver la plupart des grands arbres et de la flore pour ne pas dénaturer le paysage existant.

Depuis son dernier séjour dans cette région qui tirait une partie de sa richesse de l'exploitation du charbon, il avait été très occupé par son projet immobilier à Washington. De fait, c'était la première fois que WDG érigeait des immeubles luxueux dans la capitale fédérale, et la plupart d'entre eux avaient trouvé acquéreur avant même la fin des travaux. Pourtant, il avait dû user de toute sa volonté pour ne pas entreprendre un petit voyage à Wickham Falls dans l'espoir de revoir Viviana. Quelque chose chez elle le troublait et lui faisait perdre un peu de sa confiance habituelle auprès des femmes. Il avait eu très envie de questionner Giles à son sujet, d'autant que son épouse Mya avait grandi à Wickham Falls, mais il avait jugé préférable de ne pas dévoiler à son cousin que son intérêt pour Viviana Remington dépassait le cadre des affaires.

Noah n'était pas novice s'agissant de la gente féminine, tant s'en faut.

Rien qu'en croisant le regard d'une femme, il savait

s'il pouvait l'aborder et lui faire comprendre qu'il s'intéressait à elle, mais avec Viviana les choses ne s'étaient pas passées ainsi ; elle avait intercepté son regard puis l'avait ignoré, comme s'il n'existait pas. Dire qu'elle avait sapé sa confiance en lui était un euphémisme !

Aujourd'hui, il avait une excellente raison de retourner à Wickham Falls : il devait solliciter un permis de construire auprès du conseil municipal. Quand il avait informé Giles qu'il venait pour plusieurs jours, son cousin l'avait invité à loger chez lui, sa femme et leur petite fille, mais il avait décliné l'offre, préférant s'installer au bed and breakfast pour apprendre à mieux connaître Viviana.

En contemplant le paysage alentour, Noah fut de nouveau frappé par la splendeur naturelle de la région, avec ses montagnes boisées, ses vallées luxuriantes, ses lacs, ses rivières, ses cascades et ses rapides, véritable paradis pour les chasseurs, les pêcheurs et les randonneurs. Il ne chassait pas mais il pêchait. Quoi de plus excitant que de guetter le poisson à bord d'un bateau et d'attraper son dîner ?

Viviana lui avait expliqué qu'elle vendait une partie du terrain pour financer des réparations et, tandis qu'il remontait l'allée menant à la demeure plus que centenaire, son œil exercé remarqua aussitôt les changements. Le crépi des murs était refait et les persiennes noires encadrant de hautes fenêtres à double vitrage étaient neuves. Lors de sa première visite à Falls House, il avait constaté qu'elle était construite sur le modèle de certaines demeures coloniales antillaises dotées d'un soubassement surélevé qui leur permettait de profiter de la brise marine, et il avait été étonné de retrouver ce style en Virginie-Occidentale, où la chaleur et l'humidité étaient moindres que dans la Caraïbe.

Il se mit à rouler au pas en apercevant un homme grand et mince, aux cheveux blancs noués en queue-de-cheval, sortir de la maison en compagnie de Viviana. Surpris, Noah la contempla fixement tandis qu'elle étreignait l'homme avant qu'il monte dans un pick-up gris d'un modèle récent et qu'il démarre. Noah se gara sur le bas-côté pour le laisser passer. Leurs regards ne se croisèrent qu'une fraction de seconde, mais il eut le temps de discerner chez lui une vague ressemblance avec le frère de Viviana, et il en déduisit qu'il devait s'agir de M. Remington père.

Viviana sourit en voyant Noah sortir de sa voiture de sport gris métallisé immatriculée à New York. La première fois qu'elle l'avait vu, il l'avait fait penser à un surfeur, mais aujourd'hui sa transformation était radicale. Ses épais cheveux blonds ondulés étaient soigneusement peignés avec une raie sur le côté et le front dégagé. Elle sut au premier coup d'œil que son pantalon gris anthracite était fait sur mesure, tout comme sa chemise blanche, dont le poignet mousquetaire gauche était orné d'un monogramme.

Elle avait invité Noah à discuter du prix de vente du terrain avec son frère et, quand Leland lui avait annoncé le montant que Noah était prêt à débourser, elle était restée sans voix sous le coup de la surprise. De fait, Wainwright Developers Group leur avait versé trois fois plus que le prix pratiqué dans la région, où beaucoup de personnes vivaient sous le seuil de pauvreté.

Souriant, elle tendit la main à Noah. La veille, il l'avait informée par téléphone qu'il avait terminé les plans des maisons et qu'il resterait jusqu'à ce qu'il obtienne le permis de construire.

— Bienvenue à Falls House.

Ignorant sa main tendue, Noah se pencha et l'embrassa sur la joue.

— Merci.

S'efforçant de dissimuler son trouble, elle contempla le visage de Noah, le trouvant encore plus beau que la première fois. D'habitude, elle n'utilisait pas le terme « beau » pour désigner un homme, mais Noah méritait ce qualificatif.

— Si vous étiez arrivé un peu plus tôt, je vous aurais présenté à mon père.

— Va-t-il revenir ?

— Non. Il retourne à Philadelphie après avoir passé quelques jours avec moi. Il est artiste peintre, et une grande banque lui a commandé une fresque murale pour l'entrée de son siège social.

— Je suis très impressionné, dit-il en souriant.

Elle lui rendit son sourire.

— Je suis sûre que vous auriez beaucoup de choses à vous dire, tous les deux. Il adore tout ce qui a trait à l'art, et l'architecture en est une discipline.

Elle fit un geste en direction de la maison.

— Entrez, je vous en prie. Je vais vous montrer votre suite.

Noah hésita.

— Si c'est possible, je préférerais m'installer dans un des pavillons. J'ai besoin d'intimité pour travailler avec mon bureau de New York et d'éventuels clients. Cela vous pose-t-il un problème ? demanda-t-il devant son air décontenancé.

— Oh ! non, se reprit-elle vivement.

Quand Noah l'avait contactée, elle lui avait attribué la plus grande des cinq suites qu'elle avait réaménagées à l'intention des clients.

— Le second pavillon est disponible. Le premier est occupé par un écrivain seulement connu sous son pseudonyme et qui souhaite rester anonyme pendant qu'il rédige une suite à un de ses romans à succès.

— Si je ne le reconnais pas, je n'ai pas besoin de savoir qui il est.

Viviana acquiesça d'un signe de tête. Son client avait payé deux mois d'avance. Il acceptait qu'on fasse le ménage chez lui uniquement deux fois par semaine pendant qu'il partait en promenade pour s'éclaircir les idées. Qui plus est, il ne mangeait que de la nourriture lyophilisée. Mais elle lui pardonnait volontiers ses excentricités tant qu'il ne mettait pas le feu au pavillon.

— Entrez. Je vais vous remettre une carte magnétique. Il est trop tard pour le petit déjeuner, mais je peux vous préparer un en-cas, expliqua Viviana par-dessus son épaule tandis que Noah la suivait dans la salle de séjour.

— Merci, mais c'est inutile. J'ai prévenu Giles et Mya que je leur rendrais visite un peu plus tard. Je dînerai sans doute chez eux.

— La dernière fois que j'ai vu Lily, j'ai été frappée par la rapidité de son élocution !

— C'est parce qu'elle est une Wainwright. Quand toute la famille est réunie, si vous ne parlez pas vite et fort, vous n'arrivez pas à placer un mot.

Viviana pénétra dans la pièce jouxtant le petit salon, transformée en bureau. Elle passa son badge devant le capteur et ouvrit la porte. Elle seule avait accès à cette pièce. Depuis l'ouverture du bed and breakfast, elle avait embauché un cuisinier et deux femmes de ménage à temps partiel, ainsi qu'une entreprise chargée d'entretenir le parc.

Ouvrant un tiroir du bureau, elle en retira deux cartes et les activa.

— Je vous en donne deux, pour le cas où vous en égareriez une.

Noah les prit et lui tendit une carte de crédit.

— J'ignore combien de temps je resterai, mais vous voudrez bien régler les frais de mon séjour au moyen de cette carte.

Elle la fixa comme si c'était un serpent venimeux.

— Non. Je n'en veux pas.

— Pourquoi ?

— Parce que je refuse de vous prendre davantage d'argent, répondit-elle fermement.

Une lueur d'agacement traversa le regard de Noah.

— Vous avez raison de laisser votre frère gérer les finances. Comment comptez-vous rentabiliser votre établissement si vous hébergez les gens gratuitement ?

La remarque acerbe de Noah lui fit l'effet d'une gifle. Elle ferma les yeux et compta lentement jusqu'à ce qu'elle sente sa fureur refluer et qu'elle soit capable de parler posément.

— Quand je vous ai demandé de discuter du prix du terrain avec Leland, je ne pensais pas que vous nous feriez une offre nettement supérieure aux prix pratiqués dans la région. Voilà pourquoi je ne veux pas profiter davantage de votre générosité. Je vous considère désormais comme un partenaire commercial, et à ce titre vous bénéficiez de certains privilèges. Alors, soit vous vous installez dans le pavillon gratuitement, soit vous allez vivre chez votre cousin. Auquel cas vous voudrez bien me rendre les cartes.

Désarçonné, Noah contemplait Viviana comme si elle avait perdu l'esprit. Il brûlait d'envie de lui dire qu'il n'était pas son ex, un escroc qui avait failli la ruiner, mais il se contint. À en juger par ses narines pincées et par sa poitrine qui se soulevait et s'abaissait sous son chemisier blanc, elle n'était pas seulement agacée mais furieuse. Tout cela parce qu'il avait tenu à payer son dû !

Visiblement, il avait sous-estimé Viviana. Elle l'avait pris de court, telle une chatte qu'il avait vue, étant enfant, avec sa portée de chatons. Il avait été attendri par ces boules de poils, et quand il avait voulu en prendre une elle avait bondi et planté ses griffes dans le dos de sa main jusqu'à ce qu'il lâche son petit.

— Entendu, vous avez gagné, dit-il après un silence embarrassant.

— Il ne s'agit pas de gagner ou de perdre, mais de ce qui est juste ou injuste, répliqua-t-elle.

Exaspéré, Noah leva une main.

— Vous avez raison, Viviana.

— Oh ! n'essayez pas de m'amadouer.

Il réprima un juron et se força à sourire.

— Désolé. Je pense être capable de trouver le pavillon sans votre aide.

Tout ce qu'il voulait, c'était s'éloigner de Viviana avant de dire quelque chose qu'il regretterait par la suite. Ils n'en étaient qu'au début de leur relation, et il tenait à ce que tout se passe bien entre eux.

Il sortit de la maison, remonta en voiture et se dirigea vers son pavillon. Tout en récupérant ses bagages et son équipement électronique, il songea à l'attitude de Viviana durant leur première rencontre. À l'époque, il ignorait pourquoi elle s'était montrée aussi distante, mais maintenant il savait que cela avait un rapport avec un homme qui avait profité d'elle et failli la ruiner. Toutefois, elle apprendrait bientôt qu'il ne tirait pas avantage des femmes.

Après ses études, il avait largement profité de la vie et, maintenant qu'il avait trente-trois ans, il espérait rencontrer une femme spéciale avec qui fonder une famille. Certains de ses amis le charriaient, disant qu'il était trop jeune pour se marier et avoir des enfants, mais peu d'entre eux savaient qu'il était las de sortir avec une kyrielle de filles, de participer à des fêtes interminables et de se réveiller groggy, encore plus écœuré que quand il s'était couché. Néanmoins, il avait toujours fait preuve de discernement s'agissant des femmes avec qui il couchait. Il ne sortait qu'avec celles qu'il appréciait vraiment. Et, s'il se penchait sur son passé, il était fier d'admettre qu'il n'avait jamais profité d'une femme.

Il introduisit la carte magnétique, et la porte s'ouvrit. Une fraîche odeur de citron flotta jusqu'à ses narines. S'avançant à l'intérieur, il découvrit une salle de séjour surplombée par une mezzanine comportant deux chambres. La cuisine et la salle de bains étaient modernes, et le mobilier, contemporain et fonctionnel. Un bureau, une table de travail et un fauteuil étaient disposés dans un angle devant une fenêtre ; c'était l'endroit rêvé pour travailler.

Noah récupéra une brochure détaillant les commodités offertes par le bed and breakfast. Le petit déjeuner était servi sous la forme d'un buffet de 7 heures à 10 heures. La signature du registre des départs avait lieu à 11 heures, et celle du registre des arrivées, à 14 heures. Un en-cas était servi au salon à 20 heures. Qui plus est, toutes les chambres étaient équipées gratuitement du wi-fi et du câble.

Il décida de défaire ses bagages, de se doucher et de se changer avant d'aller voir son cousin. Peut-être Giles pourrait-il lui en dire davantage sur la femme belle et énigmatique qui le tenait sous son charme.

- 2 -

Debout dans la cuisine, Noah ne put s'empêcher de sourire en voyant Giles embrasser son épouse sur le front. Son cousin avait changé depuis qu'il était devenu un mari et un papa. Et, maintenant que Mya avait annoncé récemment qu'elle attendait leur deuxième enfant, Giles se plaignait de trop voyager et de laisser sa femme et sa fille derrière lui.

— Noah et moi allons nous asseoir sous le porche pour discuter. Je te promets que ce ne sera pas long.

Mya sourit tendrement à son mari.

— Prenez tout votre temps. Je sais que vous avez beaucoup de sujets à aborder. Je serai sans doute endormie quand tu me rejoindras.

Noah s'abstint de lui dire que ce n'était pas d'affaires qu'il voulait entretenir Giles mais de Viviana.

— Je ne le monopoliserai pas toute la soirée, la rassura-t-il.

Prenant place dans un rocking-chair en face de Giles, il contempla le ciel nocturne et inhala l'air pur des montagnes.

— Je comprends pourquoi tu vis ici. Tout est si paisible.

Un grand sourire éclaira le visage de Giles, hâlé par le soleil des Bahamas.

— Ai-je bien entendu ? Lors de ta dernière visite, tu te plaignais que c'était trop tranquille et que tu pouvais même entendre le chant des cigales pendant la journée !

— C'est vrai. Ces montagnes ont quelque chose de spécial qui m'a fait changer d'avis. Mais cela ne signifie pas pour autant que je suis prêt à m'installer ici.

— Ce quelque chose de spécial n'aurait-il pas un rapport avec une certaine jeune femme à la longue chevelure brune ?

Pris de court, Noah se tourna vers son cousin.

— De quoi parles-tu ?

— Demande-moi plutôt de *qui* je parle. Crois-tu que personne n'a remarqué que tu ne parvenais pas à détacher ton regard de Viviana Remington la première fois que tu l'as vue ?

— C'est parce qu'elle est très belle.

— Je n'en disconviens pas, Noah. Vois-tu, j'essaie de ne pas écouter les ragots, mais j'ai entendu Mya dire que Viviana avait rompu avec son petit ami. J'ignore ce qui s'est passé entre eux, et cela ne me regarde pas, toujours est-il qu'elle ne veut pas avoir affaire aux hommes.

Noah s'agita nerveusement sur son siège.

— Il a usurpé son identité.

Giles eut un haut-le-corps.

— Grands dieux ! Ce n'est pas étonnant, qu'elle se méfie des hommes.

Il marqua une pause avant d'ajouter :

— Mais elle ne devrait pas s'inquiéter, avec toi, car tu n'as pas besoin de son argent. À propos, sais-tu que tu as payé son terrain beaucoup plus cher que sa valeur réelle ?

Il savait que Giles était au courant de la somme qu'il avait déboursée car tous les Wainwright recevaient un compte rendu mensuel des recettes et des dépenses du groupe.

— Ah, tu l'as remarqué ?

— Oui, et j'ai décidé d'approuver cette dépense, sinon, ton père aurait piqué une crise. Ce cher oncle Teddy est un peu pingre sur les bords, plaisanta-t-il.

Noah sourit.

— Je te remercie de m'avoir sauvé la mise.

— On doit se serrer les coudes entre cousins. Et maintenant que comptes-tu faire avec Viviana ? Dois-je comprendre qu'elle est insensible à ton charme de millionnaire ?

— Je ne cherche pas à la séduire, Giles. Je le sais, quand une femme ne s'intéresse pas à moi. Mais d'un autre côté je ne fais que penser à elle depuis trois mois. Curieusement, je n'arrive pas à me la sortir de la tête.

— As-tu fréquenté une autre femme entre-temps ?

— Non, et je n'en ai aucune envie.

— Le seul conseil que je peux te donner est de ne pas la brusquer. Il vaut mieux que tu recherches son amitié avant de penser à coucher avec elle.

— Pour l'heure, je n'y songe même pas.

— Voilà qui est raisonnable. Combien de temps comptes-tu rester ici ?

Noah haussa les épaules.

— Je l'ignore. Demain, je dois aller à la mairie pour déposer une demande de permis de construire. Puis j'attendrai d'être convoqué par le comité d'urbanisme.

— Qu'as-tu prévu d'autre ?

— Rien, hormis du temps libre. Après le projet de Washington, j'ai décidé de faire une pause. Ça fait plus d'un an que j'enchaîne les contrats, et j'ai besoin de souffler.

Giles exhala un lourd soupir.

— Je te comprends. Moi aussi, je ralentirai le rythme, quand Mya aura son bébé. Il est temps que ton frère Rhett rejoigne les rangs de WDG.

— Rhett est comme Jordan. C'est le droit qui l'intéresse.

— Dans ce cas, pourquoi pas Chanel ? Elle a décroché un diplôme de commerce et de finance. Il est grand temps qu'une femme ait sa place au conseil d'administration.

— Ce serait une première, acquiesça Noah.

— Si tu es d'accord avec moi, lors du prochain conseil, j'aborderai le sujet.

— Ta proposition suscitera de la défiance parmi certains membres de la famille, notamment les aînés, mais je te soutiendrai.

Giles sourit.

— C'est une bonne chose, car tu es le seul à avoir réussi à arracher des concessions à ton père et à notre grand-père.

— Parce que je refuse de me laisser intimider. Mon père fait preuve d'autoritarisme depuis qu'il a pris les rênes de l'entreprise, mais c'est grand-père le vrai pitbull. Ce vieux bandit a toujours un fusil dans le tiroir de son bureau.

— Que veux-tu, c'est un gangster dans l'âme, plaisanta Giles.

Noah rit. Selon certaines rumeurs familiales, dans sa jeunesse, son grand-père aurait été coursier pour des mafieux qui contrôlaient les tripots illégaux de Lower East Side.

Redevenant sérieux, il se tourna vers Giles.

— Je vais suivre ton conseil concernant Viviana. Je lui laisserai tout le temps nécessaire pour qu'elle comprenne que je ne chercherai jamais à tirer profit d'elle.

— Ne lui brise pas le cœur, sinon tu auras affaire à son frère. C'est un ex-ranger de l'armée, et ces types des forces spéciales sont redoutables.

— Rassure-toi, je n'ai pas l'intention de la faire souffrir.

Noah se leva et s'étira. Le long trajet en voiture depuis New York l'avait épuisé.

— Je vais me coucher. Embrasse Mya et Lily pour moi.

— Entendu, acquiesça Giles, se levant à son tour.

— As-tu l'intention d'aller aux Bahamas ?

— J'ai prévenu mon père que je suspendais mes

déplacements jusqu'à ce que Mya ait achevé son premier trimestre de grossesse.

— Tu as raison. Prends bien soin d'elle. Et merci pour le dîner et la discussion.

Giles lui donna l'accolade.

— Tu es toujours le bienvenu, cousin.

Noah s'installa au volant de sa Porsche et reprit le chemin de Falls House. Il n'y avait qu'une seule voiture sur le parking réservé à la clientèle, et il se demanda si Viviana avait suffisamment de clients pour rentabiliser son bed and breakfast. Il gara sa Porsche derrière le pavillon et ouvrit la porte d'entrée. Après un simple brossage de dents, il se glissa dans le lit douillet avec un soupir d'aise. Il s'endormit aussitôt, et pour la première fois depuis trois mois son sommeil ne fut pas troublé par des rêves érotiques au cours desquels il faisait l'amour à une femme sans visage, mais qu'il savait être Viviana.

Viviana finissait d'inspecter les mets que le cuisinier avait posés sur des chauffe-plats quand Noah pénétra dans la salle à manger. Elle sourit, soulagée qu'il lui rende son sourire. Après son départ, elle s'en était voulu de l'avoir rabroué sans raison valable. Elle le savait, si elle n'arrêtait pas de penser que tous les hommes étaient des escrocs comme son ex, elle ne parviendrait jamais à tourner la page et à aller de l'avant. Par chance, Leland avait réglé l'arriéré d'impôts fonciers et, grâce à la vente du terrain, elle avait pu remettre en état la demeure familiale et mettre de l'argent de côté pour les imprévus. Désormais, elle était prête à renouer avec la vie qu'elle avait eue avant sa dernière relation toxique.

Elle ne put s'empêcher d'admirer Noah, si séduisant dans son jean moulant, sa chemise bleu clair et ses Dr. Martens.

— Bonjour. Avez-vous bien dormi ?

— Oh ! oui. Comme un bébé.

— Tant mieux.

Elle désigna la table tenant lieu de buffet :

— Le petit déjeuner est prêt. N'hésitez pas à me le dire si vous souhaitez une omelette. Je demanderai au cuisinier de vous la préparer.

Noah jeta un coup d'œil à une table dressée pour six personnes.

— Combien de clients attendez-vous ?

— Seulement deux. Un couple arrivé tard hier soir. Il fera sans doute la grasse matinée.

— Avez-vous pris votre petit déjeuner ?

— Non. Juste une tasse de café. Je mangerai plus tard.

— Acceptez-vous de le prendre avec moi ? Je déteste manger seul.

Elle se demanda s'il lui tendait un rameau d'olivier alors que c'était à elle de s'excuser pour son mouvement d'humeur de la veille.

— J'accepte volontiers. Installons-nous là, dit-elle, désignant une petite table ronde à l'écart.

Noah posa une main au creux de son dos.

— Asseyez-vous et dites-moi ce qui vous fait envie.

— Oh ! vous voulez me servir ?

Il lui sourit.

— Bien sûr. Nous, les Wainwright sommes de piètres cuisiniers, mais nous savons comment servir une femme.

Viviana avait envie de lui rappeler qu'elle n'était pas son épouse ni une Wainwright, mais elle décida d'entrer dans son jeu. C'était tellement mieux que d'échanger des piques avec lui. Elle exécuta une petite révérence.

— Je suis désolée de m'en être prise à vous hier. Je…

Noah posa un doigt sur ses lèvres entrouvertes, coupant court à ses excuses. Sa bouche charnue était tout près de la sienne, et elle la fixa, comme hypnotisée.

— Je vous en prie, c'est du passé. Repartons d'un bon pied, voulez-vous ? demanda-t-il, arquant un sourcil interrogateur.

Trop troublée pour parler, elle se contenta de hocher la tête. Noah ne l'avait pas embrassée, mais cela n'empêchait pas son cœur de s'emballer dans sa poitrine. Ne se doutait-il pas qu'il était trop viril pour qu'elle l'ignore ? Il suffisait qu'il pose les yeux sur elle pour qu'elle éprouve des sensations qu'elle voulait refouler à jamais. Les cicatrices de sa dernière relation n'étaient pas encore refermées, et elle n'avait aucune envie qu'elles se rouvrent.

— Que désirez-vous prendre ? demanda-t-il.

— La même chose que vous.

— Et si j'apportais une sélection de chaque plat que nous partagerions ? suggéra-t-il.

Elle lui sourit.

— Excellente idée.

Elle recommandait au cuisinier de préparer des mets en quantité suffisante pour les clients enregistrés et le personnel. Elle évitait ainsi de stocker ou de jeter des restes – ce qu'elle détestait car beaucoup de personnes à Wickham Falls dépendaient de l'aide alimentaire fournie par la paroisse.

Elle observa Noah pendant qu'il remplissait plusieurs assiettes avant de les placer en équilibre sur son bras pour retourner à leur table. Elle se demanda s'il avait été serveur dans sa jeunesse pour se faire de l'argent de poche, mais elle écarta bien vite cette idée car les Wainwright étaient une famille riche et puissante. Elle et Leland avaient eu la chance d'être exemptés de petits boulots ; certes, leur famille n'était plus aussi riche que leurs ancêtres, les Wolfe du comté de Johnson, mais ils avaient grandi dans un confort relatif.

— On dirait que vous avez fait cela toute votre vie, le taquina-t-elle tandis qu'il déposait quatre plats contenant des œufs brouillés, des pommes de terre sautées, du bacon, des friands à la saucisse et des tranches de melon.

Il lui fit un clin d'œil.

— Je fais un essai en vue de décrocher un job comme serveur chez vous.

Elle lui adressa un grand sourire, et le regard de Noah s'attarda sur ses lèvres, telle une caresse.

— Je ne me souviens pas d'avoir passé une annonce.

— Si vous changez d'avis, je suis votre homme. En attendant, je retourne chercher du jus de fruits et du café.

Viviana le retint par le bras.

— Asseyez-vous et mangez. Je m'occupe des boissons. Que désirez-vous ?

— Du jus de cranberry et du café noir, merci.

Quand elle revint à table avec sa commande, Noah se leva et lui tira galamment sa chaise pour lui permettre de s'asseoir. Viviana n'avait pas beaucoup de souvenirs de ses parents ensemble quand elle était enfant, mais elle se rappelait que son père tirait toujours une chaise pour sa mère, et encore aujourd'hui il reproduisait ce geste avec elle chaque fois qu'ils se voyaient.

— Merci, dit-elle en souriant.

Il laissa passer quelques secondes avant de lui rendre son sourire.

Noah déplia une serviette sur ses genoux et prit une bouchée d'œufs brouillés, moelleux à souhait.

— Ils sont délicieux. Votre cuisinier est un vrai cordon-bleu.

— Je le lui dirai.

— Le repas que vous et votre belle-sœur aviez préparé la première fois que je suis venu était excellent. Où avez-vous appris à cuisiner aussi bien ?

— Ma tante est un chef professionnel ; c'est elle qui nous a appris à faire la cuisine, à moi et à mon frère. Lee se débrouille très bien, mais dès qu'il aura son diplôme en arts culinaires il sera exceptionnel.

— Et votre mère ? Est-elle bonne cuisinière ?

Elle fixa son assiette d'un air défait.

— Ma mère est morte quand j'avais sept ans. Ce serait trop long de vous parler de mes parents, et je n'en ai pas envie, ce matin.

Noah posa sa main sur la sienne.

— Je suis désolé, Viviana. Vous n'êtes pas obligée de me parler d'eux.

Elle releva la tête.

— Un jour, peut-être me sentirai-je suffisamment à l'aise avec vous pour vous raconter l'histoire sordide de ma famille.

Il lui pressa les doigts, compréhensif.

— Je suis prêt à parier que les secrets de ma famille sont aussi sordides, voire plus, que les vôtres.

Elle écarquilla les yeux, incrédule.

— Oh ! j'en doute.

Noah se pencha par-dessus la table.

— Votre histoire familiale inclut-elle des liaisons, des bébés secrets et des gangsters ?

— Eh bien… non, balbutia-t-elle, éberluée.

Il relâcha ses doigts et se renversa contre le dossier de sa chaise.

— Je me contenterai de vous dire que quand vous avez suffisamment d'argent vous pouvez enterrer vos secrets pendant un temps, mais un beau jour ils refont surface et vous devez assumer les conséquences de vos actes.

Noah fixa un point au-dessus de la tête de Viviana.

— Combien de clients avez-vous par semaine en moyenne ?

Elle haussa les épaules, un peu déroutée par le brusque changement de sujet.

— Je dirais quatre. Ce n'est pas beaucoup, mais je

devrais en accueillir davantage quand débutera la saison de la chasse.

— Combien de temps dure-t-elle ?

— Deux semaines en novembre. Je ne m'attends pas à faire le plein avant le printemps et le début de la saison touristique. C'est la première fois que je gère un bed and breakfast, et l'année prochaine j'envisage de fermer entre la fin novembre et le début avril.

— La pension de famille était-elle ouverte toute l'année ?

Noah espérait que Viviana se détendrait et se sentirait plus à l'aise avec lui s'ils discutaient de son entreprise au lieu de sujets trop personnels.

— Oui. J'avais des pensionnaires réguliers qui me payaient chaque fin de mois et auxquels je servais deux repas par jour, le petit déjeuner et le dîner. L'inconvénient, c'est que je devais être disponible à heures fixes tous les jours de l'année et que c'était épuisant, même avec du personnel régulier.

Noah hocha la tête.

— Un bed and breakfast est moins contraignant. Après le départ de votre écrivain insaisissable, vous devriez envisager de louer son pavillon à un locataire qui s'occuperait de ses repas et du ménage.

— Figurez-vous que ma belle-sœur, Angela, m'a fait la même suggestion, arguant que j'aurais des revenus plus réguliers.

— Vous avez dix suites dans la demeure principale, dont cinq conçues pour la clientèle et cinq pour votre usage personnel. Or, si vous attendez le printemps pour remplir les cinq premières, votre marge bénéficiaire risque de s'en ressentir.

— J'ai intégré ce risque dans mon budget prévisionnel en embauchant mes employés sur la base du temps partiel.

— Le cuisinier aussi ?

— Oui. Il est là de 6 heures à 9 heures. Puis je prends le relais et je sers les clients jusqu'à 10 heures. Après quoi je débarrasse et fais la vaisselle.

— Cela vous donne beaucoup de travail.

— Je sais, mais je n'ai pas peur de me retrousser les manches. Quand Lee reviendra, ce sera plus facile car il s'occupera de la cuisine.

— Quand doit-il revenir ?

— Une fois que lui et Angela auront décroché leur diplôme.

— C'est-à-dire ?

— Dans presque quatre ans.

Noah se figea, stupéfait. Il pensait que Viviana allait évoquer un délai d'un an ou deux, mais quatre ans…

— À l'époque, vous gériez seule la pension de famille ?

— Pas au début. Ma tante faisait la cuisine, mon oncle s'occupait des réparations et de l'entretien du parc, et je me chargeais de la lessive et du ménage. Mais, quand ils se sont installés en Arizona, j'ai dû assumer seule la responsabilité de la pension car Lee était à l'armée. Il est revenu quand je l'ai prévenu que le comté avait inscrit un privilège sur la propriété en raison d'un arriéré d'impôts fonciers.

— Il est revenu et il est reparti.

Viviana se rembrunit et le fixa, les yeux plissés, lui faisant de nouveau penser à une chatte prête à bondir.

— Ne vous avisez pas de critiquer mon frère, Noah. C'est parce que j'ai le chic pour attirer des hommes indignes de confiance qu'il a renoncé à sa carrière militaire et qu'il est revenu afin de sauver notre propriété.

— Pourquoi vous rendez-vous responsable de sa décision ? Il aurait pu demander un congé puis s'enrôler à nouveau avant la fin de l'année.

— C'est ce qu'il avait prévu de faire, mais Angela aurait refusé de l'épouser. Elle était veuve de militaire et ne voulait pas revivre le même scénario cauchemardesque. Elle était enceinte de ses jumeaux quand son premier mari a été tué.

Atterré, Noah se tassa sur sa chaise.

— Oh ! je suis désolé. Je retire tout ce que j'ai dit sur votre frère.

Viviana se radoucit.

— Vous ne pouviez pas le savoir. Je suggère que nous réservions notre jugement l'un sur l'autre jusqu'à ce que nous nous connaissions mieux. Qu'en dites-vous ?

— Oui, vous avez raison. Chaque fois que vous voudrez savoir quelque chose sur moi ou ma famille, vous n'aurez qu'à me le demander, dit-il en souriant.

— Ne craignez-vous pas que je fasse des révélations à un tabloïd ? plaisanta-t-elle.

— Non. Une fois, un tabloïd s'est risqué à publier des informations déplaisantes à l'encontre de notre famille, et mon grand-père l'a fait fermer.

La bouche pulpeuse de Viviana forma un O parfait.

Noah rit de bon cœur.

— De mon côté, je vous promets de ne pas répéter vos secrets de famille, dit-il après avoir repris son sérieux.

— Cela n'a pas d'importance, car tout le monde à Wickham Falls sait à quoi s'en tenir sur les Wolfe et leurs descendants. Il fut un temps où mes ancêtres étaient les Bernard Madoff du comté de Johnson. Ils corrompaient tous ceux qui entraient en contact avec eux. Mais je vous raconterai cette sombre histoire une autre fois.

Noah jeta un coup d'œil à sa montre.

— Il est temps que je parte. Je dois me rendre à la mairie pour déposer une demande de permis de construire.

Il se leva de table.

— Je sais que vous servez uniquement le petit déjeuner, mais est-ce que je vous verrai pour dîner ?

— Vous cuisinez ? plaisanta Viviana.

— J'apporterai des plats préparés.

Elle se leva à son tour.

— Pas question. Je cuisinerai.

Noah empila les assiettes et les couverts, les transporta à la cuisine et les déposa dans un profond évier en inox rempli d'eau savonneuse. Il avait eu envie de conseiller à Viviana d'engager un responsable de nuit, mais il avait craint qu'elle ne lui reproche son ingérence ou son manque de confiance dans sa capacité à diriger son entreprise. Puis il retourna au pavillon pour récupérer les documents qu'il devait soumettre à la mairie, persuadé qu'il obtiendrait son permis de construire dans les meilleurs délais.

Hélas, quelle ne fut pas sa surprise quand, une heure plus tard, la secrétaire lui expliqua qu'il ne pouvait pas construire de logements résidentiels sur cette propriété car elle avait été enregistrée comme zone commerciale à l'époque où les Remington avaient converti leur demeure en pension de famille. Elle lui suggéra que Viviana fasse une demande pour reconvertir sa propriété en zone résidentielle, après quoi Noah pourrait présenter sa demande de permis de construire. Un vrai casse-tête administratif en perspective ! songea-t-il, dépité, en sortant de la mairie. Il ne lui restait plus qu'à informer Viviana de la situation.

Viviana était assise à son bureau, passant en revue les factures qu'elle devait payer, quand Noah frappa à sa porte. Elle l'invita aussitôt à entrer.

— Je ne voudrais pas vous déranger.

— La paperasse attendra, dit-elle en souriant.

Contournant son bureau, elle s'installa sur la causeuse tendue de tapisserie et tapota le siège à côté d'elle.

— Asseyez-vous, je vous en prie.

Noah obtempéra puis, lui prenant la main, il lui raconta sa visite à la mairie.

— Vous plaisantez ! s'exclama-t-elle, parcourue par un frisson glacé.

Elle se refusait à croire que Noah avait acheté un terrain sur lequel il ne pourrait pas construire les habitations qu'il avait prévues.

— Hélas, non. J'étais persuadé que votre propriété était considérée comme zone résidentielle et que vous aviez simplement demandé une autorisation pour ouvrir un commerce sans avoir à modifier la destination de votre bien.

Elle était si contrariée qu'elle sentit ses yeux se remplir de larmes.

— Ce règlement existe depuis très longtemps et il est basé sur la superficie de la propriété. Toute personne possédant plus de deux hectares doit faire changer la destination de son bien si elle veut gérer un commerce.

Elle exhala un soupir tremblant.

— Je suis dans l'incapacité de vous rembourser, car j'ai utilisé une grande partie de l'argent pour faire des réparations. Et je ne peux pas solliciter à nouveau mon frère, car il a désormais une famille à charge.

Se penchant vers elle, Noah passa son pouce sur sa joue où une larme avait roulé.

— Je ne vous demande pas de me rembourser. Peut-être pourriez-vous demander une dérogation.

— Le comité d'urbanisme n'en délivre jamais.

Viviana secoua la tête, désespérée.

— Quelle alternative avons-nous, Noah ?

— Votre établissement tourne au ralenti, en ce moment. Pourquoi ne pas le fermer pour la saison et faire une demande pour convertir votre propriété en zone résidentielle ? Une fois que vous aurez l'approbation du comité, je soumettrai ma demande de permis de construire. Et, quand je l'aurai obtenu, vous présenterez une nouvelle demande pour reconvertir votre propriété en zone commerciale.

Elle prit le temps de réfléchir à sa suggestion, puis un sentiment de gratitude la submergea.

— Votre idée est incroyable ! s'exclama-t-elle dans un grand sourire.

Elle était si contente qu'elle embrassa Noah mais, alors qu'elle s'écartait, il enserra son visage entre ses paumes et approfondit leur baiser jusqu'à ce qu'elle en ait le souffle coupé. Oh ! Seigneur, elle avait le visage et le corps en feu ! Elle n'avait pas eu l'intention d'embrasser Noah, mais dès l'instant où sa bouche chaude et sensuelle avait capturé la sienne elle n'avait plus voulu arrêter. Cela faisait trop longtemps qu'elle n'avait pas savouré l'intimité d'un geste tendre.

— Je suis désolée, balbutia-t-elle, les yeux baissés.

Noah lui releva le menton, l'obligeant à croiser son regard.

— Et, moi, je ne le suis pas. Je dois te l'avouer, je rêvais de ce baiser depuis le jour où tu m'as fait faire le tour du propriétaire.

Elle esquissa un sourire tremblant.

— Eh bien, ton rêve a été réalisé.

Puis elle songea à ses employés, et sa joie s'envola.

— Si je ferme l'établissement, comment vais-je pouvoir payer mes employés ? Même s'ils sont saisonniers, je suis tenue de leur verser des indemnités journalières.

— Peux-tu demander un prêt-relais à ta banque ?

— Hélas, non. Comme j'ai été obligée de déposer le bilan, je ne pourrai pas recourir au crédit avant des années.

Noah se passa une main dans les cheveux, visiblement embarrassé.

— Et si je te prêtais de l'argent pour payer tes employés ? Tu me rembourseras quand le bed and breakfast sera à nouveau opérationnel. Ce sera un prêt sans condition.

— Je ne peux pas, Noah.

Son expression se durcit.

— Si. Il le faudra. J'ai investi trop d'argent et de temps dans ce projet pour y renoncer à cause d'un problème administratif. Je retourne à New York la semaine prochaine à l'occasion du soixante-cinquième anniversaire de mon père, mais je reviendrai ici et j'y resterai jusqu'à ce que je puisse déposer à nouveau ma demande de permis de construire. Avec un peu de chance, cela ne devrait pas prendre plus d'un mois.

Viviana se mordilla la lèvre, indécise.

— J'ai besoin de réfléchir à ta proposition.

— Décide-toi vite, Viviana. J'ai un calendrier de travail à respecter.

— Je comprends.

Noah se leva et sortit de la pièce, fermant la porte derrière lui. Viviana avait très envie d'appeler Leland et de lui exposer son problème, mais elle savait qu'il était temps de se débrouiller par elle-même. Il l'avait tirée d'embarras une fois et avait renoncé à toute responsabilité financière sur la maison et la propriété. Désormais, c'était à elle, en tant que femme d'affaires, que la décision finale appartenait.

- 3 -

Les clients de Viviana partirent en début d'après-midi, et vers 17 heures elle eut le bed and breakfast pour elle toute seule. Elle accrocha la pancarte « FERMÉ », verrouilla la porte d'entrée puis se dirigea vers son bureau et se lova sur la causeuse, se demandant pourquoi le sort s'acharnait sur elle.

Elle avait sept ans quand sa mère était morte et, malgré son jeune âge, elle se souvenait que son père apparaissait et disparaissait sans dire où il allait ni quand il reviendrait. À aucun moment elle n'avait pu compter sur lui.

Il en avait été ainsi des hommes de sa vie – à l'exception de son frère –, un jour ici, le lendemain ailleurs, la laissant en proie au chagrin. Elle le savait, chaque fois qu'elle nouait une relation avec un homme, elle recherchait inconsciemment un remplaçant à son père, un compagnon digne de confiance et qui soit en mesure de la protéger. Elle en arrivait même à se demander si ses ex n'avaient pas deviné sa vulnérabilité affective et profité de sa propension à faire leur bonheur au détriment du sien. Elle avait mis des années à se rendre compte qu'elle donnait plus qu'elle ne recevait dans une relation, et quand tout était fini elle ne pouvait s'en prendre qu'à elle-même.

Le carillon de la porte d'entrée retentit, et elle se leva pour consulter l'écran de l'interphone. C'était Noah. Mince ! Elle avait oublié qu'ils dînaient ensemble.

Elle se hâta d'aller lui ouvrir. Il la gratifia d'un sourire éblouissant en levant le grand sac de courses qu'il tenait dans sa main droite.

— Qu'as-tu apporté ?

— Le dîner.

Viviana s'effaça pour le laisser entrer.

— C'était inutile.

— As-tu préparé quelque chose ?

— Non, pas encore.

— Alors j'ai bien fait d'apporter des plats cuisinés.

Il s'inclina vers elle et l'embrassa sur la joue.

— Referme vite la porte avant qu'un client décide de s'arrêter. Ce soir, je te veux toute à moi pour que nous puissions discuter sans être importunés.

Elle s'adossa contre le battant.

— De quoi veux-tu discuter, Noah ?

Il se pencha encore plus, et son souffle chaud frôla sa bouche, telle une caresse.

— De nous, Viviana. Nous devons trouver un moyen de travailler ensemble sans nous chamailler.

Elle s'efforça de décrypter son expression dans la faible lumière de l'entrée.

— *Nous chamailler* ? D'après toi, c'est ce que nous faisons ?

Noah la prit par le coude.

— Allons dans la cuisine. Nous parlerons tout en mangeant.

Comme elle ne bougeait pas, il lui adressa un sourire enjôleur.

— S'il te plaît, mon ange.

Elle le contempla, amusée.

— Tu appelles toutes les femmes *mon ange* ?

— Non. Uniquement celles que j'apprécie beaucoup.

— Oh ! la la ! Quel beau parleur ! s'exclama-t-elle en riant.

Noah rit à son tour.

— Quand tu me connaîtras mieux, tu te rendras compte que je pense vraiment ce que je dis.

Viviana capitula et le conduisit dans la cuisine.

— Cela signifie-t-il que tu ne mens jamais ?

— Je n'irai pas jusque-là. Quand j'étais enfant, mes parents insistaient pour que je leur dise toujours la vérité, même si elle risquait de leur briser le cœur.

— Et le leur as-tu brisé ?

Noah posa le sac sur le comptoir.

— Oui, une fois.

Elle croisa son regard bleu-vert si lumineux.

— À quelle occasion, si ce n'est pas trop indiscret ?

Maintenant qu'ils avaient échangé un baiser, elle se sentait suffisamment à l'aise avec lui pour l'interroger sur sa vie privée.

— Eh bien, j'avais seize ans quand mon copain a fait main basse sur le cabinet de liqueurs de ses parents. Nous avons goûté toutes les bouteilles ouvertes – gin, scotch, whisky, brandy – pour voir quel alcool était le meilleur. Inutile de te dire qu'après cette beuverie j'ai été malade comme un chien.

Noah poursuivit son récit tout en sortant les boîtes de nourriture de son sac.

— J'ai réussi à rentrer chez moi Dieu sait comment, je me suis gargarisé et je me suis couché avant de m'évanouir. Comme je ne descendais pas dîner, ma mère est venue me voir. Je lui ai menti, disant que je ne me sentais pas bien mais sans lui fournir d'explication.

— Elle t'a cru ?

— Au début, oui. La première fois que j'ai vomi, elle a suspecté une intoxication alimentaire, mais aucun des enfants de l'école ne présentait le moindre symptôme. Ce que j'ignorais à l'époque, c'est que mon copain avait l'habitude de boire et qu'il tenait bien l'alcool. Paniquée, ma mère a appelé le médecin, et quand j'ai vomi à nouveau il lui a dit que je puais l'alcool. C'est ainsi que j'ai été démasqué.

— Et tu as été privé de sortie.

— Comment le sais-tu ?

— Parce que c'est ce que je ferais si mon fils ou ma fille consommait de l'alcool étant mineur.

D'une certaine façon, elle enviait Noah, même s'il avait été puni par ses parents, car les siens n'avaient jamais formé une cellule familiale. Bien sûr, elle aimait sa tante et son oncle, qui l'avaient élevée, mais ils ne pouvaient pas remplacer ses parents.

Viviana sortit plusieurs assiettes d'un placard.

— Je suppose que cela t'a servi de leçon ?

— Oh ! oui. J'ai eu la honte de ma vie.

— Veux-tu manger ici ou dans la salle à manger ?

Noah balaya du regard l'immense pièce qui lui rappelait une des deux cuisines de la demeure familiale où il avait grandi, sur la Cinquième Avenue.

— J'opte pour la cuisine.

C'était sa pièce favorite dans une maison. Il ne cuisinait pas, mais il aimait observer la préparation des mets et humer les arômes délicieux qui s'échappaient des marmites.

— Je vois que tu as découvert Ruthie.

— Oui. Giles m'a expliqué que Ruthie faisait la meilleure cuisine familiale, et Wolf Den, les meilleures grillades du comté. Mais je devais m'y rendre de bonne heure car ils étaient dévalisés avant la fermeture. Curieusement, je n'ai vu aucun fast-food alentour.

Viviana dressa la table et remplit deux grands verres de citronnade.

— Nous n'en voulons pas, car ils risqueraient de faire une concurrence déloyale à Ruthie et Wolf Den. Si tu restes ici suffisamment longtemps, tu t'apercevras que les habitants des Falls apprécient leurs petits commerces et se méfient des étrangers qui voudraient les évincer sous prétexte d'offrir un plus grand choix de produits.

— J'espère que les plans des maisons que j'ai dessinés leur conviendront. Je te les montrerai après que nous aurons dîné.

— Tu en as prévu plusieurs ?

— Oui, trois. J'attends d'avoir le relevé topographique pour savoir lequel choisir.

Viviana transvasa une boîte de chou kale fumant dans un saladier.

— L'as-tu acheté pour moi ? plaisanta-t-elle.

Noah lui fit un clin d'œil.

— Pour nous deux, bien sûr.

— Ainsi, les New-Yorkais apprécient la *soul food.*

— Tu ne crois pas si bien dire. J'ai passé les cinq derniers mois à superviser la construction d'immeubles entre New York et Washington, et j'ai pris goût au chou kale, aux pains de maïs, aux haricots à œil noir et aux chitterlings.

Viviana fronça le nez.

— Sauf qu'ici on ne prononce pas *chitterlings* mais *chitlins.*

Noah sourit.

— Je m'en souviendrai la prochaine fois que j'en commanderai. Est-ce que tu sais cuisiner ces abats ?

— Non, car je ne supporte pas l'odeur des intestins de porc. Ma tante les plaçait dans un saladier rempli de vinaigre et les laissait reposer dehors pendant deux jours avant de les rincer. Je dois admettre qu'une fois cuites les tripes sentent bon, mais je suis incapable d'en manger.

— Est-ce que ta tante a appris l'art culinaire à l'université Johnson and Wales, à Charlotte ?

Viviana se figea.

— Comment sais-tu qu'elle a étudié dans cette université ?

Contournant la table, Noah lui avança une chaise.

— Je t'en prie, assieds-toi, et je t'expliquerai tout pendant que nous mangerons.

Il était temps qu'il fasse preuve de franchise envers Viviana s'il voulait nouer une relation avec elle, et il espérait que son aveu ne compromettrait pas ses chances. Prenant place en face d'elle, il ne put s'empêcher d'admirer ses traits délicats.

— Quand j'ai décidé d'acheter ton terrain, j'ai fait mener une enquête sur toi et ta famille, mais hélas le détective n'a pas jugé bon de s'intéresser au plan local d'urbanisme de la commune. Il s'est simplement assuré que toi et ton frère étiez bien propriétaires du terrain.

Il leva une main quand elle ouvrit la bouche pour parler.

— Je t'en prie, laisse-moi finir, Viviana. C'est une règle qui a été instituée par mon grand-père après qu'il a été escroqué d'une centaine de milliers de dollars par un client qui lui avait vendu une propriété ne lui appartenant pas.

Viviana sirota une gorgée de citronnade et contempla Noah par-dessus le bord de son verre.

— Que sais-tu d'autre à mon sujet ?

Remarquant l'angoisse qui assombrissait ses grands yeux noisette, il résista à l'envie de contourner la table et de la prendre dans ses bras.

— Tu m'as déjà parlé de ton ex qui t'a dépouillée et forcée à déposer le bilan.

— Et, tout en sachant cela, tu as quand même voulu conclure la vente ?

— Oui, Viv. J'ai pensé que toi et ton frère aviez traversé suffisamment d'épreuves.

— As-tu utilisé une partie de ta fortune personnelle ?

— Oui, admit-il, détournant le regard.

— Pourquoi, Noah ?

Relevant la tête, il la fixa droit dans les yeux.

— As-tu vraiment besoin de me le demander ?

— Oui.

Il exhala un soupir de frustration. Maintenant qu'il avait raconté à Viviana ce que le détective avait découvert, il était temps qu'il se dévoile à son tour.

— Parce que je t'apprécie beaucoup.

— Ce n'est pas une raison valable, riposta-t-elle. Et ne t'avise pas de t'apitoyer sur mon sort.

Il eut une moue ironique.

— Pour moi, c'est une raison valable. Et, loin de te prendre en pitié, je t'admire. Tu dois être une femme incroyablement forte pour avoir traversé autant d'épreuves et être encore debout. Quant à moi, après avoir décroché mon diplôme universitaire, j'ai différé mon entrée dans l'entreprise familiale et entamé une sorte de périple hédoniste incluant des fêtes interminables. À ma décharge, je ne touchais pas à la drogue et buvais modérément pour éviter de reproduire l'épisode honteux de mon adolescence.

— Et les femmes ? En as-tu connu beaucoup ?

— Oui, mais pas au point d'avoir oublié leur prénom.

Viviana prit une fourchetée de chou kale.

— Me racontes-tu tout cela pour gagner mon affection ?

— Non. Je n'étais pas obligé de te dévoiler ce que j'ai appris sur toi. Par ailleurs, l'intérêt que je te porte n'a rien à voir avec notre affaire ; il est plus personnel.

— Si j'accepte le prêt que tu me proposes, j'espère que tu ne me demanderas pas de coucher avec toi.

La remarque de Viviana le piqua au vif. Fallait-il qu'elle soit traumatisée par ses précédentes déconvenues amoureuses pour le croire capable d'une telle bassesse !

— Non, Viv. Et, pour te le prouver, j'aimerais que tu m'accompagnes au mariage d'un ami qui aura lieu aux Bahamas le week-end du Veterans Day. Je réserverai un bungalow avec des suites communicantes.

Viviana avait envie de rire, mais la proposition de Noah n'était pas franchement risible. Ils s'étaient rencontrés à deux reprises trois mois auparavant ; c'était leur deuxième rencontre depuis qu'il était revenu aux Falls ; et maintenant il l'invitait à se rendre à l'étranger avec lui !

Elle se pencha par-dessus la table.

— Serais-tu en train de me faire chanter ?

— Bien sûr que non ! se récria-t-il.

— Tu acceptes de me consentir un prêt-relais à condition que je t'accompagne aux Bahamas. Comment veux-tu que je ne considère pas cette proposition comme du chantage ? Nous avons peut-être un arrangement commercial, mais je refuse que tu te serves de moi comme d'un pion sur ton échiquier personnel.

Noah parut mortifié.

— Je suis désolé, Viviana. Je ne veux pas que tu croies que je cherche à tirer profit de toi.

— C'est pourtant ce que tu fais, dit-elle, un peu radoucie. N'as-tu pas une petite amie que tu pourrais inviter à ma place ?

— Non, cela fait quelque temps que je n'en ai pas. La faute en incombe à mon emploi du temps erratique. Je suis obligé de me partager entre les projets de construction, les chantiers en cours, les réunions de travail à New York et les voyages aux Bahamas avec Giles pour superviser l'acquisition de nouvelles îles pour le compte de WDG International. Nous concevons des bungalows pour des clients qui ont les moyens de s'acheter une île privée.

Viviana se demanda combien d'autres propositions elle aurait à négocier avec Noah avant qu'il s'en aille pour de bon. D'abord, il lui avait conseillé de faire une demande pour convertir sa propriété en zone résidentielle afin qu'il puisse obtenir un permis de construire ; puis il lui avait proposé un prêt-relais pour payer ses employés pendant la période de transition ; ensuite, il lui demandait de l'accompagner à un mariage prévu dans un mois, le 11 novembre. Cette dernière proposition était la plus facile à examiner, car elle lui laissait un délai de réflexion pour accepter ou décliner son invitation. Pour l'instant, elle se défiait de Noah, le jugeant manipulateur.

— Tu n'es pas obligé de me donner une réponse tout de suite, intervint Noah, interrompant le fil de ses pensées.

— Je n'en avais pas l'intention, car je ne te connais pas et surtout je n'ai pas confiance en toi. Je te donnerai ma réponse à ton retour de New York. Cela te laissera-t-il suffisamment de temps pour inviter quelqu'un d'autre ?

Il lui décocha un regard noir.

— Cela me laissera suffisamment de temps pour savoir si j'assisterai seul au mariage.

Viviana comprit qu'elle l'avait vexé, mais elle n'avait pas l'intention de s'excuser, le jugeant arrogant au point de croire qu'il pouvait obtenir tout ce qu'il voulait. Elle n'avait pas eu besoin de payer un détective pour s'informer sur les Wainwright. Il lui avait suffi de consulter Internet pour apprendre que WDG était la deuxième société de courtage en crédit immobilier de New York après Douglas Elliman Real Estate, la sixième au niveau national, et qu'ils avaient récemment développé leurs activités aux Bahamas.

— Que veux-tu savoir à mon sujet ?

Elle sursauta, prise de court. Était-elle à ce point transparente, ou Noah avait-il un don de double vue ?

— Es-tu fils unique ?

Noah rit.

— Non. J'ai deux frères et une sœur.

— Où te situes-tu dans l'ordre de naissance ?

— Je suis le deuxième de la fratrie. Jordan a presque dix ans de plus que moi.

— L'écart est important entre vous deux.

— Oui. Mes parents ont mis plusieurs années avant de se réconcilier.

— Étaient-ils séparés ?

— Non. Ils vivaient ensemble mais faisaient chambre à part.

Viviana ne s'imaginait pas vivre sous le même toit que son mari sans partager son lit. Elle avait été trop jeune pour comprendre ce qui se jouait entre ses parents.

— Y a-t-il dix ans d'écart entre toi et ton plus jeune frère ?

Noah rit à nouveau.

— Non. J'ai quatre ans de plus que Rhett, et il a quatre ans de plus que Chanel.

Elle se pencha vers lui, les yeux pétillants de malice.

— Je t'en prie, dis-moi que ta mère a prénommé ton frère d'après le personnage de Rhett Butler dans *Autant en emporte le vent* et ta sœur d'après la créatrice française Coco Chanel !

Il lui sourit, amusé.

— Pourquoi ?

— On se souvient plus facilement des personnes portant des prénoms célèbres. Enfant, je donnais à mes poupées les prénoms de mes actrices ou de mes personnages préférés.

— Pourquoi t'a-t-on prénommée Viviana ?

— D'après ma tante, ma mère adorait *Autant en emporte le vent* et a décidé de me prénommer comme Vivien Leigh, l'actrice qui tenait le rôle de Scarlett O'Hara.

— Manifestement, nos mères avaient un point commun, car Christiane adorait Rhett Butler.

— Oh ! c'est curieux, tu prononces le prénom de ta mère avec l'accent français.

— Pour la simple raison que ma grand-mère maternelle était française et qu'à sa demande nous avons appris le français.

— Tu le parles couramment ?

— *Oui, ma belle dame.*

Viviana baissa les yeux, troublée. Elle le trouvait un peu trop direct, et cela la mettait mal à l'aise. Il avait admis ouvertement qu'il s'intéressait à elle, mais elle n'était pas disposée à franchir les limites de l'amitié. Le souvenir cuisant de ses trois échecs sentimentaux ne s'était pas encore estompé et, tout en sachant d'instinct que Noah n'était pas comme ses ex, elle voulait concentrer toute son énergie à trouver des solutions pour rentabiliser son bed and breakfast, surtout maintenant qu'elle allait devoir interrompre son activité jusqu'à l'obtention des autorisations de la mairie.

— Est-ce que mes propos t'ont mise mal à l'aise ?

— Oui, admit-elle franchement.

Ses regards appuyés et ses compliments l'embarrassaient, car les hommes qui avaient fait partie de sa vie s'étaient montrés plus subtils dans leur approche.

Toutefois, elle devait se souvenir qu'il avait une confiance excessive en lui, notamment en raison de sa personnalité et de sa réussite professionnelle. Il était un Wainwright, élevé dans un milieu riche et privilégié. Il était capable d'acheter et de vendre des propriétés comme s'il s'agissait d'objets anodins. Et, quand il avait admis avoir utilisé une partie de son propre argent pour sceller l'achat de son terrain parce qu'il l'appréciait, elle avait eu le sentiment d'avoir été achetée.

Il croisa les bras et se renversa contre le dossier de sa chaise.

— J'en suis désolé. Que puis-je faire atténuer ton sentiment de malaise ?

— Cesser de me manipuler pour que je fasse ce que tu veux.

— J'en prends bonne note.

— Et, si nous devons passer du temps ensemble, nous devrons faire preuve de franchise l'un envers l'autre.

— Entendu, répondit-il en souriant. Je suis prêt à tout encaisser de ta part.

— Si je n'avais pas pris le petit déjeuner avec toi ce matin, je penserais que tu t'es nourri de narcissisme !

— Tu confonds narcissisme et confiance en soi, Viv. Je sais qui je suis et ce que je peux faire ou ne pas faire. Et, si cela fait de moi quelqu'un de narcissique, alors soit. Je connais mes limites. Je ne me permettrais pas de te dire comment gérer ton bed and breakfast, car je n'aurais pas la patience d'écouter les clients se plaindre du manque de confort ou de la lenteur du service.

— Que leur dirais-tu si tu étais à ma place ?

— Je leur conseillerais poliment de chercher un autre hébergement.

Elle se mit à rire.

— Tu aurais un zéro pointé en matière d'hospitalité !

— Dans mon secteur d'activité, je ne peux pas me permettre d'être aussi conciliant. Je conçois des structures bien intégrées dans le paysage urbain ou naturel, et adaptées aux moyens financiers de mes clients. Ainsi, nous venons de construire un immeuble haut de gamme dans un quartier rénové de Washington, et la plupart des appartements ont été achetés sur plan.

Il marqua une pause avant d'ajouter :

— À Wickham Falls, ce sera la première fois que WDG construira des maisons pour des familles disposant de revenus faibles à modérés, et je suis fier d'en avoir eu l'initiative. Se loger à un prix abordable est un problème récurrent, quelle que soit l'origine ethnique des familles. Si WDG est le premier promoteur à s'attaquer à ce problème et s'il incite ses concurrents à suivre son exemple, alors oui, je veux bien être traité de narcissique.

— Qu'en sera-t-il de la rentabilité, Noah ? Utiliseras-tu

des matériaux de moindre qualité pour maximiser les profits ?

Noah la contempla, visiblement éberlué.

— Décidément, tu as une piètre opinion des hommes. Que faut-il que je dise ou fasse pour te convaincre que je ne vais pas profiter de toi ou des futurs acquéreurs ?

— Tu n'hésites pas à jeter l'argent par les fenêtres pour arriver à tes fins, Noah. Alors, pourquoi te ferais-je confiance ?

— Tu oublies que mon cousin vit ici. Me crois-tu capable de faire quelque chose qui soit susceptible de lui porter préjudice ? Tout se sait, dans une petite ville. Et je n'ai aucune envie que les habitants traitent Giles et sa famille comme des parias.

Viviana refusa de baisser les yeux sous son regard hostile.

— Je te pose cette question parce que tes maisons seront bâties sur un terrain ayant jadis appartenu aux Wolfe et, si elles s'avèrent de qualité inférieure, ma vie deviendra un enfer. Est-ce que ton détective a précisé dans son rapport que, quand Lee a décidé de quitter l'école privée pour intégrer l'école publique, aucun élève ne voulait s'asseoir à côté de lui à la cantine parce qu'il était apparenté aux Wolfe et que son père était un drogué et un délinquant ? A-t-il précisé que mon frère a été injustement accusé d'avoir cambriolé le domicile d'un habitant parce que le véritable voleur lui avait dérobé son blouson et l'avait laissé sur les lieux pour le faire incriminer ? Dans ces conditions, oui, j'estime avoir le droit de t'interroger sur tes intentions, car moi aussi je vis ici et j'espère qu'on ne me jugera pas un jour pour ce que mes ancêtres ont fait.

Elle était tellement émue par ces souvenirs affreux qu'elle enfouit son visage dans ses mains, pleurant à chaudes larmes. Elle perçut le raclement d'une chaise, puis elle sentit les bras de Noah entourer ses épaules et la presser contre son torse.

— Je t'en prie, ne pleure pas, mon ange, murmura Noah à son oreille. Tout se passera bien. Et je ne laisserai personne te faire du mal.

Il enfouit son visage dans la chevelure soyeuse de Viviana, inhalant sa senteur florale. Il l'avait trouvée déterminée et parfois caustique mais, il le savait, c'était un mécanisme de défense destiné à tenir les gens à distance. Puis il avait découvert son talon d'Achille : ce besoin de se protéger et de protéger sa famille. Même si elle et son frère n'étaient en aucun cas responsables du mal que leurs ancêtres avaient causé dans cette région, les gens avaient la mémoire longue et la rancune tenace.

Noah déposa un baiser sur la chevelure de Viviana, mais c'était sa bouche qu'il avait envie de goûter. Il n'était pas romantique pour un sou et s'était volontiers moqué de ses amis lorsqu'ils affirmaient être tombés amoureux au premier regard, mais maintenant il savait de quoi ils parlaient. Dès l'instant où il avait franchi le seuil de Falls House et croisé le regard de Viviana Remington, il avait su que c'était *la* femme qu'il cherchait. Cependant, il ne se leurrait pas, il lui faudrait beaucoup de patience pour gagner sa confiance.

Sa seule crainte quand il avait été présenté à Viviana avait été qu'elle soit fiancée ou mariée. Mais, en apprenant qu'elle était célibataire et sans attache sentimentale, il avait décidé de lui faire très vite savoir qu'il s'intéressait à elle.

Washington n'était pas si éloigné de Wickham Falls, et il avait dû faire appel à tout son self-control pour ne pas sauter dans sa voiture afin de la revoir sous prétexte de rendre visite à Giles. Mais une fois les travaux terminés il n'avait eu qu'une idée en tête : nouer une relation avec la femme qui, sans le savoir, l'avait incité à revoir son mode de vie. Désormais, il voulait ce que son cousin avait – une épouse et une famille.

Viviana se redressa, et Noah récupéra un mouchoir dans sa poche pour lui tamponner délicatement le visage tout en la caressant du regard.

— Tu es belle même quand tu pleures, murmura-t-il d'une voix rauque.

Elle cilla, troublée, avant de fermer les yeux, ses longs cils noirs s'ourlant au-dessus de ses pommettes hautes.

— Je te crois quand tu dis que tu me protégeras, murmura-t-elle, rouvrant les yeux.

Ivre de joie, il l'embrassa doucement, se félicitant d'avoir franchi un autre obstacle quand elle lui rendit son baiser, ses lèvres s'entrouvrant sous les siennes. Sa bouche était douce et chaude, et leur baiser lui donnait envie d'aller plus loin. La tentation de lui faire l'amour était d'autant plus grande qu'ils étaient seuls dans la maison. Mais un sursaut de bon sens le retint. Il ne voulait surtout pas profiter de la vulnérabilité de Viviana et ajouter son nom à la liste des hommes qui avaient abusé d'elle pour satisfaire leurs besoins égoïstes.

Aussi, ce fut à regret qu'il mit fin à leur baiser.

— Je vais t'aider à faire la vaisselle avant de retourner au pavillon. Demain, j'aurai besoin des feuilles de salaire de tes employés pour…

Elle l'interrompit en posant un doigt sur sa bouche.

— Je n'ai pas besoin de ce prêt. Il me reste encore une partie de l'argent de la vente après le paiement des rénovations. Si l'accord du comité d'urbanisme tarde trop et si je suis à court de trésorerie, je te le dirai.

— Je ne veux pas que tu en arrives là. Considère ce prêt comme un matelas de sécurité.

— Tu en es sûr ?

— Sûr et certain, répondit-il en souriant.

Ce qu'il s'abstint de lui dire, ce fut qu'il était suffisamment riche pour prendre soin d'elle, de leurs enfants, de leurs petits-enfants et même de leurs arrière-petits-enfants.

— Dans ce cas, j'accepte.

Il réprima un soupir de soulagement. Cela prendrait du temps de faire en sorte que Viviana lui fasse pleinement confiance tant sur le plan financier que sur le plan affectif. Il était d'un naturel impétueux, mais il devrait apprendre à faire preuve de modération et de patience car Viviana en valait la peine.

- 4 -

Assise dans un bureau de la mairie, Viviana remplissait le formulaire en vue de convertir sa propriété en zone résidentielle. La secrétaire l'avait informée que le comité d'urbanisme se réunissait deux fois par mois mais qu'il avait du retard, et qu'elle ne serait sans doute pas convoquée avant la mi-janvier. Près de trois mois à attendre ! Viviana avait du mal à croire que le comité ait autant de demandes à traiter, mais hélas elle n'y pouvait rien.

Comment Noah réagirait-il à ce retard ? Ce matin, elle lui avait fourni les fiches de salaire de ses employés, et il avait promis de faire un virement sur son compte avant la fin de la journée.

Elle tendit le formulaire dûment complété à la secrétaire, laquelle l'enregistra et lui tendit un reçu.

— Bonne chance, madame Remington. Puis-je vous faire une suggestion ?

Viviana contempla la femme au visage sévère avec sa chevelure grise nouée en un chignon serré sur la nuque et ses lunettes en demi-lune perchées sur le bout de son nez.

— Bien sûr, madame Dobbs.

— Donnez congé à vos pensionnaires en attendant la réponse du comité. On pourrait vous taxer de mauvaise foi si vous continuiez à encaisser des loyers alors que vous voulez retrouver l'usage personnel de votre maison.

Viviana réussit à esquisser un sourire.

— Mon unique pensionnaire part dans deux jours, et dès demain matin j'informerai mes employés que je ferme en attendant la conversion de ma propriété.

Elle s'abstint d'ajouter qu'elle avait aussi accroché un panneau « Fermé pour la saison » à la grille d'entrée.

La secrétaire s'empourpra.

— Oh ! je vois que vous avez pris les devants.

Cette fois, Viviana sourit franchement.

— En effet. Bonne journée, madame Dobbs.

Alors qu'elle sortait du bâtiment, aveuglée par le chaud soleil d'automne, elle entra en collision avec un corps solide. Deux mains viriles la retinrent par les épaules. Levant les yeux, elle sourit à Seth Collier, le shérif de Wickham Falls. Comme de nombreux jeunes de la ville, Seth s'était engagé dans l'armée et avait servi dans la police militaire. Il l'avait quittée au bout de vingt ans, puis il était revenu aux Falls. Nommé shérif adjoint, il avait épousé le Dr Natalia Hawkins avant d'être finalement élu shérif.

— Je suis désolée, shérif Collier.

Seth repoussa le bord de son chapeau de feutre et sourit.

— Depuis quand m'appelez-vous par mon titre ? Auriez-vous oublié mon prénom ?

Il avait au moins dix ans de plus qu'elle, et elle l'avait rarement côtoyé étant enfant car elle n'avait pas fréquenté l'école publique de la ville.

Elle croisa son regard marron clair assorti à sa carnation.

— C'est parce que vous êtes en uniforme que votre titre m'est venu tout naturellement.

— Je vous excuse pour cette fois-ci, dit-il avec un sourire malicieux. Comment se portent Leland et sa famille ?

— Bien. Angela m'appelle au moins une fois par semaine pour me donner des nouvelles. Elle s'adapte à son nouveau mode de vie. Chaque matin, elle dépose les jumeaux à la garderie avant d'aller en cours. Leland part plus tôt qu'elle de la maison, mais il fait la cuisine et une partie des tâches ménagères pour permettre à Angela d'étudier.

— Ce ne doit pas être facile d'aller à l'université et de s'occuper de deux enfants en bas âge.

— Non. C'est pourquoi ils ont décidé de ne pas agrandir leur famille tant qu'ils n'auront pas décroché leur diplôme.

— Natalia et moi faisons en sorte d'agrandir la nôtre. Alors, ne soyez surprise si un petit Collier voit le jour l'an prochain.

— Formidable ! Je dirai à Lee que vous avez pris de ses nouvelles. Je fêterai Thanksgiving avec lui et Angela.

— Transmettez-leur mon bon souvenir.

— Je n'y manquerai pas. Et prévenez-moi quand vous et votre femme annoncerez l'heureux événement. Je préparerai une courtepointe pour le berceau.

— C'est très gentil, mais vous n'êtes pas obligée de le faire.

— Bien sûr que si. Chaque bébé devrait avoir un cadeau fait maison, transmissible à la génération suivante. Mais ne dites rien à Natalia.

— Motus et bouche cousue, acquiesça Seth en souriant.

Elle s'installa au volant de sa Honda blanc cassé, qu'elle prénommait affectueusement Diamond. Elle la sortait rarement du garage et, bien qu'elle l'ait depuis cinq ans, il lui arrivait encore de sentir une odeur de cuir neuf dans l'habitacle.

De retour à la maison, elle monta au grenier, où elle gardait du tissu et du fil dans des boîtes hermétiques. Assise sur un tabouret bas, elle jeta un coup d'œil autour d'elle. Elle venait rarement ici depuis que sa tante et son oncle s'étaient installés en Arizona. Quand elle était enfant, le grenier était son terrain de jeux favori ; elle parlait à ses poupées comme si elles pouvaient comprendre ce qu'elle leur racontait.

C'était sa tante qui lui avait appris à cuisiner, tricoter, faire du crochet et fabriquer des courtepointes en patchwork. Elle avait retrouvé en elle une véritable figure maternelle.

Viviana n'avait aucune envie de s'apitoyer sur son sort, mais elle avait besoin de pleurer un bon coup, ne serait-ce que pour se décharger du lourd fardeau émotionnel qu'elle portait depuis trop longtemps. Ses yeux se remplirent de larmes, et elle pleura pour sa mère, laquelle avait aimé un homme qui l'avait négligée même quand il avait su qu'elle allait mourir. Elle pleura aussi pour son père, qui avait été prisonnier de la drogue jusqu'à ce qu'il se retrouve derrière les barreaux. Et elle pleura pour l'ancienne Viviana, qui avait laissé son cœur dominer son cerveau même quand elle avait compris que ses petits amis se servaient d'elle, parce qu'elle espérait toujours que tout finirait par s'arranger.

Quand ses larmes se furent taries, elle redescendit dans sa chambre et se passa de l'eau sur le visage. Relevant la tête, elle faillit ne pas reconnaître son reflet dans le miroir. Elle perçut une dureté dans ses yeux qui n'y était pas auparavant, et elle sut qu'elle n'était plus la même femme qui avait pleuré dans le grenier, et qu'elle ne le serait plus jamais. Désormais, elle devait aller de l'avant et ne faire que ce qui était bon pour elle.

Un sourire fleurit sur son visage.

Dire que tu as attendu jusqu'à l'âge de vingt-neuf ans pour te reprendre en main ! dit-elle à son miroir. *Mieux vaut tard que jamais,* lui répondit son reflet.

Elle avait fermé son établissement ; elle avait suffisamment d'argent pour payer ses employés jusqu'à la fin de l'année ; toutes ses factures étaient réglées et elle avait plein de temps libre devant elle pour attendre la suite des événements. Elle avait dit à Leland qu'elle se rendrait à

Charlotte pour fêter Thanksgiving avec lui, et elle avait confirmé à sa tante et son oncle qu'elle passerait Noël avec eux en Arizona.

Elle songea à l'invitation de Noah. Elle hésitait à lui dire qu'elle l'accompagnerait au mariage de son ami car elle le connaissait peu et ils n'étaient jamais sortis ensemble. En fait, elle redoutait de reproduire la même erreur qu'avec ses ex en lui faisant confiance trop tôt.

Cela ne voulait pas dire qu'elle n'appréciait pas Noah. Elle l'estimait, mais le jugeait trop arrogant et sûr de lui.

Malgré tout, quand elle se trouvait avec lui, elle se sentait plus maîtresse d'elle-même qu'avec les autres hommes qu'elle avait fréquentés. C'était comme si elle avait tiré la leçon de sa dernière relation et appris à dire exactement ce qu'elle avait en tête sans s'autocensurer. Et, si elle acceptait l'invitation de Noah, ce serait selon ses propres conditions, car elle n'avait pas l'intention de coucher avec lui, aussi riche et séduisant soit-il.

Se sentant revigorée, elle récupéra son téléphone dans son sac et composa le numéro de Noah.

— Qu'as-tu de beau à me dire, mon ange ?

Elle sourit, même s'il ne pouvait pas la voir.

— C'est oui.

— Oui à quoi ?

— À ton invitation au mariage d'un ami.

— Super ! Moi qui craignais d'y aller seul !

— Eh bien, non. Quand partons-nous ?

— Nous décollerons de New York jeudi en huit. Comme je te l'ai expliqué, je dois rentrer chez moi dans deux jours pour l'anniversaire de mon père. Je partirai avec Giles, Mya et Lily. Ils comptent rester à New York jusqu'à la mi-janvier. Je laisserai ma voiture chez toi car je n'en aurai pas besoin à New York et je reviendrai avec eux.

— Entre-temps, je pourrai la conduire ?

— Oui. Elle est beaucoup plus rapide que ta guimbarde.

— Comment oses-tu traiter Diamond de guimbarde ?

— Tu as donné un nom à ta voiture ?

— Bien sûr. Pas toi ?

— Non, Viv. Ce n'est rien d'autre qu'une voiture.

Si tu le dis, songea-t-elle. Sa Porsche coûtait quand même la bagatelle de cent mille dollars.

— Au fait, j'ai rempli le formulaire à la mairie, et la secrétaire m'a expliqué que le comité avait du retard et que je ne serais pas convoquée avant la mi-janvier.

— C'est également ce qu'elle m'a dit, mais je n'ai pas voulu la croire parce qu'elle n'arrêtait pas de me jeter des regards suspicieux.

— Les gens d'ici tiennent les étrangers à distance jusqu'à ce qu'ils sachent à quoi s'en tenir sur eux.

— Eh, je ne suis pas un charlatan qui va leur soutirer leur argent durement gagné ! protesta Noah.

— Hélas, nous en avons eu notre lot, par ici. D'après ma tante, il fut un temps où des prédicateurs itinérants organisaient des rassemblements sous des chapiteaux dans le cadre de la redynamisation de la foi. Ils en profitaient pour soutirer de l'argent aux fidèles en guérissant des faux aveugles ou des faux handicapés.

Noah rit.

— Je te rassure, je ne fais pas de faux miracles ! Pour en revenir aux choses sérieuses, Giles vient de recevoir un coup de fil de son courtier aux Bahamas, lui demandant de se rendre là-bas pour rencontrer un client potentiel. Du coup, je resterai avec Mya et Lily jusqu'à son retour. J'espère que j'aurai l'occasion de te voir avant mon départ pour New York.

— Tout va bien, Noah. Prends soin de ta famille. Nous aurons d'autres occasions de nous voir.

— Merci de ta compréhension, mon ange.

Que croyait-il qu'elle allait dire ? Qu'il fallait qu'il délaisse sa famille pour elle ?

— À plus tard.

Elle raccrocha, soudain fébrile. Elle devait passer en revue sa garde-robe. Au début de l'été, elle avait acheté de nouvelles tenues quand ses amies de l'université lui avaient offert une croisière pour son anniversaire, mais elle avait besoin de quelques vêtements plus appropriés pour la circonstance. Demain, elle se rendrait à Charleston pour y écumer toutes les boutiques de mode.

Edward Wainwright paraissait visiblement embarrassé par les marques d'affection que lui témoignait sa famille, songea Noah en portant un toast à l'actuel directeur général de WDG. Il lui avait fallu des années pour apprendre à connaître son père et à deviner son humeur, laquelle pouvait passer sans transition de l'affection à la solennité et à l'intransigeance.

Noah aimait et respectait son père, mais il avait le sentiment qu'Edward cherchait trop à complaire à son propre père, lequel s'était fait tout seul depuis l'époque où il était un gamin pauvre du Lower East Side. Il avait bâti un empire dans l'immobilier et l'avait géré en tyran, ne passant la main à Edward que quand il l'avait jugé prêt à prendre la relève.

Edward sourit en jetant un regard autour de la table. La lumière du lustre se reflétait sur sa chevelure argentée soigneusement coiffée. Sans être vaniteux, il était fier de son physique avantageux, qu'il avait transmis à Noah.

— Je voudrais tous vous remercier d'être venus m'aider à entamer une autre année de ma vie. Ce n'est pas souvent que j'ai tous mes enfants réunis en même temps, mais je suppose que soixante-cinq ans est un âge charnière. Alors, je remercie Jordan, Noah, Rhett et Chanel d'avoir bien voulu délaisser leurs occupations pour être ici avec moi. Je remercie aussi mes cousins Fraser et Pat, mes neveux Giles, Patrick et Brandt, et bien sûr leurs splendides épouses.

Chanel leva les yeux au ciel.

— Papa ! Tu n'as pas besoin d'être aussi sentimental.

Les yeux vert émeraude de Christiane étincelèrent tandis qu'elle fusillait sa fille du regard.

— Je t'en prie, ne gâche pas la soirée avec tes remarques sarcastiques.

Noah posa une main apaisante sur l'épaule de sa sœur.

— Laisse tomber, murmura-t-il à son oreille.

— C'est bon, Chris, intervint Edward. Essayons de ne pas nous chamailler.

Puis il ajouta à l'adresse de Chanel :

— J'ai gagné le droit d'être sentimental. Tu le comprendras quand tu atteindras mon âge. Ceci dit, tout le monde sait que je ne suis pas partisan des grands discours, mais je tenais à vous informer que je continuerai à assumer mes fonctions à la tête de WDG pendant un an à compter d'aujourd'hui, puis je passerai la main.

Il se tourna vers son neveu.

— Patrick, tu dois te préparer à prendre la relève.

Patrick Wainwright III secoua la tête.

— Voyons, mon oncle, tu sais bien que je préfère travailler avec papa dans son cabinet juridique.

— Et toi, Noah ? demanda Edward. Je sais que tu passes beaucoup de temps en dehors du bureau pour superviser tes projets de construction, mais ne crois-tu pas que ton maître d'œuvre est capable d'assumer cette responsabilité ?

Noah serra les dents pour s'empêcher de riposter qu'il n'avait jamais voulu de ce poste et qu'il deviendrait fou s'il restait assis derrière un bureau jour après jour.

— Papa, au lieu de poser la question aux personnes

qui n'ont aucune envie de diriger l'entreprise, pourquoi ne fais-tu pas appel à ceux ou celles qui pourraient la conduire dans une autre direction ? Regarde ce que Giles a fait avec la division internationale.

— Quelle autre direction pourrait-il y avoir ? demanda Wyatt Wainwright.

Tout le monde se tourna vers le patriarche. Noah avait toujours comparé son grand-père à un faucon. Sa chevelure noire était désormais blanche comme neige, et ses yeux bleus étaient toujours aussi perçants que ceux d'un rapace. Il s'était toujours enorgueilli de sa capacité à fixer ses rivaux en affaires au point de les intimider et de les plier à sa volonté.

— S'agissant d'affaires, il n'y a jamais une seule direction, grand-père, répondit Noah. Les gens n'ont plus besoin d'utiliser leur voiture pour faire leurs courses car il y a désormais la vente en ligne. Il existe aussi des applications qui permettent à un futur acheteur de décider quel bien immobilier il veut visiter avant même de contacter un courtier. WDG est un géant dans son secteur d'activité, mais il doit évoluer pour se maintenir à ce niveau.

— Qu'essaies-tu de me dire, fiston ?

Noah dissimula un sourire en sirotant une gorgée de champagne. Par le passé, son grand-père aurait explosé si quelqu'un avait osé le défier, mais depuis qu'il était octogénaire il s'était un peu radouci.

— Nous avons engrangé de nombreux bénéfices en achetant des biens saisis, en les rénovant pour en faire de luxueux appartements, puis en les revendant avec une grosse plus-value. Je pense qu'il est désormais temps d'envisager de construire aussi des logements à prix abordable.

— Comme ceux que tu prévois de bâtir à Wickham Falls ? demanda Edward.

— Oui. J'en ai discuté avec Rhett et Chanel, et ils sont d'accord avec moi : désormais, il ne s'agit plus de faire des bénéfices à tout prix mais de permettre aux gens de réaliser leur rêve américain en devenant propriétaires de leur maison. Papa, tu devrais prendre Rhett et Chanel avec toi et les former afin qu'ils prennent le relais en tant que directeur général et directrice de l'exploitation. Rhett connaît très bien la législation en matière immobilière et Chanel a décroché un diplôme en commerce et en finance. Il est grand temps qu'*une* Wainwright siège au conseil d'administration.

Il sourit en voyant Mya et Aziza, l'épouse de Jordan, se donner des coups de coude.

— J'aime cette idée, intervint Christiane en souriant, ses cheveux platine coupés au carré flattant son visage ovale.

— Évidemment, tu dis cela parce que ce sont tes enfants, répliqua Edward.

— Et les tiens, Teddy, riposta-t-elle.

Puis elle fixa son beau-père à travers la table.

— Grand-père, que pensez-vous de la suggestion de Noah ?

— Ma foi, cela pourrait fonctionner.

— J'en suis certain, grand-père, assura Noah. Il est temps d'infuser du sang jeune dans l'entreprise.

Bien que WDG emploie une centaine de personnes, seuls les Wainwright avaient le droit de siéger au conseil d'administration.

— Noah a raison, approuva Fraser. Mes enfants ne s'intéressent pas à l'immobilier, ce qui laisse le champ libre aux enfants de Teddy et de Patrick.

— Ne pensez-vous pas qu'il est temps que Rhett et Chanel s'expriment ? intervint Edward.

Rhett sourit à sa sœur.

— Je sais bien que j'ai dit à tout le monde que je

préférais pratiquer le droit avec Jordan, mais je suis prêt à travailler avec papa s'il a besoin de moi.

— Il en est de même pour moi, déclara Chanel. Je suis disposée à quitter la banque d'investissement dans laquelle je travaille depuis peu, même si cela ne leur fait pas plaisir.

— Ce n'est pas comme si tu avais besoin de références, plaisanta Giles.

— Très drôle ! Plus sérieusement, Noah a raison quand il recommande la présence d'une femme au conseil d'administration. Aussi, j'accepte d'y siéger à condition qu'Aziza se joigne à moi. En tant qu'épouse de Jordan, elle est une Wainwright à part entière.

Aziza, splendide avocate afro-américaine et mère d'un bout de chou de un an, fixa Chanel, l'air éberlué.

— Je ne peux pas !

— Pourquoi ? Je sais que tu dois t'occuper de Maxwell, mais je suis certaine que maman acceptera de veiller…

— Bien sûr, que je serais ravie de le garder, l'interrompit Christiane, qui idolâtrait son unique petit-fils.

Aziza murmura quelque chose à Jordan avant de faire un signe d'acquiescement.

— J'accepte de siéger au conseil, mais pas plus de trois jours par semaine jusqu'à ce que Maxwell aille à la garderie.

Heureux d'avoir fait bouger les lignes, Noah se renversa contre le dossier de sa chaise, les bras croisés et le sourire aux lèvres.

Edward se mit debout, et tous les invités l'imitèrent quand il leva sa flûte.

— Cela mérite un autre toast, dit-il, saluant Aziza, Rhett et Chanel. Une nouvelle ère commence pour Wainwright Developers Group. Bienvenue parmi nous.

Noah s'excusa avant que le dessert soit servi et emprunta un escalier de service pour rejoindre sa suite au premier étage. Il n'avait jamais vu l'intérêt de quitter la demeure familiale, puisque tous ses besoins étaient satisfaits grâce à un personnel de maison efficace.

Ce matin, il avait conduit durant tout le trajet de Wickham Falls à New York, car Giles tombait de sommeil après être rentré des Bahamas en empruntant un vol de nuit. À la suite de ce voyage éclair, Giles avait demandé à Noah de retourner avec lui aux Bahamas pour rencontrer le propriétaire d'une nouvelle île qui souhaitait y faire construire des bungalows dans le style de ceux de Bali. Il avait accepté, même s'il devait reconnaître qu'il aurait préféré passer du temps avec Viviana avant qu'ils se rendent au mariage.

Il l'avait vue brièvement ce matin de bonne heure quand il avait déposé sa voiture chez elle et qu'elle l'avait reconduit chez Giles. En apercevant Mya sous le porche avec sa fille, il avait résisté à l'envie de l'embrasser pour ne pas la mettre dans l'embarras.

Il pénétra dans la salle de bains attenante, se doucha et enfila un pantalon de jogging et un T-shirt portant le logo de Yale. Il venait de s'installer sur le canapé quand il entendit frapper à sa porte.

— Entrez.

Christiane avait aussi troqué sa robe et ses talons hauts contre un pantalon et une tunique.

— Acceptes-tu un peu de compagnie ?

Il tapota le coussin à côté de lui.

— Volontiers, maman.

La fragrance familière de *N° 5* de Chanel flotta à ses narines quand elle prit place à côté de lui. C'était le seul parfum qu'il lui avait connu. Il passa son bras autour de ses épaules. Christiane Johnston était issue d'une vieille famille riche alors que la fortune des Wainwright était récente – ce que les Johnston ne manquaient jamais de faire sentir à Wyatt lors des réunions de famille.

Christiane lui tapota le genou.

— J'ai beaucoup apprécié ton intervention au dîner. J'avais bien essayé de demander à ton père de prendre Chanel dans son équipe, mais il ne voulait rien entendre. Il est comme son père. Tous deux considèrent que les femmes ne sont bonnes qu'à porter leurs enfants et organiser des réceptions !

— C'est sans doute vrai pour grand-père, mais pas forcément pour papa. Les hommes de la famille sont passionnés par leur travail, et les femmes doivent se sentir submergées à force de les entendre parler boutique.

— Chanel t'avait-elle dit qu'elle souhaitait intégrer l'entreprise ?

— Non. Mais elle m'avait paru un peu stressée à l'idée de devoir chercher un emploi en dehors de WDG alors que papa aurait pu lui créer un poste au sein de l'entreprise. Il s'est passé la même chose avec Rhett. Il aurait très bien pu travailler pour Patrick au lieu d'intégrer le cabinet juridique de Jordan.

— Rhett ne s'entend pas avec son cousin.

— Il faudra qu'ils apprennent à s'entendre quand Rhett deviendra directeur général.

Christiane soupira.

— Espérons-le. Et maintenant explique-moi ce qui se passe en Virginie-Occidentale.

— Rien d'important pour l'instant. Une difficulté imprévue retarde l'examen de ma demande de permis de construire.

— Je ne parle pas de ton projet de construction.

— Ah bon ? De quoi parles-tu, alors ?

— La semaine dernière, quand je t'ai demandé combien de temps tu resterais ici, tu m'as répondu quelques jours seulement. Tu es un vrai courant d'air, mon chéri !

— Je resterai deux jours, puis je me rendrai aux

Bahamas avec Giles car un de ses clients veut que je conçoive plusieurs bungalows sur l'île qu'il vient d'acquérir.

— Quand tu seras de retour, auras-tu un peu de temps à consacrer à ta vieille mère ?

Noah l'embrassa sur la joue.

— Tu es toujours aussi jeune, maman.

De fait, Christiane paraissait beaucoup moins que ses soixante-trois ans, et il la soupçonnait de recourir à des injections de substances antirides pour freiner les ravages du temps.

— Je ne peux rien te promettre, car je suis invité à un mariage aux Bahamas durant le week-end du Veterans Day.

— Et que comptes-tu faire ensuite ?

— À vrai dire, je l'ignore, maman.

Il savait qu'il n'aurait pas de réponse du comité d'urbanisme avant la mi-janvier, et il préférait ne faire aucun projet d'ici là.

— Aurai-je au moins la joie de te voir pour Thanksgiving et Noël ? Giles et Mya ont l'intention de rester à New York jusqu'en janvier. J'espérais que tu ferais de même.

— La seule chose que je peux te promettre, c'est d'être présent pour Thanksgiving et Noël.

Sa mère parut déçue, mais elle se ressaisit.

— Aurais-tu rencontré une femme qui te plaît ?

Il se rappela avoir dit à Viviana qu'il ne mentait pas à ses parents.

— Oui.

— Est-elle charmante ?

Il sourit. Sa mère ne manquait jamais de l'interroger sur sa vie sentimentale, espérant qu'il aurait enfin rencontré l'âme sœur.

— Oui, très charmante.

— Suffisamment charmante pour que tu l'épouses ?

— Tu brûles les étapes, maman ! Je viens simplement

de la rencontrer, et nous ne sommes pas encore sortis ensemble.

— J'espère que tu ne la laisseras pas tomber au bout d'un moment, comme tu as fait avec les autres.

— J'ai cessé de les voir parce que je ne les aimais pas assez pour m'engager durablement avec elles.

— As-tu envie de t'engager avec cette jeune femme ?

Noah fronça les sourcils, agacé par son insistance.

— Arrête cet interrogatoire, maman. Tu as déjà un petit-fils. Maxwell ne te suffit pas ?

— Non. La plupart de mes amies ont au moins trois ou quatre petits-enfants. Et je fais pâle figure, avec un seul.

— Ne me dis pas que toi et tes amies concourez pour savoir qui aura le plus grand nombre de petits-enfants !

— Tu ne crois pas si bien dire. À la naissance de Lily, Amanda, la mère de Giles, s'est dépêchée de m'appeler pour m'annoncer qu'elle avait désormais des petits-fils *et* une petite-fille. Et, quand Giles l'a prévenue que Mya était à nouveau enceinte, elle m'a invitée à déjeuner et s'est vantée pendant tout le repas d'avoir bientôt un autre petit-enfant. Si elle ne faisait pas partie de la famille, je lui aurais rabattu son caquet vite fait !

Réprimant un rire, il embrassa sa mère sur la joue.

— Tu prends cette histoire trop à cœur. Je suis sûr que Jordan et Aziza auront d'autres enfants. Et un de ces jours Rhett et Chanel se marieront et te donneront les petits-enfants que tu désires tant.

— Et toi, Noah ? N'as-tu pas envie de te marier et de fonder une famille ?

— Si.

Christiane lui sourit.

— Cela signifie-t-il que mon enfant terrible est enfin prêt à se fixer ?

Noah avait toujours détesté que sa mère le traite d'enfant terrible. Il se considérait comme un esprit fébrile, incapable de rester au même endroit plus de quelques semaines d'affilée. Et, dès qu'il avait l'impression d'étouffer, il s'enfuyait dans la maison familiale aux Bahamas pour y vivre sa vie.

— Tu devras attendre pour le savoir, dit-il avec un sourire énigmatique.

— Entendu, soupira-t-elle. Je sais que tu es fatigué. Je vais donc te laisser te reposer. Prendras-tu le petit déjeuner avec nous ?

Il l'embrassa à nouveau sur la joue.

— Bien sûr.

Il la raccompagna à la porte et ferma à clé derrière elle. Il n'était pas 21 heures mais il avait sommeil. Il éteignit son portable, se déshabilla et se glissa dans son lit. Bien qu'assourdi, le bruit de la circulation sur la Cinquième Avenue lui parut anormalement fort comparé au silence de Wickham Falls.

Après s'être tourné et retourné pendant une dizaine de minutes, il prit la télécommande sur la table de nuit, alluma la télévision murale et rechercha un film qu'il n'avait pas encore vu.

Il en choisit un où figurait Dwayne Johnson et se cala confortablement pour regarder son acteur favori faire ce qu'il faisait le mieux : sauver les personnes en danger. Il activa la fonction arrêt programmé. Vingt minutes plus tard, ses yeux se fermèrent, et il ne vit pas la fin du film.

- 5 -

Postée sous le porche à côté de ses bagages, Viviana guettait l'arrivée du taxi commandé par Noah, qui la conduirait au Tri-State Airport, où ils se retrouveraient pour s'envoler à destination des Bahamas.

Elle avait activé le système de sécurité de sa maison et, hier, elle avait contacté Seth pour lui demander de garder un œil sur sa propriété durant son absence. Il avait ri en lui expliquant qu'il était aussi chargé de surveiller celle de Giles et Mya jusqu'à leur retour de New York. Puis il avait promis qu'un de ses adjoints irait faire une ronde autour de sa propriété une ou deux fois par jour. Le trafic de drogue sévissait toujours à Wickham Falls, et les cambriolages se multipliaient.

Elle avait aussi appelé son frère pour l'informer du contretemps administratif empêchant Noah de construire sur le terrain qu'ils lui avaient vendu. Il l'avait encouragée à rester positive et se tenait à sa disposition en cas de besoin. Elle l'avait aussi prévenu qu'elle s'absentait pour une semaine, mais sans lui dire où elle partait ni avec qui. Leland lui avait conseillé de prendre du bon temps et dit qu'il serait heureux de la revoir pour Thanksgiving.

Le taxi se gara devant chez elle. Après l'avoir saluée, le chauffeur l'invita à prendre place pendant qu'il chargeait ses bagages dans le coffre.

Elle savait qu'elle avait pris trop de vêtements pour ce week-end prolongé, mais elle n'avait pas pu résister à l'envie d'emporter les tenues neuves qu'elle avait achetées dans sa boutique préférée à Charleston, notamment des robes, des shorts, des pantalons, des tuniques, des bikinis et des maillots une pièce. Le mariage aurait lieu samedi, mais plusieurs invités arriveraient jeudi pour éviter la cohue dans les aéroports. Elle et Noah passeraient donc six jours ensemble avant de revenir à Wickham Falls.

Le trajet jusqu'à l'aéroport régional lui parut étonnamment court. Le chauffeur s'arrêta devant un poste de sécurité et remit un document au garde. Celui-ci s'approcha de la portière de Viviana et lui demanda son passeport. Après avoir scanné le code-barres à la dernière page, il apposa un tampon et le lui rendit. Puis il composa un code commandant l'ouverture de la grille et fit signe au chauffeur de passer. Bientôt, elle aperçut Noah sur le tarmac, en train de discuter avec un pilote à côté d'un jet privé. Quand elle lui avait parlé de prendre un billet, il lui avait répondu qu'il s'occuperait de tout et qu'elle devait simplement emporter son passeport. Elle sourit quand il s'avança pour lui ouvrir la portière.

— Maintenant, je comprends pourquoi je n'ai pas besoin de billet, dit-elle, remarquant le sigle WDG suivi de plusieurs chiffres sur la queue de l'avion.

Noah tendit la main à Viviana pour l'aider à mettre pied à terre. Elle portait un pantacourt bleu pâle, un top assorti dénudant ses épaules et son ventre plat, et des spartiates à rayures bleu et blanc. Il s'inclina pour déposer un baiser léger sur sa bouche pulpeuse, puis se redressa pour examiner son visage, comme s'il voulait le mémoriser. Jusqu'à cet instant, il ne s'était pas rendu compte à quel point elle lui avait manqué. Quand elle l'avait appelé pour lui annoncer qu'elle l'accompagnerait au mariage, il avait été à la fois stupéfait et fou de joie. Il avait essayé de se remémorer ses traits dans les moindres détails, mais il avait échoué lamentablement. Et, maintenant qu'elle se tenait devant lui, il la trouvait plus belle que jamais.

Après avoir passé deux jours avec sa mère, il avait accompagné Giles aux Bahamas afin d'y rencontrer le fameux client désireux de faire construire des bungalows sur l'île de quatre hectares qu'il avait acquise auprès de WDG International. Il avait fallu plus d'une semaine pour que le milliardaire excentrique approuve enfin la dernière mouture des plans que Noah avait conçus.

— Si tu savais comme tu m'as manqué, murmura-t-il à son oreille.

— Toi aussi, tu m'as manqué, répondit-elle, nouant ses bras autour de sa taille.

Noah posa son menton sur le crâne de Viviana. Il lui avait fallu ce laps de temps loin d'elle et de Wickham Falls pour comprendre qu'il envisageait désormais l'avenir sous un jour différent. Il ne voulait plus seulement faire ce qui le rendait heureux mais contribuer au bonheur de l'élue de son cœur.

— Il est temps d'y aller, mon ange. La tour a autorisé le pilote à décoller.

Il glissa un généreux pourboire au chauffeur après qu'il eut remis les bagages de Viviana au pilote. Puis, la prenant par la main, il l'invita à monter sur la passerelle.

Un steward accueillit Viviana en souriant.

— Bienvenue à bord, madame Remington. Dès que vous serez assise et que vous aurez bouclé votre ceinture, nous décollerons. Une fois que nous aurons atteint l'altitude de croisière, l'équipage vous servira un petit déjeuner. Vous trouverez le menu à votre place.

Noah indiqua un siège à Viviana et s'installa en face d'elle. Il ne parvenait pas à détacher son regard d'elle. Sa chevelure bouclée ramenée en arrière et nattée mettait en valeur son visage à l'ovale parfait. Et ses grands yeux noisette étaient fixés sur lui.

— À quoi penses-tu ? demanda-t-il.

— Si je comprends bien, ce jet appartient à votre société.

— Oui. Nous l'utilisons pour les voyages d'affaires.

Elle eut un sourire amusé.

— Faisons-nous un voyage d'affaires ?

Il lui rendit son sourire.

— Ce sera le cas si tu acceptes de m'accompagner dans l'une des villégiatures de WDG.

— Combien en avez-vous ?

— Seulement deux.

— C'est déjà beaucoup !

— C'est vrai, et ça n'a pas toujours été le cas. Quand j'étais enfant, une année sur deux, nous passions la semaine entre Noël et le jour de l'an dans la Caraïbe. Un jour, mon grand-père a décidé qu'il était temps de construire une grande maison aux Bahamas pour héberger tout le clan. Puis il a changé d'avis en lisant un article concernant la mise en vente de centaines d'îles privées. Il a négocié avec le gouvernement bahamien et en a acheté une ayant une superficie de huit hectares, sur laquelle il a fait construire une piste d'atterrissage, une maison de famille puis des bungalows pour les vacanciers. Quand Giles a démissionné de l'armée pour rejoindre WDG, il a créé la division internationale chargée d'acheter et de vendre des îles à des clients fortunés désireux d'avoir leur propre terrain de jeux.

Viviana s'agrippa aux accoudoirs quand le jet accéléra avant de décoller.

— Tu te rends souvent là-bas ?

— Oui. D'ailleurs, j'en reviens. Le courtier de WDG habite sur place. L'île est en quelque sorte notre QG.

Après le mariage, nous pourrions prendre un bateau pour nous rendre à Emerald Cove.

— Pourquoi l'île s'appelle-t-elle ainsi ?

— *Stricto sensu*, l'archipel des Bahamas se situe dans l'océan Atlantique, mais il est proche de la mer des Antilles, où l'eau est parfois plus verte que grise. C'est le cas de l'eau entourant notre villégiature, d'où son nom. Si tu n'as rien de prévu à Wickham Falls, je te propose de prolonger notre séjour d'au moins une semaine.

Il leva une main pour prévenir une protestation de sa part.

— Tu n'es pas obligée de me donner une réponse maintenant. Nous verrons au jour le jour comment cela se passe entre nous.

Elle arqua un sourcil interrogateur.

— Tu as des doutes sur notre bonne entente ?

— Je ne fais jamais de conjectures. J'évite ainsi les déceptions.

— Dans ce cas, je te donnerai ma réponse après le mariage.

Ce serait la deuxième fois qu'elle ferait patienter Noah. Par le passé, elle aurait aussitôt accepté l'invitation, mais c'était l'ancienne Viviana qui se comportait ainsi, tant elle était désireuse de plaire aux autres, même à son détriment. Quand elle avait demandé à sa tante pourquoi les hommes avaient tendance à se servir d'elle, elle avait été bouleversée de s'entendre dire qu'elle ressemblait à sa défunte mère. Annette était tombée éperdument amoureuse d'Emory et, malgré l'incapacité de son mari à prendre soin de sa famille une fois qu'il avait été pris dans l'engrenage de la drogue, elle n'avait jamais cessé de l'aimer. Viviana savait que sa tante maternelle détestait ce qu'Emory avait fait subir à sa femme et à ses enfants, mais elle n'avait jamais dit du mal de lui, par respect pour sa sœur et ses neveux.

Viviana tourna la tête vers le hublot pour éviter de regarder Noah. Il était tellement différent des hommes qu'elle avait fréquentés qu'elle se demandait parfois si elle ne l'avait pas fait apparaître comme par magie. À vrai dire, il lui rappelait le prince des contes de fées qu'elle lisait, enfant, et le héros des romans d'amour qu'elle dévorait, adolescente… et même encore aujourd'hui.

Ses pensées furent interrompues par l'arrivée du steward venu prendre sa commande. Après un petit déjeuner somptueux composé d'une omelette aux épinards et à la feta, d'une tranche de melon enroulée dans du jambon de parme et d'un cocktail mimosa, elle inclina son siège et s'endormit.

Elle se réveilla en sursaut en sentant qu'on la secouait par l'épaule. Elle ouvrit les yeux, désorientée, et découvrit Noah penché sur elle.

— Sommes-nous déjà arrivés ?

Il lui sourit, ses dents très blanches ressortant sur son visage hâlé.

— Bientôt. Tu dois te redresser et attacher ta ceinture car le pilote s'apprête à entamer la descente.

Les yeux écarquillés, elle contempla l'océan encerclant des îles à la végétation luxuriante. Tandis que le jet perdait de l'altitude, elle distingua une étendue de plage, des bâtiments aux toits de tuiles et un port de plaisance où de nombreux bateaux étaient amarrés.

Elle se tourna vers Noah et s'étira, faisant remonter son top sur sa cage thoracique.

— Combien de temps ai-je dormi ?

Noah ne parvenait pas à détacher son regard du ventre soyeux de Viviana. Savait-elle à quel point elle était désirable ? Cela faisait des mois qu'il n'avait pas couché avec une femme et, bien qu'il ait déjà connu de longues périodes d'abstinence sexuelle, il ne s'était jamais senti autant mis à l'épreuve qu'à cet instant.

— Plus d'une heure, répondit-il.

Elle sourit, et il reporta son attention sur ses lèvres charnues.

— J'espère que je n'ai pas ronflé.

Il lui fit un clin d'œil.

— Rassure-toi. Tu as dormi comme un bébé.

Elle lissa ses cheveux et glissa quelques mèches rebelles derrière ses oreilles. Il la préférait avec les cheveux dénoués ; elle le faisait penser à Cher, avec la cascade de boucles brunes encadrant son visage. Le détective avait trouvé des photos de ses parents, et elle avait manifestement hérité de leurs plus beaux traits physiques.

Noah était heureux et fier de la revendiquer comme sienne durant six jours, voire davantage si elle acceptait de l'accompagner à Emerald Cove. Et il savait que ses amis se perdraient en conjectures quand il la leur présenterait. La dernière fois qu'il avait amené une amie à un mariage remontait à plus de deux ans.

L'avion atterrit en douceur et s'arrêta à environ deux cents mètres d'un grand bâtiment faisant office de douane. Les passagers d'un autre avion s'y dirigeaient déjà. Lorsque le pictogramme s'éteignit, Noah déboucla sa ceinture et attendit que Viviana fasse de même.

Quand elle eut récupéré sa pochette, il lui prit la main. Puis ils se dirigèrent vers l'avant, remercièrent l'équipage et descendirent la passerelle sous un soleil de plomb.

Noah fit signe à un jeune homme posté à côté d'un chariot rempli de bagages et brandissant une pancarte à leur nom. D'après son badge, il se prénommait Charles.

— Nous allons à Governor's House.

— Entendu. Je chargerai vos bagages dans le minibus dès que vous aurez passé la douane.

— Merci, Charles.

Il exerça une légère pression sur les doigts de Viviana.

— J'espère que tu as emporté un tube d'écran total.

— Bien sûr. La résidence est-elle loin de l'aéroport ?

— À une quinzaine de minutes, répondit-il, l'entraînant vers le bâtiment.

— Es-tu déjà venu ici ?

— Oui, une fois, alors que je faisais une tournée des îles.

— Tu devais être un sacré fêtard, à l'époque.

Il fixa la file d'attente qui avançait lentement.

— J'admets que j'ai eu mon lot de soirées festives.

— Au point d'en être dégoûté ?

Il sourit.

— Oh ! oui. Si je ne m'étais pas arrêté, je me serais consumé.

— Qu'est-ce qui t'a incité à t'arrêter ?

— Un ensemble de raisons. Mon père avait annoncé qu'il prendrait bientôt sa retraite, et je savais qu'il était temps pour moi d'assumer mes responsabilités et de me mettre sérieusement au travail. Par ailleurs, mes parents n'appréciaient pas mon mode de vie et ne manquaient pas de me le faire savoir.

— Où vivais-tu ?

— J'ai une suite dans la maison où j'ai grandi.

Viviana lui lança un regard incrédule.

— Tu vis toujours chez tes parents ?

— Oui. Je n'ai aucune raison de déménager, puisque j'ai tout ce qu'il me faut.

— En d'autres termes, tu es *servi*.

Noah crut déceler une nuance de dédain dans sa voix et se demanda si elle ne méprisait pas les gens fortunés à cause de la façon dont ses ancêtres avaient traité leurs ouvriers dans leurs mines de charbon.

— Oui, nous avons du *personnel de maison*, répliqua-t-il, insistant sur le terme. La plupart de nos employés travaillent pour nous pendant de nombreuses années avant de partir à la retraite avec une pension généreuse. Puis-je te poser une question ?

— Bien sûr.

— Cela te dérange-t-il que je sois issu d'une famille riche ?

— Et toi, cela te dérange-t-il ?

— Non, répondit-il tandis qu'ils se rapprochaient des fonctionnaires chargés de vérifier les passeports. Je dois admettre qu'avoir du personnel de maison présente beaucoup d'avantages mais aussi quelques inconvénients.

— Lesquels ?

— Les gens se figurent que nous sommes dépourvus de scrupules et prêts à tout pour conserver nos privilèges.

— Fais-tu référence aux Wolfe de Wickham Falls ?

— C'est toi qui le dis, Viviana, pas moi. Mon grand-père a bâti son empire en usant de méthodes dont je ne me serais jamais servi. Il devra s'arranger avec sa conscience le moment venu. Mais une chose est sûre, je refuse de m'excuser d'être un Wainwright. Lors de chaque réveillon du nouvel an, nous organisons un gala de collecte de fonds auquel nous contribuons largement et nous allouons la somme récoltée à une association caritative.

Elle lui sourit.

— C'est votre façon de compenser les avantages dont vous bénéficiez.

Il lui rendit son sourire.

— Oui. À quoi sert l'argent si ce n'est à être dépensé ? Nous ne pouvons pas l'emporter avec nous dans l'au-delà.

— C'est vrai. Un linceul n'a pas de poches, comme on dit.

Il rit.

— Visiblement, les pharaons l'ignoraient quand ils se sont fait enterrer avec leurs trésors.

Il lui pressa à nouveau la main.

— Il faut que tu arrêtes de te sentir coupable à cause des méfaits de tes ancêtres.

— J'aimerais bien, mais les habitants des Falls ont la mémoire longue en ce qui concerne notre famille. C'est une des raisons pour lesquelles ma tante nous a inscrits dans une école privée, mon frère et moi. Je ne sais pas comment Leland a réussi à supporter l'ostracisme dont il a été l'objet quand il a choisi d'intégrer le lycée.

— Si ton frère est devenu ranger dans l'armée, c'est qu'il était déjà doté d'une grande force mentale. Ne te sous-estime pas, mon ange. Tu es plus forte que tu ne le penses. Sinon, tu aurais quitté Wickham Falls depuis longtemps.

— Curieusement, je n'ai jamais songé à en partir.

— Si tu t'en allais, tu devrais recommencer de zéro. Tu trouverais aisément un poste dans une chaîne hôtelière, mais tu ne serais plus ton propre patron. Est-ce ce que tu voudrais ?

— Non. Je tiens trop à mon indépendance. Et je sais que, quand je rouvrirai le bed and breakfast, ce sera un succès, car j'ai beaucoup changé depuis l'époque où je gérais la pension de famille.

Noah avait envie de lui dire qu'il l'aimait telle qu'elle était et qu'il était en train de tomber amoureux d'elle. Mais ce n'était ni le moment ni le lieu appropriés.

Ce fut leur tour de présenter leur passeport. Puis ils rejoignirent Charles, qui les attendait avec leurs bagages.

Ils le suivirent jusqu'à un minibus où d'autres passagers avaient déjà pris place. Tandis que Charles se glissait derrière le volant et s'éloignait de l'aéroport, Viviana glissa sa main dans celle de Noah, et ils échangèrent un sourire complice.

- 6 -

Viviana entendit un coup frappé à la porte communiquant avec la suite de Noah. À l'instar des autres bungalows de la résidence, le leur offrait une vue dégagée sur la plage et l'océan, et était construit dans le respect de l'environnement avec des matériaux naturels trouvés sur l'île, depuis les murs en bambou jusqu'au toit de chaume.

Elle foula pieds nus le plancher en acajou poli pour aller ouvrir. Noah avait enfilé un short en lin blanc, un T-shirt à manches courtes assorti et des espadrilles beiges. Ses bras et ses jambes étaient presque aussi hâlés que les siens.

— Entre. Il faut que je me coiffe, puis je serai à toi.

Quand ils étaient arrivés, elle ne s'était pas donné la peine de ranger ses affaires, préférant se doucher et se laver les cheveux. Après avoir appliqué une couche d'écran total, elle avait enfilé une robe bain de soleil en coton gaufré rose pâle et des ballerines couleur chair.

— Qu'y a-t-il ? demanda-t-elle, remarquant que Noah la fixait d'un air étrange.

— As-tu l'intention de t'attacher les cheveux ?

— Oui, une fois qu'ils seront secs. Pourquoi ?

Il se rapprocha d'elle.

— Parce que je préfère quand ils sont dénoués.

Viviana passa ses doigts dans les mèches humides qui retombaient en bouclettes sur ses épaules.

— Ainsi, tu aimes les cheveux longs.

— Oui, mais pas autant que je t'aime.

Elle sentit son pouls s'affoler en entendant Noah confesser ce qu'elle ne voulait pas admettre. Aussi se mit-elle à parler de choses et d'autres pour s'empêcher de dire à Noah à quel point elle était devenue dépendante de lui sur le plan émotionnel. Elle n'avait pas besoin qu'un psychologue lui explique que ses ex-compagnons étaient des substituts de son père. Non seulement ils étaient plus âgés qu'elle, mais ils avaient aussitôt pris conscience de son immense besoin d'affection. Et ils avaient supporté ses débordements de tendresse car être vus en compagnie d'une femme plus jeune flattait leur ego.

Elle avait envie de s'abandonner avec Noah, mais il y avait quelque chose chez lui qui la retenait et l'empêchait de lui faire entièrement confiance.

Elle ferma les yeux, troublée, en voyant le désir assombrir le regard de Noah.

— Tu m'apprécies, et je t'apprécie. Mais où cela nous mènera-t-il ? demanda-t-elle, rouvrant les yeux.

Il enserra son visage entre ses paumes et déposa un baiser sur son front.

— Nous prendrons tout le temps qu'il faudra pour le découvrir, mon ange. Je sais que tu as été blessée par le passé et que tes cicatrices ne sont pas encore refermées. C'est pourquoi ce sera à toi de me dire quand tu te sentiras prête à me faire une place dans ta vie.

Elle posa la tête sur son épaule musclée.

— Tu en fais déjà partie.

Lui relevant le menton, il la força à croiser son regard.

— Je te laisse le soin de mener cette relation jusqu'où tu voudras. Et, puisque nous allons passer beaucoup de temps ensemble ici et aux Falls, tu auras tout loisir de décider.

Il lui fit un clin d'œil.

— Je te laisse te préparer. Je serai sur la véranda.

Viviana sourit, soulagée. Désormais, elle connaissait les règles de base de leur relation. Ce serait la première fois qu'elle serait en mesure de décider quelle direction elle entendait donner à sa liaison avec un homme. Elle était en train de remettre sa vie sur les rails, et elle n'avait pas envie de se fourvoyer.

Retournant dans la salle de bains, elle appliqua un baume démêlant sur sa chevelure avant de passer un peigne à dents écartées dans ses boucles humides. Puis elle se lava les mains et les sécha avec une serviette moelleuse marquée du logo de la résidence. Tout était pensé pour le bien-être et la satisfaction des clients, comme les échantillons de produits de beauté haut de gamme ou l'offre de divers services, notamment ceux d'un salon de coiffure, d'un salon de massage et d'une boutique de vêtements.

Elle fit coulisser la porte vitrée donnant sur la véranda et aperçut Noah assis à une table ronde protégée par un parasol, et discutant avec plusieurs hommes. Tous avaient un verre à la main. Près de la plage, un groupe de femmes se tenait dans un belvédère au toit de chaume et sirotait des boissons colorées. Noah lui tournait le dos, mais il regarda par-dessus son épaule et se leva prestement en voyant les regards des autres hommes braqués sur elle. Elle lui sourit et glissa un bras autour de sa taille, flattée de voir son regard admiratif s'attarder sur sa longue chevelure cascadant dans son dos.

— Ma coiffure te convient ? murmura-t-elle.

— J'adore ! Viens. Je vais te présenter à mes amis.

Il drapa un bras autour de ses épaules dans un geste de propriétaire, attisant un peu plus la curiosité des autres hommes, mais aussi celle des femmes, qui s'empressèrent de quitter le belvédère pour se poster à côté de leurs compagnons respectifs. Viviana remarqua que toutes portaient une alliance et se demanda si Noah était le seul célibataire du groupe.

Noah l'attira plus près de lui.

— Mesdames et messieurs, j'ai l'immense plaisir de vous présenter Viviana Remington. Je vais m'abstenir de lui décliner vos noms car elle aura plusieurs jours pour apprendre à les connaître.

— Pourquoi ne laisses-tu pas la parole à cette charmante dame ? demanda un homme svelte dont la peau claire virait au rouge brique sous les rayons ardents du soleil.

Un superbe Afro-Américain au crâne rasé lui tendit la main :

— Je suis Brandon Benson, mais tout le monde m'appelle BB.

Son épouse, d'une égale beauté, adressa un sourire contrit à Viviana.

— Vous voudrez bien excuser mon mari. Il lui arrive de laisser ses bonnes manières au vestiaire.

Puis elle lui tendit la main.

— Je suis Alicia.

Viviana lui serra la main.

— Je suis ravie de faire votre connaissance, Alicia.

À tour de rôle, les invités se présentèrent. Au début, elle s'efforça de mémoriser leurs noms, puis elle y renonça. Noah avait raison. Elle avait tout le temps de les apprendre.

Une petite blonde tout en courbes lui prit la main.

— Viens t'asseoir avec nous. Allons, Noah, lâche-la, ajouta-t-elle en riant alors qu'il continuait à l'enlacer. Nous n'avons pas l'intention de la kidnapper !

Viviana envoya un baiser aérien à Noah.

— Ne t'inquiète pas, chéri. Je ne vais pas m'enfuir.

En le voyant ouvrir et refermer la bouche, elle comprit que le terme affectueux l'avait pris de court, mais il était destiné autant à lui qu'aux autres membres du groupe. Elle leur faisait savoir qu'ils formaient un couple.

Elle prit place sur un banc dans le belvédère et mesura du regard les quatre femmes qui la scrutaient.

— Je suppose que vous devez être curieuses à mon sujet, dit-elle, prenant l'initiative.

Alicia rejeta une profusion d'extensions sur son épaule.

— C'est peu de le dire ! Mais, avant que nous te bombardions de questions, ce serait la moindre des politesses que nous nous présentions nous-mêmes plus en détail. Je suis Alicia, et Brandon et moi possédons plusieurs fast-foods franchisés à Saint-Louis, Missouri.

— Et moi je suis Michelle, l'épouse de Trace Brown, déclara la blonde. Nous vivons à Dallas. Trace est procureur de district, et je m'occupe de nos trois bouts de chou. En ce moment, c'est ma belle-mère, Dieu la bénisse, qui les garde afin de nous permettre de profiter de ces quelques jours de détente.

Une belle brunette au sourire éclatant repoussa ses lunettes de soleil sur son crâne, révélant des yeux noisette pétillant de malice.

— Je suis Lynette, et le type baraqué avec un débardeur est mon mari. Phil et moi possédons une clinique du sport à Miami. Et maintenant dis-nous comment tu as connu Noah.

— Eh, une minute, Lynn ! Laisse-moi me présenter à mon tour avant de fourrer ton joli nez dans les affaires de Viviana, intervint une Afro-Américaine grande et mince, aux cheveux argentés coupés ras.

Viviana rit de bon cœur avec Alicia et Michelle.

— Désolée, s'excusa Lynette, l'air faussement contrit.

— Je suis Sandra Daniels, la meilleure moitié de Richard. Et je suis fière de dire que je n'ai pas eu de récidive de mon cancer depuis plus d'un an.

Viviana se pencha pour étreindre chaleureusement Sandra.

— J'en suis heureuse pour toi.

Sandra avait survécu, contrairement à la mère de Viviana. Après s'être plainte de migraines et de nombreuses chutes inexplicables, Annette Remington s'était fait diagnostiquer un cancer du cerveau inopérable qui l'avait l'emportée avant son trentième anniversaire.

Sandra passa une main sur son crâne.

— Merci. Quand j'ai commencé à perdre mes cheveux à cause de la chimio, j'ai décidé de les raser. Et, comme je grisonne prématurément, je les teins.

— Les cheveux courts te vont à ravir, assura Viviana.

Alicia passa un bras autour des épaules de Sandra.

— C'est parce que ma merveilleuse sœur de cœur était mannequin. Je l'encourage à recommencer à poser, mais elle prétend que sa carrière est finie.

Sandra décocha un regard noir à Alicia.

— Tu es pire qu'un chien qui ne veut pas lâcher son os ! Nous ne sommes pas ici pour parler de ma carrière mais pour apprendre à connaître Viviana.

— Avant que nous commencions à t'interroger, veux-tu quelque chose à boire ? demanda Lynette, désignant trois carafes. Nous avons du margarita, du punch au rhum et du mai tai. Choisis ton poison.

Viviana récupéra un verre et le tendit à Lynette.

— Je prendrai un peu de punch, même si je n'ai pas l'habitude de boire l'estomac vide.

Sandra rit.

— Ne t'inquiète pas pour ça. Nous avons déjà commandé tous les amuse-bouches indiqués sur la carte. Le serveur ne devrait pas tarder à les apporter.

À peine avait-elle prononcé ces mots que deux serveurs chargés de plateaux apparurent. L'un s'arrêta à la table de Noah et de ses amis, et l'autre se dirigea vers le belvédère.

Bien qu'elle ait pris un petit déjeuner copieux, les effluves délicieux s'échappant des plats lui rouvrirent l'appétit.

Elle remplit son assiette d'un assortiment de mets : raviolis chinois, sushis au sésame, calamars frits, brochettes d'agneau marinées à la menthe, tahini et brochettes de porc au gingembre et à l'orange. Il y avait d'autres mets tout aussi appétissants, mais elle ne pouvait pas tout goûter.

Elle leva son verre de punch avec les quatre autres femmes pour porter un toast à leur amitié, ancienne et nouvelle. Tout en sirotant une gorgée, elle ne put s'empêcher de se demander si elles l'accueillaient comme une amie à cause de sa relation avec Noah, et à combien d'autres petites amies elles avaient réservé le même accueil.

Le punch, bien que fort, était délicieux, et les amuse-bouches, succulents. Après ces agapes, elle était repue et un peu euphorique.

— Que voulez-vous savoir à mon sujet ? demanda-t-elle, prenant visiblement les quatre femmes de court.

Sandra fut la première à se lancer.

— Depuis combien de temps connais-tu Noah ?

— Quatre mois.

— Comment l'as-tu rencontré ? demanda Lynette.

— C'est son cousin qui nous a présentés.

Elle n'avait pas l'intention de leur révéler que c'était un arrangement commercial qui les avait rapprochés. Mais elle ne mentait pas car ils s'étaient effectivement connus grâce à Giles.

Michelle la fixa avec attention.

— Il me semble déceler un accent du Sud chez toi.

— Je plaide coupable. Je suis de Virginie-Occidentale.

Alicia se redressa sur son siège.

— D'où exactement ?

— De Wickham Falls. C'est dans le sud de l'État, non loin de Beckley.

— Je connais bien Beckley car j'ai grandi à White

Sulphur Springs, annonça Alicia avec un grand sourire en se penchant pour cogner ses phalanges repliées contre celles de Viviana. Je savais que nous étions sœurs. Je retourne là-bas au moins deux fois par an pour rendre visite à ma famille.

Lynette mit délicatement une crevette dans sa bouche.

— Que fais-tu quand tu ne sors pas avec ton superbe petit ami ?

— Je suis propriétaire-gérante d'un bed and breakfast dans ma ville natale. Pour l'instant, je l'ai fermé pour la saison et j'envisage de le rouvrir au printemps.

— Mes grands-parents possédaient un bed and breakfast dans le Tennessee. Je rêvais de prendre la relève, mais ce rêve est passé à la trappe quand je suis tombée amoureuse de Phil et que nous nous sommes installés en Floride.

— Qu'est-il arrivé à l'établissement de tes grands-parents ?

— Ils l'ont vendu à des gens qui l'ont détruit pour édifier une énorme église à la place.

— Quel dommage. Je n'ai aucune intention de vendre ma maison.

Elle avait fait promettre à son frère que la maison et la propriété resteraient dans leur famille.

Lynette posa ses coudes sur la table.

— Toutes les quatre, nous avons l'habitude de passer un week-end ensemble entre filles au moins une fois par an. Il se peut que nous te contactions pour réserver des chambres dans ton établissement. Tu nous ferais découvrir le charme et l'hospitalité du fameux État de la Montagne.

— J'en serais ravie. Je vous laisserai mes coordonnées avant de partir.

Elle trouvait ces femmes sympathiques. Elles étaient des amies proches et, par chance, elles semblaient l'avoir accueillie dans leur cercle.

— Et vous, comment connaissez-vous Noah ?

Ce fut Sandra qui répondit pour le quatuor.

— Nos maris et Noah ont lié connaissance quand ils étaient étudiants à Yale. Ils ne faisaient pas partie d'une fraternité, mais ils avaient constitué leur propre cercle où ils ne laissaient entrer personne d'autre. Nous sommes tous allés dans la résidence familiale de Noah à Emerald Cove. Si tu n'y es pas encore allée, tu devrais lui demander de t'y emmener.

Il m'a invitée, pensa Viviana.

— J'y songerai, dit-elle à la place.

— Entre toi et Noah, c'est du sérieux ? demanda Michelle.

— Pourquoi me poses-tu cette question ?

Michelle jeta un coup d'œil aux autres femmes autour de la table.

— Parce que la dernière fois que nous avons vu Noah avec une femme remonte à au moins deux ans. Avant cela, c'était un vrai play-boy. Chaque fois que nous le rencontrions, il nous présentait une femme différente. Au bout d'un moment, il nous était impossible de nous souvenir de leurs noms.

Lynette fit les gros yeux à Michelle.

— Viviana n'a pas besoin d'entendre parler du passé de son petit ami.

— Qui te dit qu'elle n'en a pas déjà entendu parler ? répliqua Michelle.

— Lynn a raison, intervint Sandra. Je suis certaine que Trace ne t'a pas fait un récit circonstancié de toutes les aventures qu'il a eues avant toi.

Viviana leva les mains dans un geste d'apaisement.

— Mesdames, arrêtez, s'il vous plaît ! Noah et moi n'avons pas de secrets l'un pour l'autre, prétendit-elle. Je sais que, si je n'avais pas accepté de l'accompagner à ce mariage, il serait venu seul.

— Ce qui te rend très, très spéciale à ses yeux, assura Sandra. Je n'ai pas honte de dire que, si Noah m'avait prêté un tant soit peu d'attention, je me serais laissé tenter et je l'aurais savouré comme le fameux gratin de macaronis de ma grand-mère !

Michelle sourit.

— Et sa grand-mère fait le meilleur gratin au monde.

Viviana poussa un soupir de soulagement quand la conversation dévia sur les recettes de cuisine. Comme les autres jeunes femmes, elle avait mangé et bu plus que de raison quand le serveur rapporta d'autres carafes. Elles n'arrêtaient pas de rire de tout et de rien, et Viviana ne se rappelait pas s'être jamais sentie aussi libre et décomplexée. Même lors de sa croisière, cet été, avec ses camarades d'université, elle n'avait pas réussi à oublier ses problèmes financiers. Mais, maintenant qu'elle s'était déclarée en faillite personnelle et qu'elle n'était plus responsable des dettes contractées par son ex, elle envisageait l'avenir plus sereinement.

Elle ne doutait pas que le comité d'urbanisme approuverait les demandes formulées par Noah et elle. La réouverture de son bed and breakfast n'était donc qu'une question de temps.

— Mes amies, je vais devoir vous quitter pour marcher un peu, sinon je risque de me couvrir de honte en m'endormant sur ma chaise ! déclara Sandra.

Lynette se leva à son tour.

— Tu n'es pas la seule à avoir abusé des bonnes choses. Je vais faire la sieste. Mesdames, je vous verrai ce soir au dîner.

Une à une, elles quittèrent le belvédère, et Noah s'avança vers Viviana alors qu'elle se dirigeait vers leur bungalow.

— Tu vas bien ?

Elle caressa son visage du regard, admirant sa beauté virile.

— Oui. Je vais chercher mes lunettes de soleil. Il faut que je marche, sinon, je risque de m'endormir.

— Acceptes-tu de la compagnie ?

— Volontiers, répondit-elle en souriant.

— Dans ce cas, je vais aussi prendre les miennes.

Noah entrelaça ses doigts à ceux de Viviana tandis qu'ils marchaient pieds nus dans le sable presque blanc. Il l'avait observée pendant qu'elle liait connaissance avec les épouses de ses amis de Yale et il n'avait pu s'empêcher de sourire en les entendant discuter et rire aux éclats.

Il avait rencontré Philip, Brandon, Trace et Richard durant leur première année à Yale, université prestigieuse de la Ivy League, et ils étaient très vite devenus amis. Il les avait invités à séjourner chez lui durant les vacances scolaires. À son grand soulagement, ils ne s'étaient pas formalisés du snobisme de sa mère et ils avaient été épatés de voir leurs moindres désirs exaucés par le personnel de maison.

C'était durant leur dernière année que Noah et ses amis avaient invité le futur marié à faire partie de leur cercle très fermé. Jerome Tucker venait d'être renversé par un chauffard et, avec un bras et une jambe cassés, il risquait de ne pas terminer son année. Brandon suivait en partie le même cursus que Jerome et il avait suggéré à Noah, le seul à posséder une voiture, d'aller le chercher chez lui et de le conduire au campus tous les jours.

— Est-ce que les épouses de mes amis t'ont bombardée de questions ?

Viviana sourit.

— Elles étaient surtout intriguées par notre couple, car cela faisait presque deux ans qu'elles ne t'avaient pas vu avec une femme.

— C'est parce que je n'ai pas accordé l'exclusivité à la même femme pendant un moment.

— Pourquoi ?

— Celle avec qui je suis sorti en dernier m'a lancé un ultimatum : c'était elle ou mon travail.

— Et tu as choisi le travail.

— Oui. Qui plus est, elle estimait avoir droit à une bague de fiançailles puisque nous nous fréquentions depuis six mois.

— Une telle exigence me paraît déplacée !

— J'ai eu la même réaction.

Il s'arrêta et attira Viviana dans ses bras.

— As-tu un délai pour sortir avec un homme ou pour une période de fiançailles ?

— Je n'ai jamais réfléchi à la question. Mais, si j'envisageais de me fiancer, je préférerais de longues fiançailles.

— Pourquoi ?

Elle le fixa à travers ses verres teintés tandis que la brise marine jouait avec ses boucles soyeuses.

— J'ai besoin de ce laps de temps pour être vraiment sûre de vouloir lier mon avenir à celui d'un homme qui deviendra mon mari et peut-être le père de mes enfants. J'ai eu l'exemple d'amies pour qui tout se passait bien au début ; leur compagnon se présentait sous son meilleur jour ; puis, une fois marié, il a changé du tout au tout, comme si la licence de mariage était un titre de propriété.

— Les signes avant-coureurs devaient sans doute être là avant le mariage, et tes amies ont choisi de les ignorer.

— Peut-être as-tu raison. Mais les femmes ont tendance à aimer avec leur cœur plutôt qu'avec leur tête. Elles se comparent aux héroïnes de contes de fées et rêvent du prince charmant qui viendra les chercher pour les emmener dans son château enchanté où ils vivront heureux pour l'éternité.

Noah sourit, amusé.

— Je parie que tu as un penchant pour les romans à l'eau de rose.

Viviana releva le menton d'un air de défi.

— C'est vrai, j'en lis tout le temps. Et alors ?

— Cela explique sans doute pourquoi tu as été malchanceuse en amour.

— Je ne vois pas le rapport.

— Les romans d'amour sont fondés sur un monde imaginaire. Ils faussent la perception de la réalité.

— Non, Noah. C'est le rêve qui fait une incursion dans la réalité. Tu ne peux pas nier qu'il y ait des mariages de contes de fées.

— Je ne le nie pas, mon ange, mais ces romans se terminent toujours par une formule chimérique du genre « Ils vécurent éternellement heureux ».

— Pourquoi es-tu aussi cynique ? demanda-t-elle, les sourcils froncés. Depuis combien de temps tes parents sont-ils mariés ?

— Quarante-deux ans.

— Les couples ne restent pas ensemble aussi longtemps s'ils ne s'aiment pas. Tes parents ont sans doute connu des hauts et des bas dans leur vie de couple, mais les hauts ont dû être plus nombreux, puisqu'ils sont encore mariés.

Noah enfouit son visage dans la chevelure de Viviana. Elle marquait un point. Les dix premières années de mariage de ses parents avaient été précaires, pourtant, ils avaient décidé de rester ensemble. Mais Viviana l'avait accusé d'être cynique alors qu'il ne l'était pas. Simplement, il était en train de tomber amoureux d'elle, et il craignait que ce ne soit pour de mauvaises raisons. Car il voulait non seulement prendre soin d'elle mais aussi réparer les injustices dont elle avait été victime de la part des autres hommes de sa vie, à commencer par son père.

— Tu as raison, admit-il. Au début, c'était ma mère qui était l'élément fort du couple et qui tenait les leviers de commande. Puis les choses ont changé, quand elle est devenue grand-mère. Maintenant, elle est douce comme un agneau, et c'est papa qui rugit comme un lion.

Il réprima un grognement quand Viviana pressa ses seins moelleux contre son torse. Enserrant son visage entre ses paumes, il s'écarta légèrement et captura sa bouche, se délectant de ses doux gémissements tandis qu'elle lui rendait son baiser. Puis il se retrouva allongé sur le sable avec elle, la couvrant partiellement de son corps et mettant toute son âme dans son baiser pour lui exprimer la puissance de son désir. Il la voulait non seulement dans son lit mais dans sa vie. Tout à l'heure, elle avait admis qu'il faisait déjà partie de sa vie, mais cela ne lui suffisait pas, tant s'en faut.

Oh ! oui, il la désirait passionnément. Elle était devenue sa drogue de prédilection, à laquelle il ne renoncerait pour rien au monde. Chaque fois qu'elle posait les yeux sur lui, il avait le sentiment qu'elle lisait dans ses pensées, et cela le mettait mal à l'aise car il redoutait de perdre son sacro-saint contrôle.

Il roula sur le dos, faisant basculer Viviana sur lui tout en dévorant sa bouche, comme si sa survie en dépendait. C'était à croire qu'elle l'avait ensorcelé le jour de leur première rencontre ! Il avait fréquenté beaucoup de belles femmes à travers le monde, pourtant, il y avait quelque chose chez Viviana qui le captivait, un charme dont il était prisonnier.

Viviana eut un sursaut de bon sens en sentant l'érection de Noah pulser contre son ventre. Elle devait l'arrêter avant qu'elle le supplie de lui faire l'amour sur la plage, où n'importe qui pouvait les surprendre.

— Je t'en prie, Noah, arrête !

Il détacha à contrecœur sa bouche de la sienne et leva

la tête. Oh ! oui, à en juger par ses pupilles dilatées et par les battements effrénés de son cœur contre sa poitrine, son désir était à l'unisson du sien.

— Nous ne pouvons pas faire ça ici.

Respirant dirricilement, il enfouit son visage au creux de son épaule.

— Tu as raison, je suis désolé.

Elle posa un doigt sur ses lèvres pour le faire taire.

— Tu n'as pas à t'excuser, chéri.

Il arqua ses sourcils pâles.

— C'est la deuxième fois que tu m'appelles *chéri*. Me considères-tu comme ton chéri ?

Elle lui sourit.

— Si tu es d'accord.

— Bien sûr !

— Alors, si je suis ton ange, tu seras mon chéri.

Il lui décocha un sourire coquin.

— Que me rapportera cet honneur ?

Elle lui caressa l'arête du nez.

— Je ne sais pas encore. Peut-être aurai-je une idée avant que nous retournions aux États-Unis.

Noah lui chatouilla les côtes, et elle se trémoussa en riant pour lui échapper.

— Arrête ! Je suis chatouilleuse !

Il pressa un baiser sous son oreille et lui mordilla le lobe.

— Tu as eu tort de me le dire, car je suis un spécialiste des chatouilles et des papouilles.

Elle repoussa tendrement une mèche de cheveux blonds de son front hâlé.

— C'est ainsi que tu t'amuses avec tes neveux et nièces ?

— Non, car je n'ai qu'un neveu, et il a un an.

— Vous êtes quatre frères et sœur, et un seul d'entre vous a un enfant ?

Roulant sur le côté, Noah se leva et aida Viviana à se mettre debout.

— C'est le grand regret de ma mère. Il vaut mieux éviter le sujet des petits-enfants en sa présence, car elle se met dans tous ses états. Toutes ses amies sont plusieurs fois grands-mères et ne manquent pas une occasion de le lui rappeler. Elle a été soulagée quand Jordan et Aziza ont eu leur petit Maxwell, mais elle considère que ce n'est pas suffisant.

— Qu'attends-tu, Noah ? le taquina-t-elle. En tant que deuxième enfant de la fratrie, c'est ton tour de donner un petit-fils à ta maman.

— Quand je mettrai une femme enceinte, elle sera mon épouse et non ma petite amie.

La dureté de son ton fit l'effet d'une gifle à Viviana.

— Il est temps que nous rentrions, dit-elle à la fin. J'aimerais enfiler mon maillot de bain et me prélasser sur la plage avant de me préparer pour le dîner.

Ils rebroussèrent chemin sans se tenir la main, et elle sentit un froid se glisser entre eux malgré la chaleur du soleil. Elle ne put s'empêcher de se demander si Noah avait mis une femme enceinte et si celle-ci avait refusé de l'épouser ou mis un terme à sa grossesse. Manifestement, le sujet des enfants était tabou, et elle se garderait bien de l'aborder à nouveau.

- 7 -

À minuit passé, Noah gisait dans son lit, les yeux fixés au plafond et la tête posée sur ses bras repliés, incapable de trouver le sommeil. Ni le bruit des vagues s'échouant sur la plage ni le bruissement des feuilles de palmiers ne parvenaient à le bercer jusqu'à l'endormissement. Le mariage de Jerome et Tasha serait célébré cet après-midi, et d'ici dimanche il faudrait que Viviana lui dise si elle était disposée à l'accompagner à Emerald Cove ou si elle préférait retourner aux États-Unis.

Jerome, sa fiancée et leurs familles respectives s'étaient installés dans un des plus grands bungalows de la résidence. Il ne voyait plus beaucoup Jerome depuis qu'il avait quitté le New Jersey pour la Californie où il avait créé son propre département au sein d'une petite banque privée.

Quand Jerome l'avait invité à ses fiançailles, il avait charrié Noah, désormais le dernier célibataire du groupe. Ce que ses amis ignoraient, c'était qu'il n'avait pas encore rencontré la femme qui l'inciterait à troquer son statut de célibataire contre celui d'homme marié. Mais la situation avait changé le jour où il avait franchi le seuil de Falls House. Il y avait quelque chose chez Viviana, outre sa beauté fascinante, qui l'obsédait au point qu'il pensait à elle même lorsqu'ils étaient séparés par des centaines de kilomètres. Il lui arrivait de se dire qu'elle n'était peut-être qu'une fixation dont il devrait essayer de se défaire, en couchant avec elle, par exemple. Mais, au fond de lui, il savait qu'elle était l'élue de son cœur. Hélas, même quand il était physiquement proche d'elle, qu'il l'embrassait et la touchait, il percevait un abîme entre eux. Et cela le désespérait. Il se croyait puni par le destin pour avoir rompu avec des femmes qui attendaient plus de lui qu'il n'était disposé à leur accorder.

Pourtant, à vingt-trois ans, il avait cru rencontrer la femme de sa vie, mais les choses avaient tourné court quand il avait découvert qu'elle le trompait. Et peut-être ne se serait-il pas montré aussi exigeant dans le choix de sa future épouse s'il n'avait pas été au courant du secret entourant les dix premières années du mariage de ses parents. En effet, alors qu'il était fiancé avec sa mère, son père avait eu une liaison avec une autre femme dont il avait eu un enfant.

Il ravala la boule d'émotion qui lui obstruait la gorge. Il avait l'impression d'avoir perdu Viviana alors même qu'elle dormait à moins de quinze mètres de lui. Après leur promenade sur la plage, elle s'était montrée excessivement polie et distante. Puis elle était retournée dans sa suite pour enfiler un maillot une pièce très seyant qui n'avait pas du tout contribué à calmer son envie de lui faire l'amour.

Elle avait sympathisé avec les épouses de ses amis et passé presque tout son temps avec elles, sauf lors du dîner, quand les couples s'étaient reformés. Ils s'étaient assis côte à côte et, chaque fois que le bras de Viviana avait frôlé le sien, il avait été proche de l'ébullition. Son jeune frère avait pris des cours de yoga pour se détendre, et il regrettait de ne pas avoir suivi son exemple.

Sachant qu'il ne fermerait pas l'œil de la nuit, il se leva et enfila un short. Pieds nus, il déverrouilla la porte moustiquaire et sortit sur la terrasse. À la lueur de la pleine lune, il distingua une silhouette assise sur le sable.

Et, tandis qu'il se rapprochait d'elle, il sentit son cœur s'affoler dans sa poitrine.

Viviana leva les yeux vers lui en souriant.

— On dirait que je ne suis pas la seule à ne pas pouvoir dormir.

Il s'assit à côté d'elle sur le sable humide. Même à la lueur mystérieuse de la lune, il se rendait compte que le soleil avait donné une belle teinte acajou à sa carnation.

— Je n'étais pas insomniaque avant de te rencontrer.

Viviana ramena ses jambes contre sa poitrine et enroula ses bras autour de ses genoux.

— Je refuse d'être rendue responsable de tes troubles du sommeil.

— Au moins, acceptes-tu le fait que je suis en train de tomber amoureux de toi ?

Elle tourna lentement la tête vers lui et le contempla avec effarement.

— Je t'en prie, Noah, ne dis pas cela.

— Pourquoi ?

— Tu ne me connais pas, et moi non plus je ne te connais pas.

Il tendit le bras vers elle, puis le laissa retomber devant son regard noir. Elle se détourna et fixa la marée montante, aussi immobile qu'une statue de marbre.

— Que penserait ta riche et puissante famille si tu décidais de ramener à la maison la fille d'un homme qui a négligé sa femme et ses enfants parce qu'il leur préférait la drogue ? Un homme qui a passé cinq ans derrière les barreaux pour un vol à main armée qu'il avait commis pour payer son dealer ? Il n'était même pas là quand ma mère était mourante et qu'elle criait son nom. Il est venu à son enterrement menotté et les fers aux pieds. Les marshals ne l'ont même pas autorisé à s'asseoir avec Lee et moi, ni à aller se recueillir sur son cercueil. Cette scène m'a hantée pendant des années, et chaque fois que je voyais une petite fille avec son père j'avais envie de prendre sa place.

— Lui as-tu pardonné ?

— Oui, beaucoup plus tard.

— Alors, pourquoi te tourmentes-tu pour des événements qui appartiennent au passé, mon ange ? Ton père n'est pas la seule personne à avoir été contrainte d'expier ses fautes.

Elle tourna la tête vers lui.

— Ton père a-t-il fait de la prison ?

— Non. Mais ce qu'il a fait à ma mère est pire.

Il le savait, il devait lui raconter ce secret qu'il n'avait dévoilé à aucune femme en dehors du cercle familial.

— Mon père était fiancé à ma mère quand il a couché avec une autre femme et qu'il l'a mise enceinte. Mon grand-père et le père de la jeune femme se sont arrangés pour qu'à la naissance du bébé le certificat mentionne Christiane Johnston en tant que mère et Edward Wainwright en tant que père.

Ignorant le halètement de surprise de Viviana, il poursuivit son récit :

— Ma mère a donc été forcée d'élever l'enfant d'une autre comme le sien propre. Mes parents sont restés mariés, mais ils n'ont pas partagé de lit pendant près de dix ans. Voilà pourquoi il y a cette différence entre mon frère aîné et moi.

— L'a-t-elle traité différemment de ses autres enfants ?

— Non. Elle assure que dès l'instant où elle a tenu Jordan dans ses bras elle est devenue sa mère. Il m'arrive même de penser qu'elle l'aime davantage que moi, Rhett ou Chanel. Après tout, il a été son fils unique pendant longtemps. Et, maintenant qu'il lui a donné un petit-fils, elle est aux anges.

— Quand as-tu découvert ce secret ?

— J'étais encore à l'université quand Jordan m'a

raconté qu'il avait surpris une dispute entre notre père et notre grand-père. Je pense que c'était la première fois que mon père se rebellait contre le sien. Jordan était anéanti par ce qu'ils avaient fait à sa mère biologique. Plusieurs années se sont écoulées avant que Jordan, mon père et mon grand-père concluent une trêve. Jordan a décidé de faire la connaissance de sa mère biologique, laquelle était mariée et avait deux filles. Ses demi-sœurs étaient d'ailleurs demoiselles d'honneur à son mariage. Bien sûr, ce qui s'est passé dans ma famille n'est pas du tout comparable au traumatisme que tu as subi, avec un père drogué et absent.

Viviana épousseta des grains de sable sur ses jambes nues.

— Ta famille a été capable d'enfouir ce secret, tandis que les péchés de ma famille maternelle sont connus de tous. Des études sociologiques citent même les Wolfe comme les propriétaires de mines les plus corrompus et les plus durs dans l'histoire de la Virginie-Occidentale.

Noah se rapprocha d'elle et lui frotta le dos dans un geste de réconfort. Il la sentit se raidir avant de finir par se détendre contre sa paume.

— Pendant combien de temps encore envisages-tu de porter les péchés de tes ancêtres ?

— Ce sont les habitants de Wickham Falls qui refusent de me laisser oublier le passé. Je ne compte plus les fois où je me suis fait traiter de fille de junkie ou de taulard. Leland a aussi été la cible de leur malveillance quand il a été faussement accusé d'un cambriolage sous prétexte que notre père avait fait de la prison pour vol à main armée. Même si les choses se sont un peu calmées, je ne fréquente pas grand monde en ville.

— Le seul conseil que je peux te donner, c'est de traiter les gens de façon équitable pour qu'ils se passent le mot et que les mentalités changent. N'oublie pas que tu vis dans une petite ville où le commerce de proximité fonctionne grâce au bouche-à-oreille. Il en sera sans doute de même pour ton bed and breakfast.

— Tu as raison. Il faut simplement que je fasse davantage preuve de résilience.

Noah l'attira contre lui.

— Compte sur moi pour te le rappeler.

Elle posa la tête sur son épaule.

— Sais-tu que tu me fais un bien fou ?

— Je m'en doutais, mais j'attendais que tu me le dises.

— Ce n'est pas la modestie qui t'étouffe ! plaisanta-t-elle.

— En effet. Elle ne fait pas partie de ma personnalité.

Elle décroisa les jambes.

— Allons, il est temps que j'aille me coucher.

Noah se leva et lui tendit la main pour l'aider à se relever.

— As-tu besoin d'aide pour t'endormir ?

Elle posa ses mains sur son torse nu.

— Cela se pourrait. Accorde-moi quinze minutes pour me doucher et me mettre au lit avant de me rejoindre. Il ne se passera rien entre nous pendant quelques jours car je suis indisposée.

Noah pressa un baiser sur son front.

— Ne t'inquiète pas. Et souviens-toi de ce que je t'ai dit : c'est toi qui dois venir à moi et non l'inverse.

Elle noua un bras autour de sa taille tandis qu'ils rebroussaient chemin.

— Entendu.

Noah laissa Viviana à la porte de sa suite, attendant qu'elle la verrouille derrière elle avant de pénétrer dans la sienne. Puis il se doucha rapidement pour éliminer le sable de son corps et enfila un pantalon de pyjama. Quand il ouvrit la porte de communication, il se trouva plongé dans une semi-obscurité seulement trouée par la lumière que Viviana avait laissée dans la salle de bains.

Il se glissa dans le lit à côté d'elle et sourit quand elle se tourna vers lui et qu'elle déploya un bras sur son torse.

— Pourquoi as-tu été aussi long ? murmura-t-elle contre sa bouche.

— J'ai dû me doucher pour me débarrasser du sable.

Elle passa sa jambe nue par-dessus la sienne.

— C'est fou comme il s'immisce partout, remarqua-t-elle en riant doucement.

Son souffle mentholé et la senteur florale de ses cheveux et de son corps lui chatouillèrent délicieusement les narines.

Il demeura allongé et perçut bientôt le changement de rythme de sa respiration, signe qu'elle s'endormait. Et cette fois Morphée se montra plus clément envers lui puisqu'il le plongea dans un profond sommeil réparateur.

Noah n'en revenait pas que Viviana puisse être encore plus belle qu'elle ne l'était. Pourtant, il devait se rendre à l'évidence. Sa chevelure partagée par une raie au milieu retombait en une masse lisse et soyeuse sur son dos. Le rouge vermillon appliqué sur ses lèvres était assorti au vernis ornant ses ongles et ses orteils. Quand elle pirouettait sur ses talons aiguilles, les plis fluides de sa robe dos nu en dentelle dévoilaient ses longues jambes brunes. Et son corsage décolleté dévoilait un soupçon de seins ronds et fermes chaque fois qu'elle inspirait.

De surcroît, son fard à paupières *smoky* rehaussait ses yeux noisette en les rendant encore plus clairs.

— Tu es splendide ! s'exclama-t-il, admiratif.

Elle exécuta une gracieuse révérence.

— Merci.

Franchissant la distance qui les séparait, il caressa sa chevelure soyeuse.

— Qu'as-tu fait à tes boucles ?

Viviana lui sourit.

— Elles sont toujours là. Je les ai simplement détendues avec un fer à lisser.

Il lui prit les mains et contempla les bracelets incrustés de pierres colorées ornant ses poignets. Ils le faisaient penser à des pièces d'orfèvrerie dignes d'un musée tant ils étaient ouvragés.

— Je ne t'ai jamais vue les porter.

— C'est mon père qui les a fabriqués. Celui de droite représente sa lignée amérindienne, et celui de gauche, ses ancêtres afro-américains. Il me les a offerts pour mon vingt-neuvième anniversaire.

— Il a beaucoup de talent.

— Je trouve aussi. Mais je suis de parti pris, puisque c'est mon père.

Noah ne parvenait pas à détacher son regard d'elle. Quand il s'était réveillé à ses côtés, un peu plus tôt ce matin, qu'il avait vu sa chevelure déployée sur l'oreiller et entendu sa voix ensommeillée quand elle l'avait salué avec un sourire timide, il avait su qu'il voulait revivre encore et encore ce moment de grâce. Curieusement, il n'avait pas aussi bien dormi depuis des semaines. Puis il lui avait proposé de commander le *room service*, et quand elle avait accepté il était retourné dans sa suite pour la laisser faire ses ablutions en toute intimité.

Après le petit déjeuner, ils étaient retournés au lit et étaient restés allongés sans parler, en toute complicité.

Il était conscient de la fragilité de Viviana et savait qu'il devait faire preuve de patience avec elle. Elle avait été blessée à la fois par les habitants de sa ville natale et par les hommes qui avaient vu en elle une proie facile. Il devait la convaincre qu'il n'attendait rien d'autre d'elle que son amour. Il s'était mis à nu en lui avouant qu'il était en train de tomber amoureux d'elle, et il était prêt à attendre le temps qu'il faudrait pour gagner sa confiance et être payé de retour.

— Il est temps de partir, sinon, nous allons rater la cérémonie.

Il enfila sa veste. Par chance, eu égard à la chaleur, le port de la cravate n'était pas de rigueur. Il attendit que Viviana récupère sa pochette noire, puis il lui prit la main et l'entraîna en direction des tentes dressées pour la cérémonie du mariage et la réception.

Viviana tint la main de Noah durant toute la cérémonie. Tandis que Jerome Tucker et le Dr Tasha Clarkson échangeaient leurs consentements, elle lui jeta un coup d'œil furtif, se demandant ce que dissimulait cette façade impassible.

La mariée paraissait éthérée dans sa robe blanche vaporeuse de style Empire, avec sa taille haute et ses lignes fluides. Au lieu du voile traditionnel, elle avait piqué de minuscules fleurs blanches dans son épais chignon sur la nuque. Ses sœurs étaient ses demoiselles d'honneur, chacune vêtue d'une robe dans un ton de rose différent. Jerome avait choisi son père comme témoin et ses jeunes frères comme garçons d'honneur.

Des corbeilles de fleurs étaient disposées de part et d'autre du tapis blanc conduisant à la plage, et des rubans roses ornaient les chaises agencées en demi-cercle sous la tente. Viviana aimait l'idée d'un mariage dans un lieu de rêve à cause de sa simplicité. Oui, songea-t-elle, si elle se mariait un jour, elle opterait pour ce genre de noces avec la plage comme lieu de cérémonie et de réception.

Jerome et Tasha scellèrent leurs consentements par un long baiser au milieu des sifflets et des applaudissements. Viviana sourit à Noah tandis qu'il levait leurs mains entrelacées et qu'il déposait un baiser sur le dos de la sienne. Son regard était plus sombre, mystérieux, et elle se demanda s'il était en train d'imaginer le jour de leur mariage.

La nuit dernière, assis sur la plage baignée par le clair de lune, ils avaient échangé des confidences et des révélations. Il avait admis qu'il l'aimait. Elle aussi était en train de tomber amoureuse de lui, mais elle répugnait à le lui dire car, chaque fois qu'elle avait déclaré sa flamme à un homme, il lui avait brisé le cœur.

Tout le monde se leva quand les mariés descendirent l'allée, chacun s'arrêtant pour saluer ses invités. Jerome serra chaleureusement la main de Noah puis lui murmura quelque chose à l'oreille tout en faisant un clin d'œil à Viviana.

— Que t'a-t-il dit ? demanda-t-elle à Noah.

Il pressa sa bouche contre son oreille.

— Il m'a averti que j'aurais affaire à lui si je te laissais partir.

Viviana croisa son regard.

— J'espère que son avertissement est aussi valable si tu me brises le cœur.

— Je te promets que cela n'arrivera jamais, mon ange, assura-t-il, glissant lentement sa main le long de son dos dénudé et la posant sur sa hanche.

Un délicieux frisson la parcourut tandis que les doigts de Noah lui caressaient la peau.

— Ne fais pas de promesses que tu ne peux pas tenir.

— J'ai la ferme intention de tenir celle-ci.

Elle s'abstint de répliquer. Elle avait eu son content de confrontations avec ses ex pour le restant de sa vie. Elle était la première à admettre qu'elle était généreuse et beaucoup trop confiante, mais elle était aussi une survivante. Elle avait surmonté la mort de sa mère, l'absence de son père durant son enfance, le rejet des habitants de sa ville natale et ses échecs sentimentaux.

Par chance, elle avait bénéficié du soutien de sa tante, qui l'avait inscrite, ainsi que Leland, dans une école privée à cinquante kilomètres de Wickham Falls pour la protéger des railleries des autres enfants qui répétaient les propos de leurs parents.

— Noah, murmura-t-elle.

— Oui, mon ange ?

— Te rends-tu compte que tu me pelotes en public ?

Il laissa sa main en suspens.

— Oh ! je fais une chose pareille ?

Elle posa sa main sur la sienne.

— Ne fais pas l'innocent, chéri.

Noah rit doucement.

— Je m'exerce pour le jour où tu me laisseras caresser chaque centimètre carré de ton corps affriolant.

Le flot de chaleur qui se diffusa sur son visage n'avait rien à voir avec le soleil ardent qui dardait ses rayons sur le toit de la tente. Elle sourit et baissa modestement les yeux.

— Tu ne devrais pas avoir à attendre trop longtemps.

— Vraiment ?

— Quand nous serons à Emerald Cove…

Elle ne put poursuivre, car la bouche de Noah couvrit la sienne dans un baiser explosif qui la laissa pantelante.

— Vous deux devriez prendre une chambre, intervint une voix masculine rieuse.

Viviana et Noah s'écartèrent aussitôt, comme deux ados pris en faute.

— Nous en avons une, répondit Noah en souriant.

Alicia et Brandon se tenaient devant eux, les contemplant avec amusement.

— Regardez-vous, intervint Alicia, vous devriez faire la une du magazine *People* en tant que plus beau couple de l'année.

Viviana en convenait, Noah ressemblait à un top model

avec ses cheveux décolorés par le soleil, son visage énergique et son corps musclé d'une belle teinte hâlée. Son costume en lin gris perle sur mesure, sa chemise blanche à col officier et ses mocassins noirs rehaussaient l'impression de beauté virile qui se dégageait de lui.

Noah glissa à nouveau sa main sur son dos dénudé.

— C'est Viviana qui devrait remporter la palme de la beauté.

Alicia tapota le bras de Brandon. Éblouissante dans une robe à motifs floraux qui laissait ses épaules brunes dénudées, elle avait rassemblé la masse de ses nattes en un chignon souple sur la nuque.

— Maintenant, je sais pourquoi toi et Brandon êtes amis. Vous avez l'art de flatter les femmes.

Brandon sourit à son épouse.

— Nous disons toujours la vérité et rien que la vérité.

Viviana et Alicia échangèrent un sourire amusé tandis que les deux hommes cognaient leurs phalanges repliées l'une contre l'autre. Ils furent bientôt rejoints par Lynette, Michelle, Sandra et leurs époux respectifs.

— Maintenant que toute la bande est réunie, il est temps que nous mettions un peu d'animation dans cette réception.

Alicia fit les gros yeux à Brandon.

— J'espère que toi et tes copains n'allez pas former votre soi-disant boys band, sinon, je demande le divorce !

— Tu peux commencer à remplir les papiers, intervint Trace, car Jerome nous rejoindra tout à l'heure pour chanter en play-back et danser sur les tubes des Backstreet Boys et de New Edition.

Viviana leva un regard interrogateur vers Noah.

— C'est une plaisanterie ?

— Non, expliqua Lynette. Quand ils étaient étudiants, ces cinq lascars ont préféré former un boys band plutôt que de rejoindre une fraternité. Ils se produisaient dans toutes les soirées festives et créaient une ambiance du feu de Dieu.

Noah fit un clin d'œil à Lynette.

— Reconnais que nous sommes de formidables danseurs.

— Mais vous devez être un peu rouillés, depuis le temps.

— Détrompe-toi, intervint Philip. Nous avons répété en cachette.

En tant que nouvelle venue dans le groupe, Viviana était très excitée à l'idée de les voir se produire. Tandis qu'ils discutaient en riant, un des deux photographes s'avança pour prendre des photos des couples. Sur l'une d'elles, Viviana et Noah se souriaient, et l'amour qu'elle éprouvait pour lui se reflétait dans ses yeux et son sourire sans même qu'elle s'en rende compte.

Le cocktail fut suivi par un dîner somptueux. Un DJ engagé pour l'occasion passait des succès anciens et nouveaux, réjouissant les invités, qui chantaient ou se trémoussaient sur leur siège. Jerome s'avança sur la piste de danse et s'empara du micro. Il avait posé sa veste de smoking, et Viviana fut frappée par sa ressemblance avec l'acteur Morris Chestnut.

— Tasha et moi tenons à vous remercier d'être venus de loin, voire de très loin, pour nous aider à célébrer cette occasion mémorable. Même si j'ai des frères biologiques, il y a quelques gars ici présents que je considère comme des frères. Et, pour ceux qui ignoreraient de qui il s'agit, j'aimerais que Philip, Brandon, Noah et Trace se lèvent et me rejoignent. J'ai toujours dit qu'en cas de coup dur, nous pourrions nous recycler comme chanteurs lors de mariages. Eh bien, nous allons vous en donner la preuve !

Et, quand nous aurons fini notre numéro, je vous promets de ne pas passer parmi vous pour faire la quête !

Des rires s'élevèrent dans l'assemblée. Et Viviana applaudit très fort tandis que les quatre hommes ôtaient leur veste et rejoignaient Jerome. Il rendit le micro au DJ et se posta devant ses camarades, les mains dans le dos. Elle sourit en reconnaissant les premières mesures de *I Want It That Way* des Backstreet Boys.

Elle contempla, fascinée, les cinq hommes chanter en play-back et danser en se servant de chaises pliantes comme supports à leur chorégraphie. La chanson s'acheva dans un grand silence, puis les invités se levèrent, applaudissant à tout rompre et sifflant à qui mieux mieux. L'enthousiasme du public s'était à peine calmé quand le quintet entama une des chansons favorites de Viviana : *Can You Stand the Rain* de New Edition. Elle avait vu une bonne dizaine de fois le film *Le Mariage de l'année, dix ans après*, à cause de la séquence de danse. Elle cria et trépigna de joie quand Noah la désigna tout en articulant les paroles de la chanson. À l'évidence, ils s'étaient exercés, car leur chorégraphie était impeccable. À la fin, les cinq hommes se tinrent par les épaules et s'inclinèrent tandis que les femmes survoltées criaient et que certaines jetaient des billets sur l'estrade. Puis ils retournèrent à leur table où ils furent accueillis avec des accolades et des baisers par leur épouse.

Viviana noua ses bras autour du cou de Noah et l'embrassa avec fougue sur la bouche.

— Vous avez tous été fantastiques.

Il lui adressa un sourire malicieux.

— Je t'avais dit que nous étions des danseurs hors pair.

Le DJ mit un air enlevé, et Noah lui prit le coude.

— Danse avec moi, mon ange.

Elle dansa avec Noah et presque tous les hommes présents, s'immergeant avec délice dans la fête qui se poursuivait alors même que le soleil n'était plus qu'un disque orange flottant sur l'horizon. Après son deuxième verre, elle se sentit légèrement grise et opta pour de l'eau gazeuse avec une rondelle de citron. Elle perdit Noah de vue pendant une vingtaine de minutes, et quand il réapparut il l'attira à l'écart.

— J'ai pris des dispositions pour que nous partions demain après le petit déjeuner. Nous prendrons un catamaran jusqu'à Emerald Cove.

— Entendu. Je ferai ma valise avant de me coucher.

— Combien de temps veux-tu rester ?

— Oh ! ai-je le choix ?

— Oui. Tu auras toujours le choix, avec moi.

— Disons une semaine.

— C'est tout ?

— Tu veux rester plus longtemps ?

— Je resterai aussi longtemps que tu voudras. Il faut simplement que nous rentrions aux États-Unis pour Thanksgiving. J'ai hâte de te présenter à ma famille.

— Ce ne sera pas possible, Noah.

— Pourquoi ? demanda-t-il, les sourcils froncés.

— J'ai promis à mon frère de passer Thanksgiving avec lui et sa famille.

— Es-tu libre pour Noël et le jour de l'an ?

— Non. Ma tante et mon oncle m'ont invitée chez eux, en Arizona.

À en juger par la mine déconfite de Noah, il n'était pas très content qu'elle ait des projets pour les fêtes, mais elle n'avait pas l'intention de les changer. Non seulement sa famille proche était réduite, mais elle était dispersée.

— Peut-être l'année prochaine. Et puis c'est trop tôt pour rencontrer ta famille, puisque nous ne nous serons fréquentés que deux semaines d'ici les fêtes.

— Oui. Peut-être l'année prochaine.

— Ne sois pas aussi amer, Noah. Je n'ai que Lee – et

maintenant Angela et les jumeaux –, ma tante et mon oncle comme famille proche, alors que tu es entouré d'une pléthore de Wainwright. Les Wolfe auraient cessé d'exister si Lee et Angela n'avaient pas décidé d'avoir des enfants ensemble.

Noah lui enserra le visage entre ses paumes.

— Et toi, Viv ? Veux-tu des enfants ?

— Je n'y ai jamais beaucoup réfléchi, admit-elle, sincère.

— Pourquoi ?

— Parce que je n'ai pas eu de chance avec les hommes. Et parce qu'il est hors de question que j'élève un enfant dans un foyer où les parents se disputent sans arrêt ou finissent par se séparer. J'ai trop souffert de cette situation quand j'étais petite.

— Dans tous les mariages, il y a des hauts et des bas.

Elle ignorait si Noah l'aimait suffisamment pour la demander en mariage, mais elle n'allait pas tomber dans ses bras, lui jurer un amour éternel, puis risquer qu'il lui brise le cœur, l'obligeant à mettre fin à leur relation.

— Ta mère a fait preuve d'une grande abnégation en acceptant d'élever l'enfant que son mari a eu avec une autre femme alors qu'elle-même n'avait pas encore d'enfant. Et si la situation avait été inversée ? À ton avis, ton père aurait-il épousé ta mère s'il avait su que sa fiancée couchait avec un autre homme et qu'elle était enceinte de lui ?

Elle leva une main en voyant qu'il ouvrait la bouche.

— La réponse est non, à cause du sacro-saint orgueil familial. Le fait que cette autre femme ait porté un Wainwright a fait toute la différence. T'est-il arrivé de penser que je pourrais refuser de t'épouser si je tombais enceinte ?

— Nous prendrions le temps de discuter.

— Mais si je te disais que je ne t'épouserais pas avant la naissance du bébé ?

Il se rembrunit.

— Alors j'en serais quitte pour attendre.

— Tu attendrais parce que je ne te laisserais pas le choix. À propos, est-ce que ton détective t'a dit que ma mère était fiancée à un autre homme quand elle s'est retrouvée enceinte par la faute de mon père ?

— Non.

— Elle s'est retrouvée dans la situation inverse de celle de tes parents. Elle a rompu ses fiançailles avec un homme de bonne famille pour épouser Emory, mais elle a perdu son bébé à la suite d'une chute dans l'escalier. Mes grands-parents détestaient mon père parce qu'il était pauvre et métis, mais ils nous ont acceptés, Lee et moi, parce que le sang des Wolfe coulait dans nos veines.

— La mère biologique de Jordan est noire. Mon cousin Brandt est marié à une Afro-Américaine, et Mya est aussi de sang mêlé. Les Wolfe ne sont donc pas la seule famille ayant une progéniture métissée. Alors ton argument concernant l'ascendance ethnique est stupide.

— Je n'ai pas parlé d'ascendance ethnique parce que…

— Parce que quoi ? insista Noah, voyant qu'elle laissait sa phrase en suspens. J'avais deviné que tu avais une ascendance métissée. Mais cela n'a aucunement influencé mes sentiments pour toi. Alors considère que ce sujet est clos une bonne fois pour toutes.

Elle avait envie de lui dire qu'il brûlait les étapes en voulant la présenter à sa famille, mais elle s'abstint, de peur de gâcher cette journée fabuleuse.

- 8 -

— Je vous souhaite la bienvenue, monsieur Wainwright.

Noah gratifia l'homme qui les attendait sur le quai d'un sourire chaleureux et d'une poignée de main.

— Merci, monsieur Lawrence. Votre famille va bien ?

— Oui, très bien. Je vous remercie.

Le chauffeur ouvrit la portière du taxi local pour permettre à Noah et Viviana de prendre place, puis il casa leurs bagages dans le coffre.

Noah coula un regard oblique à Viviana. Hier soir, elle ne lui avait pas proposé de partager son lit et elle lui avait tendu la joue, et non les lèvres, pour leur baiser du soir, signe qu'elle était encore contrariée à cause de leur conversation sur le mariage et les enfants. Il le savait, elle était réticente à envisager un avenir avec lui alors qu'il était prêt à lui glisser une bague de fiançailles au doigt, quitte à faire durer leurs fiançailles aussi longtemps qu'elle voudrait. Ce qu'il se refusait à envisager, c'était l'éventualité de la perdre.

Et pour cela il devait changer, comprit-il. Il devait arrêter de penser uniquement à ce qu'il voulait et tenir davantage compte de ce dont Viviana avait besoin. Les hommes avaient usé et abusé d'elle sur le plan émotionnel, et lui n'avait rien trouvé de mieux à faire que d'essayer de la plier à sa volonté !

Ce qu'elle ignorait, c'était qu'il s'était lassé depuis longtemps de la ronde de femmes qui tournait autour de lui, mais qu'il redoutait de s'en échapper de peur de ne pas trouver la femme spéciale – celle qui l'inciterait à ralentir le rythme et à cesser de courir après la prochaine sensation forte. Il avait mis du temps à comprendre que c'était la recherche de montées d'adrénaline qui l'avait poussé à assister à des courses de taureaux en Espagne, aux Vingt-Quatre Heures du Mans, et aux carnavals de Venise et de Rio. Une année, il avait même assisté à celui de la Trinité, et il était tombé amoureux de l'île, de sa nourriture et de ses femmes. Il avait prolongé son séjour de plusieurs mois et était rentré aux États-Unis épuisé et très amaigri à cause du manque de sommeil.

C'était en voyant sa mère pleurer qu'il avait pris conscience du chagrin que sa conduite erratique lui causait, et il s'était juré de ne plus recommencer. Il avait été conforté dans sa décision quand son père l'avait convoqué dans son bureau pour lui annoncer qu'il se préparait à prendre sa retraite de directeur général et qu'il était temps que Noah assume ses responsabilités puisque Jordan refusait de travailler pour WDG.

— Attache ta ceinture, mon ange, dit-il à Viviana. Une partie de la route n'est pas pavée.

— Puisque ta famille possède l'île, pourquoi ne la pavez-vous pas ?

— Parce qu'elle sert aussi de piste cavalière.

— Vous avez des chevaux sur l'île ?

— Oui. Et aussi des cochons, des poules, des vaches, des chèvres et des moutons.

— Comme dans la comptine *Old MacDonald Had a Farm*, remarqua-t-elle en souriant.

— Les chefs cuisiniers utilisent la viande et les légumes produits sur place.

— C'est très pratique.

— Oui. Cela nous évite de faire venir la nourriture d'autres îles, notamment de Nassau.

Viviana posa une main sur la sienne, et il entrelaça leurs doigts, le cœur rempli de joie. C'était la première démonstration d'affection qu'elle lui témoignait depuis qu'elle l'avait embrassé après son numéro de boys band. Il se promit de faire preuve de patience et d'éviter de lui mettre la pression pour l'inciter à l'aimer autant qu'il commençait à l'aimer.

— Qui s'occupe des animaux ?

— Nous avons un assistant vétérinaire. Chaque fois qu'une femelle est sur le point de mettre bas, nous faisons venir un vétérinaire du continent. Je dois avouer que la première fois que j'ai vu naître un veau j'en ai eu l'estomac retourné.

— C'est parce que tu es un citadin, le taquina Viviana. À l'université, je me suis liée d'amitié avec une fille dont les parents possédaient une ferme. Quand je lui rendais visite, nous nous levions de bonne heure pour aller chercher les œufs dans le poulailler. Je portais des bottes et j'avais un bâton au cas où un serpent se serait glissé à l'intérieur pour voler les œufs.

— T'est-il arrivé d'en voir ?

— Oui, quelquefois.

— As-tu peur d'eux ?

— Oh ! non. On m'a appris très jeune à reconnaître les serpents venimeux. Wickham Falls est entourée de bois et de forêts où vivent des cerfs, des renards, des serpents, des chauves-souris, des coyotes, des opossums et des rapaces.

— Qu'en est-il des ours ?

— On n'en trouve plus guère de nos jours, à l'instar des loups et des castors.

— Est-ce que tu chasses ?

— Non. Mais quelques familles chez nous chassent le cervidé et conservent sa viande pour la consommer l'hiver.

Il remarqua qu'elle employait la formule *chez nous*

pour se référer à Wickham Falls et se demanda si elle accepterait de quitter sa ville natale pour s'installer ailleurs par la suite.

Il pointa un index vers la gauche.

— Regarde, il y a un cavalier.

Le soleil jetait des reflets moirés sur la robe noire de l'étalon galopant sur la piste.

— Quel animal splendide ! s'exclama Viviana.

Le chemin creusé d'ornières céda la place à une route pavée, et le chauffeur accéléra en passant devant une douzaine de maisons de style bahamien faisant face à l'océan avant de s'arrêter devant un groupe de bungalows construits sur l'eau. Puis il déchargea les bagages, qu'il déposa près de la porte d'entrée, à l'extrémité de l'allée.

Noah sourit en voyant Viviana écarquiller les yeux devant les bâtiments blancs en stuc coiffés de tuiles, qui semblaient flotter sur l'océan.

— Une fois que tu seras installée, je te ferai faire le tour du propriétaire.

Viviana suivit Noah le long de l'allée surplombant une piscine infinie. Après avoir composé un code, il ouvrit la porte et s'effaça pour laisser passer Viviana. Elle examina les lieux avec curiosité. L'intérieur, avec son espace décloisonné et ses grandes baies vitrées, démentait l'aspect compact que l'on avait de l'extérieur. Le mobilier confortable et fonctionnel invitait à la détente.

Elle se retourna et se retrouva face à Noah qui l'observait, les bras croisés sur la poitrine.

— L'endroit est beau.

— Je suis content qu'il te plaise, dit-il en souriant.

— Est-ce mon bungalow ?

— À toi de décider.

Elle s'avança dans la salle à manger et effleura le tissu

recouvrant les chaises Chippendale. Curieusement, elle possédait des sièges du même style dans la salle à manger de son bed and breakfast. Si son frère n'avait pas réglé l'arriéré d'impôts fonciers, elle aurait été forcée de vendre une partie du mobilier familial authentique.

Elle revint vers Noah et noua ses bras autour de sa taille.

— Il me convient.

Il posa son menton sur son crâne.

— Alors tu es chez toi.

Elle releva la tête et croisa son regard rieur.

— Et toi, où vas-tu t'installer ?

— Dans la cuisine, il y a une porte de communication avec le bungalow voisin.

Elle le savait, ce n'était qu'une question de temps pour qu'elle et Noah partagent à nouveau un lit, et ce ne serait pas seulement pour dormir mais pour faire l'amour.

— Sais-tu ce qui me plairait ?

Noah enserra son visage entre ses paumes.

— Non. Quoi ?

— Passer le reste de la journée ici avec toi.

— N'as-tu pas envie de visiter l'île ?

— Non, pas aujourd'hui. Je meurs d'envie de nager dans la piscine infinie, puis de m'allonger au soleil pour parfaire mon bronzage.

— Il est déjà parfait. Je ne distingue plus tes taches de rousseur, dit-il, lui embrassant le bout du nez. Dis-moi ce que tu souhaites pour le dîner afin que je passe commande auprès du chef.

Elle esquissa une moue.

— À quoi te sert la cuisine si tu ne l'utilises pas ?

— Je l'utiliserais si je savais cuisiner.

— Et si je te donnais des cours de cuisine ?

— Tu plaisantes, n'est-ce pas ?

Elle perçut une légère hésitation dans le regard de Noah. C'était la première fois qu'il n'affichait pas l'air excessivement confiant de celui qui n'avait qu'à décrocher le téléphone pour obtenir tout ce qu'il voulait.

— Non, je ne plaisante pas, Noah. Tu ne peux pas espérer qu'on te nourrisse toute ta vie. Imagine qu'un beau jour tu te retrouves échoué quelque part et que tu doives te débrouiller par toi-même. Comment ferais-tu pour survivre ?

Il la prit dans ses bras et la fit tournoyer.

— J'appellerai un restaurant local et je me ferai livrer mes repas par Grubhub.

— Tu es impossible ! Et maintenant repose-moi. Tu me donnes le tournis.

Il obtempéra et lui décocha un sourire enjôleur.

— Bon. J'accepte d'être ton élève pour trois leçons.

— Cinq.

— Quatre, et pas une de plus, mon ange.

Se dressant sur la pointe des pieds, elle déposa un baiser sur son œil droit.

— Et d'une leçon.

Puis un autre baiser sur son œil gauche.

— Et de deux.

Puis sur l'arête de son nez.

— Et de trois.

Pour finir, sur sa bouche.

— Et de quatre.

— Voilà un excellent préambule, assura-t-il en riant. Tout compte fait, je joindrai l'utile à l'agréable en apprenant à cuisiner et en flirtant avec ma prof.

Il piqua un baiser léger sur ses lèvres.

— Je t'apporte tes bagages pour que tu puisses te changer.

— Est-ce que tu t'endors sur moi, Viv ?

— Je ne pense pas.

Noah avait proposé à Viviana de partager son transat dans la loggia à l'arrière de son bungalow. Ils avaient passé la journée à faire des longueurs dans la piscine et à se promener main dans la main sur la plage avant de rentrer pour se doucher, se changer et commander le *room service.*

Il ferma les yeux, et soudain tous ses sens furent exaltés par la chaleur du corps de Viviana, la douceur de sa peau, la senteur hypnotique de la crème parfumée dont elle s'était enduite après la douche et le souffle ténu de sa respiration. Résistant à la délicieuse langueur qui s'emparait de lui, il déplaça délicatement le corps de Viviana et se redressa.

— Je vais t'emmener au lit.

Elle ouvrit les yeux et sourit.

— Je n'ai pas envie de dormir. Je ferme les yeux pour les reposer.

Il la souleva sans effort.

— Tu les reposeras aussi bien allongée dans ton lit.

Elle s'accrocha à son cou et posa sa tête sur son épaule. Son besoin urgent de lui faire l'amour s'était un peu apaisé quand il avait compris qu'il passerait plus de six jours avec elle. Il ignorait combien de temps ils séjourneraient à Emerald Cove, mais il avait l'intention de ne pas brusquer les choses et de savourer chaque instant qu'ils passeraient ensemble.

Parvenu dans la chambre de Viviana, il la déposa sur le lit et remonta le drap et la couverture légère sur elle. Puis il diminua l'intensité de la lampe de chevet, régla le thermostat du climatiseur et sortit en fermant la porte derrière lui. Il se rasseyait près de la piscine quand son portable fit entendre la sonnerie qu'il avait programmée pour son frère aîné.

— Que se passe-t-il, Jordan ?

— Ça fait plusieurs jours que j'essaie de t'appeler et que j'ai un message disant que ta messagerie est pleine.

— Non, elle ne l'est pas, mais le réseau est inégal, ici.

— Où es-tu ?

— Aux Bahamas. J'ai assisté au mariage d'un ami, et en ce moment je suis à Emerald Cove. Pourquoi m'appelles-tu ?

— Maman dit qu'il te revient de choisir une association caritative pour le gala de collecte de fonds du nouvel an. Elle est dans tous ses états car l'imprimeur attend de connaître le nom de l'association pour imprimer les cartons d'invitation.

— Le Wounded Warrior Project.

C'était le premier nom qui lui était venu à l'esprit.

— Excellent choix. Je suis certain que Giles sera ravi, car il est resté en contact avec plusieurs de ses anciens compagnons d'armes. Merci, frérot. Je préviens maman.

— Attends, Jordan. Il faut que je te parle de quelque chose.

— Qu'est-ce qui ne va pas, Noah ?

Il perçut l'inquiétude dans la voix de Jordan.

— Rassure-toi, il n'y a rien de grave. C'est simplement que… je suis face à un dilemme.

— Non, pas toi !

— Je suis sérieux, Jordan.

— Désolé. Raconte-moi tout.

Noah marqua une pause, choisissant ses mots avec soin.

— La première fois que tu as rencontré Aziza, comment as-tu su que c'était la femme que tu voulais épouser ?

— Je n'étais pas certain de vouloir l'épouser, mais j'avais très envie de mieux la connaître, même si Brandt m'avait demandé de lui parler du harcèlement sexuel dont elle avait été victime de la part de son précédent patron. Nous avons tout de suite sympathisé car nous sommes tous deux avocats et nous avons beaucoup de points communs. Puis, quand nous avons commencé à sortir ensemble, j'ai su que je voulais qu'elle soit la dernière femme dans ma vie. Ai-je répondu à ta question ?

— Oui et non.

— Aurais-tu rencontré une femme qui te donne envie de renoncer au célibat ?

Noah sourit.

— Oui. Mais contrairement à toi, dès l'instant où j'ai vu Viviana, j'ai su que c'était la femme de ma vie.

— Ça, alors !

— Je n'en reviens pas moi-même. C'est la première femme qui me donne envie de prendre soin d'elle.

Puis il lui résuma les échecs sentimentaux de Viviana.

— T'a-t-elle demandé de prendre soin d'elle, Noah ?

— Non.

— Ce dont elle a besoin, c'est que tu l'aimes et la protèges. Les femmes sont beaucoup plus fortes que nous le croyons, expliqua Jordan. J'ai su que je voulais épouser Zee avant même d'avoir couché avec elle.

Noah sourit.

— Viviana et moi n'avons pas fait l'amour, et je veux toujours l'épouser.

— Depuis combien de temps la connais-tu ?

— J'ai fait sa connaissance en août.

— Où habite-t-elle ?

— À Wickham Falls.

— Bon sang, qu'ont donc de spécial ces femmes de Virginie-Occidentale ? D'abord Giles, et maintenant toi !

Noah se mit à rire.

— C'est parce que nous avons un goût exquis en matière de femmes.

— Est-elle aussi belle que Mya ?

— Elles ont un type de beauté différent.

Selon Noah, Viviana était la sensualité faite femme, le feu sous la cendre…

— Quand nous la présentes-tu ?

— Je ne sais pas. Elle a déjà des projets pour Thanksgiving et Noël.

— Dommage. Le seul conseil que je te donnerais, c'est d'être patient. D'après ce que tu m'as dit, elle a traversé beaucoup d'épreuves, et le fait que tu sois devenu son prince charmant n'effacera pas son passé comme par un coup de baguette magique.

Noah en convenait. Il avait volontairement passé sous silence ce que Viviana et son frère avaient enduré de la part des résidents de Wickham Falls car il ne voulait pas la décrire comme un esprit fragile et brisé.

— Il m'arrive de croire que je suis puni à cause de toutes les femmes avec qui je suis sorti.

— As-tu abusé de leur confiance, Noah ?

— Non. Du moins, je ne le pense pas. Je leur donnais ce qu'elles voulaient dans la limite du raisonnable, et les ruptures se passaient sans heurts.

— Tu n'as donc aucune raison de te sentir coupable.

— Je n'étais pas le genre de type qui plaque une femme après avoir couché avec elle. Je m'investissais à fond dans la relation.

— T'investis-tu à fond avec Viviana ?

— Oui.

— Où est-elle en ce moment ?

— Ici, avec moi.

— C'est à Emerald Cove que Zee et moi avons passé notre lune de miel et que nous avons mis Maxwell en route. Alors, sois prudent, frérot. Évite de te montrer trop impulsif et de faire un petit Wainwright. D'ailleurs Maman me harcèle pour que je lui donne un autre petit-enfant.

— J'ai eu droit au même couplet quand je suis venu pour l'anniversaire de papa. Mais je ne lui ferai pas ce plaisir tant que je ne serai pas marié. Elle n'a qu'à harceler Rhett ou Chanel.

— Je doute qu'ils lui prêtent une oreille complaisante, maintenant qu'ils travaillent chez WDG. Selon papa, ils sont comme des gosses dans une confiserie. Ils arrivent au bureau à l'aube et partent tard le soir pour acquérir le maximum de connaissances dans leur nouveau domaine de compétences.

— Précisément parce que c'est tout nouveau pour eux. Conseille-leur de ralentir le rythme, sinon, ils feront un burn out avant d'avoir trente ans.

— Tu as raison, je le ferai. Bon. Il faut que je raccroche pour prévenir maman.

— Embrasse-la pour moi.

— Je n'y manquerai pas. Au fait, quand reviens-tu ?

— Je ne sais pas. J'espère passer deux semaines ici avec Viviana avant de retourner aux États-Unis. Dis à papa que je l'appellerai suffisamment tôt pour qu'il mette le jet à notre disposition.

— Entendu. Salut, frérot. À plus tard.

Noah posa son portable à côté de lui. Sa conversation avec Jordan lui avait permis d'y voir plus clair au sujet de Viviana. Il comprenait qu'il brusquait les choses par peur de la perdre. Elle avait admis qu'elle aimait avec son cœur et non avec sa tête, alors que c'était l'inverse pour lui. Il n'avait jamais laissé son cœur dicter les termes de ses relations avec les femmes – du moins, jusqu'à maintenant.

Il contempla le soleil qui déclinait sur l'horizon avant de disparaître complètement. La voûte céleste était piquetée de millions d'étoiles qui luisaient, tels des diamants sur du velours noir. Au bout d'un moment, Noah se leva et retourna à l'intérieur. Il verrouilla les portes vitrées coulissantes et traversa la suite de Viviana jusqu'à la sienne au lieu de faire le tour par l'arrière des bungalows.

Quelle ne fut pas sa stupeur en pénétrant dans sa chambre de trouver Viviana qui l'attendait, assise dans le lit. Ses boucles brunes retombaient sur son front et ses épaules dans un désordre sensuel tandis qu'elle maintenait le drap sur sa poitrine. Un frisson brûlant le parcourut quand il comprit qu'elle était nue sous le tissu fin en coton.

Un sourire mystérieux étira ses lèvres pulpeuses.

— Pourquoi as-tu autant tardé ?

— Je parlais à mon frère.

Tenant toujours le drap d'une main, elle tapota de l'autre la place à côté d'elle.

— Lui as-tu parlé de moi ?

— Oui, admit-il, traversant la pièce et s'asseyant sur le rebord du lit.

Il se figea, tétanisé, quand elle lâcha le drap et qu'elle noua ses bras autour de lui, pressant ses seins nus contre son torse.

— En bien, j'espère, murmura-t-elle, un sourire mutin aux lèvres.

Il acquiesça d'un signe de tête, d'autant plus troublé que la main de Viviana s'insinuait sous son T-shirt et caressait ses mamelons jusqu'à ce qu'ils durcissent. Il n'en revenait pas qu'elle le séduise alors qu'il rêvait de le faire depuis des mois !

Elle n'avait pas la moindre idée du nombre de nuits sans sommeil dont elle était responsable, qu'il avait passées à s'imaginer train de lui faire l'amour. Il lui était même arrivé de se réveiller trempé de sueur et mortifié parce qu'il avait eu un orgasme nocturne – ce qui ne lui était plus arrivé depuis l'âge de treize ans. Et, si elle n'arrêtait pas de le caresser, il risquait à nouveau de perdre tout contrôle.

Il se libéra doucement de son étreinte et se leva. Puis, le regard rivé au sien, il ôta ses vêtements en un tournemain, souriant quand elle haleta à la vue de sa puissante érection. Elle le suivit des yeux tandis qu'il ouvrait le tiroir de sa table de nuit et qu'il en retirait un préservatif. Il l'enfila avec mille précautions. Il avait attendu ce moment depuis des mois, et il voulait donner du plaisir à Viviana avant de prendre le sien.

Le matelas s'enfonça sous son poids quand il se glissa entre les draps et s'allongea à côté d'elle.

— Je ne ferai rien qui ne te convienne pas.

Viviana lui sourit et cueillit son visage entre ses paumes douces.

— Fais ce que tu veux, mais ne me brise pas le cœur.

Il se positionna au-dessus d'elle, prenant appui sur ses avant-bras.

— Je promets de ne jamais te briser le cœur.

Elle posa un doigt sur ses lèvres.

— Ne fais pas de promesses. Évite de me faire souffrir, c'est tout.

- 9 -

Noah explorait avec gourmandise chaque courbe et chaque creux du corps splendide de Viviana. Ses doux gémissements ne faisaient qu'attiser son besoin de la posséder corps et âme, au lit et ailleurs. Il était tombé éperdument amoureux d'elle et il voulait qu'elle devienne la dernière compagne de sa vie.

Plus rien ne comptait pour lui hormis la femme se trémoussant et haletant sous ses caresses. Il avait désiré beaucoup de choses dans sa vie, mais elles étaient sans commune mesure avec la femme qui l'enserrait dans son étreinte aphrodisiaque. Ivre de désir, il s'immisça en elle, rencontrant une légère résistance avant de la pénétrer complètement. Puis, plaquant ses mains sous les hanches de Viviana, il la souleva tout en entamant ses va-et-vient érotiques.

Viviana se mordit la lèvre pour s'empêcher de crier de plaisir, submergée par une jouissance qu'elle n'avait jamais ressentie avec ses amants précédents. Quand Noah avait titillé ses tétons avant de les sucer avec gourmandise, comme s'il s'agissait de friandises, elle avait eu l'impression de se dissoudre de l'intérieur. Il avait pris son temps pour exacerber son désir, lui prodiguant des caresses expertes jusqu'à ce qu'elle soit sur le point de le supplier de la prendre sur-le-champ et en même temps de poursuivre ses attouchements grisants. Elle avait envie de faire durer ces instants de plaisir jusqu'à ce que le souvenir de chaque homme ayant partagé sa vie s'efface de sa mémoire aussi sûrement qu'on efface la craie d'un tableau noir.

Elle avait cessé de se demander pourquoi Noah Wainwright était entré dans sa vie et s'était peu à peu imposé à elle comme une évidence. C'était à croire qu'il lui avait jeté un sort, car elle avait toujours trouvé les hommes blonds insipides, mais celui-ci lui faisait l'amour comme un dieu et la tenait captive dans ses filets.

Elle laissa échapper un halètement en sentant monter les prémices de l'orgasme, mais elle s'efforça d'en retarder la survenue pour continuer à savourer ces moments d'intensité absolue. Sa respiration s'accélérait et son cœur tambourinait contre sa poitrine tandis qu'elle enfonçait ses ongles dans le dos de Noah et qu'elle exhalait des soupirs.

— Il faut que tu lâches prise, mon ange, haleta-t-il à son oreille. S'il te plaît !

Comprenant qu'il était lui aussi sur le point d'atteindre l'orgasme, elle s'abandonna à la jouissance et savoura la sensation inouïe d'être pulvérisée en un million de particules. À travers la brume de son plaisir, elle perçut les grognements sourds de Noah tandis qu'il accélérait le rythme de ses poussées. Puis, entre raison et déraison, ils cessèrent d'exister en tant qu'entités séparées pour n'en former plus qu'une.

— Je t'aime, je t'aime, je t'aime, murmura-t-elle, transportée de bonheur.

En réponse à son aveu, il poussa un profond gémissement et resserra son étreinte autour d'elle.

Au bout d'un moment, il releva la tête et tendit le bras pour allumer la veilleuse sur la table de chevet. Son visage était empourpré et ses yeux luisaient d'émotion tandis que sa poitrine se soulevait et s'abaissait au rythme de sa respiration saccadée. Un lent sourire étira ses lèvres.

— Si tu savais comme je suis heureux que tu m'aimes.

Du bout de son index, elle suivit la courbe de son sourcil blond.

— Inutile de me remercier. Je ne voulais pas tomber amoureuse de toi par peur d'être à nouveau blessée. Mais tu as réussi à me convaincre que je ne risquais pas ce genre de déconvenues avec toi.

Il se retira d'elle et l'embrassa sur le front.

— Je suis heureux que tu aies vaincu tes préventions.

Il caressa ses boucles répandues sur l'oreiller.

— Je ne veux pas faire de promesses inconsidérées, mais je promets de ne jamais te tromper avec une autre femme. Si tu veux quelque chose, n'hésite pas à me le demander, et je m'efforcerai de te donner satisfaction.

— Je ne veux pas parler de promesses. Ce serait tenter le sort.

Noah fronça les sourcils, perplexe.

— Je ne crois pas au mauvais sort.

— À quoi crois-tu, Noah ?

— Au fait que nous sommes responsables de nos actes et qu'ils ont des conséquences. En bien ou en mal.

— En attendant, cela me ferait le plus grand bien si tu pouvais t'écarter de moi, dit-elle en riant et en le repoussant. Tu es trop lourd.

Il l'embrassa à nouveau.

— Désolé. Je dois sans doute peser cinquante kilos de plus que toi.

— Si tu essaies de me faire dire mon poids, tu perds ton temps. Tu devrais savoir qu'on ne demande jamais son âge ou son poids à une dame, répliqua-t-elle avec une feinte sévérité.

— Je sais cela, car ma maman m'a appris les bonnes manières, dit-il en lui faisant un clin d'œil. Accorde-moi quelques minutes, le temps de retirer le préservatif.

Elle le suivit des yeux tandis qu'il se dirigeait, nu et

décomplexé, vers la salle de bains attenante. Elle ramena le drap sur sa poitrine et ferma les yeux. Elle avait hésité à se glisser dans son lit, ne sachant pas comment il réagirait, puis elle avait tenté sa chance.

Il y avait quelque chose chez Noah qui l'avait fascinée la première fois qu'il avait franchi le seuil de sa maison. Elle avait eu l'impression qu'il était doté de pouvoirs spéciaux lui permettant de lire en elle ce qu'elle tentait de dissimuler à tout le monde. C'était le premier homme qui lui avait fait comprendre, sans l'aide de mots et par la seule intensité de son regard, qu'il la désirait. Les autres l'invitaient à sortir sous des prétextes dérisoires, quand ils ne lui disaient pas explicitement qu'ils avaient envie de coucher avec elle.

Elle avait cru faire preuve d'exigence vis-à-vis de la gent masculine, mais cela n'avait pas empêché ses ex de profiter de sa vulnérabilité émotionnelle.

Était-ce de la malchance, comme le lui avait dit Noah, ou de la naïveté de sa part ?

— À quoi penses-tu ?

S'arrachant à ses réflexions, elle ouvrit les yeux et sourit à Noah, penché au-dessus d'elle.

— Je pensais au salaud qui a usurpé mon identité.

Noah éteignit la lampe, se glissa dans le lit et l'attira contre lui.

— Raconte-moi tout.

— Ton détective ne l'a pas déjà fait ?

— Non. Je lui ai seulement demandé de vérifier que toi et ton frère étiez bien propriétaires de votre terrain. Veux-tu que je le contacte pour qu'il retrouve cet escroc ?

— Non, merci. Il se fera prendre tôt ou tard. Quand je me suis aperçue qu'il m'avait arnaquée, j'ai posté sa photo sur les différents médias sociaux pour mettre en garde les autres femmes.

Elle hésita quelques secondes avant de demander :

— Simple hypothèse, si ton détective le retrouvait, que ferais-tu ?

— J'engagerais quelqu'un pour lui briser les rotules.

Elle sursauta, incrédule.

— Non ! Tu plaisantes ?

Il se mit à rire.

— Bien sûr. À ton avis, qu'est-ce que ton frère ferait s'il le coinçait ?

— Il me taquine souvent en disant que, si quelqu'un me fait du mal, il lui brisera la nuque puis il s'assiéra sur son corps jusqu'à ce qu'il refroidisse pour être certain qu'il est passé de vie à trépas.

Noah siffla doucement.

— Dès que j'ai vu ton frère, j'ai compris qu'il valait mieux ne pas lui chercher noise !

— Lee n'est pas aussi dangereux qu'il y paraît. Mais c'est vrai qu'il a une façon bien à lui de vous regarder, l'air de dire : *Ne vous approchez pas trop.*

— Il n'est pas dangereux, Viv. Il est mortel !

— Ne parle pas ainsi de mon frère. Il a le cœur sur la main.

Elle le savait, elle paraissait sur la défensive, mais elle n'avait eu que lui pour la protéger, avec sa tante et son oncle.

— Pardonne-moi, mon ange. Pour ma part, je serais incapable de briser la nuque de qui que ce soit, mais je botterais volontiers les fesses de celui qui s'aviserait de faire du mal à ma sœur.

Viviana passa sa jambe par-dessus celle de Noah.

— Après le moment merveilleux que nous venons de vivre, comment en sommes-nous arrivés à parler de passage à tabac ?

— Parce qu'il était question de ton ex, répondit Noah en l'embrassant sur les lèvres avec une douceur exquise. J'aimerais que ce soit la dernière fois que nous évoquons nos ex. À partir de ce soir, il ne sera question que de nous, tu veux bien ?

De la pointe de sa langue, elle traça le contour de la bouche bien dessinée de Noah.

— Oui. Rien que nous deux, murmura-t-elle, son souffle mêlé au sien.

Elle embrassa le creux de son cou, incapable de se rassasier de la saveur de sa peau, où s'attardaient les effluves du gel douche qu'il avait utilisé. Elle poussa un petit cri de surprise quand Noah l'enlaça et la fit rouler sur le lit *king-size*. Puis elle se mit à rire et se prit au jeu, ses jambes enserrées dans les siennes.

Noah lui mordilla le lobe de l'oreille avant de s'allonger à ses côtés. Il n'en revenait pas de la chance qu'il avait d'être tombé amoureux d'une femme comme Viviana. Elle avait une personnalité beaucoup plus complexe que les autres femmes qu'il avait connues, tel un puzzle de mille pièces qu'il devait terminer avant de voir la totalité du motif.

Jordan lui avait demandé quand il comptait la présenter à leur famille, et il avait été incapable de lui donner une réponse ferme. Cependant, il ne doutait pas que ses parents l'adoreraient autant que lui. Il sourit en sentant des boucles brunes rebelles lui chatouiller le nez. Il souffla pour les repousser, mais elles retombèrent sur son visage.

— Est-ce que tu t'endors sur moi, Noah ?

Il sourit. C'était la question qu'il lui avait posée il y avait une éternité, lui semblait-il.

— Non. Je ferme les yeux pour les reposer.

— Moi aussi.

Comment se faisait-il que sa voix lui paraisse si caressante et si sexy avec ce soupçon d'accent du Sud ? Il songea aussitôt à la chanson de John Denver : *Take Me Home, Country Roads*. Viviana avait presque toujours vécu à Wickham Falls, autant dire à la campagne. Qui plus est, elle était très attachée à sa demeure familiale. Une question lui traversa l'esprit : s'ils avaient un avenir ensemble, serait-il prêt à renoncer au rythme trépidant de la vie à New York pour s'installer dans une petite ville comptant deux feux de signalisation et quatre mille âmes ?

Bien sûr, son cousin Giles s'était établi à Wickham Falls, mais l'excitation de Manhattan lui manquait parfois, et il avait fini par convaincre Mya de passer avec lui plus de deux mois d'affilée dans la ville qui ne dort jamais.

Mya avait fait ses études universitaires à Chicago alors que Viviana avait fait les siennes dans une petite ville de Caroline du Nord. Toute son existence s'était déroulée dans des petites localités, et il se demandait si elle redouterait de vivre ailleurs. Mais c'était un sujet qu'il aborderait avec elle quand leur relation atteindrait un stade un peu plus avancé.

Allongée à plat ventre sur un transat, Viviana se laissait bercer par le léger roulis du yacht qui voguait sur les eaux de l'Intracoastal Waterway en direction de Fort Lauderdale. Elle n'arrivait pas à croire que les deux semaines idylliques qu'elle avait passées avec Noah touchaient à leur fin. Durant leur première semaine, ils avaient fait le tour l'île, nagé dans la piscine infinie, pique-niqué sur la plage et visité la ferme.

L'île était divisée en deux zones distinctes : les bungalows sur l'eau réservés aux membres de la famille Wainwright et aux clients fortunés soucieux d'intimité, et les deux manoirs réservés aux touristes. Au début, elle s'était sentie coupable de lézarder toute la journée, puis elle s'était vite habituée à ce style de vie axé sur le confort personnel, où toutes sortes de mets et de boissons étaient servis sur un simple coup de téléphone.

Malgré tout, elle avait tenu sa promesse d'apprendre

à cuisiner à Noah, à commencer par le petit déjeuner. Il avait commandé les ingrédients nécessaires et paru sincèrement intéressé quand elle lui avait montré comment casser et battre les œufs, faire griller à point le bacon, trancher les fruits et les presser pour obtenir un jus frais. Après trois tentatives, il avait réussi à concocter un petit déjeuner savoureux. En revanche, la préparation du dîner s'était avérée plus difficile et, pour ne pas le décourager, elle lui avait fait croire qu'il s'en était très bien sorti au bout de quatre leçons. Le soir, ils se relaxaient dans la loggia à l'arrière du bungalow, où l'eau prenait une belle teinte vert émeraude.

La deuxième semaine, Noah avait décidé de rompre la monotonie de leur séjour en organisant des excursions dans les îles voisines. Il avait loué un yacht avec un équipage réduit, et chaque jour ils débarquaient dans une ou deux îles pour visiter d'anciennes plantations de canne à sucre ou écouter des guides locaux leur raconter l'histoire de ces ouvriers agricoles que les colons européens avaient fait venir de pays lointains pour qu'ils travaillent dans les champs et les usines de transformation de la canne à sucre. Viviana avait pris des photos des bâtiments en ruine envahis par les plantes grimpantes et les fleurs sauvages odoriférantes. Ouvrant un œil, elle contempla Noah, assis sur un transat. Il avait troqué son short et son débardeur contre un pantalon et un pull-over.

— D'après le capitaine, on devrait accoster dans une heure.

Viviana hocha la tête et soupira d'aise. Noah avait eu la bonne idée d'affréter un bateau pour les ramener aux États-Unis au lieu de l'avion.

— Je descends me changer.

Une fois qu'ils auraient débarqué à Fort Lauderdale, elle et Noah prendraient un vol charter qui ferait escale en Virginie-Occidentale avant de rejoindre New York.

Elle aurait deux jours pour se remettre de ses vacances, puis elle irait passer le week-end de Thanksgiving en Caroline du Nord avec son frère et sa famille.

Après s'être changée dans sa cabine, elle remonta sur le pont et rejoignit Noah. Accoudée au bastingage, elle contempla Fort Lauderdale qui se dessinait au loin.

— Je ne pourrai jamais te remercier assez pour…

Noah posa une main sur la sienne.

— Non, Viv. C'est plutôt moi qui devrais te remercier, car grâce à toi j'ai passé trois semaines de rêve.

— Et tu aimerais recommencer ?

— Oui. Mais, la prochaine fois, j'aimerais partir plus longtemps.

— Combien de temps ? demanda-t-elle. N'oublie pas que j'ai un établissement à gérer.

— Au moins deux mois.

— Où irais-tu ?

Noah aurait préféré qu'elle lui demande : *Où irions-nous ?* Il ne voulait pas partir aussi longtemps sans elle, mais il savait que cela poserait un problème une fois que le bed and breakfast aurait rouvert ; la seule solution serait qu'elle trouve une personne de confiance pour le gérer à sa place.

— En Amérique du Sud puis en Europe.

— Tu prendrais l'avion ?

— Non. Nous affréterions un bateau et ferions des escales pour visiter nos endroits préférés.

Viviana ôta ses lunettes de soleil et croisa son regard.

— Tu ne peux pas faire des projets pour nous sur un coup de tête. Encore une fois, j'ai une entreprise à gérer et je ne peux pas tout laisser tomber pour jouer les globe-trotters avec toi.

— Et Leland ?

— Quoi, Leland ?

— Vous êtes associés, tous les deux.

— Sur le plan juridique, oui. Mais dans la pratique nous ne le sommes pas.

— Que veux-tu dire ? Soit vous êtes associés, soit vous ne l'êtes pas.

Noah s'efforça de garder son calme. Il se sentait frustré à l'idée de ne pas la voir durant les deux prochains mois. Elle fêterait Thanksgiving et Noël avec sa famille tandis qu'il demeurerait à New York jusqu'à ce qu'il soit convoqué par le comité d'urbanisme de Wickham Falls.

— Lee et moi sommes copropriétaires de Falls House, mais il a renoncé à toute responsabilité concernant la gestion du bed and breakfast. Et il lui reste deux ans avant de terminer son cursus dans les arts culinaires. La dernière fois que je l'ai eu au téléphone, il m'a expliqué qu'Angela voulait rester à Charlotte pour décrocher une licence, ce qui signifie qu'ils passeront au moins quatre ans là-bas avant de revenir aux Falls.

— Tu vas donc gérer seule ton entreprise pendant les quatre prochaines années ?

— Ne me regarde pas comme ça, Noah, s'énerva-t-elle.

— Comme quoi ?

— Comme si je m'attelais à une tâche insurmontable. Je ne suis peut-être pas douée pour choisir mes petits amis, mais je suis tout à fait capable de gérer une entreprise – avec ou sans associé.

Se rendant compte qu'il venait de vexer Viviana, il posa une main au creux de ses reins et la sentit se raidir.

— Je suis désolé, mon ange. Je n'avais pas l'intention de mettre en doute tes capacités de gestionnaire.

Viviana reporta son attention sur les eaux de l'Intracoastal qui clapotaient contre la coque.

— Rappelle-toi, j'ai du personnel que j'ai payé avec le prêt que tu m'as accordé. Une fois que j'aurai l'autorisation de rouvrir le bed and breakfast, mes employés reviendront travailler, et tout reprendra comme avant.

Sans mot dire, il se posta derrière elle et plaqua son torse contre son dos, souriant quand il la sentit se détendre. Il n'avait aucune envie de se disputer avec elle alors qu'il leur restait si peu de temps à passer ensemble. Il ne comprenait pas comment il en était arrivé à dépendre d'elle pour combler un manque dans sa vie, dont il n'avait même pas eu conscience avant de la rencontrer. Auparavant, quand il sortait avec une femme, c'était pour meubler son temps libre et éviter de se retrouver seul. Mais c'était différent avec Viviana. Elle était devenue à la fois son amie, son amante et sa confidente. Il lui avait parlé de l'infidélité de son père, qu'il n'avait jamais évoquée en dehors du cercle familial. Elle se gardait de tout jugement moral, et il lui faisait confiance pour ne pas révéler ses secrets de famille.

Il l'appréciait et il était tombé amoureux d'elle. Au début, il avait cru que c'était sa beauté stupéfiante qui l'avait attiré. Il l'avait comparée au feu sous la cendre, froid en apparence mais chaud au toucher, si symbolique de cette passion qui couvait en elle et qu'elle cherchait à dissimuler par crainte d'être blessée.

Il avait eu du mal à franchir le mur qu'elle avait érigé autour d'elle pour éloigner les hommes de son lit et de sa vie. Il ne s'était jamais donné autant de mal pour conquérir une femme, et il se rendait compte qu'elle méritait tous les efforts et l'attente qu'il avait endurés.

— Combien de temps resteras-tu à Charlotte ?

— Le week-end. Lee et Angela doivent reprendre le chemin de l'université lundi. Puis Lee emmènera sa famille en croisière pour Noël. Il a aussi invité Mme Joyce, l'ex-belle-mère d'Angela, pour s'occuper des jumeaux. Ainsi, Lee et Angela pourront enfin avoir leur lune de miel. Je l'ai taquiné sur le fait qu'il la passerait sur un bateau avec des centaines d'enfants hurlant et chahutant, mais il m'a répondu qu'il avait saisi la seule occasion qui s'était présentée.

— Si lui et sa femme ont une autre occasion de partir en vacances, je peux m'arranger pour qu'ils séjournent à Emerald Cove.

Viviana lui adressa un sourire reconnaissant.

— Je le lui dirai.

— Si tu devais choisir un endroit pour ta lune de miel, où aimerais-tu aller ?

À peine avait-il posé cette question qu'il la regrettait. Pourquoi diable lui parlait-il de lune de miel alors qu'il ne l'avait pas demandée en mariage ? Prenait-il ses désirs pour des réalités ?

— À Venise.

— Tu ne préférerais pas Paris ou Rome ?

— Non. J'ai toujours rêvé d'aller à Venise pendant le carnaval. Je porterai une robe de bal somptueuse et je dissimulerai mon visage sous un masque original. Puis je louerai une gondole pour aller assister à des fêtes sans fin dans les plus beaux palais de la cité des Doges.

— Tu parles comme une héroïne de roman d'amour.

— N'en suis-je pas une depuis trois semaines ?

Noah pressa ses lèvres sur sa chevelure.

— Si. Et je me suis efforcé d'être à la hauteur de l'image que tu te fais de ton héros.

— Tu l'es tout naturellement et sans effort.

Il avait envie de lui dire qu'il voulait aussi devenir son mari et le père de ses enfants, mais il jugea plus sage de changer de sujet.

— As-tu toujours l'intention de passer Noël dans le désert ?

— Oui. Ça va me faire bizarre de voir les décorations de Noël par une température de 29 °C !

Noah reporta son attention sur port Lauderdale tandis que le yacht se rapprochait du littoral et quittait l'Intracoastal pour s'engager dans un des nombreux canaux bordés de palmiers et d'immeubles cossus – lesquels canaux avaient valu à la cité portuaire son surnom de Venise américaine.

Un membre de l'équipage avait monté les bagages sur le pont, et Noah sut que la parenthèse enchantée était terminée et qu'il ne reverrait pas Viviana pendant deux longs mois.

Le capitaine manœuvra le bateau le long d'un embarcadère, et quelques minutes plus tard Noah et Viviana se retrouvaient sur le quai où un chauffeur attendait, brandissant une pancarte indiquant *Wainwright* en lettres capitales. Noah prit la main de Viviana et se présenta à lui.

Le trajet jusqu'à l'aéroport de Fort Lauderdale se passa dans un silence confortable, Noah tenant la main de Viviana. De même, ils n'échangèrent aucun mot durant le vol à destination du Tri-State Airport, car ils n'en éprouvaient pas le besoin.

Le petit jet atterrit en douceur, et Viviana déboucla sa ceinture.

— Tu n'as pas besoin de descendre avec moi, dit-elle, voyant que Noah détachait la sienne.

— Mon ange…

— S'il te plaît, Noah. Ne me rends pas les choses plus difficiles qu'elles ne le sont déjà.

— Laisse-moi t'accompagner jusqu'au bas de la passerelle.

Se penchant en avant, elle posa une main sur sa joue rasée de frais.

— Non, je t'en prie, balbutia-t-elle.

S'efforçant de ne pas pleurer, elle l'embrassa et se redressa. Puis elle se dirigea vers l'avant de l'appareil et descendit les marches de la passerelle. Sur le tarmac, une berline l'attendait et le chauffeur chargeait déjà ses bagages dans le coffre.

Elle le remercia quand il lui ouvrit la portière arrière. Les yeux brouillés de larmes, elle tâtonna pour attacher sa ceinture. Elle était tombée amoureuse de Noah Wainwright, elle avait envie de partager sa vie avec lui, mais elle craignait que leur séjour sur l'île paradisiaque ne soit qu'un rêve qui s'évaporerait, telle une volute de fumée, maintenant qu'elle était de retour dans le monde réel.

- 10 -

Viviana sourit en apercevant, à travers le pare-brise, son frère dévaler les marches du porche de sa maison construite dans un nouveau lotissement de la banlieue de Charlotte. Elle était partie de Wickham Falls à 4 heures du matin pour éviter les encombrements, et deux heures plus tard elle arrivait à bon port.

Se garant derrière le monospace d'Angela, elle coupa le contact, récupéra son sac à main et un sac fourre-tout rempli de cadeaux de Noël joliment emballés. Elle remarqua que le mariage épanouissait son frère. Son visage mince était plus plein, et il souriait largement.

Puis ses yeux s'arrondirent de surprise quand il se pencha pour lui ouvrir la portière.

— Ne me dis pas que tu es allée dans un salon de bronzage !

Viviana mit pied à terre en riant et se dressa sur la pointe des pieds pour l'embrasser sur la joue.

— Comme si j'en avais besoin ! Il se trouve que je reviens d'un séjour aux Bahamas.

Leland lui prit son sac fourre-tout des mains.

— Combien de temps es-tu restée là-bas ?

— Trois semaines.

— Avec qui es-tu partie ?

Elle glissa son bras sous celui de son frère, et ils grimpèrent les marches du porche ensemble.

— Qu'est-ce qui te fait penser que j'étais avec quelqu'un ?

— Je connais ma petite sœur mieux qu'elle ne le croit, dit-il, ouvrant la porte. Tu ne voyages jamais seule.

Elle devait en convenir, il la connaissait peut-être mieux qu'elle ne se connaissait. Ils avaient toujours été francs l'un envers l'autre et, elle le savait, il avait été déçu quand elle lui avait avoué qu'elle était sur le point de perdre la maison. D'une voix calme, presque dépourvue d'émotion, il lui avait dit qu'il réglerait le problème. Et il l'avait fait à sa manière en quittant l'armée et en lui remettant l'argent nécessaire pour sauver leur demeure ancestrale.

— Je suis partie avec Noah Wainwright.

— T'es-tu amusée ?

Elle le contempla, surprise qu'il lui pose cette question.

— Bien sûr !

Leland s'arrêta dans l'entrée et posa le sac sur une chaise à côté d'une table où trônaient des photographies de son mariage avec Angela, et de Malcolm et Zoe à différents âges. En l'observant à la lumière du plafonnier, elle se rendit compte que son frère ressemblait de plus en plus à leur père à mesure qu'il prenait de l'âge.

— Je suis content pour toi, Vivi. Il est grand temps que tu rencontres quelqu'un dont l'objectif n'est pas de t'exploiter.

— Depuis quand es-tu devenu un ardent partisan de Noah ?

— Depuis que j'ai discuté avec lui au sujet de la vente de notre terrain. J'ai très vite compris que c'était quelqu'un de fiable. Par ailleurs, il aurait fallu être aveugle pour ne pas remarquer qu'il était comme hypnotisé par toi. Tu avais beau lui battre froid, il ne se laissait pas démonter pour autant.

Elle esquissa un sourire modeste.

— J'ai fini par me radoucir au point de l'accompagner au mariage d'un de ses amis, aux Bahamas. Puis nous avons prolongé notre séjour dans le bungalow de sa famille. J'ai acheté des cadeaux pour toi, Angela et les jumeaux, mais je ne veux pas que vous les ouvriez avant Noël.

— Entendu. Je dissimulerai le sac dans le débarras.

Viviana contempla l'intérieur de la maison à un étage, offrant un espace décloisonné. L'entrée ouvrait sur la pièce de vie, puis sur le salon, la salle à manger et enfin la cuisine ultramoderne dotée d'un comptoir pour le petit déjeuner.

— Pendant combien de temps envisages-tu de louer cette maison ?

— En fait, nous avons décidé de l'acheter avec ma prime d'ancien combattant.

Elle fixa son frère, sonnée par cette nouvelle inattendue.

— Tu comptes vivre ici de façon permanente ?

— Je voulais te l'annoncer de vive voix.

— Eh bien, je suis là, Lee. Explique-moi tout.

Elle s'assit sur un tabouret de cuisine et écouta attentivement son frère pendant qu'il lui faisait part de ses nombreuses discussions avec Angela. Après avoir hésité à quitter Wickham Falls; où était enterré son premier mari et le père de ses jumeaux, elle avait préféré prendre un nouveau départ ailleurs pour ne plus être pointée du doigt parce qu'elle avait épousé le meilleur ami de son défunt époux.

Viviana eut soudain l'impression que toutes les personnes qu'elle aimait désertaient Wickham Falls, la laissant seule aux prises avec ceux parmi les habitants qui refusaient d'oublier les sévices que les Wolfe avaient fait subir à leurs ancêtres.

Tu devrais plutôt te réjouir pour ton frère, car il a subi son content d'avanies, lui dit la voix de sa conscience.

— Angela a raison. Et toi aussi, tu as besoin de prendre un nouveau départ, Lee. D'après le peu que j'ai vu en venant ici, l'endroit me paraît parfait pour toi et ta famille.

Leland la prit dans ses bras.

— Tu es d'accord pour que je m'installe ici ?

— Bien sûr, Lee. En fait, je me sens un peu responsable de ce nouveau tournant dans ta vie.

— Comment cela ?

— Si je ne t'avais pas appelé pour te dire que je croulais sous les dettes et que je risquais de perdre la maison, tu serais resté à l'armée et tu n'aurais peut-être pas épousé la femme dont tu as toujours été secrètement amoureux.

— Tu étais au courant ? s'étonna-t-il.

— Évidemment ! Je voyais bien la façon dont tu regardais Angela chaque fois qu'elle et Justin venaient à la maison pour étudier avec toi. Tu avais plus souvent les yeux fixés sur elle que sur tes livres !

— Pourquoi ne m'as-tu rien dit ?

— Parce que tu m'aurais rétorqué que j'étais trop jeune pour savoir ce qui se passait entre une fille et un garçon.

Leland acquiesça en souriant.

— Tu as raison. Angela, Mme Joyce et les enfants dorment encore. Nous nous sommes couchés tard pour tout préparer afin qu'il ne nous reste plus qu'à enfourner la dinde et les plats d'accompagnement. Mme Joyce est installée dans la chambre d'amis qui est à côté de la cage d'escalier, et Angela t'a préparé celle qui se trouve au bout du couloir à droite.

— Merci, Lee. Si cela ne t'ennuie pas, je vais récupérer mes bagages et faire un petit somme. Je me suis levée aux aurores pour éviter les encombrements.

— Donne-moi ta clé de voiture et monte te reposer. Je récupérerai tes bagages et les déposerai devant ta porte.

Fouillant dans son sac, elle lui tendit sa clé et se dirigea vers l'escalier. Elle était heureuse pour son frère. Il avait épousé la femme qu'il aimait depuis toujours, il était désormais père de deux adorables bambins, il vivait dans un quartier moderne et poursuivait des études pour devenir chef professionnel. Il avait enfin réalisé ce à quoi il aspirait le plus au monde, alors que son avenir à elle était incertain.

Elle était sûre d'obtenir une réponse favorable du comité d'urbanisme, mais elle devrait attendre la fin de toutes les démarches avant de rouvrir le bed and breakfast. Elle ne comptait pas sur les habitants du cru pour rentabiliser son établissement mais sur les touristes désireux de profiter des charmes de la région ou sur les clients de passage à la recherche d'une chambre pour la nuit.

— Grands dieux, Viviana ! Qu'est-il arrivé à votre visage ?

Viviana sourit par-dessus la tête rousse de Zoe à Joyce Mitchell, qui faisait irruption dans la cuisine. Manifestement, la belle-mère d'Angela, connue pour son franc-parler, était toujours égale à elle-même.

— Bonjour, madame Joyce. J'ai passé quelques jours de vacances aux Bahamas.

Angela se tourna vers sa belle-mère.

— Elle a un bronzage incroyable. Il est si uni qu'elle n'a pas besoin de fond de teint.

En guise de remerciement, Viviana adressa un clin d'œil complice à sa belle-sœur. Son somme matinal avait été remis à plus tard quand elle avait entendu un coup frappé à sa porte. En ouvrant, elle avait trouvé Zoe sur le seuil, qui la fixait avec perplexité jusqu'à ce qu'elle reconnaisse sa tata Vivi. Toute envie de sommeil l'avait quittée avec le babillage incessant de la fillette de trois ans, laquelle ne tarissait pas d'éloges sur sa nouvelle maison, sa chambre et ses poupées. Ayant renoncé à son somme, elle avait emmené la fillette dans la cuisine.

Angela, debout, elle aussi, avait entraîné ses enfants dans la salle de bains, les priant de faire leur toilette avant de rejoindre les adultes. Joyce, dernière levée, avait cajolé ses petits-enfants avant qu'ils la repoussent.

— Êtes-vous partie avec un homme ? demanda Joyce.

— Oui, répondit Viviana.

Elle n'avait aucune raison de mentir à cette femme. À vingt-neuf ans, elle s'estimait seule responsable de ses actes.

— Est-ce sérieux ? insista Joyce, au grand dam de Leland et Angela, visiblement gênés par ses questions trop personnelles.

— Non, répondit Viviana sans se départir de son calme. Nous sommes simplement amis. Il avait besoin d'une cavalière pour assister au mariage d'un de ses copains d'université, et j'ai accepté de l'accompagner.

Elle le savait, si elle ne fournissait pas une explication à Joyce, celle-ci tirerait ses propres conclusions et, de retour aux Falls, elle raconterait à qui voulait l'entendre que la fille Wolfe avait un homme dans sa vie. Peu importait qu'elle soit une Remington ; pour les habitants de la ville, elle était et resterait une Wolfe.

Joyce fit la moue.

— Moi aussi, j'aimerais bien être invitée dans les îles et lézarder au soleil.

Leland la fixa avec stupeur.

— Avez-vous oublié qu'Angela et moi vous avons invitée à partir en croisière avec nous dans la Caraïbe ?

Une rougeur colora le teint marron clair de Joyce.

— Je suis désolée. J'ai parlé sans réfléchir.

Zoe tira sur l'extrémité de la queue-de-cheval de Viviana.

— J'aime bien tes cheveux.

Par chance, le compliment de l'enfant dissipa la gêne ambiante.

Viviana embrassa les boucles rousses de la fillette.

— Moi aussi, j'aime bien les tiens. J'aurais préféré

avoir des cheveux roux car j'ai des taches de rousseur, et les deux vont bien ensemble.

— Moi aussi, j'ai des taches sur le nez.

— Justement, elles sont assorties à tes boucles, ma chérie.

Zoe se mit à rire.

— Papa dit que je suis jolie comme un cœur.

Viviana sourit à Leland par-dessus la tête de l'enfant.

— Ton papa a raison.

Malcolm pénétra dans la cuisine en se frottant les yeux.

— J'ai encore sommeil, marmonna-t-il en bâillant.

Angela sortit une boîte d'œufs du réfrigérateur.

— C'est parce qu'un petit garçon de ma connaissance ne veut pas aller au lit quand sa maman et son papa le lui disent.

Malcolm était le portrait craché de son défunt père. Il avait hérité sa peau brune, ses yeux marron clair et ses cheveux bouclés. Il tapota le bras de Leland pour attirer son attention.

— Papa, je peux aller me recoucher ?

Leland prit l'enfant dans ses bras.

— Après que tu auras pris ton petit déjeuner, tu pourras retourner au lit. D'accord ?

— D'accord, acquiesça Malcolm, hochant gravement la tête.

Viviana s'émerveillait de l'aisance avec laquelle Leland s'était glissé dans son rôle de père des jumeaux d'Angela. Il envisageait même de les adopter, et Joyce avait donné son accord quand lui et Angela l'avaient informée que ses petits-enfants porteraient le double patronyme de Mitchell-Remington.

Une fois le petit déjeuner terminé, Leland sortit la dinde du réfrigérateur pour qu'elle soit à température ambiante au moment de la mettre dans le four. Viviana aurait voulu discuter avec Angela, mais la fatigue la rattrapa, et elle gagna sa chambre, suivie de Zoe, pour un somme réparateur.

Viviana attendit jusqu'au lundi avant de retourner à Wickham Falls. Ces quatre jours enchanteurs avaient passé comme dans un rêve. Leland préparait tous les repas, et après le dîner, ils se rendaient au sous-sol, converti en espace de détente et d'amusement. Elle regardait des dessins animés avec ses neveux, mais aussi des matchs de football universitaires et professionnels avec Leland.

Pour la première fois de sa vie, elle avait senti son instinct maternel latent s'éveiller au contact de Malcolm et Zoe. Elle avait joué à la poupée et à la dînette avec la fillette, et fait la course avec Malcolm sur son tricycle. Bien sûr, elle n'était pas jalouse du bonheur de son frère, mais il soulignait sa propre solitude. Toutes ses amies de l'université habitaient dans d'autres États, et elle avait perdu tout contact avec ses condisciples de l'école confessionnelle.

Elle ne se serait sans doute pas sentie aussi isolée si le bed and breakfast était ouvert. Même avec un seul client, elle aurait eu le sentiment d'être utile.

Elle consulta son portable pour s'assurer qu'elle n'avait pas manqué un appel ou un texto de Noah, mais il ne lui avait envoyé que deux messages depuis leur séparation au Tri-State Airport. Elle commençait à croire qu'il était le genre d'homme à souscrire au proverbe « Loin des yeux, loin du cœur ». Elle avait failli l'appeler à plusieurs reprises mais s'était ravisée à chaque fois, se disant qu'elle était stupide de courir après un homme qui ne l'appréciait pas suffisamment pour avoir envie de lui parler.

Toutefois, en milieu de semaine, n'y tenant plus, elle composa son numéro. Au bout de trois sonneries, une voix féminine lui répondit :

— Allô !

Prise de court, Viviana faillit raccrocher.

— Excusez-moi, j'ai dû me tromper de numéro.

— Êtes-vous Viviana Remington ?

Elle se figea, interloquée.

— Oui. Qui est à l'appareil ?

— Je suis Chanel, la sœur de Noah. Quand il est revenu de vacances, il se plaignait de ne pas se sentir bien, mais il n'arrêtait pas de parler de vous. En ce moment, il est alité, il a la grippe. En fait, tout le monde à la maison est malade. Je suis la seule rescapée, et je garde les doigts croisés pour échapper à l'épidémie.

L'estomac noué par l'angoisse, Viviana demanda :

— Comment va-t-il ?

— Pas très bien. Nous avons dû appeler le médecin car il vomissait. J'essaie de le faire boire, mais il n'arrive pas à garder le moindre liquide. J'ai peur qu'il ne se déshydrate et qu'il faille l'hospitaliser pour le perfuser.

— Je vais venir à New York.

— Surtout pas ! Vous risqueriez de tomber malade. Nous avons même banni Giles de la maison pour qu'il ne contamine pas Mya.

Viviana se rappela que Mya en était aux premiers mois de sa grossesse.

— Entendu. Mais surtout appelez-moi pour me donner de ses nouvelles. Et dites-lui bien que, s'il ne fait pas un effort pour s'hydrater, je viendrai à New York et j'attendrai qu'il aille mieux pour rompre avec lui.

Un silence plana sur la ligne.

— Je le lui dirai. Êtes-vous amoureuse de mon frère ?

— Oui.

Sa sœur s'attendait-elle à un mensonge de sa part ?

— Tant mieux. Parce qu'il est follement amoureux de vous.

— N'oubliez pas de me rappeler, Chanel.

— Je n'y manquerai pas. Oh ! Viviana ?

— Oui ?

— Quand notre famille fera-t-elle votre connaissance ?

Viviana nota que Chanel avait dit *notre famille*, comme si tout le clan Wainwright devait donner son accord pour qu'elle continue de fréquenter Noah.

— Je ne sais pas, Chanel. Peut-être l'année prochaine.

— J'ai hâte de vous connaître. Et je dirai à Noah que vous avez appelé.

— Merci.

Elle raccrocha et s'en voulut d'avoir douté de Noah. L'homme qu'elle aimait n'avait pas pu l'appeler parce qu'il était malade, et elle avait cru qu'il l'avait oubliée. Mais il n'avait pas arrêté de parler d'elle à sa famille ! Rassérénée, elle décida de s'occuper utilement en entreprenant la fabrication de courtepointes pour berceau à l'intention de Mya et de la femme de Seth.

Comme Viviana le lui avait demandé, Chanel lui envoyait tous les jours un texto l'informant de l'état de santé et du moral de Noah. Des émoticônes très explicites agrémentaient ses messages, avec des visages en colère ou une bouche crachant des jurons. Chanel expliquait qu'il avait perdu sa voix, mais qu'il promettait de l'appeler dès qu'il pourrait parler. Par chance, il arrivait à s'alimenter et à s'hydrater un peu. Tous les membres de la famille se rétablissaient lentement et avaient meilleur moral, maintenant que le personnel avait commencé à mettre les décorations de Noël.

Viviana était très occupée à assembler à la main les morceaux de tissu d'une courtepointe. Sa tante lui avait appris à coudre à la main parce que le résultat était plus authentique qu'avec une machine. Mais le travail était plus laborieux, et elle devait prendre soin de faire des points réguliers. Quand elle était entrée dans le grand magasin, en ville, elle était allée directement au rayon mercerie pour acheter des coupons de tissu à patchwork, des aiguilles, du fil et des dés à coudre. Elle en avait profité pour acheter aussi des aiguilles à tricoter, des crochets et de la laine pour bébé dans des tons pastel.

Étalant la doublure sur la table de la cuisine, elle plaça les carrés de patchwork assemblés par-dessus. Elle prenait sa pelote d'épingles quand la sonnerie de son portable retentit.

Elle fronça les sourcils, intriguée, en reconnaissant le numéro de sa tante.

— Bonjour, tante Babs.

— Bonjour, ma chérie. Comment vas-tu ?

— Bien. Et vous deux, comment allez-vous ?

— Nous allons bien, également. Je t'appelle pour te prévenir que nous ne serons pas là pour Noël. Figure-toi que nous avons participé à une tombola organisée par l'église paroissiale et nous avons gagné le premier prix ! Nous allons à Rome pour assister à la messe de minuit à la basilique Saint-Pierre. Je suis désolée de te prévenir si tard, car je sais que tu as acheté ton billet d'avion, mais je te le rembourserai.

Viviana s'effondra sur sa chaise, catastrophée par cette nouvelle. D'abord son frère qui partait faire une croisière pour Noël, et maintenant son oncle et sa tante qui se désistaient !

— Ne t'inquiète pas pour mon billet, tante Babs. Il est remboursable.

— Ah, tant mieux. Il n'empêche que je suis désolée…

— Non, ne t'excuse pas. Cela fait une éternité que tu me parles d'aller à Rome pour Noël, et l'occasion se présente enfin. Alors, profites-en.

— Je te rapporterai un beau cadeau.

— Ce n'est pas nécessaire. Prenez soin de vous deux.

— Merci, Vivi. Je t'aime, ma chérie.

— Moi aussi.

Elle raccrocha et ferma les yeux, démoralisée. Ce ne serait pas le premier Noël qu'elle passerait seule, mais c'était la première fois qu'elle avait envie de le passer avec des personnes qui lui étaient chères. Tant pis. Elle s'en remettrait. Rouvrant les yeux, elle reprit son travail et termina sa courtepointe. Demain, plutôt que d'en commencer une autre, elle varierait les plaisirs en entamant une paire de chaussons pour bébé au crochet.

Elle s'était à peine allongée dans son lit que son portable sonna sur la table de chevet. Un élan de joie la transporta quand elle reconnut le numéro de Noah.

— Comment te sens-tu, mon chéri ?

— Beaucoup mieux que les jours précédents.

— Tu as la voix enrouée.

— Aujourd'hui, c'est la première fois que je peux m'exprimer autrement que par des murmures.

Elle se redressa et cala les oreillers contre son dos.

— As-tu mal quand tu parles ?

— Non. C'est ce qui est bizarre. J'ai perdu ma voix d'un seul coup, et par chance elle revient progressivement. Chanel m'a répété que tu avais menacé de rompre avec moi si je ne me soignais pas. Étais-tu sérieuse ?

— Bien sûr. Je ne suis pas tombée amoureuse de toi pour te perdre peu de temps après à cause de ton stupide entêtement.

— J'avais oublié que tu avais dit que tu m'aimais.

— La grippe t'aurait-elle rendu aussi amnésique ?

— Je ne pense pas. Que fais-tu de beau depuis ton retour ?

— J'ai entrepris de faire des courtepointes et de la layette.

— Tu es enceinte !

— Bien sûr que non, Noah ! Et tu le sais très bien.

— Comment le saurais-je ? Cela fait des semaines que nous ne nous sommes pas vus.

— C'est vrai.

— Alors, pourquoi fabriques-tu ces choses pour bébé ?

— Maintenant que je n'ai plus de projets et plein de temps devant moi, j'ai décidé de préparer des affaires pour le bébé de Mya.

— Que veux-tu dire, Viv ?

Elle lui relata le coup de fil de sa tante.

— Dois-je comprendre que tu vas passer Noël seule ?

— Oui. Et ce ne sera pas la première fois.

— Peut-être, mais pas cette année. Tu viens passer les fêtes à New York.

— Est-ce un souhait ou un ordre, Noah ?

— Excuse-moi, mon ange. J'aimerais que tu viennes célébrer Noël et le jour de l'an avec ma famille à New York.

— Je ne veux pas m'imposer…

— Ne t'avise pas de dire ça ! Comment pourrais-tu nous déranger alors que j'ai parlé de toi à tout le monde ?

— Tu n'aurais pas dû.

— Quoi ? Je n'aurais pas dû dire à ma famille que j'ai rencontré la femme de ma vie ? Tu plaisantes ! Accorde-moi quelques jours, le temps de vérifier quand le jet sera disponible pour venir te chercher.

— Ce ne sera pas nécessaire. Je ferai changer le billet que j'ai acheté pour me rendre en Arizona.

— C'est vraiment ce que tu veux ?

— Oui.

Croyait-il qu'elle se jugeait trop bien pour voyager avec des personnes ordinaires ?

— Envoie-moi un texto pour confirmer l'horaire de ton vol. J'enverrai une voiture te chercher. Et n'oublie pas d'emporter des vêtements d'hiver, il fait très froid, ici.

— Entendu.

— Les Wainwright ont l'habitude d'organiser un gala

de collecte de fonds très chic pour le réveillon du nouvel an. Si tu n'as pas de robe de soirée, je demanderai à ma sœur de t'emmener faire les boutiques.

— Merci pour ton offre, mais je pense avoir ce qu'il faut, prétendit-elle, mentant effrontément. Il vaut mieux que tu raccroches, pour préserver ta voix.

— D'accord. Je t'aime à la folie, Viviana Remington.

Elle sourit, le cœur inondé de bonheur.

— Moi aussi, Noah Wainwright.

Elle mit fin à l'appel et se laissa aller contre les oreillers.

« Je vais passer Noël avec l'homme que j'aime », dit-elle à voix haute. Dès demain matin, elle contacterait la compagnie aérienne pour faire changer son billet.

- 11 -

Se frayant un chemin parmi la cohue des passagers, Viviana aperçut Noah, entièrement vêtu de noir, brandissant une pancarte à son nom. Elle était d'autant plus heureuse de le voir qu'elle ne s'attendait pas à ce qu'il vienne la chercher en personne. Malgré tout, elle eut un pincement au cœur en constatant qu'il avait perdu du poids et que son visage était émacié.

— Je suis Mme Remington.

Il lui sourit et posa un baiser léger sur ses lèvres.

— Bienvenue à New York, dit-il, lui prenant sa housse à habits des mains. Combien de valises as-tu ?

— Une seule. Elle ne devrait pas tarder à arriver. Je vais la guetter sur le tapis roulant. Attends-moi ici.

Viviana avait avoué à Noah qu'elle l'aimait, mais c'était maintenant, en le revoyant, qu'elle prenait la pleine mesure de ses sentiments pour lui. Elle s'était toujours dit qu'elle ne serait jamais attirée par un homme ressemblant à Noah, et finalement elle avait gaspillé du temps, de l'argent et des larmes en sortant avec des hommes qui n'en valaient pas la peine.

Néanmoins, elle s'estimait plus chanceuse que beaucoup de femmes, qui passaient leur vie à chercher leur prince charmant en vain. Peut-être avait-il fallu qu'elle embrasse quelques crapauds pour trouver le sien. Quand sa valise arriva à sa hauteur, elle se baissa pour la récupérer, mais Noah, qui l'avait rejointe, la lui prit des mains.

— La voiture est garée non loin.

Quand les portes du terminal s'ouvrirent, l'air glacial la saisit, et elle remonta le col de son manteau. Elle s'empressa de suivre Noah jusqu'à une Mercedes-Benz garée le long du trottoir. Le chauffeur descendit pour leur ouvrir la portière arrière, et elle se glissa sur le siège en cuir en grelottant.

Noah s'installa à côté d'elle et l'attira dans ses bras.

— As-tu apporté des gants ?

— Non. Je ne pensais pas qu'il ferait aussi froid.

— Nous avons eu un peu de neige pour Thanksgiving, et depuis les températures sont souvent négatives.

Elle posa sa tête sur son épaule.

— Comment te sens-tu ?

— Je vais bien.

— Tu as maigri.

— Oh ! je vais sûrement reprendre les kilos perdus durant les fêtes.

Viviana l'observa. Ses cheveux étaient plus longs, et il ressemblait à nouveau à un surfeur.

— Les membres de ta famille se sont-ils rétablis ?

— Oui, Dieu merci. Ce Noël sera beaucoup plus tranquille que les précédents. Malgré tout, nous nous rassemblerons autour d'un buffet dînatoire et nous ouvrirons les cadeaux vers minuit avant d'aller nous coucher. Tradition oblige.

— Avez-vous assez de place pour loger tout le monde ?

Noah esquissa un sourire malicieux.

— Es-tu en train de me demander si nous partagerons une chambre ?

Elle acquiesça de la tête.

— Hélas, non. Mes parents sont vieux jeu en ce qui concerne les couples non mariés. Mes frères et moi n'étions pas autorisés à amener des filles à la maison et à les héberger pour la nuit. C'est pourquoi Rhett a déménagé.

Le jour où ma mère a découvert une fille dans son lit, elle a piqué une crise. La fille ne savait plus où se mettre, mais c'était la faute de Rhett. Il connaissait les règles.

— Que faisais-tu quand tu voulais coucher avec une femme ?

— J'allais chez elle ou je prenais une chambre d'hôtel.

— Une solution raisonnable.

Noah se mit à rire.

— Je suis sûr que tu t'entendras bien avec Christiane. Ma mère est un peu snob, mais elle a eu raison de serrer la vis à ses fils. Elle ne voulait pas qu'ils prennent la demeure familiale pour un hôtel de passe.

Noah déposa un baiser sur son crâne.

— J'avais prévu de t'emmener au Rockefeller Center pour admirer le sapin de Noël et faire du patin à glace, mais le médecin m'a conseillé de rester éloigné des foules.

— Je n'ai pas besoin que tu me fasses visiter la ville, Noah. Être à New York avec toi me suffit.

— Vraiment ?

— Oui, assura-t-elle en souriant. Et je me réjouis de revoir Mya et Lily.

— Mes parents ont hâte de te connaître.

— Que leur as-tu dit à mon sujet ?

— Que tu étais intelligente, créative, splendide.

Elle lui tapota la poitrine par-dessus son manteau.

— Oh ! toi, tu es de parti pris.

— Absolument.

Elle pivota légèrement pour regarder par la vitre tandis qu'ils quittaient l'aéroport et se dirigeaient vers Manhattan. Elle était déjà venue à New York, mais c'était toujours pour rendre visite à des amis qui résidaient en grande banlieue. La seule fois où elle s'était aventurée à Manhattan, elle s'était sentie submergée par la foule des piétons qui se bousculaient sur les trottoirs et par la densité de la circulation.

— Tu aimes vivre à New York ? demanda-t-elle à Noah.

— Oui. C'est tout mon univers.

— Envisagerais-tu de vivre ailleurs ?

— Cela dépendrait des circonstances. Pourquoi me poses-tu cette question, Viv ?

— C'est simplement que…

Elle laissa sa phrase en suspens en entendant la sonnerie de son portable. Elle le récupéra dans son sac à main et fixa l'écran, qui affichait : « mairie de Wickham Falls ». Surprise, elle décrocha.

— Madame Viviana Remington ? demanda une voix masculine.

— Oui, elle-même.

— Madame Remington, je risque d'être licencié si on découvre que je vous ai appelée, mais je suis certain que vous souhaiteriez connaître la réponse à votre demande de conversion de votre propriété.

— Bien sûr, acquiesça-t-elle, intriguée par ce curieux préambule.

— Je suis au regret de vous dire qu'elle a été rejetée.

Elle se sentit groggy, comme si on venait de la frapper.

— Savez-vous pourquoi ?

— Il y a eu trois votes pour et quatre contre.

Viviana fixa Noah, qui ne la quittait pas des yeux.

— Je sais que je vous demande d'enfreindre les règles de déontologie, mais pourriez-vous me dire qui a voté contre ?

Son interlocuteur marqua un temps avant de répondre :

— Je vais vous donner l'information uniquement parce que je me suis engagé dans l'armée avec votre frère et qu'il a toujours été loyal envers moi. Mais, si vous en parlez à qui que ce soit, je nierai tout. C'est notre nouveau membre, Myles Duncan, qui a fait pencher la balance en votre défaveur. Encore une fois, je suis désolé pour vous.

— Merci beaucoup. Je vous promets de garder le silence.

— Dès que vous recevrez la notification écrite, vous pourrez faire appel.

— Entendu. Je vous souhaite un joyeux Noël.

— Moi aussi, je vous souhaite de bonnes fêtes.

— Que se passe-t-il, Viv ? s'inquiéta Noah.

Il avait seulement entendu une partie de la conversation, mais visiblement il s'agissait d'une mauvaise nouvelle.

— Quelqu'un de la mairie m'a appelée pour me prévenir que ma demande avait été rejetée.

— Pourquoi ?

— Il ne me l'a pas dit, mais je crois connaître la raison.

— Que veux-tu dire ?

Elle ferma les yeux et appuya sa tête contre le dosseret.

— Les décisions sont prises à la majorité des voix. Le comité d'urbanisme compte sept membres, et c'est le nouveau membre qui a fait pencher la balance en ma défaveur. Ce Myles Duncan n'est rien d'autre qu'un crétin vindicatif. Il m'a invitée à sortir avec lui quand nous étions au lycée, et j'ai refusé parce qu'il ne m'intéressait pas.

Malgré son inquiétude, Noah se força à sourire.

— Il a la rancune tenace.

— Que vas-tu faire si ma demande est rejetée ?

Il l'enlaça et posa son menton sur son crâne.

— Ne t'inquiète pas, mon ange. Nous trouverons une solution.

— D'après mon interlocuteur, nous pouvons faire appel.

— Auparavant, j'en parlerai à mon père. Il s'y connaît en matière de législation immobilière. Je suis certain qu'il trouvera une faille ou une lacune que nous pourrons utiliser au moment de l'appel.

— Je l'espère.

Noah sourit, en dépit de la gravité de la situation.

— Les Wainwright mangent, dorment et respirent immobilier, Viv. Et nous avons suffisamment de juristes dans nos équipes pour trouver une solution à notre problème. Je ne veux pas que tu t'inquiètes à cause de ce coup de fil. C'est une période pour faire la fête et non pour pleurer. Ne connais-tu pas la maxime *On ne pleure pas dans l'immobilier* ?

— Je croyais que c'était : *On ne pleure pas au base-ball.*

— Les deux sont valables, répliqua-t-il avec un clin d'œil.

Viviana ne put dissimuler sa stupéfaction quand le chauffeur s'arrêta devant un immeuble cossu de trois étages en pierres grises, construit face à Central Park et occupant un demi-pâté de maisons sur la Cinquième Avenue. Une imposante porte en chêne ornée de couronnes de sapin et de nœuds de velours s'ouvrit, et un maître d'hôtel en livrée les accueillit à leur descente de voiture.

— Bonsoir, monsieur Noah.

— Bonsoir, Walter, répondit Noah en souriant.

Puis il ôta son manteau et le lui tendit.

Le dénommé Walter la fixa, et elle se rendit compte qu'il attendait qu'elle lui remette son manteau. Elle s'empressa de le déboutonner, et Noah le fit glisser sur ses épaules avant de le tendre au maître d'hôtel.

— Merci, dit-elle.

Walter hocha la tête.

— Bienvenue, madame Remington.

Puis il reporta son attention sur Noah.

— Madame Wainwright a différé l'heure du dîner en attendant votre arrivée. Elle est dans la petite salle à manger.

Viviana suivit Noah à travers l'immense entrée dont le sol en marbre était recouvert de tapis persans et d'Aubusson. La demeure arborait des décorations de Noël, mais Noah marchait si vite qu'elle n'avait pas le temps de tout voir.

Elle aperçut sa mère debout près d'une table dressée pour quatre couverts. Quand Walter avait mentionné la petite salle à manger, Viviana ne s'attendait pas à ce que la pièce en question soit assez vaste pour accueillir une bonne douzaine de convives. À la vue de Christiane impeccablement coiffée et vêtue d'un chemisier en soie bleu pastel, d'une jupe crayon en lainage bleu marine et d'escarpins Ferragamo, elle se sentit soudain mal fagotée dans son jean, son pull-over par-dessus un T-shirt en coton et ses bottines.

Ses yeux vert émeraude étincelant, telles des gemmes, Christiane lui tendit les mains en souriant.

— Je suis ravie de faire enfin votre connaissance. Noah a raison, vous êtes ravissante.

Viviana lui prit les mains et pressa sa joue contre celle de Christiane.

— Je vous remercie de m'accueillir chez vous pour les vacances, dit-elle, inhalant la senteur caractéristique de *N° 5* de Chanel.

Christiane huma délicatement l'air.

— Est-ce bien *Shalimar* que vous portez ?

Viviana sourit. Christiane connaissait ses classiques en la matière.

— Oui. C'était le parfum de ma mère. Étant plus jeune, je le trouvais trop capiteux pour moi, puis je l'ai adopté quand j'ai eu vingt-cinq ans.

— J'ai l'habitude de juger les amies de mes fils en fonction des parfums qu'elles portent. S'il s'agit de *N° 5*, *Joy*, *L'Air du temps*, *Shalimar* ou *Miss Dior*, et non d'une quelconque marque vendue en grandes surfaces, je sais qu'elles aiment se chouchouter avec ce qu'il y a de mieux.

Viviana se souvint que Noah avait qualifié sa mère de

snob, et manifestement le choix d'un parfum intervenait dans sa décision d'accepter ou de rejeter les amies de ses fils. Toutefois, le jean mis à part, elle semblait avoir réussi l'examen d'entrée.

— J'ai un faible pour les parfums, admit Viviana.

Christiane sourit.

— Maintenant, je sais que nous allons bien nous entendre.

Puis elle s'adressa à Noah :

— Mon chéri, montre à ton amie où elle peut se rafraîchir.

— Où est papa ? demanda-t-il.

— Dans son bureau. Il avait un coup de fil important à passer. S'il n'a pas terminé à votre retour, nous commencerons sans lui. Puisque nous ne sommes que quatre, j'ai fait dresser un buffet.

Elle ajouta à l'adresse de Viviana :

— Nous les Wainwright aimons la viande, mais j'ai demandé au chef de préparer quelques mets végétariens.

— Je mange de tout, la rassura Viviana.

— Tant mieux. Et, maintenant, allez vous laver les mains. Je suis sûre qu'on ne vous a servi à bord que des en-cas salés ou sucrés. Pourtant, vu le prix des billets, les compagnies pourraient se montrer plus généreuses.

Noah prit la main de Viviana et entrelaça leurs doigts.

— Voyons, maman, comment peux-tu le savoir, puisque cela fait une éternité que tu n'as pas pris un vol commercial ?

Christiane agita la main sans se départir de son sourire.

— Dépêchez-vous. Je suis certaine que ton amie est affamée.

*
* *

Noah entraîna Viviana le long d'un couloir étroit en direction d'une salle de bains.

— Tu voudras bien excuser ma mère.

Tournant le robinet d'un des deux lavabos en marbre, Viviana le contempla dans le miroir.

— Pourquoi ? Je la trouve charmante.

— Mais un peu snob, non ?

— Arrête, Noah. Ta mère est comme elle est, et je ne voudrais pas qu'elle fasse semblant d'être quelqu'un d'autre uniquement pour me mettre à l'aise. Moi aussi, je suis telle que tu me vois.

Noah lui fit un clin d'œil complice.

— Et j'apprécie ce que je vois.

Il se sécha les mains sur une serviette avant de lui en tendre une.

— J'espère que cela ne te dérange pas de partager une suite avec Chanel. Pour l'instant, elle est chez Skye, la sœur de Giles. Elle est revenue chez ses parents après avoir rompu avec son crétin de fiancé.

— Où vivait-elle avant ?

— À Seattle. Elle venait d'entrer en possession de son fonds spécial. Je pense qu'il l'a encouragée à déménager pour contrôler sa fortune. Heureusement, elle n'était pas amoureuse de lui au point de se laisser dépouiller.

Il regretta aussitôt ses paroles en voyant l'expression de souffrance sur le visage de Viviana.

— Je suis désolé, mon ange. C'était déplacé de ma part, de dire ça.

Viviana l'enlaça.

— Inutile de t'excuser, chéri. Je m'en suis remise.

Il n'en était pas si sûr. Elle ne tournerait vraiment la page que le jour où elle lui ferait suffisamment confiance pour savoir qu'il ne se servirait jamais d'elle.

— Retournons à la salle à manger avant que ma mère me passe un savon.

— Hum, ça sent bon, remarqua-t-elle en chemin.

— Notre chef est un des meilleurs de la ville, expliqua-t-il fièrement. Nous l'avons repéré lors d'une réception dans un hôtel, et mon père lui a fait une offre qu'il ne pouvait pas refuser. Il a doublé son salaire et lui a proposé d'avoir sa propre suite au sous-sol.

— Combien de pièces comporte cette maison ?

— Je dirais entre dix-huit et vingt. Si tu veux le compte exact, tu devras le demander à ma mère.

Il posa une main au creux des reins de Viviana tandis qu'ils pénétraient dans la salle à manger.

Edward les accueillit avec un grand sourire.

— Enfin, vous voilà.

Il s'avança pour donner l'accolade à Viviana et l'embrasser sur la joue.

— Nous étions impatients de vous connaître : mon fils ne tarit pas d'éloges sur vous.

Viviana croisa une paire d'yeux bleus rieurs.

— Il ne faut pas croire tout ce qu'il raconte. Il a tendance à embellir les choses, dit-elle, lui rendant son sourire.

Elle avait l'impression d'être sur la sellette et se demandait ce que Noah avait confié sur elle à sa famille.

Edward lui tapota la joue.

— Cette fois, il a dit la vérité. Vous êtes charmante.

Puis il prit une assiette d'une pile posée sur une desserte et la lui tendit.

— Allons, il est temps de manger.

Le chef avait préparé des spécialités méditerranéennes : côtelettes d'agneau grillées, boulettes d'agneau, tzatziki, houmous, friands aux épinards, couscous, taboulé, feuilles de vigne farcies et souvlaki.

— Tout a l'air délicieux.

— Parce que c'est le cas, confirma Christiane. Je

prends un peu de tout, puis je me ressers de façon plus sélective.

Viviana décida de l'imiter. Noah tira une chaise à son intention, et elle attendit que tout le monde soit servi pour commencer à manger.

Noah se saisit d'une carafe en cristal et remplit le verre à eau des dames, puis le sien avant de la tendre à son père.

— Quelqu'un veut du vin ?

— Je prendrai du merlot, répondit Edward.

Christiane sourit à son fils.

— Moi aussi, je prendrai du merlot.

Viviana vit trois paires d'yeux se poser sur elle.

— Non, merci.

— Attendez-vous un heureux événement ?

— Maman !

— Christiane !

Les deux hommes, choqués, s'exclamèrent à l'unisson.

— Non, répondit Viviana en souriant.

— En êtes-vous sûre ?

— Sûre et certaine.

Elle se souvint que la mère de Noah souhaitait ardemment un deuxième petit-enfant. Mais, à chaque fois qu'elle et Noah faisaient l'amour, il prenait soin d'utiliser un préservatif. Par ailleurs, elle avait consulté son gynécologue pour être certaine de ne pas tomber enceinte durant les prochains mois.

Viviana savourait chaque bouchée tout en écoutant attentivement Christiane évoquer les changements qu'elle souhaitait apporter à son traditionnel gala de collecte de fonds, qui aurait lieu lors du réveillon du nouvel an.

— Combien d'invités attendez-vous ? demanda-t-elle.

Christiane la contempla par-dessus le bord de son verre.

— Nous nous limitons à cent invités.

— S'agira-t-il d'un dîner classique ou d'un buffet ?

— Nous avons toujours organisé un buffet. Pourquoi ?

Viviana avait mis sa casquette de responsable de banquets dès que Christiane avait abordé le sujet.

— Est-ce que ce serait difficile pour vous et votre personnel d'organiser un dîner assis ?

Christiane parut réfléchir.

— Ce ne serait pas tellement difficile si j'engageais des extra pour servir.

— À quoi pensez-vous ? demanda Edward.

Viviana leur expliqua qu'elle avait travaillé dans un hôtel qui organisait des réceptions pour le compte de clients, certaines comprenant plus de cent invités. Elles débutaient par un cocktail de bienvenue suivi d'un dîner assis.

— Il me semble que votre entrée serait assez vaste pour accueillir vos invités pour le cocktail.

— En effet, confirma Edward. Nous avons aussi deux salles de bal, et nous recevons nos invités dans la plus grande.

— Loin de moi l'idée de critiquer une méthode qui a fait ses preuves, mais je trouve qu'un dîner assis est plus intime et qu'il permet de réunir des personnes qui ne se connaissent pas forcément. Plutôt que d'installer dix tables de dix couverts, pourquoi ne pas dresser deux tables de banquet de cinquante couverts et une table de tête présidée par le maître et la maîtresse de maison ? Les membres de la famille pourraient être dispersés au milieu des invités.

Christiane pressa ses mains, visiblement enthousiaste.

— Si la famille royale britannique arrive à organiser un dîner d'État de cent convives à Buckingham Palace, il n'y a pas de raison que nous n'y parvenions pas. Et ce serait moins chaotique qu'un buffet. Viviana, je sais que vous n'êtes pas venue ici pour travailler, mais j'aimerais beaucoup que vous m'aidiez à organiser cette réception. J'ai envoyé cent cartons d'invitation et pour l'instant j'ai reçu soixante confirmations. C'est un bon résultat, mais je m'estimerais satisfaite si j'obtenais soixante-quinze ou quatre-vingts réponses positives. Malgré tout, ceux qui déclinent l'invitation font toujours des dons à l'association que nous avons choisie. Et la Wainwright Foundation rajoute l'équivalent de la somme récoltée.

Viviana ne put s'empêcher de songer à quel point les Wainwright étaient différents des Wolfe. Chaque année, ils ouvraient leur demeure pour la bonne cause alors que les Wolfe se contentaient de courtiser les hommes politiques susceptibles de servir leurs intérêts.

— J'accepte volontiers de vous aider.

— Prenez garde, l'avertit Edward. Ma femme se dépense sans compter pour ses œuvres sociales. Elle va vous embrigader.

Viviana lui sourit.

— Je veux bien travailler dur si c'est pour une bonne cause.

Elle ignora aussi l'appel du pied de Noah. Elle n'était pas venue à New York pour être dorlotée mais pour apprendre à connaître sa famille.

Et les parents de Noah ne lui paraissaient pas du tout prétentieux. Sa mère avait peut-être été snob dans sa jeunesse, mais maintenant qu'elle avait atteint la maturité elle faisait preuve de sagesse et de pragmatisme.

Christiane plia sa serviette et la posa à côté de son assiette.

— Noah, Viviana doit être fatiguée. Peux-tu lui montrer la chambre de Chanel ? Ta sœur a appelé juste après ton départ pour l'aéroport pour prévenir qu'elle passerait la nuit chez Pat et Amanda. Skye a besoin de son soutien moral après sa rupture avec son fiancé.

Repoussant sa chaise, Noah se leva.

— Elle devrait se réjouir au lieu de pleurer, car si elle avait épousé ce clown elle…

— Arrête, Noah, le coupa sa mère. Tu sais très bien que nous ne nous mêlons pas des affaires d'autrui, surtout s'agissant de mariage. Cela évite les ressentiments et les brouilles.

— Ta mère a raison, confirma Edward. Ma nièce n'a pas supporté l'emprise que son fiancé tentait d'exercer sur elle et a décidé de rompre. Elle sera malheureuse pendant quelque temps, puis elle se rendra compte qu'elle a pris la bonne décision.

Noah recula la chaise de Viviana et l'aida à se lever.

— Il a eu de la chance que Giles n'aille pas à Seattle pour lui botter les fesses.

Le visage de Christiane devint écarlate.

— Noah ! Je ne supporte pas qu'on jure sous mon toit.

Il enlaça la taille de Viviana.

— Tu devrais le dire à grand-père. C'est lui qui nous a appris à jurer.

Edward foudroya son fils du regard.

— Ce n'est pas parce que mon père aime à rappeler de temps à autre qu'il a grandi dans la rue que mes enfants doivent imiter ses mauvaises manières.

— Maman, papa, je suis désolé.

Viviana attendit qu'ils soient hors de portée d'oreille pour s'adresser à Noah.

— Tu n'étais pas du tout désolé.

Il eut un sourire malicieux.

— En effet, et ils le savent. Demain, tu devrais faire la connaissance de mon grand-père. Il se rétablit lentement et, à quatre-vingts ans passés, il doit prendre des précautions pour éviter les risques de surinfection. Papa a engagé une infirmière à domicile pour veiller sur lui, et je parie qu'il agonit d'injures la pauvre femme.

— A-t-il vraiment grandi dans la rue ? demanda-t-elle tandis que Noah actionnait le bouton d'un ascenseur dissimulé dans une alcôve.

Les portes s'ouvrirent, et ils pénétrèrent dans la cabine tapissée de miroirs. Il appuya sur le bouton du deuxième étage.

— Dans sa jeunesse, grand-père a fréquenté le milieu des gangsters. Puis il a bâti WDG grâce à quelques milliers de dollars et des nerfs d'acier. Un de ces jours, je te parlerai des voyous qui illustrent l'arbre généalogique familial. Ainsi, tu arrêteras de penser que les Wolfe ont le monopole en matière d'immoralité.

Les portes s'ouvrirent, et Viviana s'avança dans un couloir à la moquette épaisse et aux murs tendus de soieries.

— Combien de suites y a-t-il à cet étage ?

— Deux. Celle de mes parents et celle de Chanel. Jordan, Rhett et moi avons des suites au premier étage. Les trois suites du dernier étage sont réservées aux invités. Ma mère a décidé que tu partagerais la chambre de Chanel, car le reste de la famille se joindra à nous pour le réveillon de Noël et passera la nuit sous notre toit.

— Qui vit au rez-de-chaussée ?

— Grand-père. Il a décidé de s'installer là quand il a commencé à avoir ses problèmes d'arthrose au genou.

— Pourtant, vous avez un ascenseur.

— Il a la phobie des ascenseurs depuis qu'il a été coincé dans l'un d'eux durant un black-out. Quand il va au bureau, il attend jusqu'à ce que quelqu'un monte avec lui !

Viviana le savait, il lui faudrait plus d'une semaine pour connaître les particularités et les manies des membres de cette grande famille.

Noah ouvrit une porte, et elle s'avança dans ce qui s'apparentait à un appartement, avec une chambre, sa salle de bains attenante et son dressing, un salon-salle à manger et une kitchenette. Elle aperçut sa valise sur un meuble dans l'immense chambre comportant un grand lit et un lit à une place. Sa housse à habits était posée sur ce dernier.

Elle se posta devant la grande baie vitrée tendue de rideaux de soie. La suite donnait sur Central Park. Elle discernait les flocons de neige tourbillonnant dans le halo des lampadaires. Faisant volte-face, elle sourit à Noah.

— Je suis sûre de dormir comme un bébé, dans ce décor de rêve.

— Si tu as besoin de quoi que ce soit, envoie-moi un texto, et je monterai.

— Oh ! non. Je n'ai pas envie que ta mère me regarde de travers si elle te surprend dans ma chambre.

— Je ne te mettrai jamais dans une position compromettante où tu serais obligée de te justifier, assura-t-il en souriant. Bonne nuit, mon ange.

— Bonne nuit, chéri.

Il disparut, fermant la porte derrière lui. Elle pressentait qu'il n'était pas complètement rétabli et qu'il s'efforçait de faire bonne figure. À table, il n'avait pas beaucoup mangé et n'avait bu que de l'eau. Elle était venue à New York pour voir Noah, passer les fêtes avec sa famille et, avec un peu de chance, démêler ses sentiments envers l'homme dont elle était tombée amoureuse. Certes, elle l'aimait, mais elle n'était pas encore prête à envisager un avenir avec lui.

- 12 -

Noah avait dû attendre deux jours avant de s'entretenir seul à seul avec son père au sujet du projet immobilier de Wickham Falls, désormais au point mort.

Il s'installa dans un fauteuil en cuir crème dans le bureau d'Edward et allongea ses jambes sur un repose-pieds assorti. Il lui raconta toute l'histoire, depuis la demande de Viviana adressée au comité d'urbanisme jusqu'au coup de fil anonyme d'un employé de la mairie. Au début, il avait cru qu'Edward ne l'écoutait pas car il fermait les yeux, mais quand il les rouvrit la lueur rieuse qui y brillait habituellement avait disparu.

Récupérant un stylo sur son bureau encombré de piles de documents, Edward prit quelques notes.

— Tu dis qu'il fallait la majorité et qu'un membre a fait pencher la balance en la défaveur de Viviana ?

— Oui. D'après elle, il s'appelle Myles Duncan. Je ne sais pas si son prénom s'écrit avec un *i* ou un *y*.

— Peu importe. Pourquoi a-t-il rejeté la demande ?

— Viviana pense qu'il lui en veut parce que quand ils étaient lycéens, elle a refusé de sortir avec lui.

— Bon sang ! s'exclama Edward, furieux. Il a été éconduit par une gamine, et des années plus tard il lui garde rancune ?

— Apparemment.

Edward secoua la tête d'un air incrédule.

— Si j'avais mis un dollar de côté chaque fois qu'une

fille a refusé de sortir avec moi, j'aurais été riche avant même d'avoir dix-huit ans !

— En fait, quand j'ai convaincu Viviana de m'en dire plus, elle m'a confié qu'à l'époque ce salaud était en terminale et qu'elle était en seconde.

Edward se renversa contre le dossier de son siège, les bras croisés sur sa poitrine.

— Ainsi, le prédateur chassait des jeunes filles innocentes.

— Cela m'en a tout l'air.

Edward se redressa.

— Je vais appeler Pat et lui demander de mettre un de ses hommes sur cette affaire. Il doit bien exister une loi absconse en Virginie-Occidentale qui permette de revenir sur un vote sans qu'il soit nécessaire de faire appel.

— Merci, papa. J'apprécie ton aide.

— Inutile de me remercier. Après tout, WDG est partie prenante dans cette opération immobilière.

Il observa son fils avec attention.

— Je te trouve encore mauvaise mine. Si tu montais te reposer avant l'arrivée de la famille ? Ta mère et ton amie sont inséparables. Tu n'es donc pas obligé de la distraire.

Son père avait raison. Il n'était pas au mieux de sa forme, et il ne voyait Viviana qu'au moment des repas. Elle et sa mère couraient les boutiques pour acheter les cadeaux de dernière minute destinés au personnel, aux amis et à la famille.

— Je vais suivre ton conseil.

— À la bonne heure. Je te sais gré de ne pas défier mon autorité, fiston.

— Voyons, papa, cela fait une éternité que je ne m'y suis pas risqué, plaisanta-t-il.

Edward haussa les sourcils, l'air sceptique.

— Vraiment ? Pour autant que je me souvienne, il y a quelques mois, tu as menacé d'utiliser ton propre argent pour financer ce projet en Virginie-Occidentale si je n'approuvais pas cette dépense. Et je l'ai approuvée uniquement pour ne pas te perdre comme Jordan.

— Me perdre ? De quelle façon ?

— Jordan s'est juré de ne jamais travailler pour WDG à cause de ce que ton grand-père et moi avons fait à sa mère biologique et à ta mère. Je reconnais que ma conduite a été inadmissible, mais à vingt-deux ans j'étais trop lâche pour m'opposer à mon père. J'étais fiancé à ta mère et en même temps très amoureux de la mère de Jordan. Et je l'aurais épousée si mon père n'avait pas menacé de me renier. Mais toi et Rhett êtes différents. Vous n'avez jamais eu peur de défendre vos opinions et de vous battre pour ce qui vous tient à cœur.

Noah se leva.

— J'apprécie ton aide, papa.

Il avait remercié son père au lieu de lui dire qu'il devait affronter le plus grand défi de sa vie. Il était amoureux d'une femme qu'il voulait épouser, mais il savait que s'il la demandait en mariage elle lui opposerait un refus. Il se répétait sans cesse qu'il devait se montrer patient ; malgré tout, il ne pouvait pas s'empêcher de penser que, s'il attendait trop longtemps, il risquait de la perdre – à cause non pas d'un autre homme mais de son bed and breakfast, car une fois qu'il serait opérationnel, elle y consacrerait tout son temps et toute son énergie au détriment de sa vie sentimentale.

Assise par terre sur le tapis moelleux de l'entrée, Viviana berçait Lily Wainwright, endormie sur ses genoux, tout en se remémorant les temps forts de son premier Noël chez les Wainwright. La journée, qui n'était pas encore achevée, avait débuté par un brunch offert aux membres de la famille au fur et à mesure des arrivées. Puis tout le monde avait fait la sieste pour être en forme en vue des festivités nocturnes.

Plus tard, quatre générations de Wainwright s'étaient réunies dans la plus grande salle de bal autour d'une table de banquet regorgeant de victuailles pour manger, boire, discuter et rire sans aucune contrainte. Les convives s'étaient habillés de façon décontractée et, une fois le dîner terminé, ils s'étaient rendus dans l'entrée pour entonner des cantiques de Noël et ouvrir les cadeaux. Le grand sapin de Norvège était le point de convergence des petits et des grands. Il trônait sous le plafond haut de six mètres et arborait des centaines de décorations en verre très précieuses.

Elle revint au moment présent en sentant peser sur elle le regard bleu laser de Wyatt Wainwright, le patriarche de la famille, assis dans un fauteuil, un plaid en cachemire sur les genoux. Elle avait été présentée à l'octogénaire ce matin. Quand elle l'avait vu à côté de Jordan, elle avait été frappée par la ressemblance entre les deux hommes. La plupart des enfants en bas âge s'étaient endormis sur les tapis, mais leurs parents répugnaient à les mettre au lit tant que la distribution des cadeaux n'était pas terminée.

Viviana retint son souffle quand Edward préleva un de ses cadeaux et le tendit à Mya. Un concert de louanges s'éleva quand Mya présenta la courtepointe pour berceau faite main et la paire de chaussons vert menthe avec le petit bonnet assorti. Elle sourit quand Mya lui adressa un baiser aérien.

Edward s'empara d'un autre de ses cadeaux et le remit à Noah. Il prit tout son temps pour dévoiler un écrin en velours contenant un stylo-plume Montblanc marqué de son monogramme. Tous les convives le suivirent des yeux quand il s'agenouilla près de Viviana et qu'il l'embrassa hardiment sur la bouche.

— Ma fille n'a pas besoin de voir ça ! lança Giles sur le ton de la plaisanterie.

Noah lui adressa une grimace.

— Je suis certain que ta fille a vu pire que ce baiser pendant que tu lui préparais un petit frère ou une petite sœur !

— Noah ! protestèrent en chœur les femmes ayant des enfants en bas âge.

— Reste correct, mon fils, l'avertit Edward, réprimant à grand-peine un fou rire.

Puis il récupéra un autre paquet-cadeau sous l'arbre.

— Viviana, celui-ci provient de votre ami très démonstratif.

Tout le monde se mit à rire.

Le cœur battant, Viviana retira le papier de soie entourant un écrin de velours carré. Elle ne put retenir un halètement de surprise et d'émerveillement en découvrant un superbe bracelet incrusté de diamants. Elle le tendit à Noah pour qu'il le passe à son poignet. Quand elle leva le bras pour le montrer, la lumière du lustre fit rutiler les pierres précieuses, et des murmures d'admiration s'élevèrent de l'assemblée.

— Mince ! s'exclama Rhett à l'intention de son frère. Quel sera ton prochain cadeau ? Une bague ?

Chanel lui donna une bourrade.

— Ce ne sont pas tes affaires.

Viviana avait très vite sympathisé avec la sœur de Noah. Elle était gaie, spirituelle et résolument optimiste. Elle lui avait expliqué qu'elle avait rejoint récemment WDG et qu'il lui faudrait du temps pour se familiariser avec la société qui lui avait assuré un mode de vie privilégié. Elle avait admis qu'elle consacrait peu de temps à la romance et qu'elle voulait assurer sa carrière avant de s'impliquer avec un homme. Respectueuse de l'intimité de Viviana, elle ne l'avait pas interrogée sur sa relation avec son frère.

L'échange des cadeaux se poursuivit bien après 1 heure du matin, et quand ce fut fini les parents récupérèrent leurs enfants endormis et regagnèrent leurs suites respectives.

Noah prit Viviana par le bras après qu'elle eut rendu Lily à Giles.

— Veux-tu venir avec moi ? Je voudrais te parler.

Intriguée, elle suivit Noah le long d'un couloir étroit jusqu'au garde-manger attenant à la cuisine, plongé dans la pénombre.

— De quoi veux-tu me parler ?

L'attirant contre lui, il l'embrassa avec passion.

— Je veux te remercier pour le stylo. Je m'en servirai chaque fois que je signerai un contrat.

Rejetant la tête en arrière, elle s'efforça de déchiffrer son expression dans la faible lumière provenant du couloir.

— Tout homme ou toute femme d'affaires devrait posséder un beau stylo pour honorer ses succès.

Se dressant sur la pointe des pieds, elle déposa un baiser léger sur ses lèvres entrouvertes.

— À mon tour, je veux te remercier pour le superbe bracelet. Je le garderai précieusement.

— Je l'ai fait graver à ton nom pour que tu ne m'oublies pas.

— Qu'est-ce qui te fait penser que je pourrais t'oublier ?

— J'espère simplement que ce ne sera pas le cas.

— Il est hors de question que je t'oublie, Noah.

Elle l'embrassa à nouveau.

— Joyeux Noël, chéri.

— Joyeux Noël, mon ange.

Viviana s'échappa de son étreinte et retourna sur ses pas, laissant Noah derrière elle. Cette journée avait été celle des découvertes. Elle avait été présentée à tout le clan Wainwright, à l'exception de Brandt et de son épouse, Ciara, sur le point d'accoucher de leur premier enfant.

Elle emprunta l'escalier jusqu'au deuxième étage et pénétra dans sa suite. Dévorée de curiosité, elle s'installa dans un fauteuil, ôta son bracelet et déchiffra l'inscription au dos :

Avec mon amour éternel,
NCW, 25/12/2018.

Noah avait aussi fait inscrire la date pour qu'elle ne l'oublie pas. Mais cela ne risquait pas d'arriver, songea-t-elle, très émue, en rangeant le bracelet dans son écrin. C'était un bijou précieux qu'elle ne porterait que pour les grandes occasions. Et la prochaine aurait lieu dans une semaine exactement.

En cette première heure de la nouvelle année, la salle de bal brillait de mille feux tandis que des hommes et des femmes en tenue de soirée tournoyaient au son d'un orchestre jouant des succès d'hier et d'aujourd'hui. Entraînée dans une valse, Viviana sourit à Noah, superbe dans son smoking.

Le dîner assis avait remporté un franc succès. Les invités avaient discuté avec des personnes qu'ils ne connaissaient pas forcément. Le chef et son équipe s'étaient surpassés en proposant des steaks grillés à la demande, du saumon frais sur une planche de cèdre et des coquelets accompagnés d'une sauce à l'orange. Les serveurs avaient été attentifs aux besoins de chaque convive.

Edward et Christiane avaient remercié chaleureusement leurs hôtes pour leur participation à cette soirée et leur généreuse contribution à une cause digne d'intérêt. Puis ils avaient annoncé que chacun recevrait un cadeau en guise de remerciement avant son départ.

Il avait fallu des heures à Viviana et à Christiane pour

trouver un cadeau dans un laps de temps aussi court. Elles avaient finalement contacté un parfumeur pour lui commander des coffrets contenant des échantillons de parfum pour homme et pour femme. Christiane avait été submergée par l'émotion quand, à la fin du dîner, tous les convives s'étaient levés pour l'applaudir.

— Ma mère t'aime, ma famille t'aime, et moi je t'adore, murmura Noah à son oreille. Et j'ai oublié de te dire que tu es la plus belle femme ici présente.

Viviana baissa modestement les yeux, grisée malgré tout par les compliments de Noah. Elle avait passé beaucoup de temps à examiner et essayer les nombreux modèles de robes de soirée proposés dans sa boutique préférée avant de se décider pour une robe noire élégante, près du corps, avec une encolure plongeante, de larges bretelles croisées dans le dos et une fente généreuse depuis la cheville jusqu'à mi-cuisse. Ses seuls bijoux étaient des clous d'oreilles en diamant ayant appartenu à sa grand-mère maternelle et le splendide bracelet de Noah.

— C'est parce que tu es de parti pris.

— Oh ! oui, acquiesça-t-il, la faisant virevolter. Comment pourrais-je te convaincre de rester plus longtemps ? Tu pourrais rentrer à Wickham Falls avec Giles et moi à la mi-janvier.

— Non, Noah. Je me suis absentée trop longtemps.

Quand elle avait prévenu Noah qu'elle devait retourner chez elle, il avait organisé son départ pour demain après-midi.

— Comme j'ai mis une pancarte indiquant que l'établissement était fermé pour la saison, les rôdeurs finiront par remarquer que je suis absente. Certes, j'ai prévenu le shérif, mais il ne peut pas faire surveiller ma propriété vingt-quatre heures sur vingt-quatre. À Wickham Falls, comme dans beaucoup de villes du pays, le trafic de substances opiacées a pour triste corollaire une forte hausse des cambriolages.

— Tu ne pourras pas dire que je n'ai pas essayé.

— Tu peux être très persuasif, mais pas cette fois, mon chéri. Après cette danse, je monterai me coucher. Je te verrai au petit déjeuner.

— Soit. Je te raccompagnerai jusqu'à ta chambre.

Viviana désactiva le système de sécurité et referma la porte du bed and breakfast. Pourquoi la maison où elle avait grandi lui paraissait-elle soudain si étrange ? Sans doute à cause de sa longue absence, et aussi parce qu'elle s'était habituée à partager un toit avec Noah et sa nombreuse parentèle. Son séjour de treize jours dans la magnifique demeure de pierres grises lui avait paru à la fois merveilleux et naturel parce que tous l'avaient accueillie à bras ouverts.

Pour les Wainwright, elle était la petite amie de Noah, et sa mère avait même laissé entendre qu'elle ne verrait aucun inconvénient à l'avoir comme bru car elle rêvait d'avoir une autre fille. Viviana n'avait pas voulu la décevoir en lui expliquant que sa relation avec son fils était trop récente pour parler de fiançailles, de mariage et de petits-enfants.

Elle laissa sa valise près de la porte d'entrée et entreprit d'ouvrir les fenêtres pour aérer les pièces. Après s'être douchée et changée, elle décida d'aller au supermarché pour faire le plein de courses et préparer le dîner. Le ménage attendrait un autre jour.

Viviana était de retour depuis presque deux semaines quand le carillon de la porte d'entrée retentit. Quelle ne fut pas sa surprise de se trouver nez à nez avec une personne qu'elle n'avait aucune envie de revoir.

— Que fais-tu ici ?
— Puis-je entrer ?
— Non.
Il lui était arrivé d'apercevoir Myles Duncan, mais c'était la première fois qu'elle le revoyait de près, et les années ne l'avaient pas épargné. Il avait grossi, il perdait ses cheveux et sa barbe courte ne parvenait pas à masquer ses bajoues grêlées. À cet instant, ses yeux marron foncé luisaient de colère.
— Je suis venu te dire que j'ai décidé de modifier mon vote et d'approuver ta demande, même si je déteste y être contraint par chantage.
— Quoi ?
— Je t'en prie, ne fais pas l'innocente, Viviana. Ton petit ami richissime a menacé de rendre publique une affaire qui a été effacée de mon casier judiciaire quand j'étais étudiant à l'université. J'ai été accusé d'avoir harcelé une fille lors d'une soirée organisée par ma fraternité et, comme la fille était ivre et qu'elle ne se souvenait pas de tout ce qui s'était passé, j'ai été condamné pour incitation à la consommation de boissons alcoolisées auprès de personnes mineures et exclu de ma fraternité. J'ai dû faire deux cents heures de travail d'intérêt général pour que ma condamnation soit effacée de mon casier. Je suppose que quand on a beaucoup d'argent on peut obtenir tout ce qu'on veut.
Viviana était tellement horrifiée qu'elle avait le cœur au bord des lèvres.
— Je ne sais pas de quoi tu parles. Noah ne s'abaisserait jamais à te faire chanter.
Un rictus sardonique déforma la bouche de Myles.
— Manifestement, tu ne le connais pas. Toujours est-il que ta demande a été acceptée et, quand tu viendras à l'audience, la semaine prochaine, le président du comité te remettra un document en ce sens. Et dis à ton petit ami

gangster que nous avons aussi approuvé sa demande de permis de construire.

Viviana demeurait immobile, comme engourdie, fixant la voiture de Myles qui s'éloignait. Quand elle se décida à rentrer, elle eut du mal à fermer la porte à clé tant ses mains tremblaient. Se pouvait-il que Myles ait dit vrai ? Si c'était le cas, elle devrait remettre en question sa relation avec Noah. Elle se souvint brusquement de ses propos : « Ne t'inquiète pas, mon ange. Nous trouverons une solution. »

Un grand calme s'empara d'elle tandis qu'elle prenait sa décision. Récupérant son portable, elle composa le numéro de Noah.

— Hello, mon ange. Que se passe-t-il ?

— Il faut que je te parle de quelque chose.

— Je t'écoute, mon amour.

— J'ai été informée que nos demandes respectives ont été approuvées par le comité d'urbanisme.

— C'est une nouvelle formidable !

— Vraiment ?

— Bien sûr, Viv.

— Non, elle ne l'est pas si tu as eu recours au chantage.

Un silence s'établit sur la ligne.

— De quoi diable parles-tu ?

Elle lui répéta ce que Myles lui avait dit.

— Tu te trompes, Viviana. Je n'ai jamais fait chanter ce type pour qu'il modifie son vote.

— Quelqu'un l'a fait, Noah. Alors, tu ferais bien de vérifier dans ton entourage et de tirer cette affaire au clair. Je n'ai pas l'intention de répéter les manœuvres déloyales que mes ancêtres ont utilisées pour arriver à leurs fins. Contrairement à toi, je vis ici. Alors, à partir de maintenant, je ne veux plus avoir affaire à toi. C'est terminé entre nous !

Elle raccrocha et jeta rageusement son portable à travers la pièce. Il heurta le mur et rebondit dans un fauteuil.

Elle avait envie de pleurer, mais les larmes ne venaient pas. Elle avait envie de hurler, mais sa voix était bloquée dans sa gorge. Oh ! non, l'histoire n'allait pas se répéter ! Juste au moment où elle croyait avoir enfin rencontré un homme digne de confiance, son prince charmant se muait en un être vil et sournois ! C'était à croire qu'elle était maudite.

Se dirigeant vers le bar, elle se versa une généreuse rasade de porto. Puis elle s'affala dans une causeuse et sirota le liquide onctueux jusqu'à ce qu'elle sente la tension s'évacuer de son corps. Alors elle se roula en boule, ferma les yeux et pleura à chaudes larmes. Une fois la crise passée, elle se fit le serment de ne plus jamais pleurer à cause d'un homme.

— Il est au téléphone et ne veut pas être dérangé.

Passant outre la mise en garde de l'assistante de son père, Noah pénétra d'un pas rageur dans le bureau privé du directeur général.

— Raccroche, papa.

Edward leva une main.

— Attends une minute, fiston.

Les dents serrées, Noah lui arracha le combiné de la main et le reposa sur son socle.

— Ce que j'ai à dire ne peut pas attendre.

Le visage d'Edward s'empourpra de colère.

— As-tu perdu l'esprit ? C'était un client potentiel qui voulait nous vendre plusieurs immeubles dans un quartier rénové de Brooklyn !

Posant ses mains à plat sur le bureau en acajou, Noah se pencha suffisamment pour sentir le souffle de son père sur son visage.

— Que diable as-tu fait ?

— De quoi parles-tu ?

— As-tu demandé à quelqu'un de faire chanter Myles Duncan pour qu'il revienne sur son vote ?

Edward croisa les bras sur sa chemise blanche amidonnée et soutint le regard de Noah.

— J'ai communiqué le nom de Duncan à Kennedy, et il a découvert beaucoup de choses sur l'admirateur de ton amie. Il semble qu'il ait couché avec plusieurs filles qui avaient trop bu et qui ne se souvenaient pas de ce qu'il leur avait fait.

— Alors tu t'es servi de ses penchants sexuels pour le faire chanter.

Edward secoua lentement la tête.

— De quoi te plains-tu ? Tu es venu m'exposer un problème, et je l'ai résolu. Tu es un homme d'affaires, Noah, pas un enfant de chœur. Et, quand on fait des affaires, il faut parfois se salir les mains et user de coups bas pour réussir. C'est une leçon que j'ai apprise d'un spécialiste des combats de rue – Wyatt Wainwright. Il a bâti cet empire pour t'assurer ainsi qu'à tes frères et à ta sœur un mode de vie privilégié que beaucoup aimeraient avoir.

» Crois-tu que tu pourrais conduire une Porsche, voyager en jet privé ou offrir un bracelet hors de prix à Viviana si je n'avais pas fait certaines choses pour remporter un marché ? Non, mon fils. Alors, ne déboule pas dans mon bureau pour me faire la morale avec tes airs supérieurs. Comporte-toi en adulte, sinon, retire-toi du jeu.

— C'est précisément ce que je vais faire, me retirer du jeu. Et ne compte pas me revoir tant que tu n'auras pas présenté tes excuses à Viviana. Maintenant, je comprends mieux pourquoi Jordan a coupé les ponts avec WDG. Et, si tu continues de suivre l'exemple de ton père, tu perdras tous tes enfants. Sur ce, je te souhaite une bonne journée.

Pivotant sur ses talons, il sortit du bureau, prit l'ascenseur et se retrouva dans la rue. Remontant le col de son manteau, il fit signe à un taxi. Il était trop bouleversé pour rentrer à la maison, aussi demanda-t-il au chauffeur de rouler au hasard jusqu'à ce qu'il lui indique une destination. Il appela le bureau de Jordan, mais la réceptionniste l'informa qu'il était au tribunal et qu'il pouvait laisser un message. Il déclina l'offre et dit qu'il le rappellerait plus tard à son domicile.

Se penchant en avant, il frappa à la vitre de séparation et indiqua au chauffeur l'adresse de la demeure familiale sur la Cinquième Avenue. Une fois arrivé, il lui fallut moins d'une heure pour caser suffisamment de vêtements pour une semaine dans sa valise. Puis il commanda un taxi pour aller à l'aéroport, où il achèterait un billet de première classe pour Charleston, Virginie-Occidentale. Il quittait New York sans avoir dit au revoir à sa mère et à sa sœur. Il laissait à Edward le soin de leur expliquer son départ précipité.

Il était près de 21 h 30 quand le taxi se gara devant le Wickham Falls Bed and Breakfast. Une lumière brillait au rez-de-chaussée, et plusieurs autres, dans les chambres du premier étage. Noah paya le chauffeur et s'avança vers la porte d'entrée pour affronter l'épreuve la plus difficile de sa vie.

Le cœur battant la chamade, il appuya sur la sonnette et attendit que Viviana lui réponde. Il sonna encore et encore jusqu'à ce que la porte s'entrouvre enfin et qu'il contemple, atterré, le visage défait et les yeux rougis de sa bien-aimée.

— Puis-je entrer ?

Elle cilla, l'air déboussolé.

— Tu es venu pour récupérer ta voiture ?

— Non, Viviana. Je suis ici pour tout t'expliquer.

— Il n'y a rien à expliquer, répliqua-t-elle sèchement.

— Oh ! si. Laisse-moi entrer, sinon, je crie si fort que tes plus proches voisins entendront tout ce que j'ai à te dire.

À contrecœur, elle ouvrit la porte en grand.

— Entre, mais tu ne peux pas rester.

Laissant tomber sa valise, il souleva Viviana de terre, indifférent aux coups de poing pleuvant sur son dos et ses épaules. Puis il la transporta au salon, s'assit sur la causeuse et installa Viviana sur ses genoux.

— Je veux que tu écoutes tout ce que j'ai à te dire, et, si tu souhaites que je parte, je m'en irai. Mais si je franchis cette porte je ne reviendrai jamais. Et tout sera fini entre nous.

Viviana l'écouta avec attention pendant qu'il lui racontait sa confrontation avec son père ce matin même. Elle n'en revenait pas qu'il ait tout quitté parce qu'Edward estimait avoir agi dans l'intérêt de Noah et de Viviana.

— As-tu vraiment tiré un trait sur WDG ?

— Oui, sauf si mon père t'appelle pour te présenter ses excuses, s'il promet de ne plus jamais faire chanter qui que ce soit et s'il accepte que les détails de chaque contrat soient présentés au conseil d'administration. S'il refuse, je démissionnerai et postulerai auprès d'un cabinet d'architectes à Philadelphie ou Washington. Vois-tu, quand mon père m'a dit ce qu'il avait fait, je me suis souvenu de ce que tu m'avais raconté au sujet des Wolfe qui exploitaient leurs ouvriers pour accroître leur fortune et leur pouvoir. Je ne veux pas que tu penses que je suis comme eux, Viv.

— Mais ta famille leur ressemble ?

— Te rends-tu compte de ce que tu dis ? Tu me juges de la même façon que les gens d'ici te jugent. Je suis uniquement responsable de mes actes et non de ce que fait ma famille. Je vais récupérer ma voiture et chercher une chambre d'hôtel à proximité de l'autoroute. Tu as mon numéro, alors appelle-moi si mon père te contacte. Et, s'il ne le fait pas, cette entrevue est un au revoir. Mais, rappelle-toi, je t'aimerai toujours.

Viviana le regarda partir, la mort dans l'âme. Mais quelque chose l'empêchait de le retenir. Peut-être était-ce mieux ainsi. Les effusions douloureuses ne feraient qu'empirer la situation.

Assise sur la banquette installée sous la fenêtre de sa chambre, Viviana observait les gouttes de pluie ruisseler le long des vitres. Il pleuvait sans discontinuer depuis trois jours, et son humeur était aussi morose que le temps. Cela faisait plus de six semaines que Noah était sorti de chez elle et de sa vie. Mya l'avait invitée à venir lui rendre visite, mais elle avait utilisé tellement de subterfuges pour refuser qu'elle était à court d'idées. Elle craignait de commettre un impair si Mya la questionnait au sujet de Noah. Après tout, chaque famille avait ses secrets, et Giles avait peut-être dissimulé les plus compromettants à sa femme.

Pour l'heure, elle ferait mieux de se lever et de se préparer à manger, mais elle n'avait qu'une envie : se coucher et ramener la couverture sur sa tête, comme elle le faisait quand, enfant, elle entendait sa mère supplier son père de se faire aider. À l'époque, elle ignorait de quel genre d'aide il avait besoin, mais c'était important pour Annette puisqu'elle pleurait à fendre l'âme chaque fois qu'il s'en allait.

Allons, ressaisis-toi. N'oublie pas que tu es une survivante, lui intima sa petite voix intérieure. À contrecœur, elle se leva et se rendit dans la cuisine pour se préparer un chili, nourriture de confort par excellence. Elle s'apprêtait à ouvrir un bocal de haricots rouges quand le carillon de l'entrée retentit. Le bed and breakfast était toujours fermé. Qui cela pouvait-il être ?

Jetant un coup d'œil à travers le rideau, elle distingua la silhouette d'un homme grand. Quelque chose chez ce visiteur lui semblait familier, puis elle le reconnut, quand il tourna la tête vers elle. Edward Wainwright ne l'avait pas appelée mais il était venu la voir. Elle déverrouilla la porte et remarqua aussitôt son expression tendue.

Il esquissa un sourire contraint.

— Puis-je entrer ?

— Oui, je vous en prie.

Même si elle avait envie de le détester pour ce qu'il leur avait fait, à elle et à Noah, elle n'y arrivait pas.

Edward s'essuya les pieds sur le paillasson et posa son sac de voyage en cuir.

— Je me demandais si votre établissement était ouvert et si vous aviez une chambre disponible pour la nuit.

Viviana ne savait pas si elle devait rire ou flanquer son visiteur à la porte. Elle opta pour la première solution.

— Oui, j'ai une chambre disponible. Suivez-moi, je vais vous y conduire.

— Quand je me serai changé, il faudra que nous parlions.

— De quoi, Edward ?

— De mes péchés. De ce que j'ai fait tout en connaissant l'aversion de Noah pour les procédés immoraux. Il est le plus intègre de tous mes enfants, et j'ai trahi sa confiance.

— J'étais sur le point de me préparer un chili. Si vous en voulez, j'en ferai pour deux.

La petite flamme s'alluma de nouveau dans le regard bleu d'Edward, et il lui sourit avec reconnaissance.

— J'accepte volontiers.

Entre deux bouchées de chili préparé avec du bœuf haché, des lamelles d'oignons et du fromage râpé, Edward lui raconta comment Noah était venu le trouver pour l'informer de la réponse négative du comité d'urbanisme et comment il avait décidé de confier l'affaire au détective de la société.

— Si j'avais su que je perdrais mon fils et qu'il vous perdrait, je n'aurais jamais pris une telle décision.

Viviana tapota sa main sillonnée de veines apparentes.

— Nous faisons tous des erreurs, Edward. C'est quand nous ne les admettons pas que le fardeau de la culpabilité pèse sur nous.

— Me pardonnez-vous le mal que je vous ai fait ?

Elle hocha la tête en souriant.

— Je vous ai pardonné quand je vous ai vu sur le pas de ma porte, parce que je savais qu'il vous avait fallu beaucoup de courage pour venir me voir. Et maintenant, vous feriez mieux de monter vous reposer. Vous avez l'air fatigué.

— À vrai dire, je suis épuisé.

Il lui adressa un sourire triste.

— Aujourd'hui, je sais pourquoi Noah est tombé amoureux de vous. Vous avez un cœur en or. Et vous êtes une merveilleuse cuisinière.

— Merci. Bonne nuit, Edward.

Elle le suivit des yeux, attendrie, pendant qu'il sortait de la cuisine. Puis elle récupéra son portable et composa le numéro de Noah. Il décrocha à la première sonnerie.

— Je sais !

— Que sais-tu ? demanda-t-elle.

— Edward est venu te voir.

— Comment es-tu au courant ?

— Ma mère m'a appelé pour me prévenir. Quand elle a appris ce qu'il avait fait, elle a contacté son avocat pour qu'il prépare les papiers du divorce, puis elle a expliqué à papa que c'était la dernière fois qu'elle le laissait gâcher la vie de ses enfants. Je suppose que papa a compris le message et qu'il lui a dit qu'il venait te voir.

— Où es-tu, Noah ?

— Chez Giles et Mya.

— Tu veux dire que tu étais aux Falls durant tout ce temps ?

— Oui. Mya a bien tenté de te faire venir, mais tu as décliné ses invitations.

— Parce que je ne voulais pas la mêler à cette histoire.

— Tes scrupules étaient inutiles. Mya connaît tous les secrets sordides des Wainwright.

— Quand te verrai-je ?

— Je vais rester chez Mya jusqu'à ce que Giles revienne des Bahamas. Puis tu devras me préparer une suite, car le jour où j'emménagerai chez toi je n'en bougerai plus.

Elle sourit, le cœur débordant de joie.

— Tant mieux. Ton père est monté se coucher dans une des suites. Je vais tâcher de le convaincre de rester quelques jours pour visiter la région.

— Edward est un citadin pur jus. Mais, si quelqu'un peut le changer, c'est toi.

— Il m'a complimentée pour ma cuisine.

— Moi aussi, j'adore ta cuisine, et aussi ta bouche sexy et ton…

— Ne t'avise pas de dire des obscénités au téléphone, dit-elle en riant. Je serai là pour toi quand Giles sera de retour.

— Viv ?

— Oui, Noah ?

— Je t'aime éperdument.

— Moi aussi.

Épilogue

Un an plus tard

Viviana passa son bras autour des épaules de Noah et prit la pose à l'intention des invités amateurs de photos, venus assister à leurs fiançailles. Le soleil printanier faisait rutiler le gros diamant qu'elle portait à l'annulaire gauche. Toutes les chambres du bed and breakfast ainsi que les deux pavillons étaient occupés par le clan Wainwright. Giles et Mya avaient même dû ouvrir leur maison pour héberger le surplus des invités.

Christiane aurait préféré organiser la réception dans la demeure familiale de la Cinquième Avenue, mais Viviana avait insisté pour qu'elle se déroule à Wickham Falls afin de faire connaître à sa nouvelle famille la ville qui comptait désormais deux Wainwright.

Leland et Angela étaient venus de Caroline du Nord avec les jumeaux, et son père avait fait le voyage depuis Philadelphie pour l'aider à fêter l'un des plus beaux jours de sa vie. Elle et Noah avaient prévu de se marier le jour de Noël à Emerald Cove, entourés de leurs parentèles respectives.

Elle adressa un sourire radieux à son fiancé, d'une élégance folle dans son smoking.

— Je t'aime, murmura-t-elle à son oreille.

Il lui fit un clin d'œil complice.

— Je t'aime encore plus.

— Eh, les amoureux, regardez par ici ! lança une voix féminine.

Tournant la tête, elle sourit à sa future belle-sœur qui les prenait en photo. Son sourire s'élargit un peu plus lorsqu'elle vit son frère rire à une remarque d'Emory.

À cet instant, elle comprit que rien n'était plus important que la famille. Quand elle épouserait Noah, les Remington feraient partie intégrante d'une parentèle plus vaste et auraient les mêmes prérogatives que les Wainwright. Et, le jour où elle et Noah échangeraient leurs vœux, ils scelleraient le plus beau contrat de leur existence.

Retrouvez en février 2020,
dans votre collection

Passions

Une fiancée en fuite, de Silver James - N°845

Lorsque Tucker Tate, éphèbe aussi riche qu'influent, lui propose de lui porter secours alors qu'elle vient de tomber en panne, Zoe hésite. Elle a fui l'autel qui devait consacrer son union au père de son enfant à venir et craint plus que tout que celui-ci n'envoie son clan à sa poursuite. Néanmoins, est-il pour autant envisageable de monter dans la voiture d'un inconnu à qui elle pourrait causer des ennuis, alors qu'elle est si vulnérable ?

Un anniversaire sur mesure, de Christine Rimmer

En apprenant le jour de ses vingt-sept ans qu'elle avait été échangée à la naissance, Madison a fait trois vœux. Abandonner sa carrière d'actrice hollywoodienne, perdre sa virginité et vivre l'instant présent. Jamais elle n'aurait pensé qu'un seul homme, Sten Larson, réalise tous ses souhaits. Un homme qui n'appartient malheureusement pas à son univers et ne pourra jamais y trouver sa place.

Bien plus qu'un projet, de Maisey Yates - N°846

Pour Faith, le projet de construction sans restriction de budget que Levi Tucker lui avait confié était une véritable aubaine. Une aubaine qui lui permettait d'exercer ses talents de jeune architecte tout en fuyant le contrôle de ses frères sur son entreprise. Mais depuis qu'elle se sent irrépressiblement attirée par Levi, l'homme que tous accusent d'avoir assassiné sa femme, Faith se demande si elle a pris la bonne décision…

Audacieuse proposition, de Michelle Major

Est-ce le champagne, la valse ou bien la proposition de Gavin Fortunado qui donne le vertige à Christine ? Elle ne saurait le dire. Gavin, le fantasme de toute une vie, lui demande de jouer les fausses fiancées pour que sa famille cesse de l'inciter à se ranger. Une occasion unique pour tenter de séduire cet homme au risque qu'il lui brise le cœur comme il a brisé celui de toutes ses autres conquêtes…

Mère par choix, de Brenda Harlen - N°847

Beau à couper le souffle. Liam Gilmore, le nouveau patron de Macy, a le profil d'un dieu et un sourire à se damner. Et, à croire le désir qu'elle lit dans son regard, il semble lui aussi ressentir l'électricité qui circule entre eux. Une attirance à dissiper au plus vite, car Macy a besoin de ce travail et de stabilité pour élever ses triplés, sans faillir à son devoir de mère.

Liés par un pacte, de Catherine Mann

Prise au piège. Brea sent la peur l'envahir face à Ward Benally, le P-DG d'Alaska Oil, qui vient de la surprendre en flagrant délit d'espionnage sur l'ordinateur central de l'entreprise. Ward qui n'a pas encore déclenché l'alerte alors qu'il aurait pu. Peut-elle alors profiter de cet instant de stupeur pour lui exposer sa détermination à faire la lumière sur la disparition de sa mère et le rallier à sa cause bien qu'il travaille pour la famille qu'elle juge responsable du drame ?

Vœu à demi-mot - N°848
De Yvonne Lindsay

SÉRIE INTÉGRALE : AMOURS SOUS CONTRATS

Ilya Horvath. Yasmin perd contenance en découvrant que l'homme qu'elle doit épouser est l'ennemi juré de sa famille. Elle n'aurait jamais dû faire confiance à l'agence de rencontres qui a organisé cette union urgente qui lui permettra de remplir les clauses nécessaires pour débloquer son héritage. Désormais prise par le temps, Yasmin ne semble plus avoir d'autre solution que celle de consentir.

Période d'essai pour un mariage

Trois mois pour changer d'avis et rester mariés ? Imogene pense ce pari risqué malgré les arguments d'Alice, la fondatrice de l'agence matrimoniale qui l'a mise en contact avec le profil idéal : celui de Valentin, son ex-mari. Comment trois mois pourraient-ils suffire à lui faire oublier que l'homme qu'elle aimait, et qui lui fait encore beaucoup trop d'effet, l'a trahie ?

Futur à trois

Ellie est tiraillée. En lune de miel avec Galen Horvath et son adorable fillette, elle développe une culpabilité problématique. Si elle a consenti à passer par l'agence matrimoniale d'Alice Horvath c'est uniquement pour se venger d'elle, qu'elle considère comme responsable des malheurs qui ont touché sa famille. Pas pour laisser son cœur être conquis par l'amour durant les mois d'essai de ce mariage arrangé…

Une nuit vers l'oubli, de Jessica Lemmon - N°849

SÉRIE : LE SERMENT IMPOSSIBLE 3/4

Une lumière vive, un regard menaçant qui la fixe au beau milieu de la nuit. Drew voit l'instant qu'elle redoutait se produire. Reid, l'homme à qui elle s'est offerte cette nuit, après bien des années de fantasme, connaît désormais son identité. Il sait, malgré sa métamorphose physique, qu'elle est la sœur de son plus proche ami. La seule qu'il a toujours refusé de considérer sous le prisme du désir. Et pour rien au monde elle ne reviendrait en arrière, après qu'il a posé sur elle des yeux emplis de passion, pour la première fois...

Le bonheur au présent, de Jessica Lemmon

SÉRIE : LE SERMENT IMPOSSIBLE 4/4

Face à Hayden Green – la séduisante professeure de yoga qu'il vient de rencontrer devant son studio alors qu'il errait dans les rues de Spring Island – Tate est perdu. Non contente de lui avoir offert un thé, Hayden prétend pouvoir l'aider à accepter que sa vie ait volé en éclats après les récentes découvertes sur son enfance. Pour qui se prend cette inconnue, qui semble lire en lui comme dans un livre ouvert et sème dans son cœur un trouble nouveau alors que son existence sous contrôle n'est déjà plus qu'un souvenir ?

Le secret d'un homme, de Brenda Harlen - N°850

Rachel n'en revient pas. Comment s'est-elle retrouvée, le soir de la Saint-Valentin, à dîner avec un homme qu'elle connaissait à peine ? Car Andrew Garrett, cet homme aussi beau que réservé, n'est qu'un client de sa boutique de fleuriste, et elle ne sait rien de lui. Rien, sinon qu'il éveille en elle des émotions surprenantes. Rien, sinon qu'il porte une alliance...

Le rêve de sa vie, de Sarah M. Anderson

Alors que Thalia espérait qu'elle finirait par convaincre James Robert Bradley d'accepter sa proposition, elle doit se rendre à l'évidence : le ton de sa voix, quand il lui a annoncé son refus, était sans appel. Et pourtant il est hors de question qu'elle renonce à son projet, surtout après avoir fait ce long voyage jusqu'au fin fond du Montana pour le persuader de signer ce contrat. Mais peut-être que la terrible tempête de neige qui la force à loger dans le ranch de cet homme aussi beau que solitaire pourrait lui offrir le moyen de le faire changer d'avis...

Composé et édité par HarperCollins France.

Achevé d'imprimer en décembre 2019.

BLACK PRINT

Barcelone

Dépôt légal : janvier 2020.

MIXTE
Papier issu de sources responsables
FSC® C108412
FSC
www.fsc.org

Pour limiter l'empreinte environnementale de ses livres, HarperCollins France s'engage à n'utiliser que du papier fabriqué à partir de bois provenant de forêts gérées durablement et de manière responsable.

Imprimé en Espagne.